JONAS WAGNER

DIABOLISCH

THRILLER

HarperCollins

1. Auflage 2023
Originalausgabe

Gesetzt aus der Stempel Garamond
von GGP Media GmbH, Pößneck
Druck und Bindung von CPI books GmbH, Leck
Printed in Germany
ISBN 978-3-365-00303-9
www.harpercollins.de

Klimaneutral
Druckprodukt
ClimatePartner.com/15109-2009-1001

MIX
Papier
FSC FSC® C083411

27. Februar 1995

Liebes Tagebuch,

Alex ist nicht heimgekomen. Mama hat soo geschimpft. Aber ich kan nichts dafür, Alex wollte ja nicht. Papa hat mich gehauen. Ich spür es jezt noch ganz heis im Gesicht. Und neben meinem Auge ist die Haut aufgeplazt. Das war sein Ring. Ich hoffe, Alex kommt bald heim. Sonst haut mich Papa wieder. Und Mama hört dan entlich auf zu weinen …

0

4. Juni 2022

Kirsten Bergmann atmete flach. Auf ihrem Gesicht lag ein Ausdruck von milder Hingabe. Tatsächlich hatte sie sich in ihr Schicksal gefügt. Sie hob noch einmal die schweren Lider und blickte auf das Kruzifix in der Ecke, auf die Uhr über der Tür und auf ihre Tochter, die die ganze Nacht bei ihr gewacht hatte. Jetzt war es beinahe Tag. Die Dämmerung hatte schon ein milchiges Licht hinter die Fenster gezeichnet, erste Vögel zwitscherten. Es herrschte tiefer Frieden in dem Haus, in dem sie die letzten vierzig Jahre ihres Lebens zugebracht hatte und in dem sie dieses Leben nun bald aushauchen würde. Sie musterte ihre Tochter. Der Gram stand ihr ins Gesicht geschrieben. Noch einmal holte Kirsten Bergmann mühsam Luft, drückte die Hand ihres einzigen Kindes und flüsterte: »Ich verzeihe dir, hörst du?« Sie suchte Lottes Blick. »Ich verzeihe dir …« Dann ging ein Zittern durch ihren dürren Körper, und ihr Herz hörte auf zu schlagen.

»Ja«, sagte Lotte Bergmann. »Aber ich verzeihe dir nicht, Mutter.«

Samstag, 27.02.1995, 17.00 Uhr

Die Turnstunde war zu Ende. Lotte trieb ihren kleinen Bruder an, sich endlich zu beeilen. Wenn sie trödelten, gab es ein Donnerwetter, das wusste sie genau. Alex wusste es eigentlich auch, aber er brachte es einfach nicht fertig, sich schneller umzuziehen. Bei den Schuhen musste Lotte ihm helfen. Na gut, Alex war noch nicht in der Schule, da musste er das mit den Schnürsenkeln noch nicht beherrschen. Sie konnte das freilich super, sie war schließlich schon sieben, bald acht! Seufzend kniete sie sich vor ihn hin und half ihm, die Schuhe zuzubinden. »Komm, ich mach das«, sagte sie, während hinter ihr Herr Tersic auftauchte, der Sportlehrer.

»Beeilt euch mal ein bisschen, ich will absperren!«, scheuchte er die Kinder.

»Wir sind gleich fertig«, erwiderte Lotte. Tatsächlich waren die anderen alle schon weg. War auch keine große Gruppe gewesen heute. Kinderturnen. Sieben Mädchen und Jungen – und Herr Tersic. Heute hatten sie in der Halle auf dem großen Trampolin üben dürfen, das war toll gewesen. Lotte hätte stundenlang weiterhüpfen können. Na gut, auch deswegen waren sie jetzt ein bisschen spät dran: Sie war die Letzte, die aus der Turnhalle gekommen war. »Papa wartet bestimmt schon«, sagte sie und pfriemelte den Knoten auseinander, den Alex mal wieder in seine Schuhbänder gemacht hatte.

Ihr Bruder guckte unterdessen aus dem Fenster. »Ich seh ihn aber noch nicht.«

Hastig schnürte Lotte seine Schuhe und stopfte sein Zeug in den Beutel. »Da! Nimm! Wir sind fertig.«

Herr Tersic hatte im Vorraum gewartet und sperrte jetzt die Garderobe ab und dann – nachdem er den Kindern nach draußen gefolgt war – auch den Haupteingang. »So. Ich bin weg«, sagte er.

Lotte sah sich um. Papa war nicht da. Nur Frau Oppelt stand noch mit ihrem Auto auf dem Parkplatz. Lotte mochte die Supermarktmitarbeiterin nicht so gut leiden und guckte lieber in die andere Richtung. Frau Oppelt roch immer so komisch. Und sie hatte so komische Zähne. Das war Lotte ein bisschen unheimlich.

Papa war sonst immer pünktlich. Und meistens hatte er es eilig, denn er holte die Kinder nicht gerne vom Turnen ab. Aber seit das andere Auto kaputt war, das Mama immer benutzte, musste er die Geschwister fahren, denn es war ein langer Weg zwischen Holzhausen und dem Sportverein.

Herr Tersic stand jetzt neben Frau Oppelts Auto und sprach mit ihr. Er schien Witze zu machen, denn Frau Oppelt lachte immer mal wieder auf, und der Turnlehrer machte seltsame Bewegungen mit dem Oberkörper. Dann beugte er sich hinunter zu ihrem offenen Wagenfenster, und Lotte konnte nichts mehr verstehen, weil die beiden anscheinend flüsterten. Immer mal wieder guckte Frau Oppelt zu den Kindern herüber. Einmal traf ihr Blick den von Lotte, da schaute Lotte schnell woanders hin.

»Ich find es kalt«, sagte Alex.

Klar war es kalt. Es war ja Winter. »Du musst dich bewegen«, erklärte Lotte, die inzwischen selber fröstelte.

»Ich will mich nicht bewegen.«

»Dann musst du eben frieren.«

»Das find ich blöd. Wann kommt Papa?«

»Ich hab keine Ahnung, wann Papa kommt. Da vielleicht!« Lotte zeigte auf ein paar Scheinwerfer, die in einiger Entfernung zu erkennen waren. Inzwischen war es schon ziemlich dämmerig. Der Wagen gehörte aber nicht Papa, sondern fuhr vorbei. Herr Tersic klopfte auf das Dach von Frau Oppelts Auto und ging dann quer über den Parkplatz zu seinem eigenen. »Herr Tersic!«, rief Lotte.

»Was gibt's?«

»Mein Bruder friert. Könnten wir vielleicht drinnen warten?«

»Tut mir leid, Mädchen«, erwiderte der Sportlehrer. »Ich muss jetzt weg. Ich kann nicht noch mal aufsperren.«

Ob sie doch Frau Oppelt fragen sollte? Die hatte gerade ihren Motor angelassen. »Frau Oppelt?«, rief Lotte. Das blaue Auto fuhr vor bis zur Straße. Lotte ließ ihren Sportbeutel fallen und rannte hin. »Frau Oppelt!«

Jetzt hielt sie doch an und ließ die Fensterscheibe herunter. »Was?«

»Unser Papa ist nicht gekommen«, erklärte Lotte. »Können wir ... Können wir vielleicht bei Ihnen mitfahren?«

»Bei mir? Tut mir leid. Ich fahre woanders hin.« Sie kurbelte die Scheibe wieder hoch und setzte den Blinker.

Woanders hin? Aber das war die Richtung nach Holzhausen. Und vorher konnte man gar nirgends mehr abbiegen, oder?

Jetzt blieb die Frau vom Supermarkt noch mal stehen, machte wieder die Scheibe herunter, und Lotte dachte schon, sie könnten doch mitfahren. Aber dann sagte Frau Oppelt nur: »Euer Papa wird schon noch kommen. Seid mal nicht so ungeduldig. Erwachsene haben auch mal was anderes zu tun, als sich dauernd um die Kinder zu kümmern.« Dann gab sie Gas und war weg.

Als Lotte sich umdrehte, war auch Herr Tersic schon mit seinem Wagen an Alex vorbei und schlug Richtung Straße ein. Lotte winkte ihm, anzuhalten. Doch Herr Tersic gab ihr ein Zeichen, dass er keine Zeit hatte. Dann war auch er weg. Und sie und Alex waren allein auf dem Parkplatz vor dem Sportverein.

1

18. Juni 2022

Alles fing mit Ben an. Benjamin Keller. Ein lieber Junge. Er war drei. Und er sah wirklich entzückend aus auf dem Video – wenn man außer Acht ließ, dass er einen Kabelbinder um den Hals hatte und auf Zehenspitzen stand. Er zappelte schon etwas. Sobald er die Balance nicht mehr halten konnte, würde er heruntersinken und sich zwangsläufig strangulieren.

Peter Keller stockte das Herz, als er seinen Sohn in der kurzen Videosequenz sah, die ihm auf sein Handy geschickt worden war. Er war so schockiert, dass er nicht wusste, was er tun sollte. Und dann, auf einmal, löste sich die Datei von selbst auf. »Martha?«, rief er. »Martha?« Er schrie es, außer sich, von einer Welle der Panik erfasst. »Martha!«

»Was ist denn? Ich bin gerade dabei …«, antwortete seine Frau aus der Küche, wo sie gerade den Abwasch machte.

»Martha, sie haben unseren Jungen!«

»Sie? Wer?« Martha Keller steckte ihren Kopf durch die Tür. »Und was heißt: haben?«

In dem Moment kam die nächste Nachricht: *Wenn Eric tot ist, solange dein Kleiner durchhält, mache ich ihn los. Wenn nicht …*

»Eric?«, keuchte Peter Keller. »Was hat Eric damit zu tun?« Irgendwer hielt Ben gefangen und hatte alles getan, was zu tun war, damit der Junge starb. Es sei denn, er wurde vorher losgebunden. Wenn Peter Keller seinen Sohn noch einmal lebend sehen wollte, musste Eric sterben, und zwar so schnell wie möglich.

»Gib her«, sagte er zu seiner Frau und nahm ihr das Messer aus der Hand.

»Aber es ist noch gar nicht abgespült.«

»Egal. Spül es hinterher.«

»Hinterher?«

»Hier!« Peter Keller hielt seiner Frau das Handy hin. Martha Keller trat hinter ihren Mann und blickte auf das Smartphone in seiner zitternden Hand. Sie sah die Nachricht – und sie sah, wie sie sich wieder auflöste.

»Was …?«, stotterte sie fassungslos.

»Ich muss … Ich soll …« Peter Keller starrte seine Frau mit weit aufgerissenen Augen an. »Ich muss Eric töten. Sonst stirbt Ben.«

»Peter! Du kannst doch nicht … Bist du verrückt?«

»Willst du, dass er stirbt?«

»Du musst die Polizei rufen, Peter!«

»Die Polizei«, erwiderte Peter Keller höhnisch. »Die sind noch nicht mal losgefahren, bis …« Er wartete nicht länger. Es hatte keinen Sinn, mit seiner Frau zu diskutieren. Wenn er nicht sofort tat, was von ihm verlangt wurde, war sein Sohn tot. Sein einziges Kind. Er hatte das Bild gesehen. Ben würde das höchstens ein paar Minuten durchhalten. Bis die Polizei einträfe, wäre er längst tot. Und überhaupt: Wo war das gewesen? Wer hatte den Jungen in seiner Gewalt? »Mein Gott …« Er machte einen Schritt auf die Tür zu.

»Peter!«

»Lass mich!«

»Aber … Wer sagt denn, dass sie Ben freilassen, wenn du tust, was sie verlangen?«

»Niemand, Martha. Wir sprechen später darüber.«

»Später …« Martha Keller blickte ihrem Mann, gelähmt vor Angst, hinterher. Angst um Peter, ja. Vor allem aber Angst um Ben.

*

Der mutmaßliche Täter hatte sich ohne Widerstand festnehmen und abführen lassen. Allerdings hatte er sich mit keinem Wort geäußert. Offensichtlich stand er unter Schock. Polizeioberkommissarin Larissa Flaucher hatte bereits viele Tatorte von Gewaltverbrechen gesehen. Aber noch nie einen derart blutigen. Dem Opfer waren mit mehreren heftigen Hieben beide Halsschlagadern durchtrennt und beinahe der Kopf vom Leib getrennt worden. Die Blutlache, in der der Tote lag, füllte mehrere Quadratmeter. Das Messer lag darin. Ein gängiges Küchenmesser, gute Qualität, große Klinge, Larissa hatte selbst so eines bei sich zu Hause und benutzte es vor allem zum Kräuterhacken.

»Der Tod ist innerhalb von Sekunden eingetreten«, erklärte der Kollege von der Spurensicherung. Überflüssigerweise. Das hätte jeder gesehen. Die Tat war offensichtlich, der Täter auch – aber warum? Und warum so?

Gängige Lehrmeinung war, dass besonders blutrünstige Tötungen aus persönlichen Motiven begangen wurden. Nun, das schien bei Nachbarn ohnehin naheliegend. Der Täter, der von der Frau des Opfers als Peter Keller identifiziert worden war, lebte Wand an Wand mit Eric Hesse.

Larissa Flaucher hasste es, zu einem Tatort von Gewaltverbrechen gerufen zu werden. Und sie hasste es ganz besonders, wenn es sich um rohe Gewalt handelte. Aber wenn sie ehrlich mit sich selbst war, dann verspürte sie angesichts der exzessiven Brutalität dieses Verbrechens einen gewissen Kitzel. All das Blut, die grausam zugerichtete Leiche, die schreckensstarr geöffneten Augen des Opfers … Es wirkte beinahe surreal auf sie, was sich hier abgespielt haben musste und welche Bilder sich ihr dadurch boten. Wie viel bekam ein Mensch von seinem eigenen Sterben mit, der auf solche Weise niedergemetzelt wird? Spürt er noch einige Pulsschläge lang, wie sein Blut aus dem Hals schießt? Explodiert etwas in seinem Kopf? Konnte der wahnsinnige Schmerz, den er eigentlich fühlen musste, überhaupt noch bis ins Gehirn gemeldet werden?

Einer der Kollegen von der Spusi drängte Larissa beiseite. »Sorry Chef, wir brauchen noch ein paar Bilder aus diesem Winkel.«

»Machen Sie nur«, erwiderte sie und blickte sich um. Ein solcher Mord. Und das in einer solchen Idylle? Holzhausen. Der Ort hatte doch bloß ein paar hundert Einwohner, wenn überhaupt. Genau genommen war es überhaupt nur ein Ortsteil von Reichenberg. Aber ein hübscher. Die Vorgärten gepflegt, die Häuser in Schuss gehalten, die Straßen sauber und frisch geteert. Den Kreisverkehr am Ortsrand hatten sie mit immergrünen Bodendeckern bepflanzt, dazwischen ein paar Blumen gesetzt: Hortensien, Ehrenpreis, Phlox. Und die unvermeidliche Radarfalle. Biederer konnte ein Ort nicht sein.

Was um alles in der Welt war hier geschehen? Wie hatte es an einem solchen Ort zu einer solch schrecklichen Tat kommen können?

*

Samstag, 27.02.1995, 17.10 Uhr

Auf die Fastnacht in Holzhausen war die Gemeinde stolz. In diesem Ort verstand man zu feiern. Die Fastnacht von Reichenberg fand in diesem Ortsteil statt, und er hatte seinen guten Ruf in vielen Jahren erworben. Holzhausen begrüßte zur alljährlichen Feier mehr als tausend auswärtige Gäste, viel zu viele, um sie alle im Bürgerhaus unterzubringen. Was mit ein Grund dafür war, dass die beiden örtlichen Gaststätten, der Eberbräu und der Holzhauser, in dem es auch Fremdenzimmer gab, regelmäßig bis auf den letzten Platz besetzt waren und den Umsatz ihres Lebens machten, wenn Holzhausen die Jecken rief.

An diesem Tag liefen die Vorbereitungen auf Hochtouren. Seit frühmorgens wurde dekoriert und organisiert, die Bühne aufgebaut, die Hauptstraße mit bunten Lampen geschmückt, und es wurden die letzten Arbeiten an den Kostümen und für den Einzug des Prinzenpaares vorgenommen. Und wieder würde es ein Triumph werden. Holzhausen hatte mit der Neue Chemie AG und den ehemaligen Südbadischen Versorgungswerken, die jetzt Best Energy GmbH hießen, reiche Sponsoren. Aber am wichtigsten waren natürlich die Holzhauser selbst. Sie waren das Herz und der Motor der Fastnachtsfeier.

»Rio ist ein Dreck dagegen«, erklärte Roland Weinberger stolz, als er den großen Gemeindesaal betrat, um die Arbeiten zu begutachten.

»Chef, ich war zwar noch nie dort. Aber ich weiß trotzdem, dass Sie recht haben«, bemerkte einer der Elektriker.

»Sieht aus wie der Friedrichstadt-Palast«, befand Richard Plötz, der gemeinsam mit einem von allen verachteten Flensburger die Polizeistation von Reichenberg bildete.

»Nu lass mal die Kirche im Dorf, Richie«, erwiderte der Elektriker. »Die haben da Technik, das kannst du dir erst vorstellen, wenn du da warst.«

Plötz zuckte die Achseln und wandte sich ab. »Ich dreh dann noch eine Runde.«

Jeder wusste, dass ihn die Runde in den Eberbräu führen würde, wo er mit der Wirtin schäkerte und ein Bier trank. Mindestens. Aber an einem solchen Tag durfte ein bisschen Vorglühen schon sein. Und dem örtlichen Polizeibeamten konnte man nicht gut Vorschriften machen. Falls wirklich etwas zu regeln wäre, gab es ja noch den Flensburger, der mit Sicherheit nicht an der Fastnacht teilnehmen würde. Gerber.

Roland Weinberger, Rechtsanwalt und Notar, verwaltete ehrenamtlich für Reichenberg die Gemeindefinanzen und war Leiter des Festkomitees, das die Fastnacht ausrichtete. Er blickte Plötz hinterher und sah auf die Uhr. Die Band hätte längst da sein müssen. Dieses Jahr hatten sie eine Truppe aus Chemnitz gebucht, drei Jungs und eine ziemlich aufreizende junge Frau. Weinberger hatte sie mal bei einem Freiluftkonzert in Dresden gesehen. Außerdem kam natürlich die örtliche Blaskapelle. Aber die brauchte keinen »Soundcheck«, wie sie das neuerdings nannten. Denn die Reichenberger Bläser beherrschten ihr Repertoire im Schlaf. Vor allem sorgten sie immer für Bombenstimmung.

Auf der Bühne fiel ein Stück der Kulisse krachend in sich zusammen. Erschrocken fuhr Weinberger herum.

»Was für eine Scheiße!«, schrie Holger Bergmann, der beim Aufbau half. »Wer hat denn diese Dinger hier verschraubt?«

»Nu reg dich mal nicht auf, Holger«, versuchte Weinberger ihn zu beschwichtigen. »Das kann doch mal passieren.«

»Die Platte hätte mich fast geköpft«, bellte Bergmann, beruhigte sich aber dann wieder, vielleicht weil er seine Frau in der Tür entdeckt hatte. »Was?«

»Die Kinder«, sagte Kirsten Bergmann.

»Was ist mit den Kindern?«

»Die müssen vom Sport abgeholt werden, Holger!«

»Wie spät ist es?«

»Fast Viertel nach fünf. Sie hatten um fünf Uhr Schluss.« Es war Kirsten Bergmann sichtbar unangenehm, das Thema vor den anderen besprechen zu müssen.

»Die müssen eben ein bisschen warten, ich kann jetzt nicht weg«, erklärte ihr Mann.

»Soll ich sie schnell holen?«, schlug Kirsten Bergmann vor.

»Nicht mit dem Firmenwagen, Kirsten.«

Die Frau blickte sich peinlich berührt um. »Aber ... Der andere ist kaputt.«

»Ich hab ihn nicht gegen das Garagentor gefahren«, erklärte Holger. Es erklang ein dumpfes Lachen. Roland Weinberger drehte sich weg. Jemand rief leise »Tatä-tatä-tatä ...«

»Es wird bald dunkel, Holger.«

»Ich kümmere mich schon darum. In ein paar Minuten kann ich hier weg. Wenn du mich das hier endlich in Ruhe fertig machen lässt.«

*

Samstag, 27.02.1995, 17.20 Uhr

Wenn sie noch länger hier stehen blieben, würden sie nur noch mehr frieren. Lotte wusste, dass man sich bewegen sollte, wenn einem kalt war. Sie hüpfte ein wenig von einem Bein aufs andere. »Du musst dich auch bewegen«, sagte sie zu ihrem Bruder.

Doch Alex war genervt. »Keine Lust.« Er setzte sich auf den Boden.

»Hey, das ist blöd!«, erklärte Lotte. »Der Boden ist kalt.«

»Mir doch egal. Ich friere auch im Stehen.«

Sie ja auch. »Weißt du was?«, sagte Lotte. »Wir gehen ein Stück. Wenn Papa kommt, sehen wir ihn ja und winken ihm. Dann hat er es auch nicht so weit.« Allerdings wusste sie, dass sie das eigentlich nicht durften. Allein auf der Landstraße laufen. Aber Papa kam ja nicht. Und Mama auch nicht. Und es war kalt. Und echt spät.

Alex sagte nichts, sondern stand nur auf, nahm ihre Hand und ging los. Lotte seufzte und marschierte neben ihm – auf der Seite zur Straße, sodass er außen ging. Das war sicherer. Sie hatte es von Mama gelernt. Wenn sie mit Mama ging, musste sie immer auf der Seite sein, die nicht an der Straße entlangführte.

Eine Weile marschierten sie schweigend nebeneinander her. Es war ganz ruhig auf der Landstraße. Holzhausen war eigentlich nur ein paar Minuten entfernt. Wenn man mit dem Auto unterwegs war. Aber wenn man zu Fuß ging, kam man irgendwie gar nicht vom Fleck. Und Alex war auch noch langsam. Schrecklich langsam! »Komm schon!«, mahnte Lotte ihn. »Wenn wir so trödeln, kommen wir nie nach Hause.«

»Ich denke, wir gehen bloß Papa entgegen.«

»Tun wir auch. Aber wir wissen ja nicht, wann er endlich kommt.«

»Hm.«

Wieder wanderten sie schweigend. Und dann, endlich, tauchten die Scheinwerfer auf. Lotte erkannte sie gleich! Sie hatte ein gutes Auge dafür. Es sahen nämlich längst nicht alle Scheinwerfer gleich aus. Das war genau der BMW von Papa.

Es war auch ein BMW. Aber als er näher kam, war es eben doch nicht der von Papa. Sondern der von Herrn Kramp. Der hatte an der Seite so komische schwarze Streifen und eine Nummer aufgemalt, eine Sieben. Dadurch sah er wie ein richtiger Rennwagen aus, auch wenn es fast das gleiche Auto war wie ihres. Lotte winkte und hüpfte am Straßenrand, damit er erkannte, dass sie ihn stoppen wollte. Doch Herr Kramp winkte nicht mal zurück. Und anhalten tat er auch nicht. Stattdessen gab er eher noch ein bisschen mehr Gas, um zu zeigen, was für einen tollen Flitzer er hatte, und dann war er auch schon vorbei, und Lotte ließ die Arme sinken.

»So ein Blöder«, maulte Alex.

»Er hatte es wahrscheinlich eilig.«

»Ich hab's auch eilig«, erklärte der kleine Bruder. »Ich will endlich nach Hause.«

»Das will ich auch, Alex. Aber mit Jammern geht's nicht schneller.«

»Du klingst wie Mama.«

Stimmt, sie klang wie Mama. Aber jetzt war sie ja auch gerade ein bisschen wie Mama für Alex. Schließlich musste sie auf ihn aufpassen, er war der Kleinere von ihnen. »Komm schon«, seufzte sie und zog ihn weiter. »Es wird bald dunkel.«

*

Samstag, 27.02.1995, 17.35 Uhr

Es war schon ziemlich schummerig, als Holger Bergmann vors Bürgerhaus trat. Na, jetzt würden die Kinder ja sicher sowieso zu Hause sein. Er überlegte gerade, ob er rasch hinübergehen und nachsehen sollte, da sprach ihn Gaby Deinhard an, eine Mitarbeiterin der Gemeindeverwaltung. »Guten Abend, Holger.«

»Hallo, Gaby. Hast du etwa gearbeitet heute?«

»Gibt doch immer was zu tun.« Sie lachte dieses Lachen, von dem sie genau wusste, wie es auf Männer wirkte – *dass* es auf Männer wirkte. Vor allem auf Holger Bergmann.

»Aber jetzt ist Feierabend, was?«

»Eigentlich ja«, erwiderte Gaby. »Nur dass ich ohne meine Handtasche leider nicht zu Hause reinkomme. Also … Ich bräuchte deine Hilfe.«

Holger Bergmann grinste. Ausgesperrte Frauen waren seine Spezialität. Schließlich arbeitete er beim Schlüsseldienst. »Soll ich mal dein Schloss knacken?«

»Wie du das sagst, Holger …« Gaby schien ein wenig zu erröten, und Holger Bergmann spürte, wie sich sein Pulsschlag beschleunigte. »Nein. Ich … Also ich müsste noch mal ins Büro. Da hab ich sie nämlich gelassen.«

»Im Bürgerhaus?«

»Klar. Weißt ja, wo ich arbeite.«

Man hätte natürlich auch einfach Jutta Heinrichs fragen können, die Ortsvorsteherin, die sich irgendwo hier herumtreiben musste. Aber die war beschäftigt genug an diesem Tag. »Mach ich doch gerne«, erklärte Holger Bergmann deshalb. Nun, vielleicht nicht nur deshalb. »Gehen wir?«

»Ich weiß auch nicht, warum ich nicht besser aufgepasst habe. Sonst passiert mir so was nie.« Bergmann hörte nur mit halbem Ohr zu, weil Gaby vor ihm die Treppe zu den Büros hochging und er Schwierigkeiten hatte, sich auf etwas anderes als ihren Hintern zu konzentrieren. Wahrscheinlich wusste sie das sogar, denn sie bewegte ihn wirklich sehr aufreizend vor ihm hin und her. Aber gut, manchmal musste man die Dinge nehmen, wie sie kamen.

»Also, ich weiß ehrlich gesagt gar nicht …«, plapperte sie weiter, während sie vor ihrem Büro stehen blieben.

»Lass mal sehen.« Bergmann kniete sich hin, um das Schloss zu begutachten. »Wie hast du dich überhaupt ausgesperrt, wenn deine Schlüssel in der Tasche sind?«, fragte er und drückte die Klinke – nur um festzustellen, dass die Tür keineswegs verschlossen war. Vielmehr schwang sie auf, und die überraschte Gaby stieß einen kleinen Schrei aus und griff nach Bergmanns Schultern. »Wie hast du das denn angestellt, Holger?«

Bergmann lachte heiser. Ihr Parfüm machte ihn leicht schwindlig. »Ich würde ja gern eine Heldengeschichte erzählen. Aber die Tür war nun mal nicht abgesperrt.«

»Nicht abgesperrt? Das kann doch nicht sein. Dann habe ich dich ganz unnötig hier hoch gebeten?« Sie beugte sich ihm entgegen. »Das tut mir leid.« Und küsste ihn unvermittelt auf den Mund.

Bergmann wollte etwas sagen, aber es fiel ihm nichts ein. Stattdessen ließ er sich von ihr hineinziehen und auf den Besucherstuhl platzieren.

»Jetzt sperre ich aber wirklich ab«, sagte Gaby, angelte nach ihrem Schlüsselbund und machte die Tür von innen fest zu. »Nicht dass uns jemand stört.«

*

Samstag, 27.02.1995, 17.40 Uhr

Wenn Alex nicht gewesen wäre, hätte sie längst geweint. Aber Lotte wollte nicht, dass ihr kleiner Bruder sah, wie schlecht sie sich fühlte. Dann hätte er auch weinen müssen, und alles wäre bloß noch schlimmer geworden. Vor allem war Alex die letzten paar Meter immerhin klaglos neben ihr hergelaufen. Bis jetzt.

Auf einmal aber blieb er stehen. »Ich geh nicht mehr«, erklärte er und riss seine Hand von ihr los.

»Jetzt komm schon, Alex«, sagte Lotte. »Ich find's ja auch blöd. Aber wir können doch nicht hier stehen bleiben.«

»Doch. Können wir.«

»Nein, können wir nicht. Das ist die Straße.«

»Wieso kommt Papa nicht?«

»Ich weiß es nicht, Alex.«

»Ich geh jedenfalls nicht mehr.«

Lotte musste schlucken. Es war jetzt richtig schwer, nicht zu weinen. Wenn Alex nicht mehr auf sie hörte, dann ... Dann ... Verzweifelt sah sie sich um – da entdeckte sie die Bushaltestelle. Die, von der ihre Mutter immer sagte: Wieso baut man eine Haltestelle mitten ins Nirgendwo?

Genau so fühlte sich das hier an: wie das Nirgendwo. Jetzt wusste Lotte, was Mama damit meinte. Aber heute war das mal eine tolle Sache, dass diese doofe Bushaltestelle da war. »Guck mal«, sagte sie. »Da kannst du dich hinsetzen.«

Alex schwankte. Eigentlich wollte er nicht mehr weitergehen. Aber sich auf eine Bank setzen, das wäre vielleicht ganz gut.

»Da zieht der Wind auch nicht so hin«, erklärte Lotte und nickte bekräftigend.

»Hm. Gut.«

Endlich konnten sie weitergehen. Lotte atmete auf. Am liebsten hätte sie sich auch an die Haltestelle gesetzt. Da war es vielleicht wirklich nicht so kalt. Außerdem gab es da eine Laterne. Und langsam wurde es wirklich dunkel ...

*

27. Februar 1995

Liebes Tagebuch,

Papa ist jetzt wider weg. Mama sitzt unten im Wonzimmer und weint. Alex ist noch immer nicht da. Wen er da were, dann weren wir alle zum Karnewal gegangen. Aber jezt ist nur Papa gegangen, und ich muss in meinem Zimmer bleiben und hab kein Abendessen bekomen. Das ist so gemein. Ich kan doch nichts dafür, das Papa uns nicht geholt hat. Deswegen muss ich auch immer wieder weinen. Aber wenn er kommt, dann mach ich, das er auch weinen muss.

2

18. Juni 2022, 22.10 Uhr

Peter und Martha Keller hatten das Mobiltelefon mitgenommen. Natürlich. Aber dieses kurze Video, auf dem Benjamin mit einem Kabelbinder um den Hals zu sehen gewesen war, hatte sich ohnehin von selbst aufgelöst. Die Polizei würde nichts finden – und sie würde ihnen nicht glauben, dass Peter den Nachbarn hatte umbringen *müssen*, wollte er nicht den Tod seines kleinen Sohnes riskieren.

Martha konnte es ja selbst kaum glauben. Immer wieder fragte sie sich, ob das alles nicht ein irrer Traum war, aus dem sie irgendwann endlich aufwachen würde. Doch sie wachte nicht auf. Und wenn sie sich an die Stimme erinnerte, mit der ihr Mann geschrien, mit der er sie angeherrscht hatte, ihr das Messer zu geben, und an den Blick, mit dem er nach nebenan gerannt war, um Eric zu töten ... Nein, sosehr sie sich wünschte, in einem Albtraum zu leben, sie wusste, dass es die Wirklichkeit war – und dass die Geschichte von dem Video die Wahrheit war.

Dass die Polizei die Geschichte dennoch nicht glaubte, das konnte sie sogar verstehen. Martha Keller war sich sicher, dass die Beamten sich auch hier im Haus heimlich umgesehen hatten, ob der Junge nicht doch da war – oder ob ihn womöglich seine Eltern gefangen hielten oder ihm wer weiß was angetan hatten. Klar, wer den Nachbarn absticht wie eine Sau, der brachte wahrscheinlich auch seine Kinder um.

Im Dunkeln saß Martha Keller in ihrem Wohnzimmer und starrte in ihre Erinnerungen. Versuchte, allem einen Sinn zu geben. Vergeblich. Sie schluchzte laut auf. Selbst wenn Peter wieder rauskam, selbst wenn ihr Junge wieder auftauchte, nichts würde mehr werden wie zuvor. Nichts.

Das Klingeln des Telefons riss sie aus ihren Gedanken. Vielleicht gab es eine Nachricht von Benjamin! »Keller?«

»Frau Keller, guten Abend«, meldete sich eine weibliche Stimme. »Röschitz mein Name. Badische Zeitung.«

Schnell legte sie auf. Nein, mit der Presse wollte sie nicht sprechen. Woher hatte die überhaupt ihre Nummer?

Es klingelte abermals.

»Hören Sie!«, sagte Martha Keller mit rauer Stimme. »Lassen Sie mich in Ruhe, ja? Ich werde Ihnen nichts sagen. Wenn Sie sich noch einmal bei mir melden, werde ich die Polizei rufen!«

»Hier spricht die Polizei, Frau Keller«, hörte sie am anderen Ende eine ganz andere Stimme. »Wir wollten nur sichergehen, dass bei Ihnen alles in Ordnung ist. Falls Sie psychologische Hilfe brauchen …«

»Nein«, stotterte Martha Keller. »Nein. Danke. Brauche ich nicht.«

»Werden Sie belästigt? Ich meine, weil Sie sich eben so gemeldet haben …«

»Ja. Nein. Eine Journalistin. Aber ich will keine Presse.«

»Das ist gut, Frau Keller. Sprechen Sie besser mit niemandem über die Ereignisse.« Ein Zögern. »Ja dann, gute Nacht.«

»Hallo?«

»Ja?«

»Und Sie suchen weiter nach meinem Jungen?«

»Aber natürlich, Frau Keller. Die Suche läuft auf Hochtouren.«

»Danke«, erwiderte Martha Keller und legte auf.

Es machte »Pling«, und auf ihrem Handy ging eine Nachricht ein. Ein Foto. Mit zitternden Fingern öffnete Martha Keller es und blickte in die großen Augen ihres Sohnes: auf Zehenspitzen stehend, mit einer Schlinge um den Hals ... Aber da war nicht nur ihr Junge auf dem Hocker. Da war auch noch etwas anderes zu sehen. Eine Lampe. Und ein seltsamer Hintergrund, wie ... Sie kannte das. Sie wusste, wem diese Lampe gehörte. Sie wusste, wo dieses Bild entstanden sein musste. Und damit wusste sie, wer dafür verantwortlich war, dass Eric Hesse nun tot war und Marthas Mann im Gefängnis. Und Benjamin ... Benjamin ...

*

Die Praxis lag im Dunkeln. *Dr. Georg Wacker, Allgemeinarzt* stand auf dem weißen Schild neben der Eingangstür unten – und oben noch einmal genauso neben der Praxistür. Für die Niederlassung eines Arztes war Holzhausen oder auch Reichenberg eigentlich zu klein. Aber angesichts der Landflucht der Mediziner war sein Einzugsgebiet wesentlich größer. Womöglich betreute er längst den halben Landkreis und konnte sich deshalb über mangelnden Patientenzulauf nicht beklagen.

Die Arzthelferin Charlotte Gerstner arbeitete oft länger. Sie war pflichtbewusst, fleißig, engagiert, stets liebenswürdig. Sie hätte sehr beliebt sein können, wäre sie weniger verschlossen gewesen. An Sonntagen war sie dennoch selten in der Praxis, schon gar nicht so spät. Doch sie hatte sich bereit erklärt, den Verwaltungskram am Wochenende zu erledigen – und es war dann doch später geworden als geplant. Damit, dass so spät am Sonntag noch jemand klingelte, musste sie nicht rechnen. Allerdings machen Krankheiten nun einmal keinen Unterschied zwischen Werk- und Sonntagen. Und wer leidet und in der Praxis Licht sieht, würde vielleicht sein Glück probieren.

Also stand Charlotte Gerstner auf und öffnete die Tür. Sekunden später wusste sie, dass es kein medizinischer Notfall war.

»Sie sind das?«

»Ich bin es, ja …«

*

Von Ermittlungen konnte man kaum sprechen. Polizeioberkommissarin Larissa Flaucher blickte auf ihre vor sich ausgebreiteten Notizen, die ein Bild vermittelten, das nicht den geringsten Sinn ergab: Zwei völlig unbescholtene Männer, die keinen Streit miteinander hatten, lebten seit Jahren friedlich nebeneinander – und dann geht einer von ihnen nach nebenan und metzelt den anderen in einer absurden Orgie der Gewalt nieder.

Natürlich gab es das, dass ein Psychopath seinen Wahn unauffällig füttert, bis er schließlich aus ihm hervorbricht und aus dem Menschen ein Monster wird. Aber ohne jedes leiseste Anzeichen? Ohne Warnungen, die übersehen worden waren? Leider waren weder der Täter noch seine Frau vernehmungsfähig. Beide standen unter Schock. Das Kind, Benjamin, drei Jahre alt, war spurlos verschwunden. Die örtlichen Kollegen suchten nach ihm, alle Polizeistationen im Landkreis waren informiert.

»Also«, murmelte Larissa Flaucher. »Peter Keller, vierundfünfzig. Lkw-Fahrer. Zwei Einträge wegen Alkohol am Steuer, einmal mit Entzug der Fahrerlaubnis für vier Monate. Aber seit vier Jahren nicht mehr auffällig. Vielleicht, weil seine Frau schwanger geworden ist? Kriminalpolizeilich niemals auffällig geworden … Und dann bringt er den Nachbarn mit einem Küchenmesser um. Die Frau sagt aus, jemand habe den Sohn bedroht. Jemand werde den Sohn töten, wenn ihr Mann nicht den Nachbarn umbringe. Das Kind bleibt trotzdem verschwunden. Der Mörder schwört Stein und Bein, er habe keine andere Wahl gehabt…«

Inzwischen schwiegen beide. Und Larissa konnte sie sogar verstehen. Mit der Geschichte würden sie nie durchkommen, egal ob sie stimmte oder nicht.

Sie fuhr ihren Rechner herunter und schob die Notizen, die sie sich auf etlichen Blättern gemacht hatte, zu einem Stapel zusammen. Sie würde sich mit den Kollegen vom Dezernat Freiheitsberaubung austauschen müssen. In dem Fall griffen die Aufgabenbereiche ineinander, auch wenn nicht klar war, ob das Kind wirklich entführt worden war oder das bloß eine irre Story war, die sich die Kellers ausgedacht hatten.

Ein Blick zur Uhr besagte, dass es bald Mitternacht war. Der Tag war verflogen, und der nächste würde nicht weniger anstrengend werden. Sie sollte versuchen, ein paar Stunden Schlaf zu bekommen, auch wenn sie Angst davor hatte, dass sie die grausamen Bilder vom Tatort in ihren Träumen wiedersehen würde. Dafür hatte sie ein verdammtes Talent. Und auch dafür, noch viel grausamere Bilder daraus zu erzeugen.

Sie hatte gerade die Schreibtischlampe gelöscht, als der Anruf kam: »POK Flaucher? Wir haben leider eine Tote.«

»Toller Tag«, erwiderte die Oberkommissarin. »Wo?«

»Holzhausen …«

»Nicht Ihr Ernst.« Sie atmete tief durch. »Kann mich jemand abholen?«

»Die Kollegen sind schon auf dem Weg.«

Seufzend griff sie nach dem Telefon und wählte die Nummer ihrer Nachbarin, zu Hause in Wolfach. »Aisha. Ich hoffe, ich habe dich nicht geweckt … Oh, das tut mir leid. Hör mal … Ja, ein Einsatz … … Du bist die Beste. Danke!« Sie wusste nicht, was sie ohne ihre Nachbarin gemacht hätte, die immer wieder als Ersatzmama für Sara einsprang, wenn Larissa kurzfristig zu einem Einsatz gerufen wurde. Nach der Schule war Sara zur Nachbarin gegangen, weil niemand zu Hause war. Und dort schlief sie jetzt. Morgen früh würde sie Frühstück bei Aisha bekommen, dann in die Schule starten – und dann sah man weiter. Larissa konnte nur hoffen, dass es mit dem Einsatz hier nicht allzu lange dauerte.

*

Polizeihauptkommissar Hegel war schon vor Ort, als Larissa mit der Streife eintraf. Er schien sie nicht weiter zur Kenntnis zu nehmen, sondern studierte mit großer Neugier die Blutspur, die von der Tür durch das Treppenhaus verlief. Blutspritzer, zum Teil von offenbar taumelnden Schritten verwischt. Hegel ging – mit größtmöglichem Abstand – daran entlang, während Larissa ihm folgte. An der Tür zum Hinterausgang war noch einmal einiges verschmiert, draußen indes verlor sich die Spur etwas. Aber da würden die Kollegen von der Spurensicherung bei optimaler Ausleuchtung noch jede Menge weiterer Spuren finden. Wer so blutete, hörte nicht nach einer Minute damit auf.

Jemand hatte sich offenbar schwer verletzt aus der Praxis über den Hof geschleppt und war dann … Ja was? In den Büschen am Kanal verschwunden?

»Wurde das Opfer im Gebüsch gefunden?«, fragte Larissa.

»Wer sagt, dass das Blut von einem Opfer stammt?«, erwiderte Hegel, den die junge Kommissarin bisher noch nicht persönlich kennengelernt hatte und dessen Stimme überraschend hoch war.

»Natürlich«, erwiderte Larissa und verfluchte sich innerlich. Anfängerfehler, verdammt. »Die Person, die das Blut verloren hat«, korrigierte sie sich.

»Fragen Sie die Kollegen hier.« Er nickte in Richtung der örtlichen Polizisten, die etwas unbeholfen ihre Polizeiabsperrung aufstellten, während vor dem Haus das Blaulicht dafür sorgte, dass trotz der Uhrzeit immer wieder Neugierige scheinbar zufällig vorbeikamen. »Ich sehe mir die ganze Situation hier einmal an.«

Die Kommissarin wandte sich an die uniformierten Kollegen. »Offenbar ein Kapitalverbrechen, was?«, versuchte sie es zugleich offensiv, aber unangreifbar. »Wo ist die Leiche?«

Die Männer in Blau blickten einander an. »Welche Leiche?«, sagte der eine. »Haben wir was verpasst?«

»Ich dachte, es wurde eine Tote gefunden.«

»Uns ist nichts bekannt. Was wir gefunden haben, ist diese Damenhandtasche, das Jäckchen da ... Na ja, und jede Menge Blut.« Der Mann deutete auf die geöffnete Heckklappe eines Zivilfahrzeugs, das unschwer als Dienstwagen zu erkennen war, mit dem Hegel gekommen sein musste.

Larissa dankte und trat an das Auto, um sich über den Kofferraum zu beugen. Braune Ledertasche. Massenfabrikat. Gepflegt. Seit ein paar Jahren aus der Mode ...

Endlich fuhr die Spurensicherung auf den Hof.

»Dietek!«, rief die Kommissarin, als sie den Fahrer, der aus dem Wagen stieg, erkannte.

»Oh, Frau Flaucher. Sie schon wieder.«

»Wow, klingt aber nach maximaler Freude, mich wiederzusehen.«

»Nichts für ungut, Frau Flaucher. Aber maximale Freude über das Wiedersehen mit einer Polizeioberkommissarin, das ist ja quasi ein Widerspruch in sich. Also zumindest dienstlich.«

»Hm«, erwiderte Larissa. »Und ich dachte, das kann man nur umgekehrt so betrachten.«

Werner Dietek lachte. »Klar. Gilt für uns genauso. Keiner

will unsereinen sehen. Haben wir mit Kardiologen, Totengräbern und Gerichtsvollziehern gemeinsam, was?«

»Vermutlich, Dietek. Ich bin trotzdem froh, dass Sie die Sache hier übernommen haben. Da weiß ich wenigstens, dass wir super Arbeit geliefert bekommen.«

Mit einem geschulten Blick hatte Werner Dietek die Szenerie erfasst und erklärte: »Zumindest das generelle Bild ist nicht besonders schwer zu analysieren.« Er schüttelte den Kopf. »Bei dem Blutverlust bin ich mal gespannt auf die Leiche.«

»Gibt keine«, erklärte Larissa.

»Wie? Gibt keine?«

»Wir haben nur ein paar Sachen gefunden. Bisher. Die Leiche fehlt noch. Falls es eine gibt.«

»Haha«, lachte Dietek und hievte seinen Koffer aus dem Wagen. »Müsste dann ein Zombie sein. Die Menge Blut würde auch für zwei Leichen reichen. Dann ziehe ich mich mal um und bereite alles vor, bis die Kollegen da sind.« Er blickte über den Hof. »Können wir die Absperrung weiter ziehen?«

»Klar«, erwiderte Larissa Flaucher. »Bis wohin?«

»Am besten sperren wir das ganze Grundstück einschließlich Gehweg vor dem Haus. Und die Kollegen ...« Dietek nickte zum Einsatzwagen der Streife hin, während er ihr ein Paar Plastiküberzieher für die Schuhe reichte. »Die sollten wieder vom Hof fahren. Das war gar keine gute Idee.«

Die Kommissarin seufzte und schlüpfte hinein. »Sie haben recht.«

»Bitte rückwärts. Wäre gut, wenn sie möglichst exakt auf ihren eigenen Spuren zurücksetzten.«

Wobei es natürlich auf dem Pflaster keine mit bloßem Auge sichtbaren Spuren der Reifen gab. Aber der Mann von der Spusi hatte natürlich recht.

»Eine Bitte, Dietek.«

»Ja?«

»Könnten Sie sich möglichst schnell die Handtasche vornehmen, die wir gefunden haben? Ich will wissen, was darin ist.«

»Klar. Vielleicht erfahren wir ja, nach wem wir suchen.«

*

Sie erfuhren es. Mit dem ersten Griff seiner behandschuhten Finger holte Werner Dietek eine Geldbörse aus der Tasche, in der neben einigen Scheinen auch eine Bankkarte, ein Führerschein und ein Personalausweis steckten. »Charlotte Gerstner«, las Larissa Flaucher. »Geboren am 12. Oktober 1987.« Einem ersten Impuls folgend, wollte sie schon einem der hiesigen Polizeibeamten zurufen, ob er die Frau kenne. Doch bevor der Kollege noch eilfertig über den Hof zu ihr lief und mögliche Spuren zerstörte, hielt sie sich zurück und machte nur rasch ein Foto des Ausweises mit ihrem Smartphone.

Das Passbild zeigte eine völlig durchschnittliche Frau. Brauner Kurzhaarschnitt, wenig Make-up, kein Schmuck. »Rückseite?«

Die Adresse. *Klick.* Larissa kannte die Straße.

»Danke.« Das war hier im Ort. Sie war irgendwann im Laufe des Tages schon daran vorbeigekommen. Die Person, deren Tasche und Jacke und vielleicht auch Blut hier gefunden worden war, kam demnach aus Holzhausen. Was war hier verdammt noch mal los? Und was hatte es mit dem Anruf auf sich gehabt? *Hilfe! Hier wird jemand ermordet! In Holzhausen, in der Praxis Dr. Wacker, kommen Sie schnell!*

Anonyme Rufnummer, aber das musste nichts bedeuten, das hatten schließlich viele. Larissa Flaucher hatte sich die Aufnahme vom Notruf vorspielen lassen, während die Kollegen von der Streife sie hierhergebracht hatten. Eine weibliche Stimme. Kein Name. Nichts weiter. Eigentlich gab es ganz genaue Regeln, was bei einem Anruf der 110 zu sagen war. Nur dass sich in Ausnahmesituationen sowieso kaum jemand daran hielt. Wie auch. Deshalb waren sie ja Ausnahmesituationen. Und deshalb musste die Polizei auch solche Notrufe ernst nehmen, bei denen nicht klar war, ob sich hier nur jemand einen schlechten Scherz erlaubte.

Es wäre allerdings ein sehr schlechter Scherz gewesen, bei all dem Blut. Nein, hier war schon ganz eindeutig etwas Schreckliches geschehen. Und es gehörte kein außergewöhnlicher kriminalistischer Scharfsinn dazu, ein Kapitalverbrechen zu erwarten. Die Frage war nur, ob sie es mit einem Todesfall zu tun hatten oder nur mit einer schweren Verletzung.

»Dietek?«

»Ja, Frau Flaucher?«

»Was denken Sie, wie viel Blut die Person auf der Strecke von der Hintertür über den Hof verloren hat.«

»Schwer zu sagen«, erwiderte der Spurensicherer. »Könnte schon ein Liter gewesen sein. Aber bitte, das lässt sich ohne genauere Untersuchung kaum sicher sagen.«

»Verstehe. Danke.«

Wenn es auf dieser Strecke ein Liter war, dann waren es oben und im Treppenhaus sicher auch noch einmal ein bis anderthalb Liter. Alles in allem zweieinhalb Liter Blut. Ab drei Litern wird es verdammt gefährlich. Die Frau konnte doch kaum noch bei Bewusstsein gewesen sein, als sie hier über den Hof getorkelt war.

»Wo bleiben denn die Kollegen, die das Gebüsch durchkämmen sollen?«, rief Larissa den Einsatzbeamten von der Streife zu, allerdings in dem Moment, in dem der Mannschaftswagen vorfuhr.

»Halten Sie die mal lieber zurück!«, rief Dietek und wedelte mit den Händen, um klarzumachen, dass er Angst um seine Spuren hatte.

Die Kommissarin lief vors Haus, hielt den Kollegen ihre Marke hin und erklärte: »Danke, dass Sie da sind. Wir haben jede Menge Blut und einen unspezifischen Notruf. Die Anruferin behauptete, es würde jemand ermordet. Im Moment müssen wir mindestens mit einer schwer verletzten Person rechnen. Wir müssen die nähere Umgebung schnell und sorgfältig nach ihr absuchen. Möglicherweise ist sie nicht tot, wir brauchen also auch einen Rettungswagen …«

»Ist schon auf dem Weg«, warf ein noch sehr junger Kollege ein, der offenbar die Einsatzleitung der Einheit hatte.

»Danke. Wir haben schon die Spusi hier, das heißt, Sie müssen bitte extrem vorsichtig sein, damit so wenige Spuren wie möglich vernichtet oder unbrauchbar werden.«

Das alte Dilemma: Du kannst keine möglicherweise noch Lebenden finden, ohne sie zu suchen – und du kannst sie nicht suchen, ohne Spuren zu zerstören.

Ihr Handy klingelte. »Ja?«

»Kommen Sie rauf. Wir haben vielleicht die Tatwaffe.«

*

Dr. Georg Wacker hatte nicht geschlafen, als das Telefon klingelte. Er war immer noch aufgedreht – daran hatte der Sex nichts geändert. Auch wenn der Junge sich gut reingehängt hatte. Aber das taten sie ja meistens, wenn man ihnen ein bisschen half. Und sich selbst auch. Er war das Zeug einfach zu sehr gewöhnt. Vor allem war es diese Leere hinterher. Nein, genau genommen war es die Angst vor der Leere. Wenn die Wirkung nachließ. Dann war da einfach nur ein großes Nichts. Scheiße.

Er war gerade auf dem Weg ins Bad gewesen, als das Telefon geläutet hatte. Ein Blick zur Uhr hatte besagt, dass es fast halb drei war. »Oh Gott.« Kurz hatte er überlegt, gar nicht ranzugehen. Hausärzte müssen keine Notrufe entgegennehmen. Er wäre auch gar nicht auf Hausbesuch gegangen. Nicht einmal, wenn er nüchtern gewesen wäre. War er aber nicht. Nicht in dem Sinne jedenfalls. »Ja?«

»Herr Doktor Wacker?«

»Ja. Wer spricht denn bitte? Was ist so wichtig, dass Sie mich mitten in der Nacht anrufen müssen?« Aber er *fühlte* sich nüchtern, und zwar auf eine Weise, dass er jedes Staubkorn, das im Schein der kleinen Lampe beim Telefon in der Luft schwebte, wie durch ein Mikroskop betrachten konnte, mit allen Kanten und Scharten. So ähnlich mussten Asteroiden durchs Weltall schweben.

»Hier spricht Polizeioberkommissarin Flaucher. Wir müssen davon ausgehen, dass in Ihrer Praxis ein Gewaltverbrechen begangen wurde. Wir sind bereits vor Ort und möchten Sie bitten, möglichst schnell hierherzukommen.«

»Ein Gewaltverbrechen?« Ein plötzlicher Würgereiz ließ ihn schlucken. »Ist das ein Scherz?«

»Leider nein. Sollen wir Ihnen einen Wagen schicken? Allerdings … Mir wäre lieber, ich könnte die Kollegen hier einsetzen.«

Einen Moment musste Georg Wacker überlegen, dann erklärte er: »Nein, nein, lassen Sie nur. Ich …« Er räusperte sich. »Ich komme selbst. Bin in ein paar Minuten drüben.« Drüben in Holzhausen. Denn er selbst wohnte in Reichenberg. Mit dem Auto war das eine Strecke von drei Minuten. Mit dem Auto, das er in seinem Zustand nicht hätte fahren dürfen. Aber erstens hatte die Polizei selbst ihn darum gebeten. Und zweitens hatten das Menschen so bestimmt, die keine Ahnung hatten, welche Wirkungen bestimmte Mittel auf die kognitiven Fähigkeiten eines Menschen hatten. Auf einmal fiel ihm wieder der junge Mann ein, den er mit nach Hause genommen hatte. Gut, um dessen kognitive Fähigkeiten war es offenbar nicht so gut bestellt. Für ihn galt wohl eher die Problematik, die den allgemeinen Vorurteilen zugrunde lag. Wacker konnte ihn nicht gut hier schlafen lassen, während er selbst in die Praxis rüberfuhr. Zumal ja gar nicht klar war, wie lange das dauern würde.

Andererseits konnte er jetzt auch nicht warten, bis er ihn wach bekommen und so weit versorgt hatte, dass er wieder verkehrstauglich war. Der Arzt musste kichern. Verkehrstauglich ... Er rieb sich mit beiden Händen übers Gesicht, dann lief er schnell ins Badezimmer, wo das Nötigste stets zur Hand war, zog eine Spritze auf, nur eine halbe Dosis, das würde reichen – ging ins Schlafzimmer, schlug die Bettdecke zurück, betrachtete den schön muskulösen Oberkörper des jungen Mannes und beeilte sich, ihm den Schuss in die Bauchdecke zu verpassen. Er zuckte nicht einmal. Würde ein bisschen dauern, bis es wirkte, weil es eigentlich intravenös hätte gesetzt werden müssen. Aber im Moment war er ja noch von den Amphetaminen high – und jenseits von Gut und Böse. »Schlaf schön, mein Junge«, flüsterte Wacker und packte seine Sachen wieder weg. Dann zog er sich hastig an, frisierte sich, verzichtete auf frisches Hemd und Krawatte und saß kurz darauf in seinem Wagen Richtung Holzhausen.

*

Holzhausen lag in der Dunkelheit. Nur das bläuliche Licht der Einsatzwagen erhellte flackernd die Fassaden, den Asphalt, die Bäume. Und die Gesichter der Menschen, die im Dunkel ihrer Wohnungen an den Fenstern standen und herüberstarrten. Kalt. Unwirklich. Larissa fröstelte, vielleicht auch, weil klamme Feuchtigkeit in der Luft lag und sie übernächtigt war.

Ihr Kollege Hegel hatte die hiesigen Beamten gebeten, ihnen einen provisorischen Besprechungsraum in der Gaststätte Holzhauser zu organisieren – und sich selbst ein Zimmer für die restliche Nacht –, wobei er sich vermutlich genauso wenig Illusionen darüber machte, dass er in dieser Nacht noch Schlaf finden würde, wie seine Kollegin. Trotzdem war es eine sinnvolle Idee. Denn so, wie die Dinge hier lagen, würden sie in diesem Kaff länger zu tun haben. Vielleicht sollte auch sie sich ein Zimmer in dem Gasthaus nehmen, wo man so schön *Fremdenzimmer* auf einer Tafel an der Tür stehen hatte.

Mit steifen Beinen und schmerzendem Rücken wollte sie hinübergehen zu dem Gasthaus, das – wenn man vom »Tatort« absah – als einziges erleuchtet war im ganzen Ort. Aber klar, um drei Uhr morgens schliefen brave Bürger. Und als Polizistin war sie damit absolut einverstanden. Wer schläft, sündigt nicht, dachte sie. Aber irgendjemand hier schlief in diesem Augenblick verdammt noch mal ganz sicher nicht. Die Person, die dieses Gemetzel veranstaltet hatte. All das Blut … Zum zweiten Mal innerhalb eines Tages. Sie hatte gerade den Fuß vors Haus gesetzt, als auf der gegenüberliegenden Straßenseite ein Wagen hielt.

Ein drahtiger, muskulöser Mann stieg aus und blickte ihr direkt in die Augen.

»Herr Doktor Wacker?«, vermutete die Kommissarin.

»Was ist passiert?«

»Das versuchen wir noch herauszufinden«, erklärte Larissa und musterte ihn sorgfältig. Er mochte Ende vierzig sein und war immer noch attraktiv, auch wenn er vielleicht nicht im eigentlichen Sinn gut aussehend war. Er hatte eine selbstbewusste Ausstrahlung, und – als der Arzt vor ihr stand, konnte sie es riechen – er roch nach einer seltsamen Mischung aus Damenparfüm, Rasierwasser und Schweiß. »Tut mir leid, dass wir Sie um diese Uhrzeit herbitten mussten.«

»Tja, Sie haben es sich vermutlich nicht ausgesucht«, erwiderte der Arzt und wich dem Blick der Kommissarin aus. »Gehen wir rein?«

»Moment! Zuerst muss ich Sie bitten …« Larissa winkte einem der Spurensicherer, ihr ein Paar Überzieher zu geben, und reichte sie dann dem Arzt. »Wegen der Untersuchungen. Sie verstehen.«

»Natürlich.«

Zwei Minuten später waren sie oben in der Praxis, und die Fassungslosigkeit in Doktor Georg Wackers Miene schien durchaus authentisch. Gewiss war es möglich, dass der Arzt einfach ein guter Schauspieler war. Aber es fiel Larissa auf, dass er eben nicht genau überall dorthin blickte, wo es etwas zu sehen gab: Er wusste nicht, wo überall sich das Drama zugetragen hatte. Und das war ein starkes Indiz dafür, dass er womöglich nichts damit zu tun hatte.

»Wer hat alles einen Schlüssel zur Praxis?«

Der Arzt zögerte nicht. »Nur ich, meine Sprechstundenhilfe und der Putzservice.«

»Die Sprechstundenhilfe. Ist das Frau Gerstner?«

»Ja. Richtig. Haben Sie sie schon gesprochen?«

»Nein. Noch nicht.« Larissa hatte lange gebraucht, sich anzugewöhnen, nicht zu viel preiszugeben. »Der Putzservice«, sagte sie. »Ist das jemand vom Ort?«

»Wie? Nein. Die kommen aus Reichenberg. Serkan Selim und seine Frau. Die putzen den halben Ort.«

Die Kommissarin nickte und notierte den Namen in ihrem Smartphone. »Wann haben Sie die Praxis verlassen?«

»Ich? Gestern. Das war vielleicht um sieben Uhr. Es ist viel los zurzeit, weil wir mal wieder auf eine neue Software umstellen müssen. Zum Glück habe ich Frau Gerstner. Die ist ein Ass mit Computern. Die Bürokratie wird ja immer …«

»Und nach Ihnen?«, unterbrach Larissa den Arzt. »War da noch jemand hier?«

»Nach mir? Nein. Frau Gerstner ist ja dann auch gegangen.«

»Gleichzeitig mit Ihnen?«

»Nein. Kurz nach mir.«

»Haben Sie das gesehen?«

»Nein, sie hat es mir gesagt.«

»Was hat sie genau gesagt?«

»Dass sie auch gleich gehen werde.« Zum ersten Mal blickte ihr der Arzt direkt in die Augen, vielleicht weil er sich verhört vorkam und es der Kriminalbeamtin übel nahm.

Da sah sie es: Die Pupillen von Doktor Georg Wacker waren groß. Nein, nicht groß: Sie waren riesig!

*

Die Wirtin des Holzhauser hatte zwei große Kannen Kaffee auf die Tische gestellt. Sie stand in Morgenmantel und Hausschuhen im Gastraum und betrachtete die Szenerie, als Larissa eintrat. Die Kommissarin nickte ihr zu, die Wirtin nickte zurück und verzog sich dann wieder in die Küche. Hegel saß am Tisch und hatte seinen Laptop aufgeklappt.

»Nehmen Sie den immer mit an den Tatort?«, fragte Larissa und setzte sich neben ihn.

»Irgendwas Neues?«, fragte Hegel zurück, ohne auf ihre Bemerkung einzugehen.

»Keine Leiche bisher, falls Sie das meinen.«

»Hm. Wie weit kommt jemand bei dem Blutverlust?«

Larissa seufzte. »Ich fürchte, zumindest bis zum Kanal.« Denn die Blutspur führte genau Richtung Talsperre. Falls die verletzte Person hineingestürzt war, war sie womöglich mit der Strömung bis zum Wehr gezogen worden.

»Und warum sollte jemand genau dorthin laufen?«

»Wer auf der Flucht ist, sucht meist den kürzesten Weg«, gab die Kommissarin zu bedenken.

Ihr Vorgesetzter nickte. »Das ist richtig. Aber den kürzesten Weg wohin?«

»Ich weiß es nicht, Herr Hegel.« Larissa schenkte sich eine Tasse Kaffee ein. »Sie auch?«

Hegel schüttelte den Kopf. »Also, was haben wir?«

»Die zweite Gewalttat innerhalb von zwei Tagen«, stellte die Kommissarin fest. »An einem Ort, an dem sonst nie etwas passiert.«

»Was dafürspricht, dass die beiden Ereignisse zusammengehören könnten.«

»Wissen wir schon, wer den Notruf abgesetzt hat?«

»Anonyme Nummer.«

»Im Haus …«

»Sind sonst nur Büros. Da dürfte um die Uhrzeit niemand mehr gewesen sein.«

»Der Arzt erklärt, außer ihm habe nur der Reinigungsservice einen Schlüssel und seine Sprechstundenhilfe«, sagte Larissa Flaucher.

»Haben wir schon die Daten?«

Larissa rief die Notizen in ihrem Smartphone auf und legte es vor den Hauptkommissar, der sie abtippte. »Es gibt eine Überwachungskamera«, sagte sie. »Vor dem Bürgerhaus. Das ist das Nebengebäude. Mit etwas Glück …«

»Sehr gut. Wir …« Die Tür ging auf, und der Leiter des Suchtrupps trat ein. »Ja?«

»Die Spur reißt ab am Kanal«, erklärte er. »Wir gehen davon aus, dass die Person ins Wasser gestürzt ist. Deswegen suchen wir jetzt in zwei Teams. Eines ist vorgefahren zum Wehr, eines folgt dem Kanal bis dorthin.«

»Gut«, befand Hegel. »Rufen Sie mich an, wenn Sie etwas gefunden haben. Sie müssen nicht persönlich hierherkommen. Das ist Zeitverschwendung.«

Der Einsatzleiter des Suchtrupps nickte mit unbeweglicher Miene und verließ kommentarlos das Gasthaus.

Hegel seufzte und schüttelte den Kopf. »Gehen Sie hin«,

sagte er zu Larissa und nickte in Richtung seines Bildschirms, auf dem Name, Telefonnummer und Adresse der Sprechstundenhilfe standen. »Aber seien Sie vorsichtig.«

*

Holzhausen lag im Dunkeln. Nur einige wenige Straßenlaternen und das Blaulicht der Einsatzfahrzeuge erhellten die Nacht auf beinahe gespenstische Weise. Während die Suchmannschaft schweigend das Gestrüpp am Rand des Kanals durchkämmte und die Mitarbeiter der Spurensicherung in ihren weißen Anzügen wie auf einer düsteren Mondmission die blutige Fährte dokumentierten, Fotos machten und Proben nahmen, standen hinter vielen dunklen Fenstern der umliegenden Gebäude Menschen und betrachteten das Schauspiel. Ob sie wussten, was noch folgen würde? Ob sie ahnten, wie gewaltig der Sturm sein würde, der erst begonnen hatte, über diesem kleinen Ort aufzuziehen? Und wenn sie es ahnten: Ob sie wussten, dass es kein Entrinnen gab? Denn alles, alles war ins Werk gesetzt. Und dieses Werk war grausam, endgültig und vor allem: gnadenlos.

*

Gerstner stand auf einem der Klingelschilder. Das Mehrparteienhaus war dunkel. Larissa hatte dennoch schon beim Näherkommen gesehen, dass im Obergeschoss jemand am Fenster stand und auf sie herabstarrte. Die Wohnung, bei der sie läutete, lag allerdings im Erdgeschoss. Auch hier brannte kein Licht. Es stand aber auch niemand am Fenster. Und vor allem: Es öffnete niemand. Die Wohnung schien verlassen. Larissa klingelte erneut und wartete einige Zeit. Nichts.

Sie machte sich eine Notiz und wählte die Nummer, die ihr Hegel gegeben hatte. Doch es meldete sich nur die Mailbox. Wie wahrscheinlich war es, dass Charlotte Gerstner ein Schlafmittel genommen oder sich die Ohren zugestopft hatte oder beides, und dass sie ihr Telefon ausgeschaltet hatte, sodass sie absolut nichts mitbekam von den Vorkommnissen dieser Nacht – auch nicht davon, dass jemand bei ihr Sturm läutete?

Larissa trat einige Schritte von der Tür zurück und blickte nach oben. Sie winkte dem Mann zu, der hinter einem der Fenster stand und sie beobachtete. Doch statt das Fenster zu öffnen, trat er hinter den Vorhang und war nicht mehr zu sehen.

»Hallo?«, rief Larissa und winkte erneut. Doch der Mann tauchte nicht mehr auf. Fluchend drückte sie mehrere Klingeln und wartete. Läutete erneut, als niemand ihr öffnete, und trat ein, als schließlich doch der Summer ging.

»Ja?«, tönte von oben eine männliche Stimme.

»Flaucher, Polizei«, bellte Larissa den Flur hinauf. »Kann ich Sie kurz sprechen?«

»Ich hab nichts zu sagen«, erwiderte der Mann.

»Dauert nur eine Minute«, erklärte sie und nahm zwei Stufen auf einmal. Doch der Bewohner war schon im Begriff, seine Tür wieder zu schließen. »Hey!«, rief sie. »Warten Sie doch mal einen Augenblick.«

Misstrauisch musterte sie der Mann. »Was wollen Sie von mir?«

»Ich möchte nur wissen, ob Sie Frau Gerstner gesehen haben. Also: heute Nacht. Oder gestern Abend.«

»Keine Ahnung. Warum?«

»Sie wissen nicht, ob Sie sie gesehen haben?«

»Nee. Vielleicht.«

»Ist nicht nach Hause gekommen heute«, hörte Larissa eine Stimme unten im Flur.

Sie schaute hinunter. Die Tür der Wohnung gegenüber von Frau Gerstner war aufgegangen. Eine ziemlich alte Frau stand vollständig angezogen da und lächelte Larissa an. Freundlich? Wehmütig? Mitleidig?

»Verstehe. Danke.«

Larissa ging die Stufen wieder hinunter, starrte auf die Tür, an der der Name *Gerstner* stand, als könnte sich dahinter heimlich jemand verbergen, und verließ das Haus wieder. Blieb also nur, die Frau erneut anzurufen, in der Hoffnung, dass sie abhob. Das war nach einem persönlichen Gespräch die zweitbeste Möglichkeit.

Dass Charlotte Gerstner sich nicht meldete, ließ nichts Gutes erwarten. Kein Läuten. Wieder nur die Mailbox. Einen Moment zögerte Larissa, dann sagte sie: »Larissa Flaucher hier, Kriminalpolizei. Bitte rufen Sie mich zurück.« Sie diktierte ihre Nummer, wiederholte sie und legte auf. Die Frau würde sie nicht zurückrufen. Sie würde niemanden mehr zurückrufen. Mit jeder Minute, die verging, stieg die Gewissheit in der Kommissarin, dass die Arzthelferin aus der Praxis am Marktplatz tot war. Die zweite Tote innerhalb von vierundzwanzig Stunden. Was war hier los?

*

Samstag, 27.02.1995, 17.40 Uhr

Endlich waren sie bei der Haltestelle angekommen. Lotte blickte sich um. Wenn jetzt ein Bus käme, dann würden sie ihn nehmen. Aber es kam keiner. »Setz dich hin«, sagte sie zu Alex.

»Und du?«

»Ich gehe weiter.«

»Aber ich will nicht allein hierbleiben!« Alex trat mit dem Fuß gegen die Bank.

»Du kannst ja mit mir weiterlaufen«, schlug Lotte vor.

»Ich laufe nicht mehr.«

»Dann musst du hierbleiben.«

»Aber … Aber wenn du weggehst …« Er blickte sie bockig an, kurz davor, schon wieder zu heulen.

»Pass mal auf«, erklärte Lotte. »Wenn der Bus kommt, steigst du ein und fährst mit dem Bus nach Hause. Wenn ich vorher Papa sehe, komme ich mit ihm hierher und hole dich von hier ab, okay?«

»Wir könnten beide hier warten«, meinte Alex.

»Das kann ewig dauern. Kein Mensch weiß, wann der nächste Bus fährt.« Das stimmte nicht ganz. In Wahrheit war einfach nur der Fahrplan von ein paar Blödmännern angezündet worden. In dem verkohlten Schaukasten konnte man nichts mehr entziffern. Aber das erwähnte Lotte lieber nicht, sonst hatte Alex womöglich noch mehr Angst. »Also«, sagte sie stattdessen. »Ich gehe jetzt ganz schnell. So schnell ich kann. Aber vielleicht bist du ja am Ende doch vor mir daheim.«

»Ich hab gar keine Fahrkarte«, stellte Alex fest.

»Aber du bist ein Kind. Die dürfen ohne Fahrkarte fahren.«

»Stimmt nicht«, erwiderte der kleine Bruder. »Mama hat gesagt, ich brauche eine Kinderfahrkarte.«

»Hm. Okay. Die bezahlen wir dann, wenn du in Holzhausen ankommst.«

Das schien Alex für den Augenblick zufriedenzustellen.

Kurz darauf war Lotte wieder auf der Landstraße unterwegs. Jetzt durfte sie endlich weinen.

*

17.50 Uhr

Längst war es ganz dunkel. Kirsten Bergmann stand im Flur und starrte auf das Schlüsselbrett, an dem auch der Zweitschlüssel für den Wagen ihres Mannes hing. Sie hätte ihn nehmen und einfach losfahren können. Aber Holger hatte es ihr ausdrücklich verboten. Der Dienstwagen durfte nur von ihm gefahren werden. Einmal war sie damit zum Friseur hinüber nach Reichenberg gefahren, ein einziges Mal. Holger hatte den Wagen gar nicht gebraucht. Doch bei ihrer Rückkehr war er so ausgerastet, dass sie wirklich Angst bekommen hatte, er könnte sie schlagen. Seitdem rührte sie den Wagen nicht mehr an. Und deshalb auch nicht den Zweitschlüssel. Nein, er musste fahren. Sie seufzte. Sie wusste, wie wichtig ihm dieser Abend war. Die Vorbereitungen beschäftigten ihn seit Tagen, als gäbe es nichts anderes als die Fastnacht im Bürgersaal. Aber gut, so war es eben. Ganz Holzhausen war verrückt, wenn es um die Fastnacht ging. Närrisch eben.

Sie warf sich den Mantel über und lief noch einmal zum Marktplatz, der nur ein paar Schritte die Straße runter lag. Vielleicht hatte sich ja alles längst erledigt, und die Kinder waren bei ihrem Vater im Bürgersaal. Der Wagen jedenfalls stand davor. Stand er *noch* hier? Oder *wieder*?

Im Obergeschoss brannte hinter einigen Fenstern noch Licht, obwohl um die Zeit an einem Samstag garantiert keiner mehr hier arbeitete. Gearbeitet wurde jetzt nur noch unten im Bürgersaal, damit nachher ab acht alles wie am Schnürchen lief.

Hinter den Fenstern im ersten Stock konnte Kirsten Bergmann die Silhouetten zweier Menschen sehen, und sie hätte wetten können, dass eine davon die ihres Mannes war. Und die andere? Es gehörte nicht viel Fantasie dazu, in ihr die Umrisse von Gaby Deinhard zu erkennen, dieser Schlampe. Nein, das war eindeutig. Wenn ihm die wichtiger war als seine Kinder … Kirsten jedenfalls würde sich jetzt nicht mehr kümmern.

Sie war schon dabei, wieder umzudrehen, als sie Zoran Tersic aus dem Bürgersaal kommen sah. »Herr Tersic!«

»Ah. Hallo«, grüßte er sie lustlos. Klar, der war mit dem Kopf gerade bei der Cheerleader-Gruppe, die er trainierte und deren großer Tag heute war. Vermutlich nicht nur mit dem Kopf …

»Wissen Sie, wo Alex und Lotte sind?«

»Ich glaube, die sind einfach losgegangen.«

»Zu Fuß?«

»Tut denen gut. Bewegung an der frischen Luft.«

»Aber die müssten doch inzwischen auch da sein …«

»Sie kennen doch Kinder. Trödeln immer rum.«

Kirsten schaute erneut zum Fenster im ersten Stock. Die Schatten hinter dem Lamellenvorhang waren verdammt eng beieinander. Sie war hin und her gerissen. Am liebsten wäre sie hochgegangen und in das »Meeting« geplatzt, das ihr Mann da offenbar mit der Schlampe von der Stadtverwaltung abhielt. Am liebsten hätte sie auch diesen Tersic niedergemacht mit seinen blöden Sprüchen. Selber hatte er es ja bisher nicht zu Kindern gebracht, obwohl er nichts anbrennen ließ, wenn stimmte, was man über ihn sagte. Na ja, wahrscheinlich gerade deshalb nicht.

Wütend wandte sie sich ab und stapfte wieder nach Hause. Wütend auf ihren Mann, auf den Sportlehrer, auf die Kinder, die nicht auftauchten … Wahrscheinlich auch auf sich selbst, weil sie immer alles mitmachte und nie aufmuckte. Dabei hätte sie gute Gründe gehabt – viele gute Gründe. Aber heute Abend würde sie nicht mitspielen. Sie würde sich nicht für dumm verkaufen lassen und einfach zusehen, wie ihr Mann sie wieder einmal betrog und sich um nichts scherte. Heute würde sie sich auch ein Abenteuer suchen. Sie war keine unattraktive Frau. Und sie wusste, dass zum Beispiel einer der Nachbarn schon lange ein Auge auf sie geworfen hatte. Er war vielleicht nicht ihr Typ. Aber um einmal einen Seitensprung zu wagen, dafür brauchte es nicht den Mann fürs Leben. Sie würde sich nur ein wenig Mut antrinken müssen …

*

»Sollen wir wieder runtergehen?«, fragte Holger Bergmann, während er nach seiner Hose angelte. Verdammt, warum konnte ihn seine Frau nicht so küssen. Und so ficken! Gaby Deinhard war das reinste Dynamit verglichen mit Kirsten.

Geflirtet hatten sie schon öfter. Und Gaby hatte ihm mehr als einmal signalisiert, dass sie interessiert war. Aber die Nummer gerade eben war … Sie war …

»Was denkst du?«, fragte sie.

»Dass du echt ein …«

»Was?«

Geiles Luder bist, dachte er. »Dass du eine besondere Frau bist«, sagte er.

Gaby lächelte geheimnisvoll. »Ja«, erwiderte sie. »Gehen wir wieder runter. Aber ich zuerst. Du wartest zwei Minuten, dann kommst du nach.«

»Klar.« Er sah ihr zu, wie sie die Tür wieder aufschloss. Niemand außer ihm würde wissen, dass sie ihr Höschen nicht wieder angezogen hatte. Sie hatte es ihm in die Brusttasche seines Hemds gesteckt. Wenn er daran dachte, dass sie … Dann spürte er glatt das Blut zwischen seinen Beinen pochen. »Werden wir … Werden wir das mal wiederholen?«

»Vielleicht brauche ich ja mal wieder den Schlüsseldienst«, sagte sie und blickte kurz nach draußen, ob die Luft rein war. »Bei mir zu Hause. Dann weiß ich ja, wie ich dich erreiche.« Und weg war sie.

Holger musste grinsen, als die Tür hinter ihr zuging. Eine geile Schlampe, dachte er. Genau das war sie. Dass ausgerechnet die mit Abstand heißeste Frau in der Gemeinde ihn rangelassen hatte, das fühlte sich an wie ein Sechser im Lotto.

Er stand auf, schlüpfte in die Schuhe, löschte das Licht und trat ans Fenster. Inzwischen war es dunkel geworden. Vor dem Bürgerhaus war mächtig was los. In ungefähr zwei Stunden würde es losgehen mit der Fastnacht, und heute gab es verdammt noch mal richtig was zu feiern. Er griff nach dem Höschen und betrachtete es. Ein String-Tanga. Duftete ein wenig nach ihrem Parfüm. Aber nicht nur. Mit leisem Seufzen steckte er das Ding in die Hosentasche und machte sich fertig, um ebenfalls wieder herunterzugehen, da erkannte er unten auf dem Platz seine Frau, die strammen Schrittes hinüberging in Richtung ihres Hauses. Gut, dass sie nicht hier aufgetaucht war. Gut, dass ihr Gaby nicht direkt in die Hände lief. Man wusste ja nie ...

Er fuhr sich mit den Fingern durchs Haar und machte sich dann selbst wieder auf den Weg nach unten. Aber er würde die andere Treppe nehmen. Dann kam er von der Rückseite her, sodass es aussah, als wäre er auf der Toilette gewesen. Musste ja niemand etwas mutmaßen.

*

Liebes Tagebuch,

Ich hab mich mit Benno und Tini ans Fenster gesetzt. Wenn ich ganz nah an die Scheibe gehe, dann kan ich die Straße sehen und kan sehen wenn Alex heimkommt. Benno und Tini gucken auch und passen auf mich auf. Benno hat so große Augen, da kann er Alex bestimt als erster sehn.

3

18. Juni 2022, 23.40 Uhr

Es war eine kleine Runde gewesen im Eberbräu. Nur vier alte Kumpel, die ein paar Runden Karten gespielt hatten. Man wurde einfach älter. Hannes Braun atmete tief durch, als er die Wirtschaft verließ, und streckte sich. Er hatte den Wagen zwar hier geparkt, aber die paar Meter nach Hause würde er jetzt zu Fuß gehen. Ein wenig frische Luft konnte nicht schaden. Er hatte sowieso viel zu viel getrunken. Mit unsicheren Schritten lief er die Häuserzeile entlang Richtung Ortsrand. Die Metzgerei Braun lag natürlich am Hauptplatz. Das wäre so viel gemütlicher gewesen. Zweimal umfallen, und schon war man da. Aber seit ein paar Monaten wohnte er in dem kleinen Apartment über dem Kühlhaus. Tina hatte ihn rausgeworfen. Was nicht das Schlechteste war. Denn in ihrer Ehe herrschte schon seit Langem Funkstille. Sohn und Tochter waren beide ausgezogen … Hannes Braun seufzte und ging etwas schneller. Es war ein wenig frisch geworden. Zum Glück war Holzhausen ein kleiner Ort, die Wege waren kurz, selbst wenn man am Ortsausgang wohnte. Dass in die andere Richtung der Himmel von einem pulsierenden blauen Lichtschimmer erhellt war, bemerkte er nur am Rande – und schrieb es seinem Alkoholspiegel zu. Vielleicht hätte er doch ein paar Biere weniger trinken sollen.

Die Straßenbeleuchtung reichte gerade bis zwei Häuser vor das Kühlhaus, sodass das Gebäude nur wenig Licht abbekam. Trotzdem sah er schon von Weitem, dass etwas nicht stimmte. Als er näher kam, erkannte er das Graffito an der großen Metalltür: *Mörder! Tiere haben ein Recht auf Leben!*

Idioten. Das würde ihn wieder eine Stange Geld kosten, das entfernen zu lassen. Dachte er zumindest. Bis er entdeckte, dass die Schrift nur mit Kreide aufgemalt war. Kopfschüttelnd, aber erleichtert, sperrte er das Kühlhaus auf, um einen Lappen zu holen und die Schrift schnell wegzuwischen. Müde tastete er nach dem Lichtschalter, stolperte, fing sich, drehte sich um und sah im letzten Augenblick, wie hinter ihm die Tür zufiel.

*

19. Juni 2022, 04.51 Uhr

Larissa wollte sich gerade abmelden, um endlich Feierabend zu machen – nach siebzehn Stunden im Dienst –, da kam ein Anruf von Hegel rein: »Noch mal kurze Besprechung im Lagezentrum, Frau Flaucher. Gibt ein paar neue Erkenntnisse.«

Halb ohnmächtig vor Müdigkeit schleppte sich die Kommissarin ins Holzhauser, wo sich sowohl Dietek als auch der Leiter der Suchtruppe eingefunden hatten.

»Kaffee?«, fragte Hegel, als er sie sah.

»Eine Mütze Schlaf wäre sinnvoller«, erwiderte Larissa.

»Hm.« Der Polizeihauptkommissar zuckte die Achseln. »Wir machen schnell, damit Sie ins Bett kommen.« Vielleicht sollte es freundlich klingen. Aber eigentlich klang es vor allem von oben herab. »Dietek?«

»PHK Hegel hat mich um eine Einschätzung des Blutverlustes gebeten. Nach allem, was wir in der Praxis, im Treppenhaus und auf dem Hof gesehen haben, dürfte die betreffende Person allein auf der Strecke mindestens zwei bis drei Liter Blut verloren haben. Es sieht auch nicht so aus, als wäre die Blutung irgendwann eingedämmt worden.«

»Das heißt, die Person hat noch mehr Blut verloren«, stellte Larissa fest.

»Davon dürfen wir ausgehen.«

»Und das bedeutet?«

»Dass sie es nicht überlebt haben kann.«

»Herr Wasmuth?«, wandte sich Hegel an den Leiter des Suchtrupps.

»Wir haben bisher zwar noch niemanden gefunden, aber im Wehr einen Schal oder ein Halstuch entdeckt«, berichtete der Kollege. »Und ...« Er hob leicht die Stimme. »Mehrere Büschel Haare, die sich im Gitter verfangen hatten. Mit Resten von Kopfhaut. Es ist zu befürchten, dass die Strömung am Wehr den Körper zerrissen hat und die Überreste der Leiche in den Stausee gezogen wurden.«

»Gute Arbeit«, befand Hegel.

»Wir nehmen die Proben mit ins Labor«, sagte Dietek. »Ich hoffe, wir können bis zum Nachmittag erste Ergebnisse liefern. Es wäre gut, wir bekämen zum Abgleich möglichst schnell einige DNA-Proben der in Betracht kommenden Opfer.«

»Ich war bei der Wohnung von Charlotte Gerstner«, sagte Larissa. »Es hat niemand geöffnet. Nach Auskunft einer Nachbarin ist Frau Gerstner am Abend nicht nach Hause gekommen. Der Arzt aus der Praxis meinte, sie habe die Praxis nach ihm am Abend verlassen, konnte es aber nicht sicher bestätigen.«

»Das werden wir vielleicht herausfinden, sobald die Aufzeichnungen der Überwachungskamera vom Bürgerhaus vorliegen«, erklärte Hegel.

»Sie könnte auch den Hinterausgang genommen haben«, gab Larissa zu bedenken.

»Hat sie ja möglicherweise«, stellte Dietek fest. »Wenn Charlotte Gerstner unser Opfer ist.«

Hegel faltete die Hände. »Wir werden sehen. Herr Wasmuth? Wie geht es jetzt weiter?«

»Es wird bald hell genug sein, dann macht es Sinn, dass wir das Wehr abtauchen. In der Dunkelheit ist das zu gefährlich.«

»Gut. Taucher haben Sie angefordert?«

»Nicht nötig. Wir haben zwei Spezialisten im Team. Die sind schon unterwegs, um ihre Ausrüstung zu holen.«

»Sehr gut. Dann bitte ich Sie, dem Labor Druck zu machen, Dietek. Und Sie, Herr Wasmuth, führen die Suche fort, bis Sie hoffentlich etwas finden. Kollegin Flaucher, Sie können jetzt ein paar Stunden Pause machen. Ich bleibe erreichbar für Sie alle.«

Wenige Augenblicke später waren alle wieder draußen. Nur Hegel blieb über seinen Computer gebeugt in der Gaststube sitzen und bestellte sich eine weitere Kanne Kaffee.

Die kühle Morgenluft tat unendlich gut. Es würde ein schöner Tag werden. Die Sonne stand schon hinterm Wald und tauchte den Himmel in eine milde Stimmung. Larissa war dankbar, dass ihr Wagen nur ein paar Meter entfernt stand. Sie wankte hinüber zum Parkplatz vor dem Supermarkt, wo sie ihn gestern abgestellt hatte, und setzte sich hinein, nur um Sekunden darauf einzuschlafen.

Dass jeder ihrer Schritte genau beobachtet wurde, bemerkte sie nicht. Auch nicht, dass kurz darauf ein Wagen Richtung Reichenberg vorüberkam, der am Ortsrand in die Radarfalle fuhr.

*

06.32 Uhr

Zoran Tersic legte Wert auf körperliche Fitness. Seit er als junger Mann Landesmeister im Radfahren geworden war, hatte er nie ein Gramm Fett mehr als nötig am Körper getragen. Auch jetzt, mit zweiundsechzig, war er nicht im Ruhestand, weil er ausgebrannt gewesen wäre, sondern weil er das Leben genießen wollte. Das ging besser, seit er sich endlich von seiner Frau getrennt hatte. Jeden Morgen stieg Zoran Tersic aufs Rennrad, kaum dass es hell genug war, und arbeitete an seiner persönlichen Bestzeit über zehn Kilometer, für die es rund um Holzhausen beste Bedingungen gab. Allerdings fuhr er längst nicht mehr Rennrad, sondern nahm die Strecke mit dem Crossbike, wobei der anspruchsvollste Teil der abschüssige Abschnitt über den Feldweg hinterm Ort war, ehe es dann auf der Straße die letzten dreihundert Meter zurück ging. Anspruchsvoll auch deshalb, weil die davor liegenden neun Kilometer harte Arbeit waren. Und Zoran Tersic verausgabte sich gerne. Beim Sport, beim Sex – bei jeder Art von körperlicher Ertüchtigung. Entsprechend heftig trat er in die Eisen, als es hinter dem Wald um die Kurve ging und ins Gefälle. Dreizehn Prozent! Auf Schotter. Er blickte auf seine Armbanduhr. Knapp an der persönlichen Bestzeit. Wenn er jetzt in den Tunnel kam, dann konnte er sie vielleicht sogar unterbieten. Er durfte nur an nichts anderes mehr denken als an die Schussfahrt. Die Arme jetzt locker machen, um die Stöße abzufedern, den Hintern konstant in der Luft halten, den Kopf senken, um geschmeidiger reagieren zu können. Und treten. Treten wie ein Wahnsinniger. Zoran Tersic spürte, wie das Adrenalin durch seine Adern rauschte. Er liebte es, sich in diese halsbrecherische Strecke zu stürzen. Längst kannte er jedes Grasbüschel, jeden Stein, jede Schwelle, über die er hinwegmusste. Ein guter Fahrer antizipiert jede Herausforderung, die der Parcours an ihn stellt. Und genau das tat er.

Während er über den Feldweg schoss, dachte er immer schon an die übernächste heikle Stelle, hielt das Rad mehr in der Luft als auf dem Boden, nahm jede Biegung mit traumwandlerischer Sicherheit – bis auf einmal der Wagen vor ihm auftauchte. So plötzlich, als wäre er aus dem Nichts gekommen.

Der Aufprall geschah so unvermittelt, dass Zoran Tersic gar keinen Schmerz fühlte, ja nicht einmal erschrak. Stattdessen staunte er nur. Staunte, wie er gegen die Windschutzscheibe geschleudert wurde, übers Autodach polterte, wie er hinter dem Wagen auf den Boden krachte, wie seine Sehnen rissen, die Knochen brachen, wie sein Genick mit einem lauten Knall entzweiging und auf einmal alles ganz leicht wurde, ganz leicht und hell und leise.

*

Dass der Schlüssel von außen steckte, machte Gabriele Deinhard sprachlos. Nachdem sie die Wohnung wieder und wieder auf den Kopf gestellt, nachdem sie ihre Handtaschen durchsucht hatte, ihre Manteltaschen, am Boden herumgekrochen war, als könnte ein Schlüsselbund völlig unbemerkt herunterfallen und auch noch unter der Kommode verschwinden, nachdem sie im Kühlschrank nachgesehen hatte, in der Waschmaschine und auf der Terrasse, war sie überzeugt gewesen, dass der Schlüsselbund nur im Büro geblieben sein konnte. Obwohl sie keine Antwort darauf hatte, wie sie dann verdammt noch mal in die Wohnung gekommen war. Jedenfalls hatte sie die Tür aufgerissen – und das Klirren der Schlüssel gehört. Offenbar hatte sie aufgesperrt und sie dann nicht abgezogen, sondern die Tür einfach hinter sich zugezogen. »Oh mein Gott!«, rief sie lachend. »Was für eine Scheiße.« Sie zog den Schlüssel ab und schnappte sich ihre Sachen, um so sorgfältig wie nur möglich zuzusperren und sich dann auf den Weg ins Bürgerhaus zu machen.

Als sie an ihrem Auto vorbeikam, blieb sie abrupt stehen. »Ich fass es nicht«, keuchte sie und starrte auf die Motorhaube. »Ich glaub's ja nicht! Was denn noch alles?«

»Frau Deinhard?«, sprach sie ein fremder Mann an, während er nebenher den Wagen betrachtete.

»Ja?«

»Polizeihauptkommissar Hegel. Wir warten auf Sie.«

»Auf mich? Wieso?«

»Ich habe gehört, Sie haben Zugang zu den Aufzeichnungen der Überwachungskamera vor dem Bürgerhaus?«

»Das … das ist richtig, ja.«

»Dann wäre es schön, wenn Sie jetzt Ihren Dienst antreten und sie uns verschaffen. Können wir?« Er deutete die Straße hinab Richtung Bürgerhaus.

»Ähm, ja. Natürlich«, stotterte Gabriele Deinhard, warf noch einmal einen Blick auf ihr Fahrzeug, seufzte und ging dann voran.

*

Erst am späten Vormittag wurde die Leiche des Zweiundsechzigjährigen ein paar hundert Meter hinter dem Ortsrand auf einem Feldweg gefunden. Offensichtlich hatte der Hobbysportler sein Gerät nicht mehr beherrschen können und war auf der abschüssigen Strecke so unglücklich gestürzt, dass er es mit dem Leben hatte bezahlen müssen. Pilzesammler hatten Zoran Tersic entdeckt, als sie von der Landstraße aus auf den Feldweg eingebogen waren, um zum Wald hinaufzufahren. Die Frau hatte einen Schock erlitten, der Mann die Feuerwehr gerufen, die einen Rettungswagen schickte, natürlich unnötigerweise: Die Sanitäter hatten nur noch den Tod des Radfahrers feststellen können.

Wäre die Spurensicherung der Kriminalpolizei nicht ohnehin vor Ort gewesen, man hätte die Sache vermutlich nicht weiter verfolgt. Doch einer der Feuerwehrmänner erinnerte sich an den Suchtrupp, der gerade im nahegelegenen Bach nach einer Frauenleiche tauchte, und dass es ja wohl ein Gewaltverbrechen in Holzhausen gegeben hatte. Wenige Minuten später waren die Spurensicherer an der Unfallstelle gewesen und hatten unverzüglich alle Anwesenden verscheucht. Wobei es klar war, dass nicht mehr sehr viel an Spuren zu sichern war: Die Pilzesammler und die Rettungsleute hatten den Ort des Geschehens plattgetrampelt, den Toten geborgen und in den Wagen verfrachtet und das Fahrrad an einen Strauch gelehnt.

»Wir nehmen das mal mit«, erklärte Werner Dietek, nachdem er dennoch zahllose Fotos geschossen hatte.

»Macht, was ihr wollt«, erwiderte der Chef des Rettungswagens. »Das Fahrrad geht uns nichts an.«

»Und den Toten? Wohin bringt ihr den?«

»Tja, also wir hätten den jetzt im Klinikum zwischengelagert.«

»Zwischengelagert. Und da heißt es immer, wir wären zynisch«, sagte Dietek kopfschüttelnd. »Gut. Die sollen den Mann aber mal noch nicht freigeben.«

»Schon klar.« Der Einsatzleiter des Rettungsteams seufzte. Das hatte man davon, dass man half. Jetzt machten die Typen von der Spusi es wieder kompliziert. Dabei war es eindeutig, was passiert war. Ein Mann in fortgeschrittenem Alter hatte sich ein Geschoss auf zwei Rädern zugelegt und seine Grenzen nicht erkannt. Passierte ständig. Mal übertrieben sie's im Job, mal im Straßenverkehr, mal beim Geschlechtsverkehr … Manche Leute kapierten einfach nicht, wie weit sie gehen konnten und wo sie lieber mal einen Gang zurückschalten sollten. »Wir sind weg.«

»Okay. Danke, dass ihr uns gerufen habt.«

»Gerne.« Arschloch.

*

Die Aufzeichnungen waren eindeutig. Für den fraglichen Zeitraum zwischen zehn und elf Uhr nachts gab es eine einzige Person, die das Anwesen neben dem Bürgerhaus betreten hatte, in dem auch die Arztpraxis von Dr. Georg Wacker lag: eine Frau mittleren Alters. Eher stämmig, blonder Kurzhaarschnitt, Brille.

»Kennen Sie die Frau?«, fragte Hegel die Verwaltungsangestellte.

»Das ist Martha Keller«, erklärte Gabriele Deinhard. »Sie ... Oh Gott. Ihr Mann ... Er ist ... Er hat ...«

»Er hat seinen Nachbarn ermordet, das wissen wir. Deshalb sind wir vor Ort. Unter anderem.«

»Unter anderem?«

»Sie haben von den Ereignissen heute Nacht nichts mitbekommen?«, fragte Hegel überrascht. Er hatte angenommen, das ganze Dorf hätte an den Fenstern gestanden.

»Nein. Was ist denn passiert?«

»Nun, es gibt vermutlich noch einen Todesfall.«

»Wie schrecklich.«

»Wie kommt es, dass Sie davon nichts gemerkt haben? Es war viel Polizei im Einsatz.«

»Ich leide unter Schlafproblemen«, erklärte die Verwaltungsangestellte. »Ich nehme Schlaftabletten.«

»Verstehe.«

Auf dem Band war erneut eine Bewegung zu sehen. Martha Keller verließ das Haus wieder, in dem die Praxis lag. Sie blickte sich um, als suchte sie etwas oder jemanden. Einen kurzen Moment starrte sie sogar in Richtung der Kamera, als wollte sie ihr Gesicht möglichst deutlich zeigen. Dann hastete sie davon. Wenig später fuhren zwei Autos durch den Ort, eine Katze überquerte die Straße, dann blieb es lange Zeit still in Holzhausen.

»Kennen Sie Frau Keller gut?«, fragte Hegel.

»Ach, so gut, wie man sich eben kennt, wenn man viele Jahre am selben Ort lebt. Wir hatten nie viel miteinander zu tun.«

»Haben Sie eine Idee, warum sie um …« Hegel fuhr die Aufzeichnung zurück. »… um zehn Uhr siebzehn am Samstagabend in die Praxis von Dr. Wacker gegangen sein könnte?«

»In die Praxis?«

»Nur mal so als Annahme.«

»Keine Ahnung. Ein Notfall?«

»Der Arzt war aber um die Zeit nicht da.«

Gabriele Deinhard schüttelte den Kopf. »Ich habe keine Ahnung«, sagte sie.

»Bitte sichern Sie diese Aufnahmen und schicken Sie sie mir direkt per E-Mail zu. Hier ist meine Adresse.« Hegel reichte ihr seine Karte.

Die Verwaltungsangestellte zögerte nicht lange, sondern tat, worum er sie gebeten hatte, während der Kommissar die Nummer von Spurensicherer Dietek wählte.

»Hegel hier. Wissen wir schon etwas Neues?«

»Die Laboruntersuchungen liefern frühestens heute Nachmittag Ergebnisse, Herr Hegel«, erwiderte Dietek säuerlich. »Wir haben die ganze Nacht gearbeitet. Ich bin gerade auf dem Weg ins Bett.«

»Schön für Sie«, erklärte Hegel. »Geben Sie mir Bescheid, wenn Sie ihr Nickerchen gemacht haben. Das hier stinkt alles zum Himmel.«

»Von dem Unfall auf dem Feldweg haben Sie gehört?«

»Ja. Wasmuth hat mir berichtet. Scheint unter keinem Glücksstern zu stehen, dieses Kaff.«

»Ich hab das Fahrrad zu einer eingehenden Untersuchung gegeben, Herr Hegel«, sagte der Spurensicherer. »Aber man muss keine Frequenzanalyse anstellen, um sagen zu können, dass das kein Unfall ohne Drittbeteiligung war.«

Hegel schnappte nach Luft. »Es gab einen Unfallgegner?«

»Der Vorderreifen ist derart deformiert, das kann nicht durch ein Schlagloch oder einen großen Stein passiert sein –

abgesehen davon, dass es am Unfallort keine entsprechenden Steine oder Löcher gab. Jedenfalls nicht in der unmittelbaren Nähe. Und nur die ist relevant. Außerdem waren auf dem roten Fahrradlack deutlich weiße Spuren erkennbar.«

»Spuren wovon?«

»Einer anderen Lacksorte. Allem Anschein nach vom Unfallgegner. Wie gesagt: Alles Weitere dann heute Nachmittag. Ich melde mich.«

»Alles klar. Gute Nacht«, sagte Hegel und starrte aus dem Fenster, wo inzwischen die Sonne hoch am Himmel stand und das ganz normale Leben wieder seinen Gang aufgenommen hatte.

*

Wasmuth wies die Kollegen an, die Suche einzustellen. Zwei Polizeitaucher waren am heruntergefahrenen Wehr bis auf den Grund gegangen und hatten jeden Millimeter abgesucht. Eine Leiche hatten sie dabei nicht entdeckt. Zugleich war die Stelle wegen der trotzdem starken Strömung und der Sogwirkung der Metallverstrebungen extrem gefährlich. Wo nichts war, war nun einmal nichts. Oder vielmehr: nichts mehr.

Dietek von der Spusi hatte noch einen Mitarbeiter vorbeigeschickt, um letzte Proben abzuholen. Man würde das Blut abgleichen und feststellen, dass es von derselben Person stammte, natürlich. »Es ist überhaupt ein Wunder, dass die sich so weit hat schleppen können bei dem Blutverlust«, stellte Wasmuth fest.

»Da sagst du was. Aber wenn ein Mensch in Todesangst ist, dann setzt das ungeahnte Kräfte frei«, antwortete der Spusi-Mitarbeiter.

»Sieht so aus.«

Die Kommissarin tauchte wieder hinter der Häuserzeile auf und kam am Kanal entlang auf sie zu. »Tag!«, rief sie.

»Hallo auch«, rief Wasmuth zurück.

»Und?«

»Keine Leiche.«

»Hm. Und sonst?«

»Nicht mehr viel. Blut. Keine weiteren Beweisstücke.«

»Verstehe.«

»Sie haben von dem Unfall gehört?«, fragte Dieteks Mitarbeiter.

»Unfall?«

»Knapp hinter der Ortsgrenze.« Er wies Richtung Reichenstein.

»Ja«, erklärte Wasmuth. »Auf dem Feldweg. Radfahrer.«

»Genickbruch«, führte Dieteks Mitarbeiter aus. »Der Rest hätte ihn auch schon umbringen können. Scheint nicht ohne Fremdbeteiligung passiert zu sein.«

»Was heißt *scheint*?«, wollte Larissa wissen.

»Dass es keinen Unfallgegner vor Ort gab. Jedenfalls nicht mehr, als der arme Teufel gefunden wurde.«

»Fahrlässige Tötung, unterlassene Hilfeleistung, Unfallflucht …«, murmelte Larissa. »Was ist das hier eigentlich für ein Höllenkaff?«

Wasmuth lachte. »Ein Unglück kommt eben selten allein«, sagte er. »Ich muss jetzt.« Er hob die Hand zum Gruß. »Wir sind inzwischen auch seit achtzehn Stunden im Dauereinsatz.«

»Machen Sie Schluss«, erwiderte Larissa. »Ich glaube nicht, dass wir jetzt noch entscheidende Erkenntnisse gewinnen.«

»Vielleicht schickt die Zentrale ja eine zweite Suchtruppe«, sagte Wasmuth.

Larissa lachte freudlos. »Sie glauben auch noch an den Weihnachtsmann, was?«

Die drei gingen auseinander, und Larissa hörte noch, wie Wasmuth seine Frauen und Männer aufforderte, die Suche abzubrechen, während sie sich auf den Weg zum Lagezentrum machte. Ob Hegel inzwischen auch Feierabend gemacht hatte?

Zumindest war er nicht mehr im Holzhauser, als sie eintrat. Die Gaststube war leer. Jetzt würde sie endlich Aisha anrufen und nach Sara fragen, die natürlich in der Schule war und schon wieder nichts von ihrer Mutter gehört hatte. Doch die Nachbarin ging nicht ran. Seufzend drückte Larissa den Anruf weg, als sie bemerkte, dass jemand hereingekommen war.

»Ja, bitte? Ach, Sie sind es«, sagte die Wirtin, als sie Larissa als die Polizistin aus der Nacht wiedererkannte.

»Kommissar Hegel ist vermutlich auf seinem Zimmer?«

»Ist er nicht«, erklang eine Stimme in ihrem Rücken. Hegel war Augenblicke nach ihr eingetreten. »Ich war drüben im Bürgerhaus und habe mir die Videoaufzeichnungen angesehen. Gibt es Kaffee?«, fragte er die Wirtin.

Die nickte und verzog sich in ihre Küche.

»Und?«, fragte Larissa.

»Wir wissen jetzt, wer in die Praxis gekommen ist, kurz bevor der Notruf einging. Es war Martha Keller.«

»Die Frau des Mörders von gestern?«

»Genau die. Und wenige Minuten, nachdem sie das Haus betreten hatte, ist sie wieder gegangen. Das war Sekunden, bevor der Notruf in unserer Zentrale einging. Ich hab's überprüfen lassen.«

»Halten Sie es für möglich, dass sie angerufen hat?«

»Ausgeschlossen. Sie war zum Zeitpunkt des Anrufs auf der Straße und hatte kein Mobiltelefon in der Hand.«

Wie aufs Stichwort klingelte Hegels Handy.

»Ja? Ach. Ja, schießen Sie los … Gut. War zu erwarten … Ja. Ich bin erreichbar.« Offenbar beabsichtigte er, nie wieder zu schlafen.

»Und?«, wollte Larissa wissen.

»Und jetzt werde ich Frau Keller einen Besuch abstatten, und Sie gehen zu Frau Deinhard.«

»Sorry. Wer ist Frau Deinhard?«

»Gabriele Deinhard. Arbeitet bei der Gemeinde. Die Frau, die mir gerade die Aufnahmen gezeigt hat, auf denen Frau Keller zu sehen war.«

»Aha?« Larissa nahm der Wirtin dankbar eine Tasse Kaffee ab, die wieder an ihren Tisch getreten war. »Und was wollen wir jetzt von ihr?«

»Wissen, weshalb ihr Wagen Spuren eines Unfalls aufweist. Motorhaube, Windschutzscheibe. Dach.«

»Sie denken, es war die Sache mit dem Radfahrer?«

»Darüber sind Sie also schon informiert, gut. Ja, das wäre jedenfalls die naheliegendste Erklärung.« Auch Hegel nahm einen Kaffee von der Wirtin entgegen, nippte daran und stellte fest: »Er wird nicht besser, je mehr man davon trinkt.« Und verließ dann grußlos das Lagezentrum.

»Machen Sie sich nichts daraus«, sagte Larissa, an die Wirtin gewandt. »Er hat eine lange und harte Nacht hinter sich. Da muss man es ihm nachsehen.«

Die Wirtin zuckte die Achseln. »Ihretwegen habe ich auch so gut wie keine Stunde geschlafen.«

*

Samstag, 27.02.1995, 17.55 Uhr

Es war so kalt. Alex hatte sich ganz klein gemacht und die Jacke fest um seinen Leib gezogen. Aber er fror trotzdem. Außerdem musste er Pipi. Er hatte Lotte hinterhergeguckt, ziemlich lange, bis sie hinter der Kurve verschwunden war. Kurz hatte er noch überlegt, ob er doch lieber mit ihr laufen sollte. Aber dann war sie schon weg gewesen. Nun war sie seit einer Weile nicht mehr zu sehen. Wenn nur endlich der Bus käme!

Einmal war ein Auto vorbeigefahren. Das war der Lieferwagen von Familie Braun gewesen. Alex kannte ihn. An der

Seite war ein lachendes Schwein draufgemalt. Wahrscheinlich, weil Brauns eine Metzgerei hatten. Kurz hatte sich Alex gefreut. Aber der Wagen war einfach weitergefahren.

Und jetzt war er wieder allein. Niemand zu sehen. Lotte war weg, Papa kam nicht, und niemand hielt hier an. Er spürte einen dicken Kloß im Hals. Aber er würde nicht weinen. Das bringt nichts, sagte Lotte immer. Und sie hatte ja recht. Er hätte mit ihr gehen sollen. Mit Lotte war es besser als ohne. Dann wäre er wenigstens nicht allein. Na ja, aber jetzt war sie weg.

*

Kirsten Bergmann stand am Fenster und blickte auf die Straße hinunter. Die Kinder waren nicht zu sehen. Dafür sah sie Hannes Braun, der mit seinem Lieferwagen in den Ort fuhr. Die Metzgerei der Brauns lag in der Ortsmitte, doch der Lagerraum nur zwei Häuser neben Bergmanns Haus. Kirsten war mit Hannes zur Schule gegangen. Sie hätte ihn sich damals schon vorstellen können. Als Freund. Nicht als Ehemann. Eine Metzgersfrau hatte sie nicht werden wollen. Und dann hatte sie ausgerechnet Holger geheiratet, der zwei Jahre später von Best Energy wegrationalisiert worden war. Dabei war Hannes schon ein attraktiver Mann. Vielleicht ein bisschen fest gebaut. Aber Kirsten mochte kräftige Männer.

Hannes feierte gern. Er würde heute Abend sicher auch kommen. Er würde da sein – und sie würde da sein. Holger konnte tun, was er wollte. Sie würde tun, wozu sie Lust hatte. Und heute hatte sie Lust auf Hannes Braun. Endlich würde sie nachholen, was sie damals aus Rücksicht auf ihren Zukünftigen unterlassen hatte. Und seit sie verheiratet war, kam das sowieso nicht mehr infrage. Wieso eigentlich? Was ihr Mann konnte, konnte sie auch. Wenn er mit der Schlampe Gaby Deinhard rummachte, was sollte sie daran hindern, sich auch mal ein bisschen Vergnügen zu gönnen?

Mit jedem Gläschen Kirschlikör gefiel ihr der Gedanke besser, und mit jedem Glas machte er ihr weniger Angst. Im Gegenteil, schon daran zu denken, erregte sie. Am liebsten wäre sie rübergelaufen zum Lager der Brauns und hätte sich Hannes geschnappt und mit nach Hause genommen. Holger hätte nicht das Geringste mitbekommen, der war ja viel zu beschäftigt. Sie wollte gerade vom Fenster zurücktreten, da blickte der Metzger nach oben. Als er sie sah, winkte er, und sie winkte zurück und lächelte. Gut, dass das Fenster geschlossen war, sonst hätte er sie kichern gehört.

Was machten eigentlich die Kinder so lange? Wie lange konnte man verdammt noch mal unterwegs sein vom Sportgelände hierher? Unvermittelt wurde Kirsten Bergmann bewusst, dass es inzwischen dunkel geworden war. »Na wartet, wenn ihr heimkommt«, sagte sie leise für sich. »Das gibt ein Donnerwetter.« Nein, sie würde sich den Abend nicht von Lotte und Alex verderben lassen, ganz gewiss nicht.

Und jetzt würde sie sich umziehen. So richtig heiß würde sie sich zurechtmachen. Sie würde ihre Spitzenunterwäsche tragen und die halterlosen Strümpfe. Und Holger würde genau wissen, was los war, wenn er sie sah. Die Strümpfe wünschte er sich immer mal wieder, wenn sie es miteinander machten. Was inzwischen auch viel zu selten vorkam. Aber auf die Dinger ging er ab. Und Hannes würde auch darauf abgehen.

*

Der Saal war fertig dekoriert. Die Musiker führten ihre Soundproben durch. An der Beleuchtung wurde noch gebastelt. In langen, eng gestellten Reihen drängten sich die Bierbänke aneinander, vor der Bühne war ein Teil des Raums frei geblieben, der würde später als Tanzfläche dienen. Inzwischen war auch Jutta Heinrichs da, die Ortsvorsteherin, wie immer mit Narrenkappe, ansonsten aber im korrekten Kostüm, als hätte sie nachher noch eine Lagebesprechung im Amtszimmer. Sie inspizierte die Arbeiten und ließ sich von den Beteiligten Bericht erstatten. »Wie viele Gäste werden wir haben?«, fragte sie den Schatzmeister von Reichenberg, der sich um den Kartenverkauf gekümmert hatte.

»Wir sind ausverkauft, Frau Heinrichs«, erklärte der. »Sechshundertzwölf Karten sind verkauft. Und ich denke, es werden noch einmal vierzig bis fünfzig dazukommen.« Denn es war klar, dass einige Plätze frei bleiben würden, für die es ein Kontingent an Restkarten gab – obwohl feuerpolizeilich nur sechshundert Besucher zugelassen waren. Aber niemand würde sie zählen, und es waren ja auch nie alle gleichzeitig im Saal. Außerdem führte die Gemeinde selbst Aufsicht über die Sicherheitsauflagen und war zugleich Veranstalter der Fastnachtsfeier. Nun, wo kein Kläger, da kein Richter. Offiziell würden sie mitteilen, dass über tausend Menschen die Fastnacht in Holzhausen besucht hatten. Klappern gehörte schließlich zum Handwerk.

»Sehr gut«, erwiderte Jutta Heinrichs und wandte sich an Georg Wacker, der erst wenige Wochen zuvor beim Rettungsdienst im Landkreis angefangen hatte und im Übrigen seit seiner frühesten Jugend zur Freiwilligen Feuerwehr von Reichenberg gehörte: »Das werden eine Menge Besucher sein heute Abend, Herr Wacker. Sind Sie sicher, dass wir das im Griff behalten?«

»Keine Sorge, Frau Ortsvorsteherin«, sagte Wacker. »Herr Kachler und ich sind vorbereitet.«

Jutta Heinrichs nickte. Kachler war ein erfahrener Mann. Er leitete den Rettungsdienst seit vielen Jahren und würde sich schon um Verstärkung kümmern, falls nötig. »Gut. Danke. Wenn etwas ist, Sie wissen, dass Sie mich jederzeit erreichen.«

»Wird nicht nötig sein, Frau Ortsvorsteherin.«

Man wusste nie. Sechshundert Menschen, die tranken, feierten, tanzten, tranken, tranken und noch mal tranken … Von Alkoholleichen über Verletzte durch Schlägereien, Unfälle und tätliche Übergriffe gab es bei solchen Veranstaltungen alles, was man sich vorstellen konnte. Das hatten sie auch in den zurückliegenden Jahren hinlänglich erlebt. Und da waren sie nie über fünfhundertfünfzig Gäste hinaus gegangen – brutto.

*

Da vorne, das mussten die Lichter von Holzhausen sein. Lotte hoffte es. Eigentlich gab es doch zwischen dem Sportgelände und dem Ort nichts anderes, oder? Aber sie war schon so lange unterwegs, und ihr war so elend zumute, dass sie nicht mehr sicher war. Gab es vielleicht doch noch einen Hof auf dem Weg? Oder war es wirklich endlich ihr Heimatort?

Sie lief schneller, auch wenn ihr die Füße wehtaten, versuchte zu erkennen, wie die Häuser aussahen, zu denen die Lichter gehörten. Es war alles so schwer zu unterscheiden, weil es inzwischen fast ganz dunkel war. Trotzdem war sie froh: Bald würde sie daheim sein. Endlich! Und dann konnte sie sich auch darum kümmern, dass Alex geholt wurde. Denn bisher war der Bus nicht an ihr vorbeigefahren. Alex saß also immer noch an der Haltestelle und war ganz allein. Es sei denn natürlich, jemand anderer wäre auch noch gekommen, um auf den Bus zu warten. Aber wer sollte das sein um die Uhrzeit? Lotte konnte sich nicht erinnern, schon jemals jemanden an dieser Haltestelle warten gesehen zu haben. Aber das wunderte sie nicht, es war ja auch nichts in der Nähe. Wozu es da überhaupt eine Haltestelle gab? Na ja, jetzt war sie jedenfalls froh, dass es sie gab. So hatte wenigstens Alex ein bisschen Schutz in der Kälte und Dunkelheit gefunden.

Vorhin war der Wagen der Metzgerei Braun vorbeigefahren. Wäre natürlich auch möglich, dass Herr Braun Alex mitgenommen hat. Aber dann hätte er doch bestimmt auch für sie angehalten, oder? Die Füße taten ihr weh. Und ein paarmal war sie auch schon gestolpert, weil es keine Beleuchtung auf der Landstraße gab. Lottes Nase lief. Ihre Augen tränten. Vielleicht weinte sie sogar ein bisschen. Aber vielleicht war es auch bloß das blöde Wetter. So kalt und windig. Jetzt fing es sogar etwas zu schneien an, aber ganz nass. Hoffentlich war Alex schon zu Hause, weil Brauns ihn mitgenommen hatten. Hoffentlich. Da vorne waren die Lichter. Bald würde sie auch zu Hause sein.

*

Holger Bergmann stand am Rand der Bühne und beobachtete, wie Gaby Deinhard mit den Typen von der Bar sprach. Das waren keine Jungs vom Ort, das waren Dienstleister. Die hatten eine komplette Bar in ihrem Lieferwagen gehabt, die sie innerhalb von ein paar Stunden so aufgebaut hatten, als wäre das hier eine Disco. So was hatte Holzhausen nicht zu bieten, und Reichenberg auch nicht. Zu allem Überfluss sahen die Typen auch noch aus wie aus einem Schwulenmagazin: durchtrainiert, muskulös, braungebrannt, in coolen Klamotten. Weil Fastnacht gefeiert wurde, hatten sie auch noch jeder ein lustiges Hütchen auf dem Kopf. Und während dieses Ding aus jedem anderen Mann einen kompletten Vollidioten gemacht hätte, sah sogar das an den beiden ziemlich lässig aus.

»Heiße Braut, was?«, sagte Hannes Braun, der unvermittelt neben Holger getreten war.

»Die Deinhard?«, fragte Bergmann zögernd, während ihm Braun eine Bierflasche reichte.

»Die Deinhard. Wie du das sagst. Ihr seid doch per Du, oder?«

»Schon. Ja.«

»Glückspilz«, erklärte Braun grinsend und tat gar nicht erst, als würde er ihr nicht auf den Hintern glotzen. Er hob seine eigene Flasche und stieß sie gegen Bergmanns. »Finde, das haben wir uns verdient nach der ganzen Arbeit. Und bevor's losgeht.«

»Was?« Bergmann musterte ihn irritiert.

»Na, ein Bier! Was dachtest du denn?«

»Oh. Nichts.« Und doch konnte Holger Bergmann sich nicht soweit beherrschen, nicht in Richtung von Gaby Deinhard zu blicken.

»Ah, verstehe«, sagte Braun und grinste noch breiter. »Das wäre natürlich eher eine große Belohnung.« Er lachte leise.

Holger nahm einen Schluck von seinem Bier und überlegte, wie er das Gespräch von Gaby ablenken konnte. »Wir sollten uns mal umziehen«, fiel ihm ein. »Geht ja bald los.«

»Dauert fünf Minuten.« Braun trank von seinem Bier, rülpste leise und sagte: »Waren das deine Kinder auf der Landstraße vorhin?«

»Keine Ahnung. Möglich. Sie waren beim Sport.«

»Ah, bei Tersic, ja? Da pass mal besser auf deine Tochter auf.«

Holger horchte auf. »Wie meinst du das?«

Braun lachte leise. »Na, zu den Cheerleadern würde ich sie jedenfalls nicht schicken.« Er nickte in Richtung der Gruppe, die sich hinter der Bühne auf den Boden gesetzt hatte und letzte Anweisungen von Zoran Tersic bekam. Man konnte buchstäblich jedes Höschen unter den kurzen Röckchen sehen. Und die Mädchen hingen an den Lippen ihres Trainers, als wäre er der liebe Gott persönlich.

»Meine ist noch zu jung«, erklärte Bergmann. »Aber danke für den Hinweis.«

*

18.10 Uhr

Bis jetzt hatte Alex sich auf die Bank im Wartehäuschen gekauert. Aber nun reichte es ihm. Er hatte die Nase voll. Er wollte nicht mehr warten, sondern würde alleine nach Hause gehen. Wenn Lotte das konnte, dann konnte er es auch. Aber zuerst musste er mal Pipi machen. Neben dem Bushäuschen. Und dann, dann lief er los.

Ein bisschen mulmig war ihm schon, es war ja inzwischen ziemlich dunkel. Auf einer Seite der Straße war der Himmel über dem Wald noch ein bisschen hellgrau. Dass es ausgerechnet jetzt anfing, zu schneien, war auch blöd. Alex hasste diesen Tag. Am liebsten wäre er … Er wäre … Am liebsten wäre ihm gewesen, wenn Papa endlich gekommen wäre. Aber inzwischen glaubte er gar nicht mehr, dass Papa noch auftauchen würde. Und der Bus auch nicht. Alex drehte sich um, ob nicht doch jemand vorbeikam, ein Auto, das ihn mitnehmen würde – und stolperte über eine Unebenheit im Straßenbelag.

Mit einem Aufschrei stürzte er, schlug sich das Knie auf und die Handflächen und rappelte sich wieder hoch. Ein Scheinwerfer machte, dass er die Wunden sehen konnte. Sie waren nicht schlimm. Alex blickte auf und erkannte ein Auto in einiger Entfernung. Er winkte, rief, winkte und rief. Bis der Wagen vorbei war. Ob es jemand gewesen war, den er kannte, wusste er nicht, das Auto war in der Dunkelheit nicht richtig zu erkennen gewesen. Papa würde es jedenfalls nicht gewesen sein, der wäre ja nicht vorbeigefahren. Alex schniefte. Dann lief er weiter hinter den sich entfernenden Rücklichtern her, die einen rötlichen Schimmer auf den feuchten Asphalt warfen. Jetzt musste er tapfer sein.

*

Liebes Tagebuch,

warum komt Alex denn nicht? Er kann doch auch die Straße lang laufen. Dafür ist er nicht zu klein. Ich finde ihn doof, das er nicht heimkomt. Das ist richtig gemein. Papa war aber auch gemein, das er uns nicht abgeholt hat. Und jezt ist alles so blöd und ich muss immer weinen.

4

19. Juni 2022, 09.22 Uhr

Gabriele Deinhards Wagen sah in der Tat ziemlich demoliert aus. Stoßstange und Motorhaube waren verbeult und zerkratzt, die Windschutzscheibe hatte einen Riss, das Dach über die ganze Länge eine Schramme. Als Larissa vor dem Haus von Gabriele Deinhard ankam, stand diese gerade vor dem Auto und starrte es fassungslos an. »Frau Deinhard, mein Name ist Larissa Flaucher von der Polizei. Ist das Ihr Wagen? Wie ist es zu diesem Schaden gekommen?«, fragte die Kommissarin und nahm ihr Smartphone heraus, um sich Notizen zu machen.

»Ich … Also ich habe keine Ahnung«, erklärte die Besitzerin, die entweder wirklich schockiert war – oder eine gute Schauspielerin.

»Sie meinen, es ist hier passiert?« Larissa wies auf den Parkplatz. »Oder hat jemand Ihren Wagen benutzt?«

»Nein, nein. Ich habe ihn nicht verliehen.«

»Wann haben Sie den Wagen zuletzt benutzt?«

»Ich? Gestern. Ich war am Nachmittag drüben in Reichenberg zum Einkaufen.«

»Und wann sind Sie zurückgekehrt?«

»Vielleicht um sechs Uhr? Ich habe nicht auf die Uhr geschaut.«

»Und danach …«

»Danach … Ich habe die Einkäufe ins Haus gebracht und war dann zu Hause. Bis heute Morgen.«

»Heute Morgen wann?«

»Na, als ich rüberging ins Bürgerhaus.« Plötzlich schien sich Gabriele Deinhard bewusst zu werden, dass hier ein Verhör stattfand. »Da habe ich Ihrem Kollegen geholfen mit den Videoaufzeichnungen. Ich beginne meine Arbeit jeden Tag um halb neun. Das war heute nicht anders.«

»Und vorher …«

»Vorher war ich zu Hause. Nichts weiter.«

»Und diesen Schaden haben Sie gerade eben entdeckt?«

Gabriele Deinhard atmete tief durch. »Nein, den habe ich vorhin entdeckt, als ich rüberging, um meinen Dienst zu beginnen. Da konnte ich mich nur nicht damit beschäftigen, weil ich ja wusste, dass Ihr Kollege wartet.«

»Haben Sie sich nicht gefragt, wie es zu diesem Schaden gekommen ist?«, wollte Larissa wissen.

»Ich frage mich das die ganze Zeit!«, entgegnete Gabriele Deinhard aufgebracht. »Ich meine, wer macht denn so was? Und wie kann man überhaupt so einen Schaden verursachen an einem Wagen, der einfach nur dasteht?«

Larissa ging um das Fahrzeug herum und machte ein paar Bilder mit dem Smartphone, während die Besitzerin den Schlüssel raussuchte. Doch als sie sich anschickte, die Tür aufzuschließen, hielt die Kommissarin sie zurück. »Stopp! Bitte fassen Sie den Wagen nicht an.«

»Bitte?« Gabriele Deinhard blickte verständnislos vom Auto zu ihr und wieder zurück. »Ich möchte wissen, ob er wenigstens noch fährt.«

»Gibt es einen zweiten Schlüssel für Ihren Pkw?«

»Sicher«, sagte die Frau, die inzwischen völlig verwirrt schien.

»Würden Sie ihn bitte holen?«

Gabriele Deinhard nickte, ging ins Haus und tauchte kurz darauf wieder auf dem Parkplatz auf. »Hier«, sagte sie und hielt den Zweitschlüssel in der Hand.

»Ich möchte Sie bitten, mir beide Fahrzeugschlüssel zu geben«, sagte Larissa.

»Aber warum?«

»Hiermit ist Ihr Wagen beschlagnahmt. Vorübergehend.«

»Be… Aber wieso?« Gabriele Deinhard machte keine Anstalten, die Schlüssel herauszurücken.

»Es besteht der dringende Verdacht auf fahrlässige Tötung, unterlassene Hilfeleistung und unerlaubtes Entfernen vom Unfallort.«

»Ich verstehe nicht …«

»Heute Morgen hat sich kurz hinter der Ortsausfahrt ein tödlicher Unfall ereignet. Wir haben Grund zu der Annahme, dass Ihr Fahrzeug in diesen Unfall verwickelt war.«

*

Wenn sie es nicht schon getan hätte, wäre jetzt der Zeitpunkt gekommen, an dem sie ihn rausgeschmissen hätte. Wie sie sich jemals für ihn hatte entscheiden können, war Martina Braun von Tag zu Tag schleierhafter. Aber letztlich war es auch egal. Denn privat war Hannes Vergangenheit, auch wenn sie bisher nicht über Scheidung gesprochen hatten. Die letzten Jahre hatten sie nur noch pro forma zusammengewohnt, im Grunde hatte jeder für sich gelebt. Bis Hannes endlich ausgezogen war. Der Auslöser war banal gewesen. Dass sie ihn erwischt hatte, wie er sich Pornos angeschaut und sich einen runtergeholt hatte? Sie hätte sich einfach umdrehen und tun können, als wäre nichts gewesen. Es hatte sie schließlich nicht überrascht. Aber es war ein willkommener Anlass gewesen, einen Schlussstrich zu ziehen. Sie hatte seine Sachen vor die Schlafzimmertür geworfen und sich verbeten, dass er am nächsten Morgen noch da wäre. Und wie zu erwarten, war Hannes hinübergezogen in die Absteige über dem Kühlhaus, die sie früher mal an ihren polnischen Mitarbeiter vermietet hatten und die nun seit Längerem leer stand.

Martina Braun konnte gut auf ihren Mann verzichten, sehr gut. Nur nicht im Laden. Den konnte sie unmöglich alleine mit dem Lehrling führen. Sie war diejenige, die verkaufte, die mit den Kunden plauderte, die alles wusste und für jeden ein nettes Wort übrighatte. Sie war diejenige, die darauf achtete, dass die Kasse stimmte und alles tiptop aussah. Man konnte dem Lehrling nicht die Arbeit am Hackstock und an den Schneidbrettern allein überlassen. Die meisten Kundinnen wussten zwar, was sie wollten, sie wussten aber auch, wie sie es wollten. Und Hannes ebenso. Bei all seinen Fehlern: Ein guter Metzger war er.

Nur dass er nicht da war. Und inzwischen war es nach zehn Uhr am Vormittag! Martina Braun hatte mehrfach bei ihm angerufen, doch ihr Mann war nicht ans Telefon gegangen. Den Lieferwagen hatte sie vor dem Eberbräu stehen sehen. Wahrscheinlich hatte er sich gestern Abend die Kante gegeben und schlief jetzt seinen Rausch aus. Eine halbe Stunde würde sie ihm noch geben, musste sie ihm noch geben, weil bis halb elf die meisten Kundinnen ihre Einkäufe in der Metzgerei Braun erledigt hatten, ehe es am Nachmittag wieder anziehen würde. Aber sobald der Andrang etwas nachließ, würde sie bei ihm vorbeigehen …

*

Der Kaffee schmeckte scheußlich. Aber das tat er immer, wenn kein Schnaps drin war. Zumindest weckte er ihn ein wenig auf. Günter Deinhard betrachtete die Kaffeemaschine mit einer Mischung aus Hass und Verachtung. Er öffnete den Kühlschrank und nahm den letzten Rest der Salami raus, die er irgendwann letzte Woche gekauft hatte. Sie glänzte. Und roch widerlich. Aber gut, es half ja nichts. Außer der Wurst war nichts mehr im Haus. Schwarzer Kaffee und Salami. Auch wenn mit Gaby alles beschissen gewesen war – das Frühstück war definitiv besser gewesen, als seine Frau noch bei ihm gewohnt hatte. War lange her. Zwei Jahre, vielleicht auch schon drei. Irgendwann vor seiner Rente. War auch egal. Alles vorbei. Gott sei Dank.

Er nahm die Kanne und schenkte sich von dem elenden Gebräu ein, setzte sich mit den paar Scheiben Wurst und der Tasse an den Küchentisch, auf dem noch die Teller von gestern oder vorgestern standen, und stierte eine Weile vor sich hin, ohne es über sich zu bringen, etwas von der Salami zu essen oder einen Schluck zu trinken. Stattdessen griff er nach der Flasche Bommerlunder, die immer auf dem Tisch stand, stellte angepisst fest, dass sie leer war, und schob sie dann weit von sich.

Wäre er nicht so verdammt fertig gewesen, dann hätte er den Fernseher angeschaltet. Aber jetzt wieder aufzustehen, dafür reichte seine Energie nicht. Nein, er würde jetzt einfach hier sitzen, seinen Kaffee trinken, etwas essen und langsam wach werden. Sehr langsam.

Das war das Gute am Suff: Man spürte die Zeit nicht mehr. Sie verging, aber das machte einem nichts aus. Wenn man genug intus hatte, dann lebte man immer in der Gegenwart. Dachte nicht an die Vergangenheit – oder nur ein kleines bisschen – und schon gar nicht an die Zukunft. Was gut war, denn eine Zukunft hatte Günter Deinhard nicht. Das wusste er sogar im betrunkenen Zustand. Vor allem aber im nüchternen. Wenn man jemals von nüchternem Zustand in seinem Fall sprechen konnte. Denn der Schnaps war sein bester Freund geworden, sein einziger, seit er frühverrentet worden war. »Wegen gesundheitlicher Beeinträchtigungen.« So hatte man das genannt. Wusste er natürlich selbst, dass ihn die Verkehrsbetriebe wegen seines kleinen Hangs zum Alkohol ausgemustert hatten. Dabei hatte er nie einen Unfall gebaut! Oder jedenfalls fast nie. Die Strecke Nierenfeld – Georgusdorf fuhr er selbst mit drei Promille und im Schlaf sicherer als jeder andere. Aber was nützte es. Undank war der Welten Lohn. Wenn einem von denen da oben eine Nase nicht passte, dann fand man schon einen Grund, selbst die besten Mitarbeiter rauszukegeln. Wahrscheinlich hatte sowieso Gaby die Finger im Spiel gehabt. Das Luder hatte ihn immer gehasst und ihm das Leben schwer gemacht. Und herumgehurt.

Hätte gemütlich werden können, der Ruhestand. Und er hatte ihn sich ja auch verdient! Wenn nicht seine Frau ständig auf seinen Nerven herumgesprungen wäre und ihn erniedrigt hätte mit ihren Affären. Als hätte er es nicht mitbekommen! Als hätte er nicht gemerkt, dass es keinen Mann im Ort gab, der nicht versuchte, bei ihr einen wegzustecken, sobald Günter unterwegs war. Sie war so ein undankbares, böses Weib. Er war froh, dass er sie los war, absolut! Nur der ganze beschissene Haushalt, der kotzte ihn an. Den hätte sie ruhig weiter machen können. Ja, Undank war der Welten Lohn!

Er bemerkte erst das dritte Klingeln an der Tür. Ächzend stand er auf und schlurfte hinüber zum Flur, sah gerade noch rechtzeitig, dass sein Hosenstall offen stand, zog den Reißverschluss zu und die Tür auf und starrte in ein fremdes Gesicht. »Ja?«

»Herr Deinhard? Polizeioberkommissarin Larissa Flaucher. Hätten Sie einen Augenblick für mich Zeit? Ich habe ein paar Fragen an Sie.«

Verwirrt tat Günter Deinhard einen Schritt zurück und ließ die Frau eintreten.

»Danke. Können wir uns irgendwo setzen?«

Er ging voran in die Küche und deutete auf einen der Stühle. »Hier.«

Larissa nickte und setzte sich, während sie sich ein Bild von der Situation machte. Dass der Mann alkoholkrank war, war offensichtlich. Nicht nur dünstete er eine Fahne aus, die um diese Uhrzeit bemerkenswert war, seine Haut war aufgedunsen, die Poren waren geweitet, die Augen gerötet, das Haar war dünn und schütter … Larissa kannte die Symptome gut. Zu gut. Als sie nach ihrem Smartphone griff, um das Gespräch aufzunehmen, musste sie ihren Abscheu niederringen. Sie legte das Gerät auf den Tisch, schob die offenbar leere Schnapsflasche beiseite und fragte: »Haben Sie etwas dagegen, wenn ich unser Gespräch aufnehme?«

»Mir egal«, erwiderte Günter Deinhard. »Was ist denn los?«

»Es geht um Ihre Frau.«

»Die ist schon lange weg.«

»Vielmehr um den Wagen Ihrer Frau.«

Verständnislos blickte ihr der Mann ins Gesicht.

»Er war heute Morgen in einen Unfall verwickelt.«

»Ist meiner Frau etwas passiert?«

»Nein.«

Für einen Augenblick wirkte es, als wäre Günter Deinhard enttäuscht. Larissa musterte sein Mienenspiel neugierig. Was für ein Wrack. Säufer, verlassener Ehemann und offenbar auch noch rachsüchtig. Und doch konnte sie nicht umhin, in einem Winkel ihres Herzens auch ein wenig Mitleid mit ihm zu empfinden. Diese Küche. Die Wurst auf dem Tisch, die er offenbar zu essen im Begriff gewesen war. Die leere Schnapsflasche. Seine offensichtlich schon lange ungewaschene Kleidung – wenn man von Kleidung überhaupt sprechen konnte, denn außer der Hose trug er nur ein vergilbtes Unterhemd … Das alles sprach dafür, dass hier nicht nur ein unappetitlicher, misanthropischer Mann vor ihr saß, sondern wohl auch ein zutiefst unglücklicher

Mensch. »Wo waren Sie heute Morgen zwischen sechs und acht Uhr, Herr Deinhard?«

Sie wusste es, ehe er es aussprach.

*

In seiner Wohnung über dem Lagerhaus war er auch nicht. Martina Braun sah sich neugierig um, weil sie sich schon fragte, wie ihr Ehemann hier so hauste. Seit sie ihn vor ein paar Wochen rausgeworfen hatte und er hierhergezogen war, war sie nicht mehr hier gewesen. Solange es um Fleisch und Wurst ging, war Hannes sogar ein ganz ordentlicher Koch, besser als sie selbst. Er würde sich schon gut selbst versorgt haben, daran hatte sie keinen Zweifel. Aber sonst ... Natürlich standen leere Bierflaschen auf dem Tisch. Wäsche lag herum. Neben dem Fernseher entdeckte sie ein paar Porno-DVDs. Gott, Männer waren solche Schweine. Mit Abscheu, aber auch einem unangenehmen Gefühl von Erregung betrachtete sie die Flecken auf dem Sofa. Als ihr Blick das Set mit den Insulinspritzen auf dem Beistelltischchen streifte, überkam sie eine seltsame Art von Traurigkeit. Irgendwie schien ihr alles sinnlos.

Nun, offenbar war es vor allem sinnlos, ihn hier zu suchen. Er war nicht da. Und entdeckt werden wollte sie auch nicht, wie sie ihm hinterherspionierte. Irgendwann würde er schon wieder auftauchen. Und dann würde sie ihm gewaltig den Marsch blasen, dass er sie erst als Ehemann so schäbig hintergangen hatte und jetzt auch noch im Laden hängen ließ. Eine Welle von Zorn und Kränkung überrollte sie. Sie atmete tief durch, drehte sich um und verließ die Wohnung wieder. War eigentlich zugesperrt gewesen? Sie erinnerte sich nicht, schloss aber lieber ab. Einmal umdrehen, erinnerte sie sich. Hannes drehte den Schlüssel immer nur einmal im Schloss, während sie die Türen stets mit zwei Umdrehungen sicherte.

Unten überlegte sie, ob sie etwas aus dem Kühlhaus brauchte. Aber da sie ohnehin zu Fuß gekommen war, entschied sie sich dagegen, etwas mitzunehmen. Es sah nicht gut aus, wenn man mit mehreren eingeschweißten Brocken Fleisch durch den Ort marschierte. So, wie die Leute keine Vorstellung davon haben wollten, auf welche Weise aus den Tieren ihr Braten wurde, so wollten sie auch nicht sehen, wie die Fleisch- und Wurstwaren in Großpaketen transportiert wurden.

Auf dem Weg zur Metzgerei kam ihr Richard Plötz entgegen, der Leiter der Reichenberger Polizeistelle, den sie als einen der ältesten Kumpels ihres Mannes kannte.

»Hallo, Tina«, grüßte er, als wüsste er nicht, wie sehr sie ihn seit jeher verachtete.

»Hallo, Richard. Weißt du, wo Hannes ist?«

Der Polizist lachte. »Also wenn du es nicht weißt …«

Was keine Antwort war. Ihr war klar, wie die Kerle sich gegenseitig deckten, wenn sie irgendetwas am Laufen hatten. »Falls du ihn siehst, sag ihm, es wäre nett, wenn er mal zur Arbeit käme.«

»Zur Arbeit«, entgegnete Plötz. »Klar. Ich muss leider weiter. Es passiert gerade so viel bei uns.«

»Natürlich«, sagte Martina und achtete gar nicht weiter auf ihn, sondern beeilte sich, wieder in den Laden zu kommen. Dass gerade viel passierte, hatte sie allerdings auch schon mitbekommen. Es schien ja geradezu ein Fluch über Holzhausen gekommen zu sein. Erst hatte Peter Keller den armen Eric Hesse niedergemetzelt, dann war in der Nacht offenbar Charlotte Gerstner umgebracht worden. Und vorhin erst hatte sie gehört, dass oben am Wald ein tödlicher Unfall passiert war.

Im Laden wartete Dr. Wacker an der Theke.

»Guten Morgen, Georg«, grüßte Martina Braun. »Wie immer ein T-Bone-Steak?«

»Wie immer ein T-Bone-Steak«, bestätigte der Arzt, der kürzlich ein Fitnessstudio in Reichenberg eröffnet hatte. Der Himmel wusste, mit welchem Geld. Sah heute besser aus als früher, der Mann. Früher hatte er was Schmieriges gehabt und war ein bisschen übergewichtig gewesen. Aber der Erfolg hatte ihn irgendwie reifen lassen.

»Ich hab dir schon eines zur Seite gelegt«, erklärte Martina Braun und schenkte ihm ihr schönstes Lächeln.

Er revanchierte sich, indem er seine bemerkenswerten Muskeln ein bisschen prächtiger ausstellte.

Fürs Erste hatte Martina Braun ihren Mann vergessen.

*

27. Februar 1995, 18.22 Uhr

Nach Längerem kam endlich mal wieder ein Auto, allerdings in der falschen Richtung: Es kam auf sie zu, fuhr also weg von Holzhausen. Trotzdem war Lotte froh, als sie die Lichter der Scheinwerfer sah. Sie winkte schon, da war der Wagen noch ganz weit weg. Vielleicht hielt der Fahrer ja an – und vielleicht war es jemand, der Alex von der Bushaltestelle abholte. Wenn der nicht vorhin im Auto der Metzgerei Braun gesessen hatte. Allerdings glaubte sie das immer weniger. Denn bestimmt hätten sie sie dann auch aufgesammelt, als sie an ihr vorbeigefahren waren. Nein, wahrscheinlich saß Alex immer noch an dieser Haltestelle und wartete, dass jemand kam und ihn mitnahm.

Tatsächlich bremste das Auto ab und rollte auf sie zu. Lotte winkte noch mal und atmete tief durch. Sie wusste nicht, wem der Wagen gehörte. Aber das war jetzt auch egal. Sie sah, wie die Scheibe runtergelassen wurde.

»Hast du mir gewunken?«

Lotte schluckte. Das war Herr Hesse. Eric Hesse aus der Oberen Straße. Vor dem sie sich immer ein bisschen gruselte. Denn das war ein eigenartiger Mensch. Niemand wusste so genau, was der eigentlich tat. Und er hatte auch so einen Blick …

»Na?«

»Ja, Herr Hesse. Ich hab gewunken.«

»Was machst du überhaupt hier? Es ist längst dunkel.«

»Herr Hesse, mein Bruder ist an der Bushaltestelle. Er … Also vielleicht könnten Sie ihn mitnehmen?«

»Mitnehmen, wohin?«

»Nach Hause!« Lotte spürte, wie sie zitterte. Das war vielleicht die Kälte. Immerhin hatte es schon wieder ein bisschen geschneit. Aber vielleicht war es auch der Blick, mit dem dieser Mann aus seinem Wagen auf sie herunterstarrte, und dass er nicht lächelte. Kein bisschen.

»Hör mal, Mädchen«, sagte Hesse, »ich bin unterwegs nach Blommersberg. Und ich hab's eilig. Wenn dein Bruder an der Bushaltestelle ist, dann wird er schon nach Hause kommen, oder?«

»Aber …«

»Mach mal lieber, dass du selber heimkommst. Kinder gehören bei der Dunkelheit nicht mehr auf die Straße. Wenn ich dein Vater wäre, gäbe es ein ganz schönes Donnerwetter, das sag ich dir!«

Lotte wollte noch antworten. Wollte ihm sagen, dass Papa doch nicht gekommen war. Und dass sie gar nichts dafür konnte, jetzt hier allein auf der Straße zu sein. Weil ja niemand sie und Alex hatte mitnehmen wollen. Alle hatten sie es eilig gehabt und … und …

Und dann kurbelte Hesse seine Scheibe wieder hoch und gab Gas. Lotte musste fast ein bisschen zur Seite hüpfen, um nicht vom Auto geschubst zu werden. Mit hängenden Schultern und trostloser Miene blickte sie ihm hinterher, bis die roten Rückleuchten verschwunden waren. Dann wischte sie sich mit dem Ärmel über ihr nasses Gesicht und marschierte weiter.

*

19. Juni 2022

»Ich habe Ihnen ein Zimmer hier gemietet«, erklärte Hegel Larissa, als sie wieder ins Lagezentrum im Holzhauser kam.

»Wozu?« Larissa wusste nicht, ob sie amüsiert oder wütend sein sollte. Offenbar hatte Hegel beschlossen, dass sie hierherziehen sollte, bis …

»Angesichts der aktuellen Lage müssen wir Präsenz zeigen«, bestimmte der Hauptkommissar. »Es ist jetzt erst einmal für zwei Nächte. Dann sehen wir weiter.«

»Ihnen ist bekannt, dass ich eine siebenjährige Tochter habe.« Keine Frage, eine Feststellung.

»Und Ihnen ist bekannt, dass Sie als Polizeioberkommissarin Ihr Privatleben ab und zu hintanstellen müssen.« Ebenfalls eine Feststellung.

Hegel sprach so gelassen, dass Larissa klar war, es lohnte nicht, sich gegen diese Entscheidung zu stemmen. Offenbar lag hier eine unausgesprochene Dienstanweisung vor. Eine Diskussion verbat sich schon deshalb, weil in dem Moment einer der örtlichen Polizisten hinter ihr den Raum betrat.

»Herr …«, sagte Hegel.

»Gerber«, erwiderte der Beamte. »Ulrich. Polizeimeister.«

»Hm«, machte Hegel, und Larissa wusste genau, dass er sich fragte, wieso ein Mann im Alter dieses Gerber immer noch lediglich Polizeimeister war. Ein Obermeister oder eher noch ein Hauptmeister wäre naheliegend gewesen. »Ich nehme an, die Polizeiwache steht uns weiterhin nicht zur Verfügung?«

»Wir können momentan nur einen einzigen Raum nutzen«, erklärte Gerber. »Der Wasserschaden …«

»Natürlich, der Wasserschaden. Die Gemeinde hat ja sonst keine Probleme.« Hegel schüttelte kaum merklich den Kopf und reichte dem Mann ein Blatt Papier. »Ich erwarte, dass Sie mir die Personen auf dieser Liste in den nächsten zwei Stunden hierherbringen.«

»Ich soll sie festnehmen?«, fragte Gerber mit ungläubigem Blick auf die Liste.

»Keineswegs. Es geht nur um eine Vernehmung zur Sache.« Hegel seufzte. »Oder vielmehr: zu diversen Sachen.« Während er dem Dorfpolizisten hinterherblickte, der die Liste an Larissa weitergereicht hatte und den Raum wieder verließ, schob er Larissa eine Mappe über den Tisch. »Hier. Die jüngsten Ergebnisse aus dem Labor und der Pathologie. Was denken Sie, Flaucher? Steht das alles in irgendeinem Zusammenhang?«

»Sie meinen außer, dass es innerhalb kürzester Zeit am selben Ort geschehen ist? Könnte man es irgendwie vermeiden, nicht nach einem Zusammenhang zu suchen?« Larissa betrachtete die Fotos von den Hämatomen und Wunden am Körper des verunglückten Radfahrers.

»Vermutlich nicht«, stimmte ihr Vorgesetzter zu. »Es liegt einfach in der menschlichen Natur, in allem ein Muster zu sehen.« Er wandte sich um und betrachtete die Dokumentenwand, die er eingerichtet hatte. »Aber welches Muster könnte das hier sein – außer dass die Fälle sich am selben Ort abgespielt haben?«

Larissa stellte sich neben ihn und folgte seinem Blick. »Ein Serienmörder kann es nicht sein. Denn den ersten Täter konnten wir nach der Tat ja festnehmen. Es muss also mindestens einen weiteren geben.«

»Der immer noch ein Serienmörder sein könnte.«

»Absolut«, stimmte Larissa zu.

Eine Weile schwiegen sie. »Auffällig ist, dass die Getöteten alle im mittleren Alter waren.«

»Zwei Männer und eine Frau mittleren Alters.«

Die Getöteten, dachte Larissa. Beim Radfahrer lag der Verdacht nahe, dass der Tod zumindest fahrlässig herbeigeführt worden war. Bei der Arzthelferin waren die näheren Tatumstände noch völlig im Unklaren. Lediglich, dass hinter der Empfangstheke der Arztpraxis ein Küchenmesser lag, wie es ganz ähnlich Peter Keller beim Mord an Eric Hesse benutzt hatte, ließ einen ähnlichen Tatvorgang vermuten. Für ein Muster reichte das nicht.

»Können Sie herausfinden, in welcher Beziehung die Opfer zueinander standen?«

Larissa nickte. »Ich nehme an, ich soll ergänzend zu den Vernehmungen recherchieren?«

Statt einer Antwort fragte Hegel: »Was war mit Deinhard?«

»Alkoholkrank. Schwer«, erklärte Larissa. »Schon jetzt mit mehr Promille im Blut als der Rest des Orts heute Abend um zehn. Wenn er jetzt noch so blau ist, kommt er als Fahrer des Wagens definitiv nicht in Betracht. Dass seine Frau bei ihm gewesen ist, konnte er allerdings nicht bestätigen. Ich nehme an, in dem Zustand hat er das Gedächtnis eines Goldfischs.« Goldfische, das hatte sie mal gelesen, vergessen buchstäblich alle drei Sekunden alles. So ähnlich stellte sie es sich bei einem schweren Säufer wie Günter Deinhard vor.

»Na gut. Es hat sich ohnehin erledigt. Die Faktenlage scheint eindeutig.« Hegel hob einen Stapel Papier vom Tisch und zog ein Blatt heraus, das den Ausdruck einer Radaraufnahme zeigte.

Larissa erkannte den Wagen von Gabriele Deinhard – unbeschädigt und im Begriff, den Ort zu verlassen. »Richtung Reichenberg?«

Hegel nickte. Die angegebene Uhrzeit besagte: 06.24, das Datum war der 19.06.2022.

»Kurz bevor der Unfall passiert ist«, stellte Larissa fest. Auch wenn die Sonnenblende heruntergeklappt war, war die Frau am Steuer doch ziemlich eindeutig als die Halterin des Wagens erkennbar. »Frau Deinhard ist selbst gefahren.«

»Die Zeit stimmt mit dem wahrscheinlichen Unfallzeitpunkt von Zoran Tersic überein«, erklärte Hegel. »Auf der Überwachungskamera des Bürgerhauses ist zu sehen, wie der Wagen nur ein paar Minuten später wieder in der entgegengesetzten Richtung durch den Ort fährt. Und nur eine halbe Stunde später war Frau Deinhard ja schon unterwegs, um mir die Aufnahmen der Kamera zugänglich zu machen. Dass sie mir dabei Bilder liefert, die sie selbst zeigen und schwer belasten, daran hat sie offenbar nicht gedacht.«

»Sie haben das zufällig auf den Aufnahmen entdeckt?«

»Zufällig? Nein. Zuerst stellte sich heraus, dass der Blitzer etwas eingefangen hatte.«

Hegel nötigte Larissa Respekt ab. Er war tatsächlich ein alter Hase. Hatte alles im Blick und zog die richtigen Schlüsse. »Alle Achtung«, sagte sie. »Das wird keine einfache Vernehmung für Frau Deinhard.«

»Sie ist als Erste geladen«, erklärte Hegel. »Sie übernehmen die anderen?« Er nickte zu der Liste hin, die Larissa immer noch in der Hand hielt.

»Klar. Wann ist wieder Besprechung?«

Hegel blickte auf die Uhr. »Mittag. Zwölf Uhr.«

*

Im Kühlhaus herrschte eine konstante Temperatur von drei Grad Celsius. Das genügte, um die Ware optimal frisch zu halten. Natürlich konnte man normalerweise die Temperatur auch verstellen. Doch seit einigen Tagen war das Thermostat defekt, weshalb es bei der generellen Temperatur von drei Grad

Celsius blieb. Für die Ware war das gut. Für einen Menschen allerdings, der sich längere Zeit in dem Raum aufhielt, war es tödlich. So wie für Hannes Braun, der rasch feststellte, dass er keine Chance hatte, sich bemerkbar zu machen: Der Kühlraum war doppelt verschalt, um weniger Energie zu verbrauchen. Die Dämmung allerdings dämmte nicht nur die Temperatur, sondern auch das Handysignal – und alle Geräusche, die er in seiner Verzweiflung machte. Eine Zeit lang schlug er mit aller Kraft gegen die Stahltür, zuerst mit bloßen Fäusten, zuletzt mit einem Fleischerbeil, bis der Griff abbrach. Er versuchte, die Tür aufzuhebeln, natürlich erfolglos. Schließlich erkannte er, dass seine einzige Chance zu überleben war, sich irgendwie zu wärmen. Nur dass es in diesem eisigen Grab nichts gab, was ihn hätte warmhalten können. Zugleich schien sein durchgeschwitztes Hemd die letzte Wärme aus ihm herauszuziehen. Irgendwann sank er kraftlos an der Wand nieder und kauerte sich in eine Ecke. Vielleicht würde ja doch jemand kommen? Er hatte keine Idee, wie viel Zeit vergangen war. Wie lange konnte man das hier überleben? War die Nacht schon vorüber? Würden Tina oder der Lehrling irgendwann auftauchen, um Ware zu holen? Würden sie ihn suchen? Vielleicht. Aber ob er so lang durchhielt?

Der Erfrierungstod ist anfangs grausam, doch nach einiger Zeit gnädig: Man wird müde, schläft schließlich ein, ohne zu merken, dass der Schlaf einem die letzten Widerstandskräfte nimmt. Man wacht einfach nie wieder auf. So wie Hannes Braun in seinem Kühlhaus.

*

Ein massiver Körper kühlt bei gleichbleibender Außentemperatur sehr langsam ab. Als die Einsatzkräfte den Inhaber der Metzgerei Braun gegen 16.30 Uhr im Lagerraum vorfanden, nachdem ihn der Auszubildende wenige Minuten zuvor entdeckt hatte, betrug die Körpertemperatur des Leichnams noch 24,7 Grad Celsius. Ab einer Temperatur von 29,5 Grad Celsius stellt das Großhirn seine Arbeit ein, dann ist ein Erfrierungstod beinahe sicher. Der Betroffene bemerkt davon jedoch nichts mehr, weil er längst bewusstlos ist.

Als der Lehrling seinen Meister in einer Ecke liegend vorfand, ging er zunächst davon aus, dieser könnte noch am Leben sein, weil er sich zwar kühl anfühlte, aber nicht kalt. Ob er noch geatmet hatte, war im Nachhinein nicht mehr festzustellen. Larissa Flaucher war froh, dass er zumindest friedlich die Augen geschlossen hatte – anders als Eric Hesse, dessen Anblick mit weit aufgerissenen Augen einem das Blut in den Adern hatte gefrieren lassen.

Hauptkommissar Hegel traf keine drei Minuten nach ihr vor Ort ein. »Was wissen wir?«, fragte er statt einer Begrüßung.

»Noch nicht viel. Der Tote heißt Hannes Braun, ist Metzger, vierundfünfzig Jahre alt. Offenbar ist er hier eingeschlossen worden. Tod durch Erfrieren. Der Rettungsdienst konnte nur noch den Tod feststellen. Die gehen davon aus, dass er gegen Morgen gestorben ist, wissen es aber nicht genau.«

»Wieso haben wir keine Spusi hier?«

»Dürfte jeden Moment eintreffen.« Larissa war klar, dass Hegel angefressen war, weil die Rettungsleute alles hier ruiniert hatten – und vor allem: weil sie den Toten in ihren Wagen transportiert hatten.

»Hat ihn jemand fotografiert, bevor sie ihn rausgebracht haben?«

Larissa schüttelte den Kopf. »Der junge Mann, der ihn gefunden hat, hat es sicher gut gemeint. Er hat gar nicht daran gedacht, die Polizei zu rufen, sondern einfach einen Notruf bei der Feuerwehr abgesetzt.«

»Was er gedacht oder nicht gedacht hat, würde ich lieber von ihm selber erfahren. Wo ist er?« Doch natürlich hatte Hegel den Auszubildenden längst ausgemacht. Der stand bleich und mit betretener Miene im Hintergrund und wusste offenbar nicht, was er mit sich anfangen sollte. »Bringen Sie ihn ins Lagezentrum, Frau Flaucher«, bestimmte Hegel. »Und nehmen Sie schon mal die Daten auf. Befragen werden wir ihn gemeinsam.«

Er nahm sein Smartphone heraus und machte ein paar Aufnahmen des Lagerraums, in dem auf etlichen Regalen Fleischwaren lagen, teils gewaltige Stücke, auf anderen Wurstwaren, an einer langen Reihe von Haken hingen Schinken, Salamis, Wurstringe und allerlei weitere Vorräte. Was es nicht gab, waren Fenster oder andere Türen. Auch von der Metalltür, hinter der der Metzger gefangen gewesen war, machte Hegel Aufnahmen, und von der Ecke, in der man den Mann gefunden hatte sowie von dem Fleischerbeil, das zerborsten auf dem Boden lag. Womöglich hatte der Mann versucht, sich damit zu befreien. Die Scharten an der Tür mochten ein Hinweis darauf sein. Nun, Dietek und seine Leute würden das herausfinden.

Wie aufs Stichwort fuhr der Wagen von der Spusi vor, und Dietek stieg aus. »Moin, Herr Polizeihauptkommissar.«

»Tag, Dietek.«

»Die hätten unsere Zentrale hier einrichten sollen, dann würden wir uns die Wege sparen.«

»Sie können es ja mal anregen. Das scheint hier ja kein Ende zu nehmen«, schlug Hegel vor.

»Sieht fast so aus. So was von bieder – und dabei so ein Höllenloch, was?« Der Spurensicherer ging um sein Auto herum, öffnete den Kofferraum und nahm seinen Anzug heraus, um sich möglichst schnell ans Werk zu machen. Spuren hatten es an sich, zu verblassen. Geschwindigkeit war mehr als eine Tugend: Sie war eine Notwendigkeit.

»Ein Höllenloch, ja«, murmelte Hegel und wandte sich noch einmal zu dem Lagerhaus um. »Absolut.«

*

Ein Anruf aus Wolfach. Larissa, die das Handy auf lautlos gestellt hatte, tat, als müsse sie mal aufs Klo, und huschte nach draußen. »Sara?«

»Hallo, Mami.«

»Hallo, mein Schatz. Wie geht es dir?«

»Wann kommst du nach Hause?«

»Ich weiß noch nicht, Sarachen. Wir haben gerade schrecklich viel Arbeit.«

»Ist was Schlimmes passiert?« Natürlich wusste Sara, was ihre Mutter tat. Und sie wusste, dass viel Arbeit bei ihrer Mutter bedeutete, dass böse Dinge geschahen.

Larissa machte: »Hm.« Und überlegte kurz. »Weißt du, mein Schatz, wir arbeiten gerade ganz fleißig, damit nicht noch mehr schlimme Dinge passieren, verstehst du?«

»Okay. Dann musst du fleißig sein.«

»Bin ich, mein Schatz. Und du? Wie war die Schule?«

»Schön. Wir haben ein neues Lied gehört. Soll ich es dir vorsingen?«

»Gerne, mein Schatz«, hörte Larissa sich sagen, obwohl sie wieder zurückgemusst hätte. Aber es nützte ja nichts, sie war nun einmal nicht nur Polizeioberkommissarin, sondern auch Mama. Und im Zweifel hatte ihre Tochter die stärkeren Rechte.

»… Simsalabimbambasaladusaladim«, sang Sara, und Larissa grinste in sich hinein. Das Lied hatte sie schon als Kind nicht ausstehen können.

»Toll!«, sagte sie, als ihre Tochter fertig war. »Und ganz ohne Fehler!«

»Mhm. Aber jetzt muss ich aufhören. Aisha hat Falafel gemacht.«

»Wow, die hätte ich jetzt auch gerne«, sagte Larissa und meinte es ehrlich. Die Nachbarin kam aus dem Libanon und verstand sich verdammt gut auf arabische Küche.

»Dann musst du nicht nur fleißig arbeiten, sondern ganz schnell!«, erklärte Sara. »Sonst ist nämlich alles weg, bis du da bist.«

»Ich beeile mich«, versprach Larissa, schickte dem Mädchen noch ein paar Luftküsse durchs Telefon und legte auf. Dann atmete sie tief durch und fügte sich ins Unabänderliche: das Böse, dem man Einhalt gebieten musste.

*

Irgendwie herrschte eine beschissene Stimmung im Ort. Für so was hatte Günter Deinhard einen Riecher. Als er gegen Mittag das Haus verließ, hatte er das Gefühl, als würden ihn alle anstarren. Dabei war er nur unterwegs, um sich das Nötigste zu besorgen. Für mehr reichte seine kleine Rente sowieso nicht. Was glaubten die eigentlich, wovon ein langjähriger Busfahrer im Alter lebte, verdammt? Mit schweren Beinen schleppte er sich hinüber zu Elkes Supermarkt, der eigentlich eher ein Kiosk war: Lottoladen, Tabakwaren, bisschen Konserven, eine große Getränketruhe, aus der sich am Wochenende vor allem die Dorfjugend mit Energydrinks und Whisky-Cola versorgte, Zeitungen und Zeitschriften, Süßigkeiten, so was.

»Tag, Günter«, grüßte die Inhaberin, eher gelangweilt als erfreut.

»Ja«, sagte Deinhard und sah sich um. Niemand sonst im Laden. Gott sei Dank. »Ich brauche ein paar Sachen.«

»Schon klar.« Elke nahm eine Tüte und packte ungefragt

zwei Dosen Ravioli, eine Packung Chips, eine Dose vom billigsten Tabak und zwei Flaschen Bommerlunder ein. »Wie immer, ja?«

»Wie immer«, bestätigte Günter Deinhard, während er überlegte, ob er noch mal anschreiben lassen konnte.

»Schlimme Dinge, was?«

»Hä?«

»Na, die ganzen Toten. Schlimm.«

»Ja«, sagte Deinhard. Und dann: »Welche Toten?«

»Sag bloß, du hast das nicht mitbekommen! Heute Vormittag haben sie Hannes in seinem Kühlhaus gefunden. Der ist da erfroren.«

»Hannes?« Deinhard fehlten die Worte. Hannes! Mit dem hatte er gestern Abend noch gezecht. Oder war es vorgestern gewesen? Guter Mann, Hannes Braun. Trinkfest. Aber auch vom Pech verfolgt. Wie Deinhard selbst. Kacke.

»Und dann der Zoran …«

»Tersic?«

»Unfall mit dem Rennrad.«

»Tot?«

»Tot. Angeblich Fahrerflucht.« Elke schien ihn zu mustern. »Hast du echt nicht gehört?«

Deinhard zuckte die Achseln. Er hatte Tersic nie ausstehen können. Der war schon in der Schule ein mieser Streber gewesen. Außerdem war er sicher, dass Tersic auch was mit Gaby gehabt hatte, so wie die meisten. Nur Hannes nicht. Das hätte ihm Hannes nie angetan. Aber Gaby hätte auch nichts mit einem Metzger angefangen. Dafür war sie viel zu …

»Macht dreißig achtzig«, sagte die Kioskbesitzerin.

»Oh. Hab, glaub ich, mein Geld vergessen.«

»Hast du? Wirst aber ziemlich vergesslich in letzter Zeit.« Elke stellte die Tüte mit Wucht auf die Theke, sodass die Flaschen klirrten.

»Kann ich nächstes Mal zahlen?«

»Ist eigentlich nicht so weit von dir zu Hause bis hierher«, gab die Kioskbesitzerin zu bedenken und musterte ihren Kunden skeptisch. »Kannst doch noch mal eben rasch rübergehen und dein Geld holen«, schlug sie vor.

»Hab's leider eilig.«

»Eilig? Du?«

»Dringender Termin.«

»Klar«, sagte Elke, ohne sich auch nur den Anschein zu geben, dass sie ihm glaubte. »Aber das nächste Mal rechnen wir ab.«

»Unbedingt«, sagte Deinhard und griff nach der Tüte. »Da wird abgerechnet.«

Im nächsten Moment war er zur Tür raus.

*

Die Tüte war sauschwer. Zweimal blieb Günter Deinhard in einem Hauseingang stehen und nahm eine der Flaschen raus, um ein bisschen was abzutrinken, damit sie leichter wurde. Ging tatsächlich besser nach ein paar Schlucken. Trotzdem war er an der Haustür ziemlich fertig und brauchte einige Zeit, bis er das Schloss aufbekam.

»Herr Deinhard. Geht es Ihnen nicht gut?«

Verwirrt wandte er sich um. »Oh. Es geht schon, danke.«

»Ich kann Ihnen gerne die Tüte nach oben tragen. Ich seh doch, dass Sie es gerade etwas schwer haben.«

Etwas schwer haben, ja, das stimmte wohl. Er schniefte und nickte dankbar. »Das ist sehr nett.«

»Soll ich Ihre Tür auch rasch aufsperren?«

Müde und zugleich hastig stolperte er hinterher. Die Wohnungstür stand schon offen.

»Gemütlich haben Sie es hier.«

»Ja«, stotterte Günter Deinhard. »Wollen Sie … Wollen Sie sich kurz hinsetzen?«

»Aber nur ganz kurz. Ich muss weiter.«

Irgendetwas irritierte ihn, er wusste nur nicht, was.

»Hätten Sie vielleicht etwas zu trinken für mich?«

»Zu trinken. Ja, natürlich.« Er schielte zum Bord hin, wo die Gläser waren. Zwei standen dort, zwei, die er mal irgendwann abgespült hatte. Sein Gast verstand und griff danach. »Was Härteres wäre gut.«

»Da hab ich was«, sagte Deinhard grinsend und zog eine der Flaschen hervor.

»Oh! Bommerlunder! Ich liebe klare Schnäpse. Sie räumen auf in Bauch und Kopf.«

»Ja«, stimmte Deinhard lachend zu. »Sie räumen auf! Hehe.« Er goss zitternd die beiden Gläser voll – seines etwas voller als das andere. Und dann auch rasch noch etwas nach.

»Wer ein echter Kerl ist, der verträgt auch was, oder?«

»Gibt nicht mehr viele echte Kerle«, erklärte der ehemalige Busfahrer. »Der … Der …« Verdammt, wie war noch der Name? »Der Hannes … Braun, der war noch ein echter Kerl.« Unvermittelt stürzten ihm Tränen aus den Augen.

»Da sagen Sie was. Ein Glas auf Hannes Braun!«

»Ein Glas auf Hannes!« Deinhard kippte seines auf Ex.

»Und eines auf Zoran Tersic?«

»Auf den trink ich nicht«, erklärte Deinhard kategorisch.

»Dann trinken wir darauf, dass er endlich tot ist, der alte Sack.«

Günter Deinhard blickte auf, zögerte und lachte dann. »Gute Idee. Darauf, dass er tot ist, der alte Drecksack!« Und leerte sein Glas, das auf wundersame Weise bereits nachgefüllt war, auf Ex. »Und auf Eric! Auf den trinke ich schon«, lallte er.

»Auf Eric Hesse!« Die Gläser klirrten, Deinhards Glas war im Nu geleert.

»Trinken wir auch auf das blöde Weib?«

»Blödes Weib?«

»Das letzte Nacht in der Arztpraxis abgestochen wurde?«

»Sind alle blöd, die Weiber!«, grölte Deinhard, ließ sich sein Glas füllen und stürzte es runter. Dann stürzte er.

Dass dabei nachgeholfen wurde, merkte er nur ganz am Rande, und es machte ihm gar nichts aus. Dass ihm die Flasche in den Mund gesteckt wurde, störte ihn zwar, auch weil er sich verschluckte. Doch dagegen fand er kein Mittel mehr, seine Glieder wollten ihm einfach nicht so gehorchen, wie es in dem Augenblick nötig gewesen wäre. Stattdessen keuchte er, gurgelte, schluckte und schluckte weiter, so gut es irgend ging. Bis nichts mehr ging. Die Flasche steckte trotzdem weiter in seinem Rachen. Und auch die nächste Flasche nutzte noch seinen Schluckreflex – bis er zu einem Reflex nicht mehr fähig war.

*

Liebes Tagebuch,

jetzt ist gar niemand mehr da. Mama und Papa sind weg. Und Alex ist nicht gekommen. Ich hoffe, es geht ihm gut. Aber ich habe Angst. Ich bin auch nicht gerne alein zu Hause. Ich würde gerne irgendwo hin gehen vielleicht zum Kaneval. Aber dann ist ja niemand da wenn Alex komt. Deshalb muss ich dableiben. Hoffentlich kommt Mama bald. Hoffentlich kommt irgendjemand bald!!! Vor allem Alex.

5

20. Juni 2022, 09.22 Uhr

Man hätte die Leiche von Günter Deinhard vermutlich erst nach Tagen entdeckt, womöglich nach Wochen, wäre nicht einer aufmerksamen Nachbarin am Abend aufgefallen, dass die Wohnungstür einen Spaltbreit offen stand und auch am nächsten Morgen nicht geschlossen war.

Die örtlichen Polizisten Plötz und Gerber fanden Deinhard auf dem Küchenboden liegend vor, den Kopf in die Ecke zwischen Wand und Sitzbank geklemmt, in seinem Rachen steckte der Hals einer Schnapsflasche.

»Bommerlunder«, stellte Plötz fest, als sei damit alles gesagt.

»Der hat sich die Flasche doch nicht selbst so weit reingeschoben«, sagte sein Kollege Gerber, mehr zu sich selbst.

Plötz nickte. Er tippte den Fuß des Toten mit dem Schuh an. Fühlte sich noch ziemlich beweglich an. Oder schon wieder? Wann trat eigentlich die Totenstarre ein? Und wie lange hielt sie? Hatte er mal auf der Polizeischule gelernt, vor Urzeiten. Gerber wusste es vermutlich, aber den würde er nicht fragen. »Wir rufen die Kollegen von der Kripo«, erklärte er knapp. »Du passt hier …« Er hielt inne, korrigierte sich und wies den Kollegen an: »Lauf einfach schnell rüber ins Holzhauser. Wahrscheinlich sind sie sowieso da.«

Gerber nickte und machte sich vom Acker.

Die Nachbarin, die neugierig in die Wohnung gekommen war, nachdem auf ihr Klingeln niemand reagiert hatte, stand immer noch unschlüssig an der Tür und wusste offenbar nichts mit sich anzufangen.

Plötz rief ihr zu: »Sie halten sich bitte für eine kurze Vernehmung zur Verfügung. Gehen Sie einfach in Ihre Wohnung, wir holen Sie dann, wenn wir Sie brauchen.«

Dann schloss er Deinhards Wohnungstür wieder bis auf einen Spaltbreit und betrachtete die Räumlichkeiten. Natürlich kannte er Günter. Viele Jahre schon, auch wenn sie nie viel miteinander zu tun gehabt hatten. Einmal hatte Plötz Deinhards Frau gevögelt. Hier in der Wohnung. War aber lange her. Und leider ein einmaliges Erlebnis geblieben. Denn Gaby Deinhard war ziemlich scharf, jedenfalls damals gewesen, er aber offenbar nicht ihr Typ. Obwohl ... Irgendwie war ja so ziemlich jeder ihr Typ gewesen. Für ein oder zwei Mal.

Die Wohnung war verwahrlost. Das Bett war nicht nur ungemacht, es roch, als wäre es zuletzt vor Jahren frisch überzogen worden. Das Sofa im Wohnzimmer war durchgesessen, und zwar an genau einer Stelle: gegenüber vom Fernseher. Durchgesessen und verfleckt. Die dunkelgrauen Vorhänge waren zugezogen und ließen kaum die Sonne herein, die strahlte, als sei draußen gerade der schönste Tag zugange. Und die Küche, wow, zum Kotzen. In dem ganzen Dreck lag also nun der ehemalige Busfahrer und notorische Säufer Günter Deinhard, eine Flasche bis zum Anschlag im Rachen, als hätte er sich selbst endgültig niedergesoffen. In den allgemeinen Gestank in der Wohnung mischte sich der Geruch von Alkohol. Dass er sich nicht erbrochen hatte? Jeder normale Mensch lief doch spätestens nach einer halben Flasche Schnaps über. Und mit so einem Ding im Hals ...

»Herr Plötz?«

Die Kripo-Tussi. »Ah, Frau ...«

»Flaucher. Sie haben die Leiche entdeckt?«

»Entdeckt hat sie die Nachbarin von gegenüber. Ich habe sie gebeten, sich zur Verfügung zu halten.«

»Sehr gut. Danke.« Larissa betrat die Wohnung und sah sich um. »Alles unverändert?«

»Soweit wie möglich«, erwiderte Plötz.

»Was heißt das konkret?«

»Ich habe mich nur ein bisschen umgesehen«, entgegnete Plötz, und als er ihren Blick sah: »Ob noch jemand in der Wohnung ist. Musste ja gesichert werden.«

»Hm«, machte Larissa. »Alles klar.« Sie betrachtete den Toten. Okay. Ob er noch lebte, musste sie offensichtlich nicht mehr prüfen. »Ich nehme an, Sie haben die Leiche nicht berührt?«

»Natürlich nicht«, erklärte Plötz im Brustton der Überzeugung, obwohl er sich für einen Moment gar nicht ganz sicher war.

Die Polizeioberkommissarin schüttelte den Kopf. »Ich fasse es nicht. Was wird hier gespielt?«

»Was meinen Sie damit?«

»Hier stapeln sich die Leichen! Ich meine, hey, so eine Todesfrequenz können sie in Frankfurt haben oder in Köln. Aber doch nicht in Holzhausen.«

»Ja. Ist gerade ziemlich heftig hier«, stimmte der Ortspolizist zu. »Aber Deinhard war schon lange fällig.«

»Soll heißen?«

»Das war klar, dass der sich über kurz oder lang totsaufen würde.«

»War das sein Ruf?«

»Klar. Alle wussten das.«

»Haben Sie sich mal angesehen, wie die Flasche in seinem Rachen steckt?«

»Aber hallo! Das ist der Hammer!« Plötz räusperte sich. »Also, ich meine, so was sieht man nicht oft, was?«

»Nicht oft. Nein.« Larissa musterte den Kollegen von der Bereitschaftspolizei und atmete durch, wobei ihr für einen Moment die Luft wegblieb. Am liebsten hätte sie schnellstens gelüftet. Aber auch der Cocktail, der hier in der Luft hing, ließ Schlüsse zu auf das, was hier vor sich gegangen war. Sobald die Spusi durch war, konnte man die Fenster endlich aufreißen. Nur dass sie dann nichts mehr hier zu tun haben würde.

Dieteks Team ließ nicht lange auf sich warten, das war immerhin gut, auch wenn der Chefspurensicherer wegen einer Magenverstimmung dienstunfähig gemeldet war. Larissa vermutete eher einen stimmungsmäßigen Burnout nach dem Wahnsinn, der die letzten Tage bestimmt hatte – und offenbar auch weiterhin herrschte. Langsam mussten sie sich überlegen, das ganze Dorf unter Polizeischutz zu stellen. Fünf Tote in vier Tagen.

»Hammermäßiger Bodycount«, befand auch der Kollege, der an Dieteks Stelle gerückt war und seinen Koffer neben Larissa abstellte.

»Irgendwas läuft hier«, befand Larissa. »Und zwar gewaltig falsch.«

»Sieht so aus. Darf ich den hier für mich haben?« Er nickte zu dem Leichnam hin.

»Ist ganz Ihrer. Aber wenn Sie fertig sind, wäre ich Ihnen dankbar, wenn Sie mir gleich Bescheid gäben. Ich habe das Gefühl, ich sollte den Fundort noch einmal studieren.« Sie zögerte. »Wenn man hier wieder atmen kann.«

»Ja«, stimmte der Spurensicherer zu. »Ist ein ziemlich fieses Gebräu hier. Sollen wir das in den Unterlagen mit vermerken?«

»Wenn Sie das irgendwie dokumentieren können …«

»Na ja, offensichtlich wenig Sauerstoff, alkoholische Ausdünstungen, verbunden mit menschlichen Ausdünstungen … Dazu der Gestank von ungespültem Geschirr. Geputzt worden ist offenbar seit Monaten nicht, da musst du kein Spurensicherer sein, um das zu erkennen …«

»Nee«, sagte Larissa. »Das muss man wirklich nicht.«

»Ich schreib's in den Bericht mit rein, ja?«

»Danke. Und auch alles, was Ihnen sonst auffällt.«

»Klar.«

»Ich bin dann drüben im Holzhauser.«

»In der Einsatzzentrale?«, fragte er amüsiert.

»Scheint nicht besonders gut zu gehen, der Laden«, erwiderte Larissa. »Vielleicht sollten wir wirklich unsere ganze Abteilung hierherholen.«

»Wenn das so weitergeht, wird euch nichts anderes übrig bleiben.«

»Die Kollegen von der Freiheitsberaubung …«

»Dietek sagt, die werden jetzt mit euch zusammengelegt.«

Larissa hob die Augenbrauen. »Echt jetzt? Und das müssen wir von Ihnen erfahren?«

Der Mann zuckte die Achseln. »Tut mir leid, Frau Flaucher, dafür kann ich nichts. Aber wir arbeiten halt beiden Einheiten zu. Da bekommt man so was natürlich schnell mit.«

»Schon klar.« Im Grunde hatte er recht. Und vielleicht war ja der Hauptkommissar schon informiert worden und hatte die Neuigkeit bloß noch nicht weitergegeben. »Gibt es denn von der anderen Seite was Neues?«

»Wegen des entführten Jungen?« Der Spurensicherer überlegte. »Also: Ist nicht meine Baustelle, aber mein letzter Kenntnisstand ist, dass die Rekonstruktion auf dem Handy nicht erfolgreich war.« Das Bild, das sich aufgelöst hatte. Falls es je existierte. »Jetzt versuchen sie's über den Mobilfunkanbieter. Aber das kann dauern.«

Natürlich. Datenschutz ging vor Ermittlungsarbeit. Das alte Lied. Die Kommunikationsfirmen durften zwar die Informationen für jeden Dreck selber nutzen, aber an die Polizei übermitteln durften sie sie nicht. Dazu brauchte es richterliche Anordnungen und allen Pipapo. Das alles bei einem Wettlauf gegen die Zeit, so wie hier.

*

»Das Präsidium macht uns Druck«, erklärte Hegel, als Larissa wieder in die Einsatzzentrale kam. Inzwischen hatten mehrere Kolleginnen und Kollegen ihre Laptops an den Tischen in der Gaststube aufgestellt. Auf Larissas überraschten Blick hin erklärte der Polizeihauptkommissar: »Wir haben jetzt das ganze Haus gemietet. Kommt unterm Strich günstiger als die Fahrtkosten inklusive Fahrtzeit für die ganze Truppe. Und die Kollegen können ihre Zeit sinnvoller nutzen. Ein paar Kräfte aus der Einheit, die den Entführungsfall untersucht, kommen ebenfalls zu uns.«

Larissa erkannte Anna Reichelt, eine junge Kommissarin, die zwar etwas schüchtern war, aber vielleicht auch gerade deshalb sympathisch. Sie nickte ihr zu, und Anna nickte lächelnd zurück. »Tja«, sagte Larissa zu Hegel. »Dann richten wir uns mal auf einen längeren Aufenthalt ein.«

»Wird uns nichts anderes übrig bleiben. Ich bin froh, wenn wir das bis zur Pensionierung alles geklärt kriegen.«

»Ihrer oder meiner?«, entfuhr es Larissa.

Hegel betrachtete sie mit zusammengekniffenen Augen. »Vorzugsweise bis zu meiner«, erklärte er dann und wandte sich der Schautafel zu, die inzwischen durch professionelles Videoequipment erweitert worden war. Inzwischen stand auch der Name Günter Deinhard an dem Whiteboard, und im selben Moment wurde ein Foto von dem Toten hochgeladen, eine Nahaufnahme seines Gesichts mit der Flasche im Rachen. Larissa spürte, wie sich ihr Magen hob. »Alles klar?«, fragte Hegel.

»Mir wird schon schlecht, wenn ich Bommerlunder nur sehe«, sagte Larissa und drehte sich weg.

»Ach so. Ich dachte schon, es wäre die Leiche.«

Die Kollegen hatten bereits bemerkenswerte Stapel Papier erzeugt, unter anderem eine Mappe, auf der *POK Flaucher* stand. Larissa nahm sie zur Hand und schlug sie auf. *Deinhard, Günter* stand auf dem Deckblatt. Sie blätterte und stellte fest, dass neben einem Blatt mit verschiedenen Lebensdaten, einem Auszug aus dem Melderegister, einem – leeren – Zettel aus dem Vorstrafenregister und mehreren Fotos nichts enthalten war. »Was ist mit den anderen?«

»Den anderen?«

»Den anderen Toten.«

»Wir teilen sie auf. Momentan ist ja nicht von einem Zusammenhang auszugehen«, erklärte Hegel.

»Fünf Tote an vier Tagen an einem Ort mit was? Zweihundert Einwohnern? Alle Todesfälle mindestens fragwürdig, in zwei Fällen eindeutig ein Gewaltverbrechen – und Sie sehen keinen Zusammenhang?«

»Die Frage ist nicht, ob ich einen sehe, sondern ob es objektiv einen gibt. Und das lässt sich gegenwärtig nicht sagen. Deshalb muss jeder Fall seine ungeteilte Aufmerksamkeit bekommen.«

»Und ich darf mich um Günter Deinhard kümmern?«

»Spricht etwas dagegen?«

Larissa biss sich auf die Zunge. Hegel hatte recht. Das hieß: Er hatte zwar sachlich nicht recht, hielt sich aber formal an die Regeln. Und natürlich wusste sie, dass ihm genauso klar war wie ihr, dass hier ein ganz perfides Spiel gespielt wurde – sie wussten nur beide nicht, welches. »Darf ich einen Vorschlag machen?«

»Bitte.«

»Ich könnte zumindest auch den Fall Tersic mit übernehmen.«

»Den Radfahrer? Warum?«

»Weil die Ex-Frau meines Opfers in dringendem Tatverdacht steht.«

»Guter Punkt«, gestand Hegel ihr zu. »Allerdings …«

»Muss jeder Fall seine ungeteilte Aufmerksamkeit bekommen, ich weiß«, fiel ihm Larissa ins Wort. »Deshalb würde ich gerne die Kollegin Reichelt in meinem Team haben.«

Hegel musterte sie eine Weile. »In Ihrem Team«, sagte er leise. Es war klar, dass es nur ein Team gab, nämlich seines. »Gut, ich stelle Ihnen Kommissarin Reichelt an die Seite.« Er ließ den Blick durch den Raum schweifen. »Die beiden anderen Fälle übernehme demnach ich. Kollege Radic wird dann mich unterstützen.«

Polizeioberkommissar Radic galt als der Mann fürs Grobe, allerdings auch als extrem zuverlässig, belastbar und loyal. »Gute Wahl«, sagte Larissa und nickte.

»Besprechung!«, rief Hegel und klatschte in die Hände. Alle Gesichter wandten sich ihm zu. Er gab Radic ein Zeichen und bestimmte: »Einmal alle Fakten, bitte.«

Irgendjemand knipste das Licht aus, und Radic öffnete auf seinem Computer eine Datei, die im nächsten Moment auf dem Whiteboard zu sehen war: *Holzhausen, Juni 2022.*

*

27. Februar 1995, 18.41 Uhr

Endlich: der Bus! Alex lief zurück zum Wartehäuschen und winkte mit beiden Armen. Zum Glück war er noch nicht so weit weg gewesen, dass der Fahrer ihn übersehen hätte. Und jetzt, jetzt blieb der Bus auch tatsächlich stehen! Alex hüpfte auf die Tür zu und wartete, bis sie sich öffnete. »Hallo«, sagte er.

Herr Deinhard saß am Steuer. Den kannte er. »Kann ich mitfahren?«

Der Busfahrer blickte ihn an und zog die Augenbrauen hoch. »Wie siehst du denn aus? Hast du dich im Schlamm gewälzt?«

»Ich bin hingefallen«, murmelte Alex.

»Ich muss weiter«, erklärte der Busfahrer und streckte den Arm aus, um auf den Knopf zu drücken, mit dem er die Tür wieder schließen würde.

»Aber … aber kann ich mitfahren?«

»Hast du eine Fahrkarte?«

»Nein«, sagte Alex kleinlaut.

Ohne ein weiteres Wort drückte Herr Deinhard den Knopf. Mit einem Zischen schloss sich die Tür, während Alex ihn knurren hörte: »Den Jungen von Bergmann werd ich ganz sicher nicht kostenlos transportieren, während sein Vater mit meiner Frau …«

*

20. Juni 2022

Natürlich fand Larissa keinen Schlaf. Trotz der totalen Übermüdung. Vielleicht auch gerade deshalb. Wie sollte man einschlafen, wenn einem Bilder durch den Kopf gingen von der bestialisch niedergemetzelten Leiche des ersten Opfers Hesse oder von dem armseligen Alkoholiker, der offenbar grausam ersäuft worden war. Von der Blutorgie in der Arztpraxis … Gott, wie schrecklich konnte es eigentlich noch werden? Und mit Sara hatte sie auch wieder nicht sprechen können. Als Larissa gegen zehn endlich angerufen hatte, war ihre Tochter längst im Bett gewesen. Zum Glück. Und leider. Das schlechte Gewissen nagte an ihr. Vermutlich wäre es besser gewesen, sie hätte ihren Ex nicht so radikal vom gemeinsamen Kind abgeschnitten.

Aber damals war der Schmerz noch so frisch und die Verletzung noch so tief gewesen … Auch hatte sie selbst von der Schwangerschaft erst erfahren, als sie sich gerade von ihm getrennt hatte. Sie hatte ihn nicht mehr in ihrem Leben haben wollen. Und auch nicht im Leben ihres Kindes. Also hatte sie ihm Sara verschwiegen. Vielleicht ahnte er, dass er der Vater ihres Kindes war? Vermutlich nicht. Dafür fehlte ihm der Sinn.

Larissa stand wieder auf. Ihr Schlafshirt klebte ihr am Körper. Sie zog es aus und machte eine Katzenwäsche, ehe sie sich nackt an den Computer setzte und ihn noch einmal hochfuhr. Die Bilder sprangen einen förmlich an, man konnte gar nicht wegsehen. Und wahrscheinlich waren sie ja auch der Schlüssel zu allem. Deshalb durfte sie nicht vermeiden, sie anzusehen. Sie musste nur versuchen, sich innerlich von der Grausamkeit, die hinter diesen Aufnahmen steckte, abzukapseln. Was ihr natürlich nicht gelang.

Stattdessen saß sie trotz der Schwüle im Zimmer fröstelnd vor dem Bildschirm und starrte auf die Mordopfer. War es Zufall, dass Peter Keller seinen Nachbarn so zielgenau getötet hatte? Dass er zwei Hiebe kurz hintereinander so routiniert ausgeführt hatte? Oder hatte er es geübt?

Konnte der Mörder damit rechnen, dass Günter Deinhard an der Alkoholvergiftung starb? Wollte er ihn töten, oder war der Tod des Mannes einfach nur ein kalkuliertes Risiko gewesen? Immerhin war Deinhard langjähriger Alkoholiker. So einer verträgt deutlich mehr als andere. Obwohl: Ab einem gewissen Alkoholspiegel ist jede Vergiftung tödlich.

Und dann diese seltsame Koinzidenz: der Ehemann ein Mordopfer, die Ehefrau eine potenzielle Mörderin, allerdings nicht im selben Verbrechen! Es war, als würde mit jedem Detail, das hinzukam, alles noch viel undurchsichtiger.

Kurz fragte sich Larissa, ob womöglich Zoran Tersic, der Radfahrer, Deinhard auf dem Gewissen hatte – und Deinhards

Frau hat dann Rache geübt, indem sie … Aber nein: Erstens konnte Günter Deinhard noch nicht so lange tot sein. Und zweitens waren er und seine Frau seit Langem getrennt. Ein Mord aus Rache war bei einer Frau, die ihren Mann verlassen hatte, nicht sehr wahrscheinlich. Und dafür, dass sie es gewesen war, die ihn verlassen hatte, und nicht umgekehrt, sprach so ziemlich alles.

Umgekehrt wäre natürlich auch eine Möglichkeit gewesen! Eifersucht! Gaby Deinhard stand offenbar im Ruf, am Ort diverse Liebschaften zu unterhalten oder zumindest unterhalten zu haben. Günter Deinhard könnte den Radfahrer umgebracht haben, woraufhin seine Frau ihn ermordet hatte. Das würde auch erklären, warum in Deinhards Wohnung nicht eingebrochen worden war. Allerdings gab es die Aufnahmen aus der Radarfalle. Und die zeigten eindeutig, dass es nicht Günter Deinhard war, der am Steuer saß, sondern seine getrennt lebende Ehefrau.

Nahm man das scheinbar Offensichtliche als wahr an, dann war wohl Peter Keller der Mörder von Eric Hesse, Gaby Deinhard die Mörderin von Zoran Tersic und Martha Keller die Mörderin von Charlotte Gerstner. Blieben Hannes Braun und Günter Deinhard. Sofern es bei Ersterem nicht eine sehr außergewöhnliche Verkettung von Umständen und also ein Unfall und bei Letzterem nicht ein besonders bizarrer Fall von Selbstmord gewesen war, waren deren Mörder nicht offensichtlich. Der Normalfall also. Denn was Larissa an all den anderen Fällen am allerwenigsten behagte, war die Tatsache, dass alles so klar erschien. Als hätten sie es auf dem Präsentierteller gereicht bekommen.

Auf dem Bildschirm poppte ein Fenster auf: Videoanruf von Anna Reichelt. Ohne nachzudenken, klickte Larissa darauf und sagte: »Hi!«

»Oh!«, erwiderte die Kollegin. »Sorry. Ich wusste nicht …«

Da erst bemerkte Larissa, dass sie gar nichts anhatte. »Nein, ich muss mich entschuldigen«, sagte sie verlegen. »Ich habe nicht nachgedacht. Es ist so schwül hier drinnen … Warte.« Sie sprang auf und nahm sich rasch ein neues T-Shirt aus dem Koffer, schlüpfte hinein und setzte sich wieder.

»Ich habe gesehen, dass du online bist«, erklärte Anna. »Deshalb dachte ich …«

»Super. Ja. Gut«, erklärte Larissa. »Ich brüte gerade über den Infos. Es ist so verworren! Es passt einfach gar nichts zusammen.«

»Vielleicht ist Gaby Deinhard die Schlüsselfigur«, schlug Anna vor.

»Weil?«

»Weil sie hier am Ort nichts hat anbrennen lassen«, führte die Kollegin aus. »Jeder, den wir fragen, erklärt, dass sie hier sozusagen die Dorfschlampe war.«

»Erstaunlich, oder? Ich finde, sie macht einen ganz biederen Eindruck«, gab Larissa zu bedenken. »Ob das alles so stimmt?«

»Na ja, erstens sieht sie gut aus … Immer noch …« Anna zögerte kurz, als ob sie überlegen müsste, ob die ältere Kollegin sich von diesen Worten gekränkt fühlen könnte. Dann verwarf sie offenbar den Gedanken. »Zweitens lebt sie schon immer hier, das heißt, sie hatte viele Jahre lang Gelegenheiten, die sie offenbar genutzt hat …«

»Hm. Und dann kommt es nach so vielen Jahren plötzlich zum Eifersuchtsdrama, und das halbe Dorf wird niedergemetzelt?«

»Das habe ich nicht gesagt.« Anna zuckte die Achseln. »Ich frage mich eben bloß, ob die Deinhard nicht der Dreh- und Angelpunkt in diesem Szenario sein könnte. Immerhin war eines der Opfer ihr Mann, ein weiteres Opfer geht offensichtlich auf ihr Konto – was, wenn sich herausstellt, dass die anderen ihre Liebhaber waren? Oder ihre ehemaligen Liebhaber?«

»Hm«, machte Larissa noch einmal. »Wir haben auch ein weibliches Opfer. Charlotte Gerstner.«

»Stimmt. Das schließt die Theorie zwar nicht aus, macht sie aber unwahrscheinlicher«, gab Anna zu. »Was wissen wir über Frau Gerstner?«

Larissa überlegte. Die Ereignisse hatten sich dermaßen überschlagen, dass kaum Zeit geblieben war, um die Dinge zu verarbeiten, die man erfuhr. »Ich war kurz in ihrem Wohnhaus«, erklärte sie. »Am Tag nach dem Mord. Angeblich war sie in der Nacht nicht zu Hause.«

»Klar. Sie wurde ja umgebracht«, fiel ihr Anna ins Wort. »Um … Zwischen zehn und halb elf Uhr abends.«

»Richtig. Es hat sie aber auch vorher niemand zu Hause gesehen. Und der Arzt hat angegeben, dass die Praxis eigentlich um sieben hätte geschlossen werden sollen.«

»Die Praxis ist an einem normalen Tag bis 19.00 Uhr geöffnet?«

»Geöffnet ist sie vermutlich kürzer …« Larissa googelte parallel *Praxis Dr. Wacker Holzhausen* und fand heraus: »Bis 17.00 Uhr. Aber ich nehme an, Charlotte Gerstner hat noch Papierkram erledigt.«

»Der Arzt …?«

»Ist vor ihr gegangen.«

»Könnte also auch sein, dass sie den ganzen Abend in der Praxis verbracht hat …«

»Möglich.«

»Bis sie dort ihrer Mörderin begegnet ist.«

»Die vermutlich Martha Keller war.« Larissa unterband die weiteren Überlegungen: »Anna? Wir ermitteln nicht im Fall Gerstner und auch nicht im Fall Hesse oder Braun, sondern im Fall Deinhard.«

»Schon klar«, erwiderte die jüngere Kollegin. »Sorry. Aber irgendwie hängt das doch alles miteinander zusammen. Ich hab schon einen Knoten im Hirn.«

»Geht mir genauso. Deshalb sitze ich ja um die Zeit noch vor dem Computer.«

Anna zögerte, allerdings nur einen winzigen Augenblick. »Siehst übrigens super aus«, sagte sie dann leise.

Larissa hüstelte. »Danke«, entgegnete sie dann.

»Immer noch.« Anna grinste und winkte ihr zu, dann loggte sie sich aus, und auch Larissa fuhr den Computer runter, um endlich wieder ins Bett zu gehen. Ein Blick auf die Uhr zeigte ihr, dass es weit nach Mitternacht war.

*

27. Februar 1995, 18.48 Uhr.

Lotte war so erleichtert, als sie Holzhausen endlich erreichte, dass ihr beinahe die Beine nachgegeben hätten. Endlich war es nicht mehr so dunkel. Endlich waren da wieder Häuser, brannten Lichter. Menschen waren zu sehen, auch wenn sie anscheinend alle sehr beschäftigt waren, vor allem drüben beim Bürgerhaus.

Gerade als sie an der vorderen Bushaltestelle vorbeikam, wurde sie vom Bus überholt. Sie blieb stehen und beobachtete, wie sich die Fahrertür öffnete. Herr Deinhard saß am Steuer und glotzte sie an, als wäre sie ein Gespenst. Jemand, den Lotte nicht kannte, stieg aus. Aber Alex war nicht im Bus. Vermutlich, weil ihn Herr Braun in seinem Metzgereiwagen mitgenommen hatte! Lotte atmete auf. Sie nickte Herrn Deinhard zu und lief weiter. Gleich würde sie zu Hause sein, und dann war alles wieder gut.

Als sie die Straße überquerte, musste sie sich beeilen, weil auch der Bus wieder angefahren war und ihr gefährlich nahe kam. Sie rutschte etwas auf dem regennassen Gehweg aus, fing sich und lief weiter. Nur noch ein paar wenige Häuser. Noch drei. Noch zwei. Sie schniefte. So froh war sie schon lange nicht mehr gewesen, wieder nach Hause zu kommen. Eigentlich noch nie. Vorbei an Hesses Haus. Und dann kam ihres. Im Gärtchen davor stand noch der Schlitten, auf dem sie mit Alex vor zwei oder drei Wochen gerodelt war. Gott sei Dank war ihr Bruder schon daheim. Mit klammen Fingern drückte sie die Klingel. Im selben Moment öffnete ihre Mutter und blickte auf sie herunter. Und dann ging ihr Blick über Lotte hinweg ins Leere, zuckte kurz zur einen und dann zur anderen Seite. Und Lotte wusste, dass Alex doch nicht da war. Jetzt gaben ihre Beine doch nach.

*

21. Juni 2022

Es war nicht schwierig, herauszufinden, woher Günter Deinhard seinen Schnaps bezog. Am Ort gab es zwei Möglichkeiten, sich mit Alkohol einzudecken: die Tankstelle kurz hinter der Ortsausfahrt Richtung Röderberg und den kleinen Laden neben der Metzgerei Braun. Larissa entschied sich, zuerst der Tanke einen Besuch abzustatten.

An sich war es fast widersinnig, dass ein solches Kaff eine so große Tankstelle hatte. Gut, es gab nur vier Zapfsäulen, aber das sonstige Angebot konnte sich sehen lassen: Von der Palette an Biermarken über die Snackbar und das Autozubehör bis hin zu den Illustrierten schien man hier eine Art Vollsortiment zu führen, das für jeden Holzhausener etwas parat hatte. Larissa stellte sich dem Mitarbeiter hinter der Theke als Polizistin vor und hielt kurz ihren Dienstausweis hin, den der Mann neugierig betrachtete. »Hab mich schon gefragt, wann Sie hier auftauchen«, sagte er.

»Gibt es einen bestimmten Grund, weshalb Sie sich das gefragt haben?«

»Na, bei den ganzen Todesfällen im Ort …«

»Nein, ich meine, wieso ich ausgerechnet *hier* auftauchen sollte … Hier ist immerhin niemand zu Tode gekommen.«

»Noch nicht«, sagte der Tankwart lachend, aber dann wurde er schnell ernst. Sein Galgenhumor schien endlich. Kein Wunder bei den Vorkommnissen der letzten Tage.

»Noch nicht«, bestätigte Larissa und entschied sich, keine falsche Rücksicht auf Befindlichkeiten zu nehmen. »Also: Warum haben Sie sich das gefragt?«

Der Tankwart grinste sie schief an. Sein Schnurrbart schien eine ziemlich ausgeprägte Hasenscharte zu verdecken. Trotzdem hatte er durchaus etwas Charismatisches an sich. »Eine Tankstelle ist ein Ort, an dem sich viele Wege kreuzen. Wahrscheinlich waren alle Opfer und alle Täter irgendwann hier.«

Larissa nickte. »Wahrscheinlich. Das muss aber nicht viel bedeuten, oder? Sie waren wahrscheinlich auch alle beim Bäcker, im Laden, beim Arzt …«

»Mhm. Trotzdem. Wir liegen hier an der Ortsgrenze. Wer abhauen will, kommt möglicherweise hier vorbei. Wer in den Ort kommt, eventuell auch … Und dann haben wir natürlich auch eine Kamera, die alles aufzeichnet …«

»Wie lange werden die Filme aufbewahrt?«, fragte Larissa und blickte sich in dem Tankstellenshop um. Die Hotdogs hinter der Glastheke sahen aus, als lägen sie dort schon seit Wochen. Wenn sie hier fertig war, sollte sie vielleicht mal den Kollegen von der Gewerbeaufsicht einen Tipp geben oder denen vom Gesundheitsamt.

»Paar Tage«, erklärte der Tankwart. »Wir löschen immer nur, wenn der Speicher zu voll wird.«

»Und das war zuletzt …«

»Letzten Freitag.«

»Dann sind also alle Tage aufgezeichnet, an denen hier im Ort …«

»Ich mach Ihnen eine Kopie.« Sein Grinsen schien festgeklebt zu sein.

Larissa nickte und stellte fest: »Sie sind sehr entgegenkommend.«

»Hey«, erklärte der Mann, »wie oft kommt hier schon mal die Kriminalpolizei vorbei? Das ist was Besonderes.«

»Verstehe. Kannten Sie die Toten?«

»Alle. Also: Falls das jetzt nur diejenigen waren, von denen alle wissen. Hesse, die Gerstner, Tersic, Braun. Und Deinhard, die alte Schnapsnase.«

»Hm. Der hat seinen Fusel vermutlich immer bei Ihnen gekauft?«

Der Tankwart schüttelte den Kopf. »Zu teuer für ihn. Wir haben Tankstellenpreise. Außerdem hatte er irgendein spezielles Abkommen mit der alten Schachtel vom Kiosk.«

»Was heißt spezielles Abkommen?«, wollte Larissa wissen.

»Fragen Sie sie, ich kann Ihnen das nicht beantworten. Aber ich denke, sie hat ihm immer einen besonderen Preis gemacht. Kann sie natürlich, weil sie ihr eigener Chef ist. Und lohnt sich ja auch. Ist wie bei allen Drogen: Egal, wenn die Marge kleiner ist, Hauptsache, man kann immer wieder was absetzen, weil man den Kunden an der Angel hat.«

»Ist das so?« Larissa musterte den Mann mit zusammengekniffenen Augen.

»Hab ich jedenfalls gehört«, erklärte der und gab vor, ein Regal einräumen zu müssen. Zigaretten.

»Er war also ein Alkoholiker«, sagte Larissa. »Und sonst? Was wissen Sie sonst über ihn?«

»Nicht viel. Deinhard war früher Busfahrer. Aber natürlich haben sie ihn vorzeitig in den Ruhestand geschickt. Hätte beinahe mal ein Kind totgefahren. Der Mann war ein Verkehrsrisiko.«

Larissa nickte verständnisvoll. »Und das hat ihn vermutlich erst recht zum Trinken gebracht.«

Der Tankwart lachte. »Dazu brauchte der keinen Vorruhestand. Da reichte seine Frau aus.« Er zögerte. »Aber dazu will ich nichts sagen.«

»Sie meinen, weil sie so viele Liebhaber hatte?«

»Das wissen Sie schon? Echt?« Larissa und die gesamte Kripo schienen in seinem Ansehen zu wachsen. »Cool.«

»War das denn so?«

Er zuckte die Achseln. »So was wird immer übertrieben. Aber natürlich war was dran. Zumindest kenne ich einige, die mal was mit Gaby hatten.«

»Und das in so einem kleinen Ort. Erstaunlich, oder?«

*

Die Wohnung war so gewöhnlich, wie man es sich nur vorstellen konnte, bieder geradezu. Ein Singlehaushalt. Zwei Zimmer, Küche, Bad. Tapeten im Wohnzimmer, ein veilchenblauer Anstrich im Schlafzimmer. Dazu passend die Bettwäsche. Queen Size mit nur einem Kopfkissen.

»Gab es mal einen Herrn Gerstner?«, fragte Larissa. Sie hatte Hegel überredet, zumindest Charlotte Gerstners Wohnung noch in Augenschein nehmen zu können, nachdem sie ja schon einmal im Haus gewesen war, um sich nach dem zweiten Mordopfer zu erkundigen.

»Gab es«, erklärte die Hausmeisterin. »Ist aber schon länger her.«

»Kannten sie ihn?«

»Flüchtig. Er war nicht von hier.« Auf den verständnislosen Blick der Kommissarin fügte die Hausmeisterin hinzu: »Und ist dann auch wieder weggezogen.«

»Sie wissen nicht zufällig, wohin?«

Die Frau schüttelte den Kopf. »Tut mir leid, da kann ich nicht helfen.«

»Verstehe.« Larissa hatte sich Handschuhe übergezogen und öffnete vorsichtig die Schubladen und Schränke. Das Übliche: Kleider, Schuhe, Schachteln mit Zeug. Im Badezimmer stand der Wäschekorb offen, halb mit Schmutzwäsche gefüllt. In der Küche war eine benutzte Tasse in die Spüle gestellt worden. Noch vom Frühstück? Oder von einer kleinen Pause, ehe Charlotte Gerstner noch einmal in die Praxis hinübergegangen war?

Larissa blickte aus dem Fenster. Man konnte das Haus, in dem die Praxis Wacker lag, sogar von hier aus sehen, wenn man sich etwas über die Spüle beugte. Wieder kam ihr in den Sinn, wie harmlos dieses Örtchen wirkte, wie idyllisch. Das Haus gegenüber war sogar mit Blumen geschmückt, an jedem Fenster hing ein Pflanztrog.

»Wie war Frau Gerstner so?«

Die Hausmeisterin hob die Hände und ließ sie wieder fallen. »Was soll ich sagen? Sie war eine freundliche Person. Immer höflich. Vielleicht ein bisschen verschlossen. Aber ich kannte sie ja auch nicht gut.«

»Was heißt das? Verschlossen?«

»Ach, Gottchen, dass sie zum Beispiel nicht auf einen Schwatz im Treppenhaus stehen blieb, so was«, erklärte die Frau und blickte demonstrativ auf die Uhr.

»Ich mache noch ein paar Fotos von der Wohnung, dann können wir wieder gehen.« Larissa zückte ihr Smartphone und schoss nicht nur ein paar Bilder, sondern entschloss sich, rasch ein Video zu machen. Sie schritt noch einmal alles ab und bedankte sich dann bei der Hausmeisterin, ehe sie ihr nach draußen folgte. »Und zur Sicherheit versiegeln wir die Wohnung«, erklärte sie und nahm ein Polizeisiegel aus ihrer Mappe.

»Versiegeln? Aber hier ist doch kein Verbrechen geschehen«, erwiderte die Hausmeisterin, und beinahe klang es wie ein Protest.

»Solange die Ermittlungen laufen, ist es hilfreich, wenn wir sichergehen, dass nichts verändert wird.«

»Aber wer sollte denn etwas verändern?«

»Herr Gerstner vielleicht?«, schlug Larissa vor. »Oder jemand anderer, der einen Schlüssel zur Wohnung haben könnte.« Womit sich die Hausmeisterin selbst gemeint fühlen konnte. Denn immerhin hatte sie ihr aufgesperrt.

»Verstehe«, sagte sie knapp und nickte der Kommissarin noch einmal zu, ehe sie sich ohne ein weiteres Wort abwandte und ihrer Wege ging.

*

27. Februar 1995, 18.49 Uhr

Der Schneeregen klebte ihm im Gesicht. Schniefend lief Alex weiter. Er mochte nicht mehr warten. Nachdem ihn Herr Deinhard im Bus nicht mitgenommen hatte und auch sonst niemand, hielt er es endgültig nicht mehr aus. Wenn Lotte bis nach Hause laufen konnte, dann konnte er das auch. Er hätte mit ihr gehen sollen. Nun lief sie allein. Und er auch. Und es war kalt. Und windig. Und der Schnee nervte. Alex schob sich die eisigen Hände unter die Achseln, aber das half auch nicht viel.

Die Straße war kaum zu sehen, so dunkel war es inzwischen. Aber man konnte sich an den Pfosten orientieren, die alle paar Meter standen. Die waren deutlich zu erkennen. Immer zwei oder drei, die sich vor ihm aufreihten. Wenn man an einem angekommen war, waren nur noch die zwei nächsten zu sehen, dann, nach einiger Zeit, auch der dritte. Komisch war das.

Und dann hörte Alex ein Geräusch hinter sich und blickte sich um. Ein Auto! Vielleicht würde ihn ja doch jemand mitnehmen?

»Hallo!«, rief er und winkte. Er ging dem Wagen ein paar Schritte entgegen. »Hallo!« Mehr als die Scheinwerfer war nicht zu erkennen. Aber die kamen jetzt ganz schnell näher. Alex ruderte mit beiden Armen durch die Luft und überlegte, ob er besser nach links oder nach rechts gehen sollte. Nach links? Wo waren noch mal die Pfosten? Er hielt sich die Hand über die Augen, weil ihn die Scheinwerfer blendeten. Kurz war er verwirrt und drehte sich um sich selbst, um nach den Pfosten zu gucken. Aber er sah nur die Scheinwerfer. Obwohl er gerade gar nicht zum Auto hinblickte. Das Auto! Erschrocken fuhr er herum. Jetzt war der Wagen ganz nah. Und bremste gar nicht ab.

Springen!, dachte er. Ich muss springen! Aber zu welcher Seite? Zu welcher?

*

18.52 Uhr

Jetzt konnte sie auch nicht mehr weg. Nicht, solange Alex noch nicht da war. In einem ersten Reflex hatte Kirsten ihrer Tochter Lotte eine Ohrfeige gegeben. Das Mädchen war in Tränen ausgebrochen, und Kirsten hatte es auf sein Zimmer geschickt. »Dafür musst du heute ohne Abendessen ins Bett gehen, hast du verstanden?«, hatte sie ihr hinterhergerufen.

Wie um alles in der Welt hatte Lotte den Jungen alleine zurücklassen können? Natürlich trödelte der noch mehr und würde wer weiß wann nach Hause kommen! Am liebsten hätte sie Lotte gleich wieder rausgeschickt und ihr befohlen, den Bruder abzuholen an dieser verdammten Bushaltestelle. Aber dann hatte sie sich dagegen entschieden. So war zumindest eines der Kinder endlich da. Sie konnte nur hoffen, dass das andere auch bald auftauchte.

Vielleicht würde ihn ja der Bus auflesen, wenn er an der Haltestelle saß. Vielleicht war Günter Deinhard im Dienst. Obwohl, dem traute sie auch zu, das Kind einfach sitzen zu lassen.

Deinhard war ein Widerling, sie hatte ihn noch nie leiden können. Es geschah ihm völlig recht, dass er mit dieser Schlampe Gaby verheiratet war, die wahrscheinlich schon lange nichts mehr von ihm wissen wollte.

Von oben hörte sie Lotte schniefen. Sollte sie nur heulen. Nichts als Ärger hatte man mit den Kindern. An manchen Tagen wünschte sich Kirsten Bergmann nichts sehnlicher, als sie wieder los zu haben. Tun zu können, was sie wollte. Mit wem sie wollte. Wann und wo sie es wollte. Da hätte sie schon ein paar Ideen …

Wütend riss sie ihren Mantel vom Haken und stieg in die Schuhe. Nun würde sie ein drittes Mal hinüberlaufen zu ihrem Mann und ihn daran erinnern, dass er gefälligst seinen Sohn auflesen sollte, nachdem ihn schon seine unfähige Tochter nicht mitgebracht hatte. Sie hätte kotzen können!

*

18.54 Uhr

Es dauerte, bis Georg Wacker ans Telefon ging. Dass jetzt schon ein Notruf reinkommen könnte, damit hatte er nicht gerechnet. Klar, es gab schon ein paar Leute, die ordentlich vorglühten, damit sie zum Start der großen Sause im Bürgerhaus auf Betriebstemperatur waren. Aber vor sieben?

Außerdem würde er in gut fünf Minuten seine freie Stunde haben, ehe er für den Rest des Abends auf der Fastnachtsfeier eingeteilt war. Wenn wenigstens sein Chef da gewesen wäre. Aber der nahm gerade den Bürgersaal ab. »Rettungsdienst, Wacker?«, meldete er sich missmutig, nachdem er eine Weile gewartet hatte, ob das Klingeln von allein wieder aufhören würde.

»Zwischen Rauschenbach und Holzhausen liegt jemand auf der Fahrbahn«, sagte eine Stimme, die klang, als hielte sich der Anrufer die Nase zu.

»Name, Adresse, Ort, von wo aus Sie anrufen?«, ratterte Georg Wacker automatisch herunter. Kannte man ja, dass die Anrufer einfach nur den Anlass in den Hörer plärrten und dann wieder auflegten. Aber so lief das nicht. Wer bei der Feuerwehr anrief, oder bei der Polizei, hatte seine Daten anzugeben. Das war sozusagen Regel Nummer eins, um blinden Alarm und sogenannte Scherzanrufe zu vermeiden.

»Machen Sie lieber schnell.«

»Hallo? Wer sind Sie? Von wo rufen Sie an?«, blaffte Wacker in den Hörer, während er mit einem Auge verfolgte, wie der Zeiger der großen Uhr über der Tür auf 18.56 sprang. Noch vier Minuten bis zu seiner Pause.

Er lauschte. Doch der Anrufer sagte nichts mehr, sondern legte einfach auf.

»Arschloch«, knurrte Wacker. Wahrscheinlich irgendein Scherzkeks, der sich besonders komisch fand. Von dem würde er sich die mickrige Stunde, die er jetzt endlich mal frei hatte, nicht verderben lassen. Wacker überlegte, ob er seinem Chef Kachler eine Nachricht schreiben sollte, entschied sich dann aber dagegen. Denn dann würde er auch erklären müssen, warum er die Sache nicht verfolgt hatte. Der normale Ablauf wäre gewesen, sofort dem Einsatzleiter Bescheid zu geben und alles zum Ausrücken vorzubereiten. Schlimmstenfalls hätte er sogar alleine losfahren müssen, wenn Kachler nicht zeitnah zu erreichen gewesen wäre. Was aber natürlich Schwachsinn war. Denn eine einzelne Einsatzkraft konnte in einem echten Notfall sowieso nichts leisten.

Aber der normale Ablauf wäre auch gewesen, dass der Anrufer sagt, wer er ist und von wo er anruft. Dass man noch ein paar Fragen hätte stellen können, um das Geschehen besser einschätzen zu können. Und dass es ein echter Notfall war. Nicht bloß ein schlechter Scherz.

Der Zeiger sprang auf 19.00 Uhr. Wacker rieb sich übers

Gesicht, schnappte sich für alle Fälle das Walkie-Talkie und ging nach draußen. Hinterm Haus gab es eine Art Unterstand, wo man rauchen und in einige der Zimmer des Eberbräu schauen konnte. Was manchmal cool war. Gestern erst hatte Wacker ein Paar dort beobachtet, das die Vorhänge nicht richtig geschlossen hatte. Die beiden waren aber auch ziemlich beschäftigt gewesen – und viel zu geil, um an die Gardinen zu denken. Wacker musste grinsen, wenn er daran dachte. Okay, die Frau war nicht unbedingt sein Typ gewesen. Zu mager. Zu behaart. Aber sonst … Junge! Er bekam jetzt noch einen Ständer, wenn er daran dachte. War geradezu eine Herausforderung gewesen, sich nicht mal eben einen runterzuholen. Ging aber natürlich nicht im Freien hinterm Haus, wo jeden Augenblick jemand auftauchen konnte und man natürlich auch umgekehrt vom Eberbräu aus zu sehen war.

Er zündete sich eine Kippe an, hörte, wie drinnen wieder das Telefon läutete, zuckte die Achseln und betrachtete die Rückseite des Gasthauses. Waren aber überall die Vorhänge zugezogen und sowieso nur zwei Zimmer erleuchtet. Vielleicht sollte er auch schon mal ein Bierchen zwitschern, um nachher nicht so nüchtern zu sein? Nein. Wacker verwarf den Gedanken. Er würde noch genügend tanken an diesem Abend. Und besoffen sein durfte er leider auch nicht. Denn dann würden sie ihn beim Rettungsdienst rauswerfen, und das war nun wirklich das Letzte, was er brauchen konnte.

*

Liebes Tagebuch

Papa und Mama schreien nur noch. Papa hat Mama auch gehauen. Da hat sie geweint, das hab ich genau gehört. Aber jezt schreien sie wieder. Manchmal sind sie auch leise. Aber dann geht es wieder los. Es ist, weil Alex nicht heimgekommen ist.
Jemand hat geklingelt. Das ist aber schon länger her. Es ist auch jemand in die Wohnung gekommen. Ich weis aber nicht wer. Da war es eine Zeit still. Aber dann haben sie noch lauter geschrien. Vor allem Mama hat dann geschrien. Ich wünsche mir, Alex wär wieder da. Aber ob er noch mal kommt? Vielleicht ist er weggelaufen. Dann muss er wenigstens nicht das Geschrei mit angehören. Vielleicht lauf ich auch weg.

6

27. Februar 1995, 19.04 Uhr

»Alles ruhig?«, fragte Retttungsdienstleiter Kachler, als er neben Wacker in den Unterstand trat.

»Alles ruhig«, erklärte der und hielt dem Chef seine Zigarettenpackung hin.

Kachler schüttelte den Kopf. »Danke. Später vielleicht.«

»Ein Anruf ist reingekommen«, sagte Wacker nebenher.

»Und?«

»Anonym. Angeblich liegt irgendwo jemand auf der Straße.« Kacke, er hatte sogar vergessen, wo eigentlich!

»Warum hast du nicht nachgefragt, wer anruft?«

»Hab ich!«, rief Wacker und versuchte, gleich wieder ruhig zu klingen. »Hat mir keine Auskunft gegeben. Klang sowieso ein bisschen beknackt. Irgendwie nasal.«

»Du denkst, es war ein Scherzanruf?«

»Klar.«

Eine Weile schwieg Kachler. Dann nickte er. »Hätte sich bestimmt noch mal gemeldet, wenn es ernst gewesen wäre.«

»Bestimmt«, sagte Wacker und erinnerte sich, dass es noch einmal geklingelt hatte. Okay, aber wer wusste schon, ob das derselbe Anrufer gewesen war.

*

18.46 Uhr

Peter Keller liebte es, wenn die Straße leer vor ihm lag. Dass es ein wenig schneite, machte ihm nichts aus. Er drehte den CD-Player lauter. Rammstein. Liebte er ebenfalls. Der ganze Wagen wummerte über den nassen Asphalt. Die Strecke zwischen Blommersberg und Holzhausen war die meiste Zeit kerzengerade. Zwei weite Kurven gab es, in die man im Sommer mit gutem Tempo reingehen konnte. Im Winter empfahl sich das nicht: Nachdem der Wagen in der ersten Kurve beinahe weggerutscht wäre, ging Keller etwas vom Gas, als er in die zweite Kurve beim Bushäuschen bog. Da hatte ihn vorhin diese Rotznase angehalten. War aber jetzt weg. Der kleine Bergmann. Keller musste lachen, als er das dachte. Kleiner Bergmann. Hätte glatt ein Song von der Band sein können.

Er gab Gas. Ab hier war die Strecke etwas abschüssig und ging immer geradeaus, bis kurz vor der Ortseinfahrt. Keller liebte diesen Abschnitt. Hier konnte man so richtig die Sau rauslassen. Und da gab es einiges rauszulassen: Sein alter BMW war getuned und schaffte mehr, als auf dem Tacho angezeigt werden konnte. Von welchem Auto ließ sich das schon sagen?

Es war nur ein kurzer Moment. Fast nur eine Ahnung. Aber irgendwas war auf der Fahrbahn gewesen, oder? Keller war für einen Augenblick zusammengezuckt und hatte das Steuer um eine Idee zur Seite gerissen. »Verdammt!«, schrie er und schaffte es mit pochendem Herzen, den Wagen wieder unter Kontrolle zu bekommen. Er blickte in den Rückspiegel und meinte, einen dunklen Fleck auf der Straße zu sehen. Wütend stieg er in die Bremsen und hielt an. Dann setzte er zurück. Kam ja sowieso niemand, man konnte locker anderthalb Kilometer weit sehen, ob ein anderes Auto unterwegs war. War aber nicht.

Als er das Ding erreicht hatte, schlug er das Lenkrad ein und fuhr rückwärts einen Bogen darum herum. Und dann sah er es. Im Lichtkegel seiner Scheinwerfer. Jetzt war es nicht mehr dunkel. Sondern blau, weiß – und blutrot.

»Verdammt!«, ächzte Keller und starrte durch die Windschutzscheibe. Es bewegte sich nicht. Es lag nur da. In frischen Farben.

Kellers Hand zitterte, als er ausstieg. Er blickte sich um. Niemand da. Niemand außer ihm und ... Er trat ein paar Schritte darauf zu und beugte sich hinunter. Doch, der lebte noch. Gerade noch, so wie es aussah. Wenn er seine Kamera dabeigehabt hätte, hätte er ein Foto gemacht. Denn so was hatte er noch nie gesehen, auch wenn er es sich schon oft vorgestellt hatte: einen Menschen beim Sterben. Und dann auch noch ein Kind!

»Wie geil ist das denn?«, flüsterte er. Dann ging er wieder zu seinem Wagen und startete den Motor. Irgendwo da vorne gab es einen Feldweg, auf dem er seinen BMW gefahrlos abstellen konnte. Und das würde er auch. Und dann ...

*

21. Juni 2022

Die Autowaschanlage musste um 20.30 Uhr geschlossen werden. Das besagte irgendeine Regelung zum Schutz der Anwohner, auch wenn es hier eigentlich keine Anwohner gab. Die nächsten Wohnhäuser waren durch einen schmalen Waldstreifen getrennt, da hörte kein Mensch etwas von der Waschanlage. Aber Vorschrift war nun einmal Vorschrift. Außerdem kam sowieso kein Mensch mehr um halb neun. Da saßen sie längst alle vor ihren Fernsehern oder im Eberbräu. Kevin Kramp würde auch rübergehen, wenn er alles weggeräumt hatte.

Die Tanke lief gut. Die Werkstatt und die Waschanlage waren eher ein Zuschussgeschäft. Erstere litt darunter, dass die Hersteller die Kunden immer enger an die Leine nahmen.

Letztere hatte Kramp sich mal aufschwatzen lassen. War ihm inzwischen aber egal. Denn die Tanke war längst nicht mehr seine. Er war nur noch Pächter. Seine Kohle machte er mit dem ganzen Kram, den sie im Laden verkauften. Energydrinks, Alkopops, Kondome, Sexheftchen für die, die noch auf Papier standen, Snacks, Zeitungen … Da war wenigstens überall noch eine vernünftige Gewinnspanne drin. Es reichte, um sich über Wasser zu halten. Aber ob sein Sohn Karl auf Dauer von dem Laden würde leben können, war eine andere Frage. Eine, die am Ende Karl beantworten musste.

Kevin Kramp räumte die Papierrollen, mit denen man nach der Wäsche noch am Auto herumwischen konnte, weg, klappte die Sicherheitsbarrieren zur Seite und sperrte den Bedienkasten auf, um die Anlage herunterzufahren. Aus dem Augenwinkel konnte er eine Bewegung wahrnehmen. Doch als er sich umdrehte, erkannte er nur noch etwas Schwarzes, das auf ihn zukam. Dann ging er bewusstlos zu Boden.

*

27. Februar 1995, 18.52 Uhr

Der Kleine war zäh. Einmal hatte er sogar die Augen aufgemacht und versucht, was zu sagen, es aber nicht hingekriegt. Nur ein bisschen geächzt und die Hand ausgestreckt. Peter Keller war instinktiv zurückgezuckt. Wollte sich nicht berühren lassen von dem kleinen Scheißer. Der hatte doch den Tod schon im Leib. Fasziniert hatte Keller diesen Bergmann-Jungen beobachtet, hatte erwartet, dass irgendetwas passiert, dass er vielleicht mit einem Zittern seinen letzten Atemzug täte oder so was. Tat er aber nicht.

Einmal stupste Keller ihn mit dem Fuß an, da schlug der Zwerg noch einmal die Augen auf und starrte ihn so an, dass

Keller keuchend aufsprang. Nein Mann, er würde hier nicht warten, bis der Knirps abkackte. Das konnte ja noch ewig dauern. Und jeden Moment konnte jemand vorbeikommen. Das war nicht mal unwahrscheinlich, weil bald die Fastnachtsfeier in Holzhausen stieg und natürlich dann irgendwann auch die Besucher eintrafen.

Unsicher stand Keller auf und ging ein paar Schritte von dem Jungen weg. Zögerte. Kam zurück und sah noch einmal auf ihn hinab. Dann zuckte er die Schultern und beschloss, endlich Leine zu ziehen. Vielleicht hätte er den Kleinen hinter das Bushäuschen zerren und dort weiter zusehen können. Aber erstens bestand auch da die Gefahr, entdeckt zu werden, und zweitens konnte das noch ewig gehen. Nein, er würde abhauen. Besser, er wurde nicht bei dem Knirps gesehen.

Augenblicke später saß Keller schon wieder hinter dem Steuer, setzte zurück, verließ den Feldweg und heizte nach Holzhausen. Als er das Ortsschild sah, atmete er auf. Immer noch ging die Pumpe mit Tempo. War schon auch irgendwie geil gewesen. Man sitzt da, wartet und guckt zu, wie einer krepiert.

Vor dem Eberbräu standen Kevin und ein Mädchen, das Keller nicht kannte.

»Hey, Alter!«, begrüßte Peter Keller Kevin.

»Peter, Mann! Wo warst du so lange?«

Keller hatte das Fenster runtergelassen und machte den Motor aus. Kevin Kramp kam zum Wagen und beugte sich ins Seitenfenster. »Wer is'n die Kleine?«, wollte Keller wissen.

»Wohnt in Reichenberg. Arbeitet im Schönheitssalon.« Kramp grinste vielsagend.

»Kann man der vertrauen?«

»Wieso, Mann? Was ist los?«

»Hammer Sache, Alter.« Keller blickte sich um und flüsterte dann: »Da liegt einer auf der Straße, nur zwei, drei Kilometer vor der Ortseinfahrt. Richtung Blommersberg.«

»Besoffen?«

»Der krepiert.«

»Echt jetzt?«

»Ein Junge. Ich glaube, es ist der kleine Bergmann.«

Kramp schien einen Moment zu überlegen, dann wurde sein Grinsen noch breiter. »Will ich sehen.«

»Hey, ich war da. Das kann dauern. Und die Party geht bald los.«

Kramp schüttelte den Kopf. »Die Party gibt es jedes Jahr, oder? Außerdem geht die doch bis in die Puppen. Und wird auch besser, je später man hingeht.« Er wandte sich um und rief dem Mädchen zu: »Hey, holst du mal die anderen?«

»Wieso? Es ist kalt, ich will reingehen!«, rief die junge Frau zurück.

»Wir haben noch was vor, Baby! Jetzt geh und hol die Mädels!«

Lustlos stöckelte die junge Frau ins Lokal und kam kurz darauf mit zwei anderen jungen Frauen zurück.

»Die kosten doch, oder?«, fragte Keller skeptisch.

»Nee, Mann«, erklärte Kramp. »Die sind heute gratis. Wollen nur ausgehalten werden.«

»Wie hast du das denn gemacht?«

»Betriebsgeheimnis.«

Während sich Kramp mit zwei der jungen Frauen auf die Rückbank quetschte, setzte sich die dritte neben Keller nach vorne. Peter Keller wusste nicht, ob der Gedanke an das Wiedersehen mit dem Tod oder ihr Parfüm ihn anturnte, er merkte nur, dass es zwischen seinen Beinen pochte. Was für ein geiler Abend.

*

Der Junge lag noch genauso da wie vorhin. Vielleicht war er ja in der Zwischenzeit doch draufgegangen. Peter Keller war einerseits ein wenig enttäuscht, andererseits irgendwie auch erleichtert. Er hatte eigentlich keine Lust, jetzt wieder ewig dazusitzen und zu warten, bis etwas passierte. Genau genommen, hatte er es sich einfach cooler vorgestellt. War vielleicht auch so, wenn einer zum Beispiel abgestochen wurde oder so. Dass er dann zuckte und stöhnte und um sein bisschen Leben noch so richtig kämpfte. Aber der Zwerg lag ja nur da, und das Einzige, was er noch hinbekam, war, dass er die Augen öffnete. Falls ihm das jetzt noch gelang. Aber vielleicht hatte er ja echt schon abgekackt.

Kramp schubste das Mädchen auf seiner rechten Seite aus dem Auto und zwängte sich hinaus. »Yeah!«, sagte er, als er auf den Kleinen zuging. Er kickte ihn leicht mit der Fußspitze an. »Lebt der überhaupt noch?«

»Keine Ahnung, Mann«, erwiderte Peter Keller. »Vorhin hat er noch gelebt.«

»Hast du dir vielleicht bloß eingebildet, Alter.«

»Blödsinn. Wenn er die Augen aufmacht, muss er noch leben.«

»Hey! Kleiner!«, rief Kramp und ging in die Hocke, während die drei Frauen sich zu ihm stellten und Keller ebenfalls langsam näher kam. »Hey!«

Er boxte den Jungen und erreichte, dass auf einmal ein rasselndes Geräusch zu hören war und ein Zittern durch den Leib ging, der da vor ihnen am Straßenrand lag. Kramp erschrak so, dass er zurückstolperte. Er richtete sich auf und versuchte, sich cool zu geben. »Doch noch nicht alle, der kleine Scheißer«, sagte er und lachte bemüht.

»Sag ich doch«, erklärte Keller und blickte sich um, ob wirklich niemand kam. Aber weiterhin war weit und breit kein Wagen zu sehen. »Komm, lass uns wieder fahren. Das kann echt noch ewig dauern.«

»Denkst du?«

»Hey, ich war vorhin schon hier, da sah er ganz genauso aus.«

»Dann müssen wir ihm mal ein bisschen helfen, oder?«

»Helfen? Du willst im Ernst jetzt noch die Rettung rufen?«

»Die Rettung? Hab ich was von Rettung gesagt?« In Kramps Augen blitzte etwas auf, das Keller unwillkürlich einen Schauder über den Rücken jagte.

»Wie willst du ihm denn sonst helfen?«

»Na, damit«, erwiderte Kramp und nickte zu Kellers Auto hin.

»Wir sollen ihn ins Krankenhaus verfrachten?«, fragte er ungläubig. Was, wenn die den Knirps tatsächlich wieder hinbekamen? Der würde doch jedem erzählen, dass Peter Keller ihm nicht geholfen hatte, sondern ... sondern ...

»Nee«, sagte Kramp. »Ins Krankenhaus verfrachten wir ihn nicht.,«

»Sondern?«

»Ins Jenseits, Mann!«

*

Vor dem Bürgerhaus stand Zoran Tersic.

»Herr Tersic! Haben sie Alex gesehen?«, rief Kirsten Bergmann ihm zu.

»Klar. War beim Turnen«, erwiderte der Sportlehrer.

»Und dann?«

»Dann? Keine Ahnung. Ich bin hierher. Hab heute die Girls am Start.«

Mit den Girls meinte er die Schlampentruppe, die sich Cheerleader nannte und nur dazu da war, dass man ihnen aufs Höschen guckte. Ehrenamtlich! Kirsten Bergmann lachte bitter, wobei ihr was von dem Likör in die Nase hochstieg und sie sich beinahe hätte übergeben müssen. Ehrenamtlich. Das konnte sie sich genau vorstellen, womit die kleinen Luder nach der Vorstellung ihr Taschengeld aufbesserten. Sie stierte Tersic an, der sich irritiert abwandte, dann stürmte sie den Saal. »Holger? Holger?«

Ihr Mann stand an der Bar und guckte kaum zu ihr hin. »Was denn, um alles in der Welt?«, fragte er genervt, als seine Frau ihn erreicht hatte.

»Alex ist immer noch nicht da.«

»Kannst ihm gleich von mir auch noch ein paar runterhauen«, erwiderte er. »Das soll er sich gefälligst merken, dass er nicht ewig rumtrödeln soll nach dem Sport.«

»Du hast ihn nicht abgeholt!«

»Da sind wir schon zwei, oder?«

Hatte er was getrunken? Was war bloß los? Kirsten hatte das Gefühl, als würde er jeden Augenblick handgreiflich. »Ich ... ich ...«

»Ja. Genau, du.«

»Aber das Auto ...«

»Jetzt ist das Auto schuld, oder? Hättest du mal das andere nicht zu Schrott gefahren! Überhaupt, lass mich doch *einmal* meine Ruhe haben, *ein einziges Mal!* Ist das so schwer?«

Sprachlos blickte sich Kirsten im Saal um. Inzwischen hatten die meisten mitbekommen, dass der Segen im Hause Bergmann schief hing. Und es waren genügend Neugierige hier, die sich nicht zu blöd waren, die beiden grinsend zu beobachten. Kirsten schnappte nach Luft, überlegte kurz, ob sie noch einmal etwas entgegnen sollte, entschied sich dagegen und marschierte mindestens so energisch hinaus, wie sie hereingekommen war.

Klar, ihr Mann erwartete, dass sie jetzt wieder nach Hause ging und die Babysitterin spielte. Aber das würde sie nicht tun. Nein. *Einmal* wollte er seine Ruhe haben? Bitteschön! Sollte er sie doch haben. Aber sie würde die ihre haben. Obwohl sie alles andere als Ruhe geben würde an diesem Abend. Im Gegenteil.

*

21. Juni 2022

Als Kevin Kramp wieder zu Bewusstsein kam, drang ihm der Geruch nach Imprägnierspray in die Nase. Er mochte ihn. Aber aus irgendeinem Grund machte er ihm in diesem Augenblick Angst. Er riss die Augen auf und erkannte, dass er direkt unter den Düsen lag. Verdammt, was war passiert?

Die Autowaschanlage war in Betrieb. Irgendwo, ein paar Meter vor ihm, war offenbar ein Wagen auf der Schiene. Der Moment, in dem ihm das klar wurde, ging einher mit der Erkenntnis, dass er sich mitten auf dem Kfz-Schlitten befand: dem Transportband, das die Fahrzeuge durch die Waschstraße beförderte. Über Kramp sprühte die Imprägnierung aus feinen Düsen, was bedeutete, dass der Wagen, der gerade durch die Anlage fuhr, gleich da wäre. Und tatsächlich schwenkten in dem Augenblick die großen Trommeln mit den Bürsten zur Seite und gaben den Anblick auf einen BMW frei. Nein, nicht auf *einen* BMW – auf *seinen* BMW!

»Verdammt!«, ächzte Kramp und richtete sich auf, um das Transportband zu verlassen. Ein stechender Schmerz schoss durch sein Fußgelenk. Ächzend hielt er sich das Bein und blickte an sich herab, um festzustellen, dass sein Fuß in der Schiene steckte. »Scheiße!«, fluchte er und versuchte, sein Bein zu befreien. Vergeblich. Der BMW war schon auf zwei Meter herangerückt, und das Förderband zog ihn unaufhörlich weiter. »Hey!«, rief Kramp. »Karl? Karl!«

Nichts. Klar. Karl war schon seit einer Stunde im Feierabend. Er war längst allein in der Tankstelle. Hastig blickte Kramp sich um und entdeckte den Notschalter an der vierten Säule. Er streckte den Arm aus, kam aber nicht ran. Der Wagen war auf anderthalb Meter vorgerückt. »Hey!«

Natürlich wusste Kramp, dass der Fahrer nichts tun konnte. Der saß im Auto, und es würde nichts ändern, wenn er auf die

Bremse stieg. Oder doch! »Hey! Hallo!« Der Sicherheitsmechanismus würde die Maschine anhalten. »Hey! Halt! Bremsen!« Kramp hielt sich die Hand über die Augen, während er mit der anderen verzweifelt winkte. Doch der Typ schien ihn nicht zu sehen. Warum fuhr der überhaupt seinen BMW? »Karl? Karl? Bist du das? Hey!«, schrie er, zunehmend panisch. »Stopp! Stopp!!!«

Der Knopf war zu weit weg. Der Wagen schob sich unaufhörlich auf ihn zu. Noch ein Meter, und Kramp würde unweigerlich unter die Karosserie gezogen. Inzwischen quiekte er wie ein Schwein, während er verzweifelt versuchte, den verdammten Fuß aus der Schiene zu ziehen. Wie zur Hölle war er da reingeraten? Für den Bruchteil einer Sekunde schimmerte ein Bild in seiner Erinnerung auf, das er nicht glauben konnte. Nicht glauben wollte. Wie sollte es möglich sein, dass ... »Karl! Hey! Karl! Stopp!!!« Doch Karl saß nicht hinter dem Steuer. Niemand saß hinter dem Steuer! Der Wagen war leer. Niemand war da, der auf die Bremse hätte treten können. »Hilfe!!!«, brüllte Kramp und riss an seinem Bein. »Hilfe!!!« Er musste es frei bekommen. Und wenn er sich alle Knochen brach. Der Wagen war schwer. Viel zu schwer. Der Abstand zum Boden zu gering. Das würde er nie überleben, niemals! Und dann, plötzlich, wusste er, dass genau das der Plan gewesen war: Er *sollte* nicht überleben.

*

27. Februar 1995

Es war nicht mehr als ein Rumpeln. Gar nicht mal so stark. Wie auch: ein Auto mit fünf Insassen auf der einen Seite. Und ein kleiner Körper auf der anderen. Peter Keller hatte es nicht über sich gebracht, zu fahren. Also hatten sie gewechselt, und Kevin

Kramp hatte sich hinters Steuer gesetzt. Die drei Mädels saßen hinten. So viel Lärm sie auf dem Weg hierher gemacht hatten mit ihrem Gekicher und Gegacker, so still waren sie jetzt. Mit aufgerissenen Augen saßen sie auf der Rückbank und starrten in die Dunkelheit vor den Fenstern. Und auf die Straße, auf der nur ein paar Meter entfernt dieser Knirps lag, der sich einfach nicht entschließen konnte, endlich abzukacken.

Kramp gab Gas, zweimal, dreimal, legte den Gang ein, ließ die Kupplung kommen und schaffte es tatsächlich, den Motor abzuwürgen. »Was ist das denn für ein bekiffter Wagen!«, schimpfte er.

»Man muss halt fahren können«, sagte Keller und stellte fest, dass er kaum Luft bekam. »Können wir mal ein Fenster aufmachen?«

»Wieso? Musst du kotzen?«

Allein der Gedanke daran ließ Keller spüren, wie ihm der Mageninhalt hochkam. Und der Gedanke an Kramps irre Idee. Er warf einen verstohlenen Blick auf seinen Kumpel, dessen Gesicht geradezu leuchtete. »Komm, lass doch einfach«, versuchte er zu sagen. Aber er war gar nicht sicher, ob er es wirklich gesagt oder nur gedacht hatte. Kramp jedenfalls schien ihn nicht zu hören. Stattdessen nahm er eine Hand vom Lenkrad und packte sich in den Schritt. Oh Mann, er hatte echt einen Ständer! Keller holte Luft. Aussteigen? Vielleicht sollte er aussteigen … Aber dann spürte er, wie der Motor wieder ansprang. »Hör mal …«

»Klappe. Mitgefangen, mitgehangen.« Kramp warf ihm einen blitzenden Blick zu. »Zu spät zum Kneifen.« Und dann nahm er den Fuß von der Kupplung und drückte aufs Gas. Diesmal würgte er den Motor nicht ab. Stattdessen rollten sie los. Langsam. Ganz langsam.

Das ist alles nur ein böser Scherz, dachte Keller. Kevin würde den Kleinen nicht überfahren. Nein. Stattdessen … Keller starrte nach draußen, während er hinter sich eine der jungen Frauen schluchzen hörte. Irgendwo ganz nah musste doch der Körper liegen. Das konnte doch gar nicht mehr weit … Und dann gab es dieses dumpfe Geräusch und die Erschütterung des Wagens. Ungefähr so, als wären sie durch ein Schlagloch gefahren. In dem Moment war Peter Keller klar, dass es kein böser Scherz war. Böse ja, aber kein Scherz.

Kramp hob den Finger und flüsterte: »Und jetzt die Hinterreifen.« Und dann gab es noch einmal eine leichte Unwucht im Wagen, ehe Kramp aufs Gas stieg und die Geschwindigkeit innerhalb von Sekunden auf weit über hundert Stundenkilometer hochjagte. »Yeah!«, rief er und blickte triumphierend in den Rückspiegel, während er die Lautsprecher aufdrehte. »Gottes Werkzeug!«

Nein, dachte Keller. Eher das Werkzeug des Teufels.

*

21. Juni 2022

Der Anblick war die reine Zumutung. Vielleicht auch, weil erst kurze Zeit seit Kevin Kramps grausamem Ende vergangen war, als die Beamten eintrafen. Ein Anwohner war vorbeigekommen, um sich über den unerträglichen Krach zu beschweren, den der Alarm der Waschanlage verursachte, und er war gleichzeitig mit einem Autofahrer an der Tankstelle eingetroffen. Beide hatten sie zuerst ratlos im Shop gestanden und niemanden angetroffen, dann waren sie nach draußen gegangen und hatten dort nach Kramp oder seinem Sohn gesucht, damit der Höllenlärm ein Ende nähme und der Autofahrer endlich zahlen konnte.

Sie hatten ihn gefunden. Oder das, was von ihm übrig war. Der Autofahrer stand immer noch unter Schock. Er hatte einen Kreislaufzusammenbruch erlitten und wurde im Rettungswagen behandelt – für Kevin Kramp konnten die Sanitäter ohnehin nichts mehr tun.

»Sieht aus, als wäre er durch den Fleischwolf gedreht worden«, bemerkte Hegel, worauf Anna Reichelt hinauslief und sich hinter dem Gebäude in die Wiese erbrach. Als sie wenig später, bleich aber gefasst, wieder zurückkam, warf ihr der Einsatzleiter einen kritischen Blick zu. »Sie müssen versuchen, zu abstrahieren«, sagte er. »Hat man Ihnen das nicht beigebracht?«

»Das hat man«, erwiderte Anna und bemühte sich um eine klare, kräftige Stimme. »Außerdem hat man uns beigebracht, dass unpassende Bemerkungen über Verbrechensopfer zu unterlassen sind.«

Hegels Mundwinkel zuckte. »Gut«, sagte er dann. »Sie haben recht. Das war unpassend.« Er zuckte die Achseln. »Aber leider trotzdem wahr.«

Alle starrten sie wieder auf das Bild, das sich ihnen bot, und in der Tat, man hätte es nicht treffender ausdrücken können. Dass die Leiche, die in einem abscheulichen Zustand auf der Schiene der Autowaschanlage lag, Kevin Kramp war, konnte man angesichts der Verletzungen, die dem Toten zugefügt worden waren, nur vermuten. Telefonisch immerhin hatte Kollege Plötz den Junior dieser Tankstelle erreicht, weshalb dieser als Opfer ausschied. »Ob wir es mit einem Verbrechen zu tun haben, ist noch nicht sicher«, stellte Hegel nüchtern fest. »Auch wenn natürlich alles dafürspricht.«

Alles, das war vor allem der Umstand, dass in dem Wagen, der über den Tankwart gerollt war und ihn buchstäblich zerrieben hatte, ausweislich der Aufnahmen, die die Kontrollkamera der Anlage gemacht hatte, niemand gesessen hatte – und dass es Kramps eigener Wagen war. Theoretisch war es natürlich dennoch möglich, dass Kramp mit seinem Fahrzeug in die Anlage gefahren und dann ausgestiegen war, um hinten wieder einzusteigen und es wegzufahren. Dass er bei der Gelegenheit unglücklich in die Führungsschiene mit den Rollen gekommen war, dass die Technik ausgerechnet in dem Moment versagt und nicht wegen einer Blockade abgeschaltet hatte, sondern dass die Anlage gnadenlos bis zum Ende weitergelaufen war – und dass ausgerechnet nach dieser unwahrscheinlichen Verkettung unglücklicher Umstände der Alarm losgegangen war. Theoretisch. Aber praktisch …

»Was für eine Sauerei!«, erklang eine weibliche Stimme hinter Hegel und den beiden Kommissarinnen.

Larissa wandte sich um. »Stopp!«, sagte sie. »Hier sind nur Einsatzkräfte zugelassen. Bleiben Sie bitte weg. Gehen Sie am besten ganz vom Gelände.« Sie winkte dem Ortspolizisten. »Kollege Plötz wird Sie begleiten.«

»Kollege Plötz tut, was ich ihm sage«, erklärte die Frau und kam stattdessen noch näher. »Heinrichs«, erklärte sie. »Ich bin hier die Ortsvorsteherin.«

»Frau Heinrichs«, sagte Hegel, der sie offenbar bereits kannte. »Ich möchte Sie trotzdem bitten, Abstand zu halten.«

»Können Sie den Toten identifizieren?«, fragte Larissa, nachdem die Frau ungerührt auf die grausam entstellte Leiche blickte.

»Ich glaube nicht, dass den irgendjemand identifizieren kann, so wie der aussieht«, sagte Jutta Heinrichs und zuckte die Achseln. »Aber nachdem ja nur die beiden Kramps solche Anzüge tragen, wird es wohl einer von ihnen sein.« Sie blickte von Hegel zu Larissa, zu Anna und wieder zurück. »Tun Sie mir einen Gefallen, ja? Machen Sie aus diesem Unfall keine allzu große Sache. Hier ist sowieso schon keine besonders gute Stimmung nach den Unglücken in der letzten Zeit.«

»Frau Heinrichs«, erklärte Larissa. »Wir untersuchen, was hier passiert ist, nicht mehr und nicht weniger. Und falls der Verdacht besteht, dass es sich nicht um einen natürlichen Todesfall oder um einen selbstverschuldeten Unfall handelt, dann ermitteln wir.«

»Schon klar«, sagte die Ortsvorsteherin, wobei ihr Blick eindeutig signalisierte, dass sie auf das Wort einer Polizistin, die die Ermittlungen nicht leitete, nichts zu geben bereit war. »Natürliche Todesursache scheidet aber wohl aus, was?«

»Das kommt darauf an, ob Herr Kramp, wenn er es denn ist, noch gelebt hat, als der Wagen über ihn gezogen wurde.«

»So«, bestimmte Hegel knapp. »Und jetzt gehen Sie bitte vom Grundstück.« Er zeigte zur Ausfahrt. »Wie Sie sehen, sperren die Kollegen den Ort gerade ab. Auch der Bundespräsident hat jetzt keinen Zutritt hier.«

Ohne ein weiteres Wort verließ Jutta Heinrichs die Szenerie, während einmal mehr Dieteks Mannschaft vorfuhr.

»Sie war erstaunlich schnell hier«, bemerkte Larissa.

»Und erstaunlich gefasst«, stimmte Hegel zu.

*

»Ihr solltet euch mal eine Einwohnerliste von Holzhausen besorgen«, erklärte Dietek spöttisch, als sie zwei Stunden später einen ersten Bericht von ihm in der Einsatzzentrale bekamen. »Dann könnt ihr einfach einen Haken hinter jeden machen, der als Täter ausscheidet. Das führt dann über kurz oder lang zum Mörder.«

»Sie denken also, das Opfer war nicht tot, als es überrollt wurde?«, wollte Hegel wissen.

Dietek schüttelte den Kopf. »Nein. Das schließen wir aus. Sehen Sie ...« Er rief ein Bild auf seinem Computer auf, das vorne am Whiteboard erschien. »Das hier ist der Fuß, der in der Schiene klemmte. Witzigerweise so ungefähr der einzige Körperteil, der noch halbwegs intakt ist.«

»Ja«, murmelte einer der Ermittler. »Sehr witzig.«

Dietek beachtete ihn nicht, sondern fuhr fort: »Interessant ist, dass das Sprunggelenk gleich mehrfach gebrochen ist. Frakturen, Torsion, auch diese umfangreichen Exkoriationen sprechen dafür, dass das Opfer versucht hat, sich aus der Fixation zu befreien, vermutlich bis zum letzten Atemzug. Die Verletzungen insgesamt sind so vielfältig und schwer, dass etliche davon ausgereicht hätten, es vom Leben zum Tod zu befördern. Suchen Sie sich's aus. Der Brustkorb ist vollkommen deformiert, mehrere Rippen sind in die Lunge gedrungen, diverse Organe sind praktisch Brei, der Schädel ist mehrfach gebrochen, der Blutverlust hätte das Opfer ebenfalls getötet. Wobei hier mehr möglich gewesen wäre, nur dass mangels Kreislauf nicht mehr der nötige Druck in den Gefäßen war. Die Wirbelsäule ist natürlich auch an mehreren Stellen frakturiert, einschließlich einiger Nackenwirbel …«

»Genickbruch«, stellte Hegel fest.

»Hätte völlig ausgereicht, um ihn zu töten«, bestätigte Dietek. »Also, wenn wir ein Opfer für die Ausbildung suchen müssten, würde ich sagen, dieses hier ist geradezu traumhaft.«

»Albtraumhaft trifft es besser«, bemerkte Larissa trocken. »Dennoch könnte es ein Unfall sein, oder?«

»Wenn Sie glauben, dass das Opfer sich selbst in der Schiene fixiert hat …«

»Er könnte mit dem Fuß hineingerutscht sein und ihn nicht mehr herausbekommen haben.«

Dietek nickte und rief ein anderes Foto auf. »Könnte«, sagte er. »Dass er allerdings auch noch einen Keil hinter seinen Fuß gezwängt hat, ehe er sich zu befreien versuchte, halte ich für extrem unwahrscheinlich.«

Und in der Tat: Es war deutlich erkennbar, dass hinter dem Schuh, mit dem das Opfer in der Schiene hing, ein Holzkeil klemmte, während der vordere Teil des Fußes von einer der

Walzen blockiert war, über die sich die Räder des Wagens drehten, wenn die Maschine lief.

»Die einzige Chance, die das Opfer gehabt hätte, wäre gewesen, seinen Schuh aufzuschnüren und rauszuschlüpfen. Zumindest hätte der Mann das probieren können.«

»So einfach?«

»So einfach. Und das ist nach meiner Theorie nur durch einen Umstand verhindert worden, der immer wieder unberechenbar ist.«

»Nämlich?«

»Panik.«

Panik. Natürlich. Die hatte Kramp daran gehindert, auf diese einfachste aller Möglichkeiten zu kommen.

»Danke, Dietek«, sagte Hegel. »Dann haben wir jetzt mal etwas, womit wir arbeiten können. Die übrigen Ergebnisse …«

»Werden morgen Vormittag vorliegen. Tja, ich wünsche dann mal frohes Schaffen. Wir sehen uns ja sicher sowieso in ein paar Stunden wieder.«

Larissa konnte nur hoffen, dass Dietek damit falschlag. Aber so, wie die Dinge sich hier entwickelten, war zu befürchten, dass der schlechte Scherz nur eines beschrieb: die Realität.

*

»Fünf Männer, eine Frau«, sagte Hegel und deutete auf die Namen der Opfer. »Was haben sie gemeinsam?« Er blickte in die Runde. »Ich denke, wir sind uns einig, dass das alles hier kein Zufall sein kann. Die Todesfälle stehen in einem Zusammenhang. Deshalb stellt sich die Frage nach der Beziehung der Opfer zueinander.«

Anna Reichelt hob die Hand.

»Ja?«

»Und der Beziehung der Täter zueinander«, sagte sie. »Wir haben ja mindestens drei Täter, so wie es aussieht.«

»Huisgen, machen Sie ein zusätzliches Profil für die vermeintlichen Täter?«, fragte Hegel einen der Kollegen. »Wir haben Peter Keller, da ist der Fall bewiesen. Er hat Eric Hesse abgeschlachtet und die Tat gestanden. Wir haben Martha Keller, die offenbar Charlotte Gerstner ermordet hat, ebenfalls ziemlich blutrünstig. Die Frau schweigt, aber die Indizien sind erdrückend. Und wir haben Gaby Deinhard, die dringend verdächtig ist, Zoran Tersic bei einem Verkehrsunfall getötet zu haben – wobei wir eher nicht an Fahrlässigkeit glauben. Gut.«

Larissa hob die Hand und ergänzte auf ein Nicken Hegels hin: »Wir sollten auch den Jungen der Kellers auf die Opferliste setzen. Er ist verschwunden. Nach allem, was hier in den letzten Tagen los war …«

Hegel seufzte. »Richtig, nach alledem müssen wir davon ausgehen, dass auch er Opfer eines Gewaltverbrechens wurde. Vor allem, wenn wir die Geschichte der Kellers mit dem Video glauben, das man ihnen angeblich geschickt hat und das sich dann von selbst aufgelöst hat. Gibt es dazu eigentlich was Neues?«, fragte Hegel in Richtung der Kollegin, die den Austausch der beteiligten Experten koordinierte.

»Peter Kellers Smartphone, auf dem das Video angeblich angekommen war, haben wir untersucht. Es gibt zwar eine Nachricht, die im entsprechenden Zeitraum eingegangen ist, aber der Inhalt hat sich nicht mehr rekonstruieren lassen.«

»Könnte Keller das Video selbst gelöscht haben?«

»Absolut. Das ist möglich. Aber warum sollte er das tun – wenn ihn das Video entlasten würde …«

»Hm. Also, wir setzen den verschwundenen Jungen mit auf die Opferliste, allerdings erst einmal separat. So oder so spielt er eine besondere Rolle. Er ist kein mutmaßliches Mordopfer – zumindest nicht, solange wir seine Leiche nicht gefunden haben –, er ist zunächst einmal nur ein Entführungsopfer. Außerdem ist er natürlich ein ganz anderer Opfertypus als die anderen: ein Kind, während die anderen Erwachsene sind, alle im Alter zwischen vierzig und fünfundfünfzig Jahren …«

»Was schon mal eine Art Gemeinsamkeit wäre«, stellte Larissa fest. »Alles keine alten Menschen, alles keine besonders jungen.«

»Genau wie die Täter«, ergänzte Anna.

»Was sagt uns das?«

»Dass das nächste Opfer vermutlich ebenso wieder aus dieser Altersgruppe stammen wird, genauso wie der nächste Täter.«

»Und das ist das Besondere an diesem Fall«, sagte Hegel und ging im Raum auf und ab, während ihm die anderen mit den Blicken folgten. »Mehrere Täter, mehrere Opfer – und doch scheint alles einem gemeinsamen Plan zu folgen. Nur welchem?«

»Und wessen?«, murmelte Larissa.

»Das ist vermutlich die entscheidende Frage«, erklärte Hegel und nickte. »*Wessen* Plan wird hier gerade Wirklichkeit?«

*

Von dem Gespräch mit dem Tankwart wusste Larissa, dass die Tankstelle Überwachungskameras hatte. Vier sogar, wie sie jetzt feststellte. Zwei unter dem großen Vordach, eine über dem Eingang, eine schräg über der Kasse. Doch auf keiner war jemand zu sehen, der infrage gekommen wäre, Kramps Wagen genommen und in die Waschanlage gefahren zu haben – und dort, in der Anlage, gab es leider keine Kameras. Ebenso wenig wie bei der Werkstatt, wo der Tankstellenpächter seinen BMW geparkt hatte. Wer immer den Wagen in die Waschanlage gefahren hatte, war deshalb nicht aufgenommen worden. Wieder und wieder betrachteten Larissa und Anna die Aufnahmen. Aber wer immer an diesem Tag da gewesen war, war auch wieder gefahren.

Kramps Sohn Karl war gegen 18.00 Uhr gegangen und hatte ein bombensicheres Alibi: Er war beim Sport gewesen und dort von Dutzenden Menschen gesehen worden. Der Anruf der Kollegen hatte ihn noch auf der Bezirkssportanlage erreicht, wo er sich gerade ein zweites Bier bestellt hatte. Es war ausgeschlossen, dass er etwas mit dem Tod seines Vaters zu tun hatte. Zumal der nach Karl Kramps Abgang an der Tanke noch mehrmals an der Kasse gewesen war, die Aufzeichnungen belegten es.

Als Nächstes würden sie die Fahrer befragen müssen, die zwischen Kramp Juniors Feierabend und Kramp Seniors Tod an der Tankstelle gewesen waren, ob ihnen irgendjemand aufgefallen war, eine Person, ein Fahrzeug, entweder an der Tankstelle selbst oder auf dem Betriebsgelände oder in der näheren Umgebung … Und natürlich würde wieder nichts dabei herauskommen.

Kopfschüttelnd fuhr Larissa ihren Computer runter und legte sich aufs Bett in ihrem Pensionszimmer. Sie hatte gerade den Fernseher eingeschaltet, wo inzwischen auch Meldungen über das »Mordnest im Schwarzwald« liefen, als ihr Handy klingelte. Anna.

»Hey.«

»Hey. Kannst du auch nicht schlafen?«

»Ich versuch's lieber gar nicht«, sagte Larissa. »Wenn ich die Augen schließe, sehe ich sowieso nur diesen Haufen Blut und Knochen.«

»Geht mir genauso«, bestätigte Anna und seufzte. »Willst du noch auf irgendwas aus der Minibar zu mir rüberkommen?«

»Bin eigentlich schon im Bademantel …«, sagte Larissa.

Anna kicherte. »Dann sind wir zu zweit.«

»Eine Minute.«

»Bis gleich.«

Anna war nicht nur eine der Sympathischsten und Aufgewecktesten in der ganzen Truppe, sie war auch eine ziemliche Schönheit. Zu ihrem eigenen Ärger stellte Larissa fest, dass sie fast ein bisschen Herzklopfen hatte, als sie daran dachte, die Kollegin in ihrem Zimmer zu besuchen. Im Bademantel. Sie ging rasch ins Bad, erledigte, was zu erledigen war, warf einen Blick in den Spiegel, steckte die Haare noch einmal frisch hoch und lief dann eilig über den Flur ins Nebenzimmer.

»Hi.«

Anna ließ Larissa ein und schloss gleich wieder. »Hast du mal in die Minibar geguckt?«, fragte sie.

Larissa schüttelte den Kopf. »Ehrlich gesagt, nein. Was haben sie denn: Champagner und Sushi?«

»Knapp daneben.« Anna lachte. »Du kannst wählen zwischen Exportbier, Weizenbier, Pils und Pepsi Cola.«

»Wow. Sie haben vorgesorgt für echte Kerle, was?«

»Wie uns«, bestätigte Anna. Kichernd griff sie in den kleinen Kühlschrank unter dem Fernseher und holte zwei Flaschen Bier heraus. »Und?«

»Pils für mich.«

»Gute Wahl.« Sie öffnete die beiden Biere und hielt Larissa die Pilsflasche hin.

»Danke. Du hast auch den Fernseher laufen.«

»Reines Ablenkungsmanöver.«

»Darf ich?« Larissa nickte zum Bett hin.

Anna machte eine einladende Geste und setzte sich dann zu ihr auf die andere Seite des Bettes. »Danke, dass du gekommen bist«, sagte sie.

Larissa zögerte, antwortete lieber nichts, sondern hielt ihr nur die Bierflasche hin, worauf Anna ihre dagegen stieß. Eine Weile lagen sie nebeneinander und blickten auf den Bildschirm, ohne dass eine von ihnen darauf geachtet hätte, was gezeigt wurde. Dann beugte sich Anna zu ihrer Kollegin und küsste sie. Offenbar war sie doch nicht so schüchtern.

*

Liebes Tagebuch,

Wenn ich weggehe, nehm ich Benno und Tini mit. Die passen dan auf mich auf. Und ich pass auf sie auf. Tini ist eigentlich viel zu klein zum Aufpassen. Aber Benno, du und ich, wir wechseln uns einfach ab, dan passiert keinem was. Wir gehn nach Tübingen oder an den Südpol. Da ist es ganz warm und ich muss blos meinen Badeanzug mitnemen. Dan spielen wir jeden Tag am Strand und ich bringe Benno und Tini schwimmen bei.

7

27. Februar 1995, 19.10 Uhr

Wacker kippte den Rest seines Biers und machte sich auf den Weg zum Bürgersaal. Eine dämliche Verkleidung brauchte er nicht oder vielmehr: durfte er nicht! Damit er als Mann vom Rettungsdienst erkannt wurde. Was natürlich Blödsinn war. Denn alle hatten ja irgendeinen dämlichen Fummel an, da wurde man eher übersehen, wenn man mit Signalweste und weißer Hose unterwegs war.

Egal. Heute würde er sich vor allem amüsieren, so viel stand fest. Von Kachler hatte er auch nichts mehr gehört. Offenbar war der angebliche Notruf also tatsächlich bloß fake gewesen. Oder die Sache hatte sich sonst wie erledigt. War ja sowieso eine alte Einsatzweisheit: Die Hälfte der sogenannten Notfälle waren gar keine. Da brauchte Omi mal jemanden, der sie anfasste, oder der Familienvater hielt seine Blähungen für einen Herzinfarkt. Lächerlich, was die Leute sich alles einbildeten. Mehr als einmal hatte Wacker bereut, dass er zum Rettungsdienst gegangen war. Aber auf der anderen Seite passte es ihm, zu den Wichtigen im Ort zu gehören, nach seiner Meinung gefragt zu werden, im Laden nie warten zu müssen, überall dabei zu sein … So wie jetzt. Während sich die anderen sauteure Karten hatten kaufen müssen – zwanzig Mäuse das Stück! –, kam er kostenlos in die Veranstaltung, hatte einen Paradeplatz, von dem aus er alles genau sehen konnte, sogar die Umkleiden der Cheerleader, und brauchte sich von niemandem etwas sagen zu lassen.

Klar, später am Abend, wenn die ersten Bier- und Schnapsleichen über den Kloschüsseln hingen, würde es unangenehm werden. Aber auch da regelte sich fast alles letztlich von allein. Außerdem war ja auch Kachler da. Und Georg Wacker verstand sich gut darauf, vor Ort zu sein. Noch besser aber beherrschte er es, nicht vor Ort zu sein, wenn es sich vermeiden ließ.

»Hey, Cindy!«, grüßte er eines der Mädels aus Tersics Cheerleader-Truppe.

Leider grüßte sie nicht zurück. Was ihn durchaus traf, denn Cindy Oppelt war ein heißes Teil. Er war eigentlich schon seit der achten Klasse scharf auf sie. Nervös fingerte er an dem Fläschchen in seiner Tasche herum. Wer weiß, dachte er. *Wer weiß, ob sich nicht eine Gelegenheit ergibt …*

*

Die Ohrfeige kam so schnell und mit solcher Wucht, dass Lotte sie erst spürte, als sie schon mit dem Kopf gegen den Schrank hinter sich knallte.

»Was heißt, Alex wollte nicht mehr weiter?«, schrie ihr Vater und hob erneut die Hand. Er wartete nicht auf eine Antwort, sondern schlug unmittelbar ein zweites Mal zu. Und ein drittes Mal.

Lotte schrie und hob die Hände über den Kopf, was ihn aber nur dazu brachte, dass er ihr Haar packte und sie daran nach oben riss. »Wenn er nach Hause kommen soll, dann muss er nach Hause, egal ob er will oder nicht, ist das klar?«

»Ja!«, rief Lotte. Vielleicht rief sie es auch nicht, denn gleichzeitig schrie sie vor Schmerz auf. Sie spürte, wie ihr etwas Warmes über die Stirn lief.

Statt erneut zuzuschlagen, schubste Holger Bergmann seine

Tochter in die Ecke zwischen Schrank und Tür und holte mit dem Fuß aus, um zuzutreten.

Doch seine Frau riss ihn zurück. »Hör auf!«, kreischte sie. »Hör gefälligst auf, du grober … Du …«

Er zögerte nicht, sondern richtete seinen Zorn gegen sie, indem er auch ihr eine so heftige Ohrfeige verpasste, dass Kirsten Bergmann rückwärtstaumelte. »Du hättest dich um die Kinder kümmern müssen!«, schrie er. »Diese ganze Scheiße hier ist nur passiert, weil die gnädige Frau den Arsch nicht hochkriegt! Aber jetzt ist Schluss mit lustig.« Er baute sich vor ihr auf, schien zu überlegen, ob er noch einmal zuschlagen sollte. Doch dann überlegte er es sich anders und knurrte nur: »Du holst ihn jetzt gefälligst ab. Und zwar sofort. Wo er auch ist.«

»Aber mein Auto …«

»Dein Auto ist mir so was von scheißegal!«

»Dann gib mir deines!«, schluchzte Kirsten.

»Meines? Dass ich nicht lache. Geh gefälligst zu Fuß! Und sieh zu, dass du weiterkommst!« Noch einmal riss er seinen Arm hoch, doch Kirsten war schon hinausgehuscht und lief die Treppe hinunter zur Garderobe. Mit zitternden Fingern riss sie den Mantel vom Haken und stürmte hinaus, obwohl sie immer noch die hochhackigen Schuhe trug, die sie für die Party angezogen hatte.

Lotte starrte auf ihren Vater, der sie jedoch offenbar gar nicht mehr wahrnahm, sondern sich nur die Hand rieb, als wäre er es, dem man wehgetan hatte.

Mit wütenden Schritten verließ er ihr Zimmer und polterte hinter seiner Frau hinunter ins Erdgeschoss. Kurz darauf hörte Lotte oben, wie die Tür ein zweites Mal ins Schloss fiel. Aber sie konnte nicht aufatmen. Denn längst wusste sie, dass dieser Abend kein gutes Ende nehmen würde. Nein, das würde er nicht.

*

Ketamin. Natürlich wusste er, wie viel davon für den Notfall einzusetzen war, jedenfalls ungefähr. Aber wie viel brauchte es für die orale Verabreichung? Für einen Körper von vielleicht 55 kg? Die Kleine war schließlich supergut trainiert. Kein Gramm Fett. Nur zwei Handvoll Möpse und ein knackiger Hintern, der es Georg Wacker am allermeisten angetan hatte.

Die Frage war außerdem, wie er Cindy dazu brachte, sich ausgerechnet von ihm einen Drink spendieren zu lassen. Denn die Bitch nahm ihn ja nicht einmal wahr, arrogant wie sie war. Stattdessen hing sie die ganze Zeit mit Tersic ab, dem Kanaken.

Aber dann spielte Wacker der Zufall in die Hände! Tersic wurde von seiner Alten abgefangen, und Cindy blieb allein in der Garderobe zurück. Das hieß: Natürlich nicht allein – es waren ja eine Million Verrückte hier, die ständig aus und ein gingen, sich umzogen, schminkten, Zeug holten oder brachten und so weiter. Aber Cindy saß vor ihrem Spiegel und zog sich den Kajal nach. Bis sie ihn hinter sich entdeckte und sich umwandte. »Is was?«

»Du siehst super aus«, stotterte Wacker. »Ähm. Wollte ich nur sagen.«

»Danke.« Sie beugte sich wieder vor und hatte offenbar nicht die Absicht, weiter mit ihm zu sprechen.

»Cooler Auftritt vorhin«, versuchte Wacker, das Gespräch in Gang zu halten. Dabei war es eigentlich nur die Generalprobe gewesen.

»Ja. Lief ganz gut.«

In dem Moment spielte der Zufall Wacker in die Hände: Das Mädchen suchte nach irgendetwas auf dem Tisch und stieß dabei gegen ihr Glas. Die Cola schwappte über, und er sprang schnell herbei und hielt das Glas fest. »Hoppla!«, rief er. »Fast hättest du hier alles unter Coke gesetzt.«

»Whisky-Cola«, erklärte Cindy Oppelt und musterte ihn amüsiert. »Gute Reflexe.«

Immerhin, sie hatte ihn zur Kenntnis genommen. »Klar«, sagte er. »Aber ein bisschen ist danebengegangen.« Er sah sich um, entdeckte die Küchenrolle am anderen Ende des Tischs. »Ich wisch das mal ab.« Nahm das Glas, stellte es ab, riss Papier ab und machte umständlich sauber, ehe er auch noch die Stelle wischte, an der das Glas vorhin gestanden hatte. »So. Jetzt kannst du das wieder benutzen.«

»Wow. Sehr aufmerksam«, stellte das Mädchen fest und hob das Glas. »Na, dann trinke ich mal auf dein Wohl, du Held.« Sie lachte über ihren eigenen Scherz und nahm einen großen Schluck. Whisky-Cola. Und Ketamin.

*

22. Juni 2022

Ein Ort, an dem die Schicksale vieler Menschen zusammenfinden, ist der Friedhof. Gerade kleine Orte lassen vielerlei Rückschlüsse auf die Lebenden zu, wenn man sich die letzten Ruhestätten der Verstorbenen ansieht. Das war Larissa schon bei ihrem allerersten Mordfall aufgefallen, als sie die Trauergemeinde studiert hatte, die zum Begräbnis des Opfers gekommen war. Hier allerdings gab es noch keine Bestattung. Todesfälle, die nicht auf natürliche Ursachen zurückzuführen waren, ließen eine schnelle Beisetzung nicht zu. Lediglich für das erste Opfer, Eric Hesse, war ein Termin anberaumt, da der Fall offensichtlich war, die Todesursache unzweifelhaft und der Täter geständig. Den Leichnam noch länger in der Pathologie aufzubewahren, war unnötig und angesichts der dringend benötigten Plätze vor dem Hintergrund der zahlreichen mutmaßlichen Verbrechen, die zurzeit hier stattfanden, auch nicht hilfreich.

Also stand Larissa Flaucher vor dem bereits ausgehobenen Grab und betrachtete die Szenerie. Es gab bereits einen Stein, auf dem die Namen der Eltern des Toten vermerkt waren. Beide schon vor Jahren verstorben. Nun würde ihnen der Sohn ins Grab folgen. Möglicherweise gar auch der Enkel, falls ihn die Kolleginnen und Kollegen von der Abteilung 3, Freiheitsdelikte, nicht lebend fanden. Und gegenüber von Hesses Grab ragte ausgerechnet der Stein mit dem Namen Keller auf. Eric Hesse würde also seine letzte Ruhe im Angesicht der Familie seines Mörders finden.

Larissa ging durch die Reihen. Auch die Familien Braun, Kramp und Bergmann konnte sie finden. Deinhard hingegen war nicht vorhanden, auch nicht Gerstner oder Tersic. Aber das konnte natürlich erstens daran liegen, dass die Familien noch nicht so lange im Ort lebten, dass sie ihre Familiengräber andernorts hatten, etwa in Reichenberg, oder dass sie die Gräber schlicht aufgelassen hatten. Larissa hatte das in ihrer eigenen Familie erlebt, wo sich einer ihrer Onkel zuerst unbedingt das Familiengrab unter den Nagel reißen musste, nur um es dann nicht zu verlängern. Seither gab es keinen Erinnerungsort mehr an ihre Großeltern.

Holzhausen war ein Dorf, in dem es zwar eine Kirche gab, aber schon seit Jahren keinen Pfarrer mehr. Zu wenige Gläubige. Die Recherchen hatten ergeben, dass die Messe nur noch alle zwei Wochen begangen wurde – abwechselnd mit Reichenberg, wo sich offenbar ebenfalls kein eigener Pfarrer mehr für die Gemeinde lohnte.

Der Friedhof war so gepflegt wie der ganze Ort. Kein Grashalm wuchs auf den gekiesten Wegen, die Beete waren wie für den Katalog eines Bestatters gemacht. Der steinerne runde Brunnen in der Mitte der Anlage wirkte wie der unvermeidliche Kreisverkehr in ländlichen Ortschaften. Es wirkte fast unwirklich auf Larissa, wie aufgeräumt und bieder alles hier aussah, wenn sie bedachte, welche Monstrositäten in diesem Kaff vor sich gingen. Nachbarn wurden zu Mördern, gewöhnliche Mitbürger zu Opfern …

Eine alte Frau trippelte gebeugt über den Friedhof, ohne auf Larissa zu achten. Sie trug eine Tasche bei sich, aus der ein paar Blüten eines Stöckchens lugten, Blaustern vielleicht. Larissa wollte sich schon wieder abwenden, als die Frau vor dem Grab der Kramps stehen blieb. Eine Weile beobachtete Larissa sie, dann trat sie zu ihr und sprach sie an: »Frau Kramp?«

Die alte Frau blickte auf. »Bitte?«

»Frau Kramp, nehme ich an?«

Sie schüttelte den Kopf. »Josephi«, sagte sie. »Ich bin die Großmutter.« Wessen Großmutter, führte sie nicht aus, sondern packte ihr Stöckchen aus und stellte es neben das Grablicht. Sie hatte es schon fertig mit Übertopf bei sich.

»Mein Beileid«, sagte Larissa. »Ich bin übrigens Larissa Flaucher von der Polizei.«

Die alte Frau nickte. »Jaja«, sagte sie leise. »Erst die Presse, dann die Polizei … Aber es wundert mich nicht.«

»Die Presse? Wurden Sie von der Presse angesprochen?«

»Sie etwa nicht?« Sie mochte alt sein, aber sie war offenbar geistig absolut da.

»Die Presse weiß, dass sie von uns nichts erfährt außerhalb der offiziellen Pressekonferenzen.«

»Und was wollen Sie von mir wissen?«

»Ich hätte gerne mehr über Kevin Kramp erfahren.«

Die alte Frau lächelte bitter. »Macht es jetzt noch einen Unterschied?«

»Für ihn wahrscheinlich nicht«, gab Larissa zu. »Aber es könnte uns helfen, herauszufinden, was wirklich geschehen ist. Und das …« Wie viel Wahrheit vertrug eine so alte Frau? Sollte man sie nicht im Glauben lassen, es sei einfach ein schreckliches

Unglück geschehen, zumindest so lange, bis die offizielle Mitteilung draußen war?

»Und das könnte etwas anderes Schreckliches verhindern? Vielleicht«, murmelte Frau Josephi. »Aber das glaube ich nicht. Ich glaube nicht, dass Dinge geschehen, die nicht geschehen müssen.« Sie klaubte ein paar Welke Blätter aus dem Immergrün, das das Grab umrandete. »Früher oder später hat das so kommen müssen.«

»Wie meinen Sie das?«, fragte Larissa überrascht.

Die alte Frau blickte auf. »Kevin war kein guter Mensch.« Sie schien auf ihre eigenen Worte zu lauschen, hielt kurz inne und bekräftigte: »Nein, das war er nicht. Früher oder später musste es so mit ihm enden.« Ihr Blick suchte Larissas. »Denke Sie nicht, dass mir nicht das Herz blutet! Ich wünschte, es wäre alles anders gekommen. Aber wenn ich ehrlich bin, dann muss ich nun einmal sagen, dass es ein Gottesurteil war. Eigentlich überrascht mich nur, dass es so lange gedauert hat.«

»Das verstehe ich nicht«, erwiderte Larissa. »Sie meinen, Kevin hätte diesen schrecklichen Tod verdient?«

Doch die alte Frau hatte offenbar beschlossen, nichts mehr zu sagen. Stattdessen schlug sie nur ein Kreuz und wandte sich dann ab, um den Friedhof zu verlassen, ohne die Polizistin noch eines Blickes zu würdigen oder sich von ihr zu verabschieden.

*

27. Februar 1995

Die Kleine aus der Garderobe zu schaffen, war leicht. Die Schwierigkeit war vor allem, Cindy allein für sich zu haben. Denn natürlich konnte es Rettungsdienstleiter Kachler nicht bleiben lassen, nach der Cheerleaderin zu sehen, die offenbar aus Erschöpfung, und weil sie vermutlich auch zu viel getrunken und sich zu sehr verausgabt hatte, in Ohnmacht gefallen war. Aber auch dafür hatte Wacker eine Lösung.

»Herr Kachler«, erklärte er. »Da hat noch mal einer angerufen. Sie wissen schon – wegen vorhin.«

»Wegen der Landstraße?«

»Was machen wir denn jetzt? Soll ich da hinfahren? Vielleicht ist doch jemand verletzt …«

Er wusste, was Kachler sagen würde. Und tatsächlich: »Nein, lass mal, ich fahre schnell hin. Richtung Blommersberg hast du gesagt?«

Klar, eine ohnmächtige Jugendliche war ein leichter Fall im Vergleich zu einem möglicherweise verletzten Opfer eines Verkehrsunfalls. Kachler hätte ihn niemals alleine zu einem echten Notfall geschickt und in der Zeit selbst nur eine kleine Schlampe aufgepäppelt, die über ihren Durst getrunken hatte.

»Aber ich hätte das …«, heuchelte Wacker Engagement.

»Nein, du bleibst hier und kümmerst dich um die junge Frau. Ich komme so schnell wie möglich zurück.«

»Alles klar, Chef«, erwiderte Wacker und jubelte innerlich. Allein dass sein Plan so aufging, ließ seine Hose enger werden. Vielleicht sollte er selbst ein paar Tropfen von dem Zeug … Aber nein, er brauchte es nicht. Und man wusste nie, ob die Dosierung stimmte. Nicht für einen solchen Zweck.

Augenblicke später war Kachler verschwunden. Zeit, dass Georg Wacker sich um seine Patientin kümmerte. Er streckte noch einmal den Kopf aus der Tür, stellte fest, dass niemand sich für ihn oder die kleine Schlampe interessierte, machte zu, drehte den Schlüssel um und wandte sich wieder Cindy Oppelt zu.

»So, du kleine Hure«, flüsterte er, während er ihr Shirt hochschob. »Jetzt gucken wir mal, ob du immer noch so arrogant bist. Oder vielleicht doch ein bisschen aufgeschlossener.« Er gluckste, als er die Doppeldeutigkeit dieses Wortes erkannte.

Ja, es lohnte sich, wenn man sich für die Gesellschaft einsetzte. Der Rettungsdienst jedenfalls hatte absolut seine positiven Seiten. Die Fastnacht im Bürgerhaus auch. Und wenn er Cindy Oppelt so betrachtete, dann musste er ehrlich feststellen, dass sie ausschließlich positive Seiten hatte.

*

Im Grunde war Winfried Kachler ganz froh, rauszukommen. Die Fastnacht hatte noch gar nicht angefangen, aber die Leute waren schon unerträglich aufgedreht. In spätestens zwei Stunden würden die ersten Bierleichen versorgt werden müssen. Wenn es blöd lief, waren auch noch tätliche Auseinandersetzungen zu befürchten, das hieß: Gehirnerschütterungen, gebrochene Nasen, eventuell sogar offene Wunden. Und es lief eigentlich immer blöd. Kachler seufzte. Die Fastnacht war nicht sein Ding.

Als er das Ortsschild passierte, kam ihm ein Pkw entgegen, in dem ein Haufen junger Leute saß. Alles Kandidaten für die notfallmedizinische Versorgung später am Abend. Die Musik, die sie hörten, war so laut, dass er sie noch in seinem Einsatzwagen hören konnte. Dankbar betrachtete Winfried Kachler die Straße, die vor ihm in die Dunkelheit führte, leer und still. Holzhausen mochte für manch einen ein Kaff sein, für ihn war es ein Ort, an dem es sich gut leben ließ. Es war ruhig und unaufgeregt. Normalerweise war auch nicht viel zu tun für die Einsatzkräfte, weder für die Polizei noch für den Rettungsdienst. Der Wahn um die Fastnacht und die Menschenmassen, die er mit sich brachte, passten für ihn nicht zu dem Bild, das er von seinem Wohnort hatte.

»Der Wald steht schwarz und schweiget …«, summte er leise, während er eine erste Kurve nahm und ein wenig mehr Gas gab. Hier war absolut nichts zu sehen, schon gar kein Verletzter

auf der Straße. Alles war in bester Ordnung. Am liebsten wäre Kachler hinübergefahren nach Blommersberg, wo an diesem Abend nichts los war, sondern alles seinen gewohnten Gang ging und die Leute brav vor ihren Fernsehern saßen – außer denen natürlich, die nach Holzhausen kamen, um im Bürgerhaus mitzufeiern.

»Und aus den Wiesen steiget …« Ein, zwei Kilometer würde er noch fahren, dann musste er umdrehen. Denn auch wenn Winfried Kachler das Treiben um die Fastnacht verabscheute, er war nun einmal pflichtbewusst. Und er wusste, wo er gebraucht wurde. Dass Menschen sich selbst nicht im Griff hatten, damit musste man als Rettungsdienstler schon früh zu leben lernen. Wer das nicht zu akzeptieren bereit war, der hatte in dem Beruf nichts verloren.

In der nächsten Kurve streiften die Lichtkegel der Scheinwerfer ein buntes Etwas. Kachler schüttelte den Kopf. »Ein Kleiderbündel«, murmelte er und atmete erleichtert durch. »Na, Gott sei Dank. Besser so.« Er machte die Warnleuchten an, hielt auf der anderen Seite an, stieg aus und lief über die Straße. »Wieso werfen die Leute ihr Zeug aus dem Fenster?«, knurrte er. »Wenn jeder hier seinen Dreck wegschmeißt, wie sieht es denn um alles in der Welt dann …« Er beugte sich zu dem Haufen hinunter. Doch es war kein Kleiderbündel. Es war ein Bündel Mensch.

*

22. Juni 2022

»Was heißt, es überrascht sie, dass es so lange gedauert hat? Und was bedeutet: so lange? Sprechen wir von einem Jahr oder von zehn Jahren?« Anna blickte an die Decke.

»Frau Josephi hat von einem Gottesurteil gesprochen. Das klingt für mich nach etwas, das man in größeren Dimensionen misst«, erklärte Larissa, die neben ihr lag und eine Spinne beobachtete, wie sie über die Vorhangstange kletterte.

»Jedenfalls heißt es, dass es etwas in der Vergangenheit von Kevin Kramp gegeben haben muss, für das er Strafe verdient hat.«

»Und zwar eine grausame Strafe. Wenn die eigene Großmutter den Tod für gerecht hält …«

»Vielleicht müssen wir seine Vergangenheit einfach mal wesentlich weiter zurückverfolgen und ausleuchten.«

»Hab schon eine Mail an Huisgen geschickt, damit er eruiert, ob es Einträge ins Strafregister gab, irgendwelche Verfahren, so was.«

»Gut.« Anna richtete sich auf und betrachtete Larissa. »Du bist ziemlich clever, weißt du?«

»Ach ja?«

»Und das gefällt mir an dir.« Ihre Augen blitzten.

»Hm«, machte Larissa und lachte. »Intelligenz ist immer sexy.« Unvermittelt wurde die Freundin wieder ernst. »Ich wünschte trotzdem, das hier hätte unter anderen Umständen stattgefunden.«

»Das hier?«

»Das hier.«

Vor allem wünschte Larissa, sie müsste es nicht ihrer Tochter erklären.

*

27. Februar 1995, 19.35 Uhr

In weniger als einer halben Stunde würde die Veranstaltung beginnen. Der Ort belebte sich zusehends. Vor dem Bürgerhaus waren längst alle Parkplätze besetzt, die ganze Hauptstraße war gesäumt von Wagen aus dem Landkreis. Dabei waren die meisten Besucher des Festes noch gar nicht gekommen, weil viele ja erst etwas später eintrafen. Vor allem die Jüngeren fanden es cool, nicht schon am Anfang dabei zu sein.

Kirsten Bergmann dachte darüber nicht nach, als sie die Straße entlang Richtung Ortsausfahrt stolperte. Sie hatte die falschen Schuhe an und nur den leichten Mantel genommen. Jetzt war ihr kalt, und die Füße schmerzten schon nach wenigen Metern, weil sie so schnell lief. Sie wusste nicht, ob es die Sorge um Alex war oder die Angst vor ihrem Mann oder die Enttäuschung über diesen vermurksten Abend. Vielleicht war es auch nur der Zorn über die Ohrfeige, die Holger ihr verpasst hatte. Am liebsten hätte sie ihm … »Hey! Schau gefälligst, wo du langläufst!«, schrie ein junger Mann sie aus seinem geöffneten Autofenster an, während er den Lenker herumriss und am Straßenrand stehen blieb.

Kirsten Bergmann zuckte zusammen und huschte zur Seite. Mehrere junge Frauen saßen in dem Wagen, eine nuttiger geschminkt als die andere. Und der junge Keller, vor dem es Kirsten immer ein wenig gruselte, weil er so verschlossen war. Heute war er bleich wie ein Geist – na ja, vermutlich Schminke. Den anderen, der sie angeschrien hatte, kannte sie auch, wusste aber nicht, wie er hieß. Sie zog den Kopf ein und schlug den Kragen hoch. Es hatte wieder ein bisschen zu schneien begonnen. Aber gut, ihr Gesicht wäre auch so nass gewesen.

Kachler hatte schon viel gesehen in seinem Leben. Rettungssanitäter brauchten ein dickes Fell, und er hatte eines. Aber das, was er diesmal sah, ließ ihn unvermittelt in die Knie gehen. Erst hatte er seinen Augen nicht getraut. Dann hatte er es für einen schlechten Scherz gehalten, eine Art grausiges Kunstobjekt. Die Leute ließen sich für die Fastnacht ja die verrücktesten Dinge einfallen. Aber als ihm klar wurde, dass da wirklich ein Mensch vor ihm lag oder vielmehr: das, was von diesem Menschen übriggeblieben war, blieb ihm förmlich der Atem weg. Das Kleiderbündel war nichts anderes als ein totgefahrenes Kind, ein kleiner Körper, der so grauenvoll deformiert war, dass Kachler trotz all seiner Erfahrung und Abgebrühtheit die Hände vors Gesicht schlug und haltlos schluchzte. Am schlimmsten war, dass dieses Kind zwar völlig zerquetscht war, aber der Kopf beinahe unbeschädigt. Und aus diesem Kopf starrten ihn zwei riesige Augen an, als könnte das Kind selbst nicht verstehen, dass es wirklich tot war. Denn das war es. Tot.

»Oh Gott!«, heulte Kachler und ließ sich auf die Seite sinken, weil er nicht mehr die Kraft hatte, zu knien. »Oh Gott!« Und immer wieder: »Oh Gott!«

Es dauerte Minuten, bis er wieder fähig war, irgendeinen Gedanken zu fassen. Irgendetwas zu tun. Zwischendurch hatte er gedacht, er müsste selbst sterben, so elend fühlte er sich. Dieses Kind, dieser Junge, er kannte ihn! Es war der Kleine von Bergmanns. Ging mit seiner Tochter zur Schule. In dieselbe Klasse. Die erste. Aber jetzt würde er das nicht mehr. Nie mehr. Kachler stellte sich vor, dass seine Tochter hier liegen würde. Was sollte er nur den Eltern sagen? Wie hatte das passieren können?

Ein Unfall, natürlich. Der Kleine hier auf nächtlicher Straße. Keine Beleuchtung. Dann kommt ein Wagen, der Fahrer sieht ihn nicht oder zu spät … Und dann? Konnte es sein, dass der Fahrer den Zusammenstoß gar nicht bemerkt hatte? Aber wie sollte das gehen? Der Junge war ja offensichtlich mit dem ganzen Körper unters Auto geraten und von den Rädern zermalmt worden. Nur der Kopf nicht. Kachlers Arm zuckte in Richtung des Jungen. Er wollte ihm die Augen schließen, damit der Kleine ihn nicht mehr so anstarrte. Aber dann … Der Fahrer musste das doch gemerkt haben! Es ging gar nicht anders. Hatte ein Kind überfahren und war dann … Ja, war dann einfach davongefahren! Ohne sich um das Opfer zu kümmern.

Andererseits … Es war ja ein Notruf eingegangen. Der Anrufer hatte keinen Namen erwähnt. Vielleicht, weil er selbst der Unfallfahrer war? Weil er das Kind nicht einfach liegen lassen, aber selbst auch nicht belangt werden wollte? Wer konnte so gewissenlos sein, einfach abzuhauen? Wer brachte es über sich, ein Kind im Dunkeln auf der Straße liegen zu lassen. Hilflos. Schutzlos. Allerdings musste der Junge ja sofort tot gewesen sein, bei diesen Verletzungen. Unterlassene Hilfeleistung schied da aus. Den Unfall ungeschehen machen konnte der Täter auch nicht … Die Gedanken in Kachlers Kopf drehten sich im Kreis. Tun konnte er auch nichts mehr für den Kleinen. Endlich gab er seinem Drang, ihm die Augen zu schließen, doch nach und stand wieder auf. Etwas wackelig auf den Beinen, ging er wieder hinüber zum Rettungswagen und holte sein Handy heraus. Er brauchte mehrere Anläufe, bis er es geschafft hatte, Wackers Nummer zu wählen, so sehr zitterten seine Hände. Doch der Mitarbeiter meldete sich nicht. Also nahm er das Funkgerät und rief die Kollegen vom Klinikum Freudenstadt. »Hier … hier Kachler, SD 21–4«, berichtete er mit Mühe ins Mikrofon. »Unfall auf der B33. Ein Toter. Keine Verletzten. Notfallversorgung nicht …« An der Stelle musste er schluchzen und Luft holen. »Notfallversorgung nicht nötig. Erbitte Leichenwagen zur Abholung. Es handelt … handelt sich um … ein Kind. Sechs Jahre. Und …« Wieder schüttelte es ihn. »Und wenn ihr vielleicht der Polizei Meldung macht. Unfallflucht. Ich … ich warte hier, bis ihr da seid. Bitte schnell kommen, ich bin eigentlich im Einsatz beim …« Kachler brachte kaum über sich, es auszusprechen. »Im Einsatz bei der Fastnacht in Holzhausen.« Der Gedanke schien ihm in dem Moment so verrückt, dass er es nicht schaffte, ein irres Lachen zu unterdrücken, das sich seiner Brust entrang.

»Herr Kachler?«, fragte die Frau am anderen Ende der Funkverbindung. »Ist mit Ihnen alles in Ordnung?« Natürlich meinte sie: Haben Sie das alles ernst gemeint, oder war das jetzt eben nur ein völlig verunglückter Fastnachtsscherz?

»Nein«, sagte Kachler, als er sich wieder beruhigt hatte. »Hier ist nichts in Ordnung. Nichts ist hier in Ordnung. Bitte kommen Sie schnell. Ich … ich will hier weg.«

*

»Cindy? Cindy Oppelt?« War vielleicht ein Tick zu viel Ketamin gewesen. Er bekam sie jedenfalls kaum wach. Wacker schüttelte sie etwas, grinste, weil er daran denken musste, dass er sie gerade die ganze Zeit geschüttelt hatte – und wie! Aber jetzt müsste das Zeug eigentlich langsam nachlassen. »Hey! Cindy!« Kurz überlegte er, ob er ihr Gesicht mit kaltem Wasser besprenkeln sollte. Aber dann hatte er doch die bessere Idee und gab ihr eine kräftige Ohrfeige. Die Wirkung blieb nicht aus. Benommen blinzelte die kleine Schlampe. Klar, nach der Dosis dauerte es etwas, bis man die Sinne wieder beieinanderhatte. Zeit, ihr noch eine runterzuhauen. Geil war das! Er hätte gut noch einige Zeit damit weitermachen können, aber jetzt ging es doch ganz schnell, und Cindy rappelte sich mühevoll auf und stöhnte: »Hey, was soll das?«

»Du warst weggetreten«, erklärte Wacker mit ernstem Blick. »Dachte schon, wir müssten dich einliefern. Zum Glück war der Wagen gerade nicht da. Sonst wärst du längst auf dem Weg ins Klinikum in Freudenstadt.«

»Hä? Was ist überhaupt los?«, versuchte sich das Mädchen immer noch zu orientieren.

»Du scheinst ordentlich einen übern Durst gehoben zu haben«, stellte Wacker fest.

»So'n Scheiß«, erwiderte Cindy und rutschte vom Tisch, wobei sie beinahe hingefallen wäre. »Ich hab überhaupt noch nichts getrunken. Höchstens eine Cola oder so.«

»Oder so«, äffte Wacker sie nach und gab vor, ihr kein Wort zu glauben. »Schon klar. Kannst von Glück reden, dass wir dich hier so schnell versorgt haben. Mit einer Alkoholvergiftung ist nicht zu spaßen.« Er sagte absichtlich »wir«. Sie musste ja nicht wissen, dass er hier die ganze Zeit mit ihr allein gewesen war. Das brachte sie am Ende noch auf dumme Gedanken. Und was Wacker jetzt auf keinen Fall brauchen konnte, war, dass sie eins und eins zusammenzählte.

»Der Auftritt …«, nuschelte sie und blickte erschrocken zur Tür.

»Du solltest dich noch ein bisschen schonen«, erklärte Wacker fürsorglich. »Dein Kreislauf ist noch nicht stabil.«

»Scheiß auf meinen Kreislauf! Ich probe doch nicht ein Vierteljahr und mach dann den Auftritt nicht mit!«

»Musst du wissen«, entgegnete Wacker. »Ich messe jetzt noch mal den Blutdruck, und dann kannst du von mir aus machen, was du willst.« Er griff nach der Manschette und bedeutete ihr, sich noch einmal auf den Tisch zu setzen. Arm freimachen musste sie nicht, sie trug ja nur ihr ärmelloses Top. Und das Röckchen. Und seit fünf Minuten auch wieder das Höschen.

»Hundert zu fünfundsechzig. Das ist echt niedrig. Ich kann einen Auftritt nicht empfehlen.«

Cindy zuckte die Achseln und stand auf. »Ich bin jedenfalls weg. Hm. Danke fürs Versorgen.«

»Jederzeit wieder«, sagte Wacker und grinste innerlich. Denn er meinte es ernst: Er würde sie jederzeit wieder »versorgen«.

*

Liebes Tagebuch,

Benno hat gesagt, er möchte im Zimmer von Alex warten. Jezt hab ich ihn rübergebracht. Ganz schnell, damit mich Mama nicht sieht. Und Tini ist auch bei ihm geblieben. Aber jezt bin ich wider allein.
Unten ist es ganz stil. Keiner sagt was. Ob sie überhaupt noch da sind? Vielleicht sind sie auch weggegangen? Hoffentlich gehen Benno und Tini nicht weg.

8

23. Juni 2022

Tatsächlich waren Huisgens Recherchen am nächsten Morgen das Top-Thema in der Lagebesprechung. »Kevin Kramp stand vor ziemlich genau vierundzwanzig Jahren wegen schwerer gefährlicher Körperverletzung mit Todesfolge und unterlassener Hilfeleistung vor Gericht«, erklärte der Kollege. Er warf die entsprechende Datei ans Whiteboard. »Allerdings wurde er freigesprochen.«

»Kann man sagen, welche Qualität der Freispruch hatte?«, wollte Hegel wissen.

»Dritter Klasse«, führte Huisgen aus. »Es konnte nicht nachgewiesen werden, dass das Kind noch lebte, als er …« Der Ermittler unterbrach sich, rief ein anderes Dokument auf und zeigte das Bild eines Kindes von vielleicht sechs oder sieben Jahren. »Das ist Alexander Bergmann. Er ist am 27.02.1995 bei einem Unfall ums Leben gekommen. Das Unglück ereignete sich etwa zwei Kilometer von Holzhausen entfernt auf der B33 Richtung Blommersberg. Leider liegt uns bisher nur eine kurze Zusammenfassung der Abläufe vor, weil das damals alles noch nicht digitalisiert wurde. Aber wenn wir es richtig interpretieren, wurde der Junge von mehreren Fahrzeugen überfahren. Nachweislich war der Wagen von Kevin Kramp eines dieser Fahrzeuge. Das Opfer erlitt eine Vielzahl von schweren

Verletzungen. Mehrere davon wären für sich genommen tödlich gewesen …«

Hegel seufzte. »Man konnte dem Mann also nicht nachweisen, dass er der Erste war, der den Jungen überfahren hat, und musste zu seinen Gunsten annehmen, dass das Kind bereits tot war, als es zum Zusammenstoß kam, ja?«

»So ungefähr«, bestätigte Huisgen.

Eine kleine Weile herrschte Schweigen unter den Kriminalpolizisten. Es war das alte Spiel: Ein Täter konnte nicht verurteilt werden, weil zwar alle wussten, dass er schuldig war, aber die Beweislage ihm die Hintertür zum Freispruch öffnete. Keiner von ihnen hatte nicht schon heimliche Selbstjustizfantasien gehabt. Denn nichts war ja frustrierender, als einen Täter zu identifizieren und dann zusehen zu müssen, wie die Gerichte ihn wieder laufen ließen.

»Würde mich nicht wundern, wenn wir irgendwann den kleinen Keller-Jungen überfahren am Straßenrand fänden«, sagte Larissa leise und hasste sich selbst dafür.

»Bisher scheint das alles nichts miteinander zu tun zu haben«, erwiderte Hegel. »Den Namen Bergmann finden wir weder als Täter noch als Opfer in unseren Fällen. Die Geschichte mit dem Jungen ist Jahrzehnte her. Freispruch ist Freispruch. Und die alte Frau ist vielleicht von der streng religiösen Sorte. Für die ist alles Gottes Wille.«

»Ja«, sagte Larissa. »Vielleicht.« Nur dass sie daran nicht glaubte. Was in diesem Ort vorging, hing eindeutig miteinander zusammen, die Frage war nur, wie! »Ich würde trotzdem gerne mal alle Fälle im Zusammenhang studieren.«

Was natürlich Wahnsinn war. Schon ein Mordfall war eine Herausforderung. Sechs mutmaßliche Kapitalverbrechen im Blick zu haben, grenzte an eine Mammutaufgabe. Und war zugleich eine unglaublich spannende Herausforderung. Larissa hasste ihren Job. Und sie liebte ihn.

*

Immer noch schwieg Martha Keller. Niemand konnte sie zu einer weiteren Aussage bewegen – weder Hegel noch die Polizeipsychologin, die das Kommissariat hinzugezogen hatte. Sie war nicht einmal bereit, Angaben zu ihrer Person zu machen. Nachdem sie anfangs noch behauptet hatte, sie hätte ihren vermissten Sohn Benjamin retten wollen, weil der in der Praxis festgehalten wurde, schwieg sie inzwischen eisern. Wieder und wieder sah sich Larissa die Aufnahmen an, die Hegel in die Gruppe hochgeladen hatte.

»Frau Keller, Sie können mit Ihrem Schweigen nichts verbessern«, hörte sie die Psychologin sagen. »Aber Sie können vieles verschlimmern. Für sich. Vielleicht auch für Ihren Sohn. Oder wissen Sie etwas über ihn, was wir noch nicht wissen?«

Ein kurzes Flackern schimmerte in den Augen der Frau auf, die inzwischen in Untersuchungshaft saß. Doch ihr Schweigen war unerschütterlich.

»Wir setzen alles daran, Benjamin zu finden. Aber wenn Sie uns nicht helfen, dann wird es zunehmend unwahrscheinlich, dass …«

An dieser Stelle wurde die Psychologin unterbrochen, offenbar weil ihr Hegel von draußen etwas über den kleinen Kopfhörer ins Ohr flüsterte. Larissa wusste auch genau, was es war: Man durfte nicht mit Negativszenarien arbeiten. Es ging darum, die Vorteile eines kooperativen Verhaltens herauszustellen. Trotzdem: Die Kollegin von der forensischen Psychiatrie war die Expertin, nicht Hegel oder die anderen Einsatzbeamten, die mit der Aufklärung der Entführung und all der anderen Verbrechen betraut waren.

»Vielleicht können wir etwas für Benjamin tun, wenn wir mehr Informationen haben. Vielleicht wissen Sie etwas, das ihm helfen könnte, ohne dass Ihnen das bewusst ist.«

Ja, das war die Richtung, die auch Larissa eingeschlagen hätte.

»Die Polizei ist geübt darin, Dingen einen Sinn zu geben, die völlig unbedeutend erscheinen. Es mag ja sein, dass Sie Ihretwegen lieber nichts sagen, Frau Keller. Aber sagen Sie doch etwas, um Ihrem Sohn zu helfen!«

Sie tat es nicht. Stattdessen presste Martha Keller die Lippen nur noch fester aufeinander und schwieg eisern.

Irgendetwas war da, Larissa konnte es so deutlich spüren, dass es beinahe mit Händen für sie zu greifen war, auch wenn sie nicht zu sagen vermochte, was es war. Frau Keller schwieg nicht einfach so. Sie schwieg auch nicht, um etwas zu vertuschen oder weil sie der Polizei nicht traute. Nein, sie schwieg … Jetzt wusste Larissa es zu deuten: Sie schwieg aus Angst. Diese Frau hatte Angst. Und es war nicht die Angst vor der Haft oder einer Verurteilung wegen des Mordes an Charlotte Gerstner. Es war die Angst um ihren dreijährigen Sohn.

*

Inzwischen füllten die Ergebnisse der Spurensicherung Hunderte von Seiten. Hegel hatte zwei Mitarbeiter ausschließlich abgestellt, alles nach Querverbindungen zu durchforsten. DNA, die es an mehr als einem Tatort gab. Beziehungsgeflechte der Beteiligten. Synchronisierung von Lebensläufen zum Abgleich. Zeitliche Abfolge von Aufzeichnungen sämtlicher Kameras …

»Es könnte Dashcams geben, die etwas aufgenommen haben«, hatte Larissa vorgeschlagen.

»Guter Punkt«, hatte Hegel zugestimmt und ihn unmittelbar an einen der örtlichen Polizisten delegiert.

»Rückfahrkameras?«, hatte Anna ergänzt.

»Unbedingt. Herr Plötz? Bitte auch Rückfahrkameras überprüfen. Sie wissen schon: Lieferwagen und so weiter.«

»Machen die überhaupt Aufnahmen?«

»Finden Sie's raus!«

Es war nichts Ungewöhnliches mehr, dass in Verbrechensfällen ganze Spielfilme mit Aufzeichnungen der unterschiedlichsten Kameras zusammengeschnitten wurden, um die Geschehnisse so detailliert wie irgend möglich abzubilden. Das Erstaunliche war, wie selten dabei die tatsächlichen Vorkommnisse nachvollzogen werden konnten. Dennoch waren all dies extrem wertvolle Materialien. Vor allem waren sie flüchtig! Wenn man die Aufnahmen nicht früh genug sicherte, musste man damit rechnen, dass sie dauerhaft gelöscht wurden.

Nun saß Larissa vor ihrem Computer und klickte sich durch die diversen Filme, die die Hauptstraße zeigten, den Gehweg vor dem Bankautomaten, die Zapfsäulen an der Tankstelle, die Kasse dort ... Plötz hatte ausgerechnet vom Lieferwagen der Metzgerei noch Bilder beigesteuert und natürlich vom Einsatzwagen der örtlichen Polizei. Zweimal tauchte Gaby Deinhards Wagen auf, einmal kurz bevor er an der Ortsausfahrt geblitzt wurde, einmal am Tag davor, als sie zum Einkaufen gefahren war – Hin- und Rückfahrt. Warum eigentlich war die Rückfahrt nach dem Unfall am Waldrand nicht aufgezeichnet worden? Sie musste eine andere Strecke genommen haben.

Die Kamera vor dem Bürgerhaus hatte nicht nur Martha Keller auf dem Weg in die Arztpraxis und zurück aufgezeichnet, sondern auch das Opfer: Charlotte Gerstner. Die war am Morgen zur Arbeit erschienen und dann nur noch einmal gegen Mittag für eine kurze Pause rausgegangen. Den ganzen Tag in der Praxis! Larissa fragte sich, was dieser Dr. Wacker für ein Typ war. Er selbst war erst weit nach seiner Arzthelferin gekommen und kurz nach sechs in den Feierabend abgehauen.

Die Aufzeichnungen der Kamera vor dem Bürgerhaus waren episch. Und sie zeigten naturgemäß den halben Ort. Daraus irgendetwas für den Fall abzuleiten, war Sisyphosarbeit. Hannes Braun war zu sehen. Günter Deinhard. Frau Wenzel, die Hausmeisterin, die Larissa Zutritt zu Charlotte Gerstners Wohnung verschafft hatte. Die Leute waren auf dem Weg zur Arbeit, zum Einkaufen, ins Bürgerhaus. So wie Jutta Heinrichs, die Ortsvorsteherin, die mehrfach auftauchte – zuletzt so spät, dass Larissa sich unwillkürlich fragte, ob sie nicht sogar ebenfalls als Täterin in Betracht kam? Immerhin beruhte der Tatverdacht gegen Martha Keller nur auf dem Umstand, dass sie kurz vor der Bluttat in der Praxis das Haus betreten hatte. Aber hieß das automatisch, dass sie auch die Täterin war?

Ja, sie hatte das Haus auch wieder verlassen. Ja, man hatte Blutspuren an ihr gefunden. Aber was, wenn sie einfach nur zur falschen Zeit am falschen Ort gewesen war? Schließlich war die Praxis, war das Treppenhaus, der Hinterhof, ja praktisch das ganze Anwesen mit Blut überströmt gewesen. Da konnte man leicht etwas abbekommen. Und Martha Keller schwieg. Eisern.

Larissa notierte sich *Dr. Wacker* und kringelte den Namen fett ein. Sie würde ihn genauer unter die Lupe nehmen. Wo war er zum betreffenden Zeitpunkt gewesen? Wie sah sein Alibi aus?

Dass er das Haus kurz nach sechs Uhr verlassen hatte, bedeutete nichts. Er konnte über den Hintereingang zurückgekommen sein – so wie er über den Hintereingang auch wieder verschwunden sein konnte. Nachdem er Charlotte Gerstner abgestochen hatte. Das würde vielleicht sogar erklären, wieso sie hinten aus dem Haus gelaufen war und nicht auf die Straße, wo ihr doch viel eher hätte geholfen werden können: Vielleicht hatte sie ihren Mörder verfolgt.

Je länger Larissa die Puzzlestücke jener Nacht betrachtete, umso unwahrscheinlicher erschien es ihr, dass das Bild am Ende Martha Keller als Täterin ergeben könnte. Aber warum schwieg die Frau dann? Was hinderte sie daran, sich selbst zu entlasten? Oder sollte die Frage lauten: Wer hinderte sie daran?

Und dann war da auch noch dieser ominöse Notruf. Eine anonyme Nummer, so viel war noch zu ermitteln gewesen.

Aber eine Aufzeichnung hatte es in der Dienststelle nicht gegeben – und ob es sich um eine Anruferin oder einen Anrufer gehandelt hatte, das war dem diensthabenden Beamten nicht mehr erinnerlich gewesen. Aber vielleicht war das ganz gut so, denn es sorgte dafür, dass man alle Optionen in Erwägung zog und niemanden als Verdächtigen ausschloss.

Larissa blickte auf die Liste der Opfer.

Hesse, Eric

Gerstner, Charlotte

Tersic, Zoran

Braun, Hannes

Deinhard, Günter

Kramp, Kevin

Würde es dabei bleiben? Oder würden es noch mehr werden? Mehr Tote? Mehr Täter? Zwei standen bislang fest:

Peter Keller, der seinen Nachbarn Eric Hesse abgeschlachtet hatte. Und Gaby Deinhard, die Zoran Tersic zu Tode gefahren hatte. Ersteres war klar ein Mord, Letzteres vielleicht nur Totschlag. Fahrlässige Körperverletzung mit Todesfolge schied angesichts der Indizienlage aus. Mindestens drei Täter musste es geben, da weder Peter Keller noch Gaby Deinhard alle anderen Tötungsdelikte begangen haben konnten. Möglich, dass einer von beiden hinter dem Tod des Metzgers in seiner Kühlkammer steckte. Aber sowohl der Mord an Charlotte Gerstner als auch der an dem Tankwart konnten unmöglich auf das Konto eines der beiden gehen. Und wenn die Zeitleiste stimmte, die Larissa inzwischen erstellt hatte, auch nicht der Mord an Günter Deinhard. Denn Keller hatte ja längst in Haft gesessen. Und Gaby Deinhard war die halbe Nacht verhört worden – die Nacht, in der ihr getrennt lebender Ehemann gestorben war.

Nein, es musste mehr Mörder geben. Mindestens drei, vielleicht sogar vier oder fünf – solange man davon ausging, dass die Serie damit beendet war. Was lief in diesem biederen kleinen Nest bloß ab?

*

27. Februar 1995

Julia Röschitz hasste die Fastnacht. Aber Kriegsreporter hassten vermutlich auch Krieg und berichteten dennoch darüber. Was ein schwacher Trost war. Denn im Krieg ging es wenigstens um etwas. Anders als hier. Hier ging es nicht mal ums Vergnügen. Höchstens darum, sich möglichst übermäßig die Hucke vollzusaufen. Julia Röschitz machte sich eine Notiz, dass sie herausfinden sollte, wie viel Alkohol hier angeliefert worden war: wie viel Bier, Wein, Schnaps. Und wenn sie schon dabei war, dann konnte sie auch gleich den Fleischkonsum recherchieren. Wie viele Schweine ließen ihr Leben für so eine Veranstaltung? Von den Anwesenden abgesehen.

Sie war gerade im Begriff, nach draußen zu gehen, um etwas frische Luft zu schnappen, denn drinnen war die Luft längst zum Schneiden, als ein Rettungssanitäter hereinstolperte und aussah, als wäre er vor der Tür gerade dem Leibhaftigen begegnet. Einem plötzlichen Impuls folgend, zwängte sie sich hinter ihm her durch die engen Reihen der Feiernden bis zum Sanitätsraum, wo der Mann mit zitternden Fingern die Tür aufsperrte und dann keuchend im Rahmen stehen blieb. »Georg! Georg!«, brachte er mühsam hervor. »Er … Er ist tot.«

»Wer ist tot?«, fragte von drinnen eine andere männliche Stimme.

»Totgefahren. Ich … Es … Du kannst dir das nicht vorstellen«, stammelte der Rettungssanitäter. »Der Junge … Der Junge … Die haben ihn zu Brei gefahren.«

Mehr brauchte Julia Röschitz nicht zu wissen. Wenn jemand einen Instinkt dafür hatte, was eine heiße Story war, dann sie.

Die Fastnacht im Bürgerhaus war es nicht. Aber ein Junge, den man *zu Brei gefahren* hatte? Definitiv!

Mit deutlich beschleunigtem Puls drückte sie sich nach draußen und stand praktisch direkt vor dem Rettungswagen, der allerdings leer war. Sie war schon bereit zu glauben, dass der Sanitäter ebenfalls über den Durst getrunken hatte, da hörte sie ein Martinshorn. Und als sie ein paar Schritte weiter auf die Straße trat, erkannte sie einen bläulichen pulsierenden Schimmer jenseits der Ortsausfahrt. Sekunden später warf sie ihre Tasche auf den Beifahrersitz ihres Autos und startete den Motor. Der Mini mochte nicht mehr der neueste sein, aber er hatte immer noch Power unter der Haube, weshalb Julia Röschitz schon wenige Augenblicke später die Ortsausfahrt Richtung Blommersberg passierte. Es dauerte keine Minute, da tauchten vor ihr zwei Polizeieinsatzwagen auf, die mit rotierendem Blaulicht am Straßenrand standen. Ein Beamter in Sicherheitsweste trat einen Schritt vor und streckte eine Kelle raus, während er mit der anderen Hand Zeichen gab, Julia möge weiterfahren.

Die Journalistin ließ das Fenster herunter und bremste fast bis zum Stillstand ab. »Was ist denn passiert?«, fragte sie.

»Nicht, was Sie interessieren müsste. Fahren Sie bitte weiter.«

Nun blieb sie ganz stehen.

»Sie dürfen hier nicht anhalten«, erklärte der Polizist und baute sich bedrohlich neben ihrem Wagen auf. »Sie stellen ein Verkehrshindernis dar.«

»Presse«, erklärte die junge Frau und hielt ihm ihren Presseausweis unter die Nase.

»Hier gibt es nichts zu berichten. Fahren Sie bitte weiter.« Wieder winkte er, als wüsste sie nicht, in welcher Richtung die Straße verlief.

»Hat es einen Unfall gegeben?«

»Wie gesagt: Hier gibt es nichts zu berichten.«

Julia Röschitz fuhr ihren Wagen auf der anderen Seite der Landstraße an den Rand und stieg aus.

»Gute Frau ...«, hörte sie den Polizisten sagen, als er sie auf sich zukommen sah. Er hob beide Arme abwehrend in ihre Richtung.

»Wie geht es dem Jungen?«, fragte die Journalistin ins Blaue hinein.

»Dem ... Jungen? Woher wissen Sie ...?«

Ein anderer Polizist kam dazu, offenbar ein höherrangiger, denn er gab dem Ersteren mit einer knappen Kopfbewegung zu verstehen, dass er sich zurückziehen soll. »Was wissen Sie von dem Jungen?«, fragte er die junge Frau.

»Offenbar ein schwerer Unfall«, stellte Julia Röschitz fest und versuchte, mehr zu erkennen. Doch das Unfallopfer wurde von einem der Einsatzfahrzeuge zur Hälfte verdeckt. Ansonsten war nur eine Decke zu sehen, die über die Person gebreitet war. »Ist er ...« Sie zögerte. »Ist er am Leben?«

»Woher wissen Sie von dem Unfall?«

»Tut mir leid«, sagte die Journalistin. »Quellenschutz.«

»Hören Sie. Das ist hier eine sehr ernste Angelegenheit. Ich möchte Sie bitten, mit einem Bericht abzuwarten, bis wir eine Presseinformation fertig haben.«

»Damit ich dann schreibe, was alle schreiben? Wenn es alle anderen auch wissen?«

»Schon klar«, sagte der Polizist abschätzig. »Sie wollen eine Sensationsmeldung draus machen. Möglichst schnell, möglichst dreckig, Hauptsache, die Leute lesen es.«

Julia Röschitz holte Luft, um ihm so richtig rauszugeben. Denn auf ihre Berufsehre ließ sie nichts kommen. Doch in dem Moment tauchten die Scheinwerfer eines weiteren Fahrzeugs auf der Landstraße auf. Und als sich ihre Augen an das grelle Licht gewöhnt hatten, erkannte die junge Frau, was für ein Fahrzeug es war: ein Leichenwagen.

*

24. Juni 2022

Es war kurz vor vier Uhr morgens, als Larissa aus dem Schlaf gerissen wurde.

»Frau Flaucher?«

Sie musste sich erst einmal orientieren. Das Klopfen an der Tür erschien ihr so laut, als müsste der ganze Ort jeden Moment davon wachwerden. »Moment«, stöhnte sie und griff nach ihrem Bademantel. »Was denn?«

Draußen stand die Wirtin und starrte sie mit großen Augen an. »Ein … Eine Nachricht. Für Sie.«

»Um die Zeit? Wie spät ist es überhaupt?«

»Gleich vier«, erwiderte die gedrungene Frau mit dem etwas zu breiten Scheitel. Und ihr Blick besagte: Sie machen mir hier nur Ärger.

»Was gibt es denn?«

»Jemand hat angerufen, dass Sie sofort zu Doktor Wacker kommen sollen.«

»Wer hat angerufen? Doktor Wacker selbst?«

»Nein, ich weiß nicht, wer angerufen hat. Herr Wacker war es jedenfalls nicht.«

»Und hat die Person gesagt, was los ist?«

»Nein, nur dass Sie sofort kommen sollen. Es sei ein Notfall.«

Larissa musste sich einen Moment sammeln. »Und die Person hat hier angerufen? Bei Ihnen?«

»Normalerweise hätte ich den Anrufbeantworter angehabt«, erklärte die Wirtin. »Aber jetzt mit der ganzen Polizei im Haus macht das keinen Sinn mehr.«

Larissa fragte nicht weiter. Jemand hatte einen Notruf abgesetzt. Nicht bei der Polizei, sondern bei ihr. Nicht auf ihrem Handy, sondern auf dem Apparat des Gasthauses, in dem sie untergekommen war. Also war es jemand, der sich gezielt an sie hatte wenden wollen, aber ihre persönliche Nummer nicht hatte. »Sagen Sie: Kam der Notruf von einer Frau oder von einem Mann?«, wollte Larissa wissen.

»Das war ein …« Die Wirtin musste überlegen. »Eine Frau. Glaube ich. Aber vielleicht war es auch ein Mann. Ich … Also ich bin selbst aus dem Schlaf gerissen worden.«

»Schon klar. Danke. Und die Person hat gesagt, ich soll in die Praxis kommen?«

»Nein. Ich glaube nicht, dass sie Praxis gesagt hat. Nur Doktor Wacker.«

»Alles klar. Danke.«

Die Privatadresse von Wacker stand in den Unterlagen. Hastig lief Larissa zurück ins Zimmer, wählte Hegels Nummer, erreichte ihn nicht, schlüpfte in ihre Sachen und klopfte nebenan, bis Anna ihr öffnete. Augenblicke später waren sie draußen auf der Straße und rannten zu Annas Wagen, während Larissa die 110 wählte.

»Hier POK Flaucher!«, keuchte sie in ihr Handy. »Notruf von Unbekannt. Bitte sofort Einsatzwagen zu Doktor Georg Wacker, Auenstraße 14 in Reichenberg. Wir sind ebenfalls auf dem Weg. Achtung! Wir wissen nicht, was los ist, aber seien Sie vorsichtig und gehen Sie nur bewaffnet rein!«

Dass Annas Wagen kein Einsatzfahrzeug war und kein Blaulicht mit sich führte, machte um die Uhrzeit nichts aus, die Straßen waren leer. Mit über hundert Sachen schoss der Toyota über die Ortsgrenze, der Blitzerkasten leuchtete grellrot auf, dann drückte die Kollegin das Gaspedal bis zum Anschlag durch, und die beiden Polizistinnen flogen über die Landstraße Richtung Reichenberg, das nur drei Minuten später vor ihnen auftauchte.

*

Sie waren zuerst da. Die Auenstraße 14 lag im Dunkeln. Friedlich. »Das war falscher Alarm, oder?«, sagte Anna prompt.

»Ich hoffe es.« Larissa öffnete die Beifahrertür und fluchte innerlich, dass sie keine Waffe eingesteckt hatte. Sie betrachtete das Haus, das in einer Reihe mit weiteren Gebäuden gleichen Bautyps stand und wahrscheinlich aus den Sechzigerjahren stammte. Es war nicht schön, aber es schien im Laufe der Zeit aufwendig renoviert worden zu sein. Man hatte einen Balkon mit schmiedeeisernem Gitter angebaut, und es gab ein hübsches Vordach, unter dem zu beiden Seiten elegante Laternen neben der Haustür angebracht waren. Die Tür selbst war wuchtig, teuer und mit einem winzigen rautenförmigen Fenster versehen, hinter dem es genauso dunkel war wie hinter allen anderen Fenstern, die von der Straße aus sichtbar waren.

»Warten wir, bis die Kollegen da sind?«, fragte Anna.

Larissa schüttelte den Kopf. »Wenn es ein Notruf war, dann ist Eile geboten. Aber du bleibst bitte hier und sicherst. Ich klingle jetzt erst einmal.«

Was sie auch tat. Als niemand reagierte, drückte sie noch einmal auf den Klingelknopf. Nichts.

»Ich hab die Telefonnummer«, rief Anna leise vom Wagen aus. »Festnetz.«

»Okay. Ruf an. Ich gehe mal ums Haus.«

Während die jüngere Kollegin Wackers Nummer wählte, schritt Larissa vorsichtig den Garten ab. Das Anwesen grenzte auf der einen Seite an mehrere andere Häuser, auf der anderen gab es einen schmalen Rasenstreifen, der nach hinten führte. Auch dort war alles dunkel. Der Garten war weniger gepflegt, als man hätte erwarten können angesichts dessen, wie herausgeputzt das Gebäude wirkte.

Vorsichtig betrat Larissa von der Rückseite aus die Terrasse – und löste damit den Bewegungsmelder aus: Zwei Lampen leuchteten so grell auf, dass sie im ersten Moment geblendet war. Gerade als sich ihre Augen auf das Licht einstellten, erlosch es wieder, und die Finsternis, die Larissa umgab, war nur noch undurchdringlicher. Rasch hob sie einen Arm, um den Mechanismus ein weiteres Mal auszulösen – und wäre beinahe rückwärts von der Terrasse gestolpert: Durch das Panoramafenster des Wohnzimmers starrte sie ein Mensch an. Ein Mann, der in einem Lehnstuhl saß, den irren Blick direkt nach draußen gerichtet.

»Was?«, keuchte Larissa und hob reflexartig die Hände, um zu zeigen, dass sie in friedlicher Absicht hier war. »Hallo?«

Der Mann rührte sich nicht. Er starrte sie nur unverwandt an und zeigte nicht die geringste Regung. Kein Wunder: Er war offensichtlich tot.

*

27. Februar 1995, 20.55 Uhr

Sie fühlte sich elend. Ihr war so schlecht, dass sie sich am liebsten übergeben hätte. Nur dass sie nichts im Magen hatte, das sie hätte erbrechen können. Aber das interessierte hier niemanden. Überhaupt kapierte Cindy Oppelt nicht, was um sie herum los war. Georg Wacker hatte ihr eine geknallt, das hatte sie mitbekommen. Ihr Kopf dröhnte jetzt noch. Sie hatte aufgeschrien und die Augen aufgerissen. Und im selben Moment war der andere vom Rettungsdienst in der Tür gestanden, der Alte, den sie immer den Mörderkachler nannten, weil er mit seinem Wagen durch die Dörfer heizte. Und hatte was gebellt. Ja, gebellt hatte er was, bevor er in ein echt gruseliges Heulen ausgebrochen war.

Und jetzt standen sie beide da, die Rettungsdienstler, Georg und sein Chef, und starrten sich an, während Cindy auf der Liege saß und sich zum Kotzen fühlte. Ihr Bauch war, als hätte ihr jemand reingeboxt. Ihr Unterleib tat fies weh. Aber die beiden Männer waren wie durch eine unsichtbare Wand von ihr getrennt.

»Wie jetzt?«, fragte Georg verständnislos.

»Totgefahren. Ich … Es … Du kannst dir das nicht vorstellen«, stammelte Kachler, bleich wie die Wand. »Der Junge … Der Junge … Die haben ihn zu Brei gefahren.« Sprach es aus – und dann war er es, der sich in einem gewaltigen Schwall übergab, quer durch den Raum. Georg Wacker sprang zur Seite, und die ganze Sauerei platschte Cindy vor die Füße, die aufschrie und von der Liege sprang, strauchelte und hinfiel.

»Aber wer?«, fragte Georg Wacker verwirrt. »Warum?«

»Warum? Denkst du, für so was gibt es einen Grund? Irgendwer hat ihn in der Dunkelheit auf der Straße übersehen«, erklärte Kachler, sich den Mund wischend. Anscheinend war er jetzt wieder gefasster, auch wenn er am ganzen Leib zitterte. »Aber bestimmt nicht nur einer. Der Kleine muss mehrfach überfahren worden sein, anders kann ich mir das gar nicht vorstellen. Es war … Es ist …« Wieder würgte er, doch es schien nichts mehr übrig zu sein, das er hätte von sich geben können. »Was für eine Schande.« Er sagte es ganz leise, ehe er sich auf den Boden sinken ließ. »Was für eine Schande.« Dann legte er den Kopf auf die Knie, hielt ihn mit beiden Händen fest und heulte.

Während Georg seinen Chef hilflos anstarrte, drückte sich Cindy Oppelt hinter ihm vorbei nach draußen und atmete durch. Der Saal war voll, die Leute feierten. Wie lange war sie denn verdammt noch mal im Sanitätsraum gewesen? Und warum? Sie war doch fit!

Langsam bewegte sie sich durch die Reihen und sah sich nach ihrer Truppe um. Die Cheerleader saßen seitlich der Bühne etwas am Rand. Und sie hatten offensichtlich eine Menge Spaß.

»Hey!«, sagte Cindy und hob müde die Hand, als sie dazukam.

»Oh! Das Fräulein Oppelt hat jetzt auch Zeit für uns«, ätzte Zoran Tersic und blickte zu ihr auf. »Muss ja was Wichtiges gewesen sein, was dich abgehalten hat.«

»Abgehalten?«

»Von unserem Auftritt, du blöde Kuh!« Tersic stand auf und stemmte die Hände in die Seiten. »Aber zum Feiern hast du jetzt Zeit, ja?«

»Ich ... Es ... Es tut mir leid. Wir waren schon dran?«

»Du ja nicht«, stellte Tersic trocken fest. »Aber deine Kolleginnen, die haben einen perfekten Auftritt hingelegt. Ging auch ohne dich ganz gut.« Er tat, als würde er überlegen, aber Cindy war sicher, dass er sich das schon vorher zurechtgelegt hatte, als er hinzufügte: »Fast besser als mit dir, finde ich. Weißt du was? Du brauchst am Samstag nicht mehr zum Training zu kommen.«

»Aber ich ...« Cindy spürte, wie ihr Tränen in die Augen stiegen. »Mir war nicht gut.« Außerdem spürte sie etwas Klebriges zwischen ihren Beinen.

»Mein Gott, wenn du schon vor der Fastnacht Lampenfieber bekommst, was machst du denn, wenn es mal um ein Endspiel geht, wo nicht alle besoffen sind, die zugucken?« Er winkte ab. »Egal. Die Frage stellt sich nicht mehr. Wie gesagt, du bist raus. Räum deinen Spind. Gleich am Montag.«

»Zoran!«, protestierte Cindy. »Ich hab doch so hart geprobt!«

»Um die Lead-Tänzerin zu sein, braucht es nicht nur körperliches Training, sondern auch mentale Stärke«, sagte der Trainer und wedelte mit der Hand. »Such dir woanders einen Platz. Ich mag mich nicht den ganzen Abend über dich ärgern.« Er hatte sich schon wieder hingesetzt, da wandte er sich noch einmal zu ihr um. »Ach, und für dich in Zukunft wieder *Herr Tersic*, klar?«

*

Liebes Tagebuch,

Mama hat gesagt, dass Alex nicht mehr wiederkommt. Er ist gestorben, hat sie gesagt. Das glaub ich aber nicht. Weil Alex ja noch ein Kind ist und nur die alten Leute sterben. Mein Meerschweinchen ist gestorben, das war traurig. Wir haben es im Garten begraben. Da musste Alex sehr weinen. Das Meerschweinchen war schon vier Jahre alt. Alex ist schon sechs. Aber der ist ein Mensch. Und die werden viel älter als Meerschweinchen. Das weiß ich, weil er Mama gefragt hat, ob wir jetzt auch alle sterben, weil wir doch schon so alt sind. Mama hat gesagt, erst stirbt Oma, dann sie und Papa und dann erst wir, und das dauert alles noch ganz lange. Also kann Alex gar nicht tot sein. Ich weiß nicht, warum Mama es dann gesagt hat.

9

24. Juni 2022

Dass Wacker nackt war, wäre kein sonderlich bizarres Detail der Inszenierung gewesen, hätte ihm nicht sein eigenes Glied aus dem Mund geragt.

»Ist er … Ist er daran gestorben?«, fragte Anna sichtlich schockiert.

»Unwahrscheinlich«, entgegnete Hegel mit abschätzigem Blick. »Zu wenig Blut.«

Larissa nickte. »Vermutlich ist die Kastration erst erfolgt, als er keinen Kreislauf mehr hatte. Der Mann war bereits tot, als ihm der Schwanz abgeschnitten wurde.«

Was würden sie noch alles erleben müssen in dieser monströsen Gegend? Das Haus wurde von den flackernden Blaulichtern der Einsatzwagen erleuchtet. Larissa, Anna und Hegel standen auf der Terrasse und sahen durch die geöffnete Glasschiebetür der Spurensicherung bei der Arbeit zu. Larissa zückte ihr Handy und machte ein paar Fotos.

»Andenken für die Memoiren?«, mutmaßte ihr Einsatzleiter.

»Arbeitsmaterial für später.«

»Die Spusi wird das bessere Material liefern.«

»Mit Sicherheit. Aber ich hätte es gerne auch aus diesem Blickwinkel.«

»Aha?« Hegel musterte sie neugierig.

»Der Täter muss davon ausgegangen sein, dass wir Wacker von der Terrasse aus entdecken.« Und er konnte davon ausgehen, dass es Larissa sein würde, die ihn fand. Denn der vermeintliche Notruf war bei ihr eingegangen.

»Und warum hat er Sie angerufen?«, fragte Hegel prompt, der ähnliche Gedanken verfolgt haben musste.

»Sie denken, es war der Täter?«

»Wer sonst? Das Opfer in den Sessel zu setzen, es in Position zu bringen, ihm das Geschlechtsteil abzuschneiden und in den Mund zu stecken, dann das Haus zu verlassen und über alle Berge zu sein, bis Sie hier sind? Oder die Einsatzkräfte, die Sie womöglich alarmiert haben? Unwahrscheinlich, dass das alles passiert ist, nachdem das Opfer einen Notruf abgesetzt hat, oder?«

»Unwahrscheinlich. Ja.«

»Die Frage ist: Was will uns diese Darstellung sagen?«

Alle drei betrachteten den Arzt, der – wenn man von seiner Verstümmelung absah – eine gute Figur machte. Obwohl er ein Mann in den Fünfzigern war, hatte er einen schlanken, halbwegs trainierten Körper. Sein Haar war voll, das hieß: Körperbehaarung schien er keine zu haben, auch nicht im Intimbereich, was für ein aktives Sexualleben sprach …

»Lebt er allein?«, fragte Anna.

»*Hat* er allein gelebt?«, korrigierte Hegel. »Eine der vielen Fragen, die wir jetzt klären müssen.«

*

Die Ergebnisse der Spurensicherung und der Pathologie waren so detailliert wie eindeutig: Dr. Georg Wacker war an einer Überdosis Atropin gestorben, offensichtlich oral *und* intravenös verabreicht: K.O.-Tropfen, die ihm jemand in den abendlichen Drink gemischt hatte sowie eine Spritze in den

Oberarm. Der Täter hatte sich keine Mühe gegeben, eine Stelle zu suchen, die den Einstich verdeckt hätte, etwa hinter dem Ohr, unter dem Fingernagel oder in einer Falte der Ferse.

»Aber warum beides?«, fragte Hegel in die Runde.

Oberrath, den die Kollegen aus Dresden als Verstärkung geschickt hatten, hob die Hand. »Vielleicht, weil der Täter sichergehen wollte, dass die Dosis tödlich ist?«

»Mit den K.O.-Tropfen hat man Wacker außer Gefecht gesetzt«, mutmaßte Larissa. »Als er bewusstlos war, konnte der Täter gefahrlos eine Spritze setzen und ihm die restliche Menge injizieren.«

»Gehen wir mal davon aus, dass es so gewesen ist«, beschloss Hegel. »Die Kastration spricht für eine Tat aus Rache oder Hass.«

»Ein betrogener Ehemann?«, schlug Anna vor.

»Nehmen wir als These eins.« Hegel nickte Rauchhaus zu, der an diesem Tag das Protokoll führte.

»Oder seine betrogene Freundin«, ergänzte Larissa.

»These zwei. Oder, als These drei, eine Frau, an der er sich vergangen hat.«

Das Ermittlerteam nickte kollektiv, während Rauchhaus auch diese These notierte.

»Ein Patient, der sich für irgendetwas rächen wollte?«, fragte Oberrath.

Doch Hegel winkte ab. »Der Mann war Arzt. In dem Fall hätte ihn vielleicht jemand mit Insulin ins Jenseits befördert. Oder ihn verbluten lassen … Nein, ich denke, der Penis ist schon ein Hinweis. Und dass die Hoden drangeblieben sind, auch.« Auf den verständnislosen Blick des Kollegen aus Dresden ergänzte er: »Offensichtlich geht es nicht um ein familiäres Motiv. Sonst hätte ihm der Täter die Testikel abgetrennt. Die stehen für seine Zeugungsfähigkeit.«

Larissa bezweifelte, dass jemand, der einen anderen Menschen ermorden wollte, so exakt analysierte, welcher Teil der primären Geschlechtsmerkmale welchen Symbolwert hatte.

»Wir haben es mit einem sogenannten notorischen Junggesellen zu tun«, führte Hegel weiter aus. »Was wir bis jetzt wissen, ist, dass das Opfer einmal für wenige Jahre verheiratet, aber bereits seit etwa zehn Jahren wieder geschieden war. Auf seinem Laptop haben wir eine bemerkenswerte Anzahl von intimen Fotos gefunden, die meisten davon von schlafenden Personen. Übrigens beiderlei Geschlechts.« Er nickte Oberkommissar Radic zu, der eine Auswahl der Bilder auf das Whiteboard schickte. Explizite Aufnahmen. Sehr explizite.

»Die schlafen doch nicht«, murmelte Larissa.

»Bitte?«

»Niemand schläft mit so gespreizten Beinen«, erklärte sie. »Und wer schläft, wird aufwachen, wenn ihn jemand so für die Kamera drapiert.«

Hegel nickte. »Es sei denn, er ist sediert.«

»K.O.-Tropfen?«, warf Anna in den Raum.

»Anzunehmen«, bestätigte der Polizeihauptkommissar. »Weshalb ich These drei für die momentan wahrscheinlichste halte: Der Täter – oder die Täterin – war eine Person, an der Wacker sich vergangen hat.«

Larissa hob die Hand. »Wie viele solche Aufnahmen haben wir bis jetzt? Und wie viele unterschiedliche Personen sind darauf zu sehen?«

»Guter Punkt«, sagte Hegel, dem klar war, worauf sie hinauswollte. »Wie viele Einwohner hat dieses Kaff? Wie viele Menschen wohnen in einer relativen Nähe? Wie viele davon könnten auf Wackers Computer verewigt sein? Und vor allem: Wer? Herr Radic, könnten Sie mal von jedem einzelnen Gesicht einen möglichst guten Bildausschnitt anfertigen? Die Portraits sollten wir dann zuerst mit den hiesigen Polizeikräften durchgehen. Vielleicht finden sich ja Übereinstimmungen mit Bewohnern von Holzhausen oder von Reichenberg. Den Katalog spielen wir dem LKA rüber, damit die ihrerseits ihre Dateien durchforsten können. Und dann überlegen wir, wo wir hier vor Ort die beste Wissensbasis finden.«

»Laden, Tanke, Praxis«, murmelte Larissa.

Hegel nickte und blickte zu Rauchhaus hin, der sich eine Notiz machte.

»Gemeindehaus«, ergänzte Anna.

»Wirtshaus«, sagte Rauchhaus seinerseits und schrieb auch diese beiden Möglichkeiten auf.

»Vereine«, stellte Hegel fest und bat Oberrath, ihm eine Liste aller hiesigen Vereine, Clubs und sonstigen Verbindungen zu besorgen. »Sie wissen schon: Freiwillige Feuerwehr, Fußballverein, Landfrauenvereinigung, so was …«

*

»Landfrauenvereinigung!«, rief Anna aus und lachte, als sie etwas später vor das Gasthaus traten, um ein wenig Luft zu schnappen. Die kurze Nacht hing ihnen beiden in den Knochen.

»Ich weiß nicht«, sagte Larissa. »Hegel ist schon ein Fuchs. Auf so was musst du auch erst einmal kommen.«

»Schon klar. Gehen wir ein Stück spazieren?«

»Durch das Mordnest? Na gut.«

Holzhausen schien geradezu ausgestorben an diesem Tag. Als ob niemand mehr sich aus dem Haus traute. Hier und da waren die Fensterläden geschlossen oder die Rollläden unten. Andernorts erschien es den beiden Kriminalistinnen so, als würden sie beobachtet. Larissa erinnerte sich, dass sie das bei ihrem Besuch im Wohnhaus eines der Opfer schon bemerkt hatte. »Als ich bei Charlotte Gerstner vorbeischauen wollte, haben sie mich alle hinter ihren Vorhängen verborgen beobachtet.«

»Charlotte Gerstner. Unser einziges weibliches Opfer.«

»Bisher.«

»Du rechnest mit weiteren?«

»So, wie es hier zugeht, rechne ich mit allem.«

»Es hat sich aber etwas verändert«, sagte Anna leise.

Larissa blieb stehen und musterte ihre Kollegin. »Was meinst du?«

»Wir sind jetzt ein Teil dieser Sache.«

»Dieser Sache?«

»Der Morde.«

»Du meinst, der Anruf im Holzhauser kam von Wackers Mörder?«

»Ich bin sicher«, sagte Anna. »Die Frage ist nur: warum?«

*

Larissa fand die Wirtin erschöpft auf einem Stuhl in der Küche des Holzhauser sitzen. Klar, die Dauerbesetzung des Gasthauses durch die Polizei machte Arbeit. Andererseits hielt sie andere Gäste davon ab, abends ihr Bier hier zu trinken.

»Darf ich Sie kurz stören?«

Die Wirtin seufzte und stand auf. »Ist irgendwas nicht in Ordnung?«, fragte sie säuerlich. Sie machte keinen Hehl daraus, dass ihr das Arrangement mit der Polizei nicht passte, obwohl Larissa nicht verstand, weshalb sie dann zugesagt hatte. Vermutlich war es ums Geld gegangen.

»Doch«, erklärte die Oberkommissarin. »Es ist alles in Ordnung. Also: mit dem Zimmer. Es geht um den Anruf. Letzte Nacht.«

Die Wirtin schien sich in ihr Schicksal zu fügen. Sie stand auf und schlurfte zum Herd. »Sie auch einen Kaffee?«

Da es sich offenbar um eine Geste des guten Willens handelte, stimmte Larissa zu, obwohl sie das Gebräu, das man hier als Kaffee ausschenkte, nicht ausstehen konnte. »Danke. Gerne.«

Die Wirtin goss zwei Tassen voll und reichte eine der Polizistin. »Ich kann eigentlich nicht mehr sagen«, erklärte sie, als hätte sie schon darauf gewartet, gefragt zu werden.

»Und doch sagen Sie *eigentlich*«, stellte Larissa fest und setzte sich mit ihr an den Tisch.

Die Frau zuckte die Schultern. »Was wollen Sie denn wissen?«

»Zuerst einmal interessiert mich, ob es eine Frau war oder ein Mann, der angerufen hat.«

Die Wirtin schüttelte den Kopf. »Das frage ich mich schon die ganze Zeit. Aber ich kann es Ihnen nicht sagen.«

»Weil es nicht erkennbar war?«

»Ich weiß nicht. Nein. Vermutlich nicht deshalb. Denn das fällt einem doch eigentlich auf, oder? Ich meine: wenn man sich nicht sicher ist, ob man mit einer Frau oder mit einem Mann spricht. Mir ist aber nichts aufgefallen.«

Larissa nickte. Das war kein außergewöhnliches Phänomen. Viele Zeugen konnten selbst einfachste Dinge nicht mehr erinnern, weil die betreffenden Details von anderen stärkeren Eindrücken überlagert worden waren. »Wissen Sie denn noch, was genau der Anrufer gesagt hat? Oder die Anruferin?«

»Na ja, das war ungefähr: *Eine dringende Nachricht für Frau Flaucher. In Reichenberg gibt es einen Notfall.* Vielleicht auch: *Notfall in Reichenberg. Auenstraße 14. Bitte sofort Bescheid sagen.*«

Larissa ließ die Worte auf sich wirken. »Klingt ein bisschen wie ein Telegramm, finden Sie nicht? Notfall in Reichenberg. Bitte sofort Bescheid sagen. Hat der Anrufer wirklich ›bitte‹ gesagt?«

Die Wirtin schien in sich hineinzuhorchen. »Ich weiß es nicht mehr. Aber wenn ich es wiederholen soll, dann würde ich meinen, da war ein ›Bitte‹ mit dabei.«

»Er oder sie war also höflich. Vielleicht, weil die Person Sie kannte?«

»Ich habe keine Ahnung. Mich kennen natürlich viele Leute.« Was stimmte. Sie war die Wirtin eines der zwei Gasthäuser in Holzhausen. Wenn die Wirtschaft nicht gerade von einer ganzen Kompanie Polizisten besetzt war, dann kamen hier täglich Menschen aus dem Ort und vielleicht aus der Umgebung her.

»Haben Sie eigentlich keine Mitarbeiter?«, fragte Larissa, die sich nicht erinnern konnte, jemand anderen als Frau Holm hier arbeiten gesehen zu haben.

»Doch«, erklärte die Wirtin. »Die Kollegin ist nur leider seit zwei Wochen krank zu Hause.«

»In …?«

»In Blommersfeld.«

»Verstehe.« Larissa musterte die Küche, die eindeutig Zeichen von Überforderung aufwies: Sie hätte aufgeräumt und geputzt gehört. Aber zweifellos war das jenseits der Kapazitäten einer einzigen Frau, die dafür zuständig war, täglich die Zimmer zu machen und das Frühstück zu servieren, von den restlichen Aufgaben mal ganz abgesehen. »Nur Sie zwei?«

»Bis vor einiger Zeit hatten wir noch zwei weitere Mitarbeiter«, sagte die Wirtin. »Zwei junge Männer.« Sie lachte leise. »Die hatten es ein bisschen schwer hier.« Und auf Larissas fragenden Blick ergänzte sie: »Schwul, wissen Sie? So was kommt hier in der Gegend nicht gut an.«

War da ein wissendes Aufblitzen im Blick der Wirtin? Larissa versuchte, es zu ignorieren. Ihr Privatleben ging niemanden etwas an. »Gab es Probleme?«

»Nichts Ernstes«, erklärte die Frau. »Ab und zu hat mal einer der Gäste eine unschöne Bemerkung gemacht. So was.«

»Nur Bemerkungen?«

Die Wirtin seufzte. »Ich habe es unterbunden, bevor es

schlimmer wurde«, erklärte sie. »Einmal hätte es fast eine Schlägerei gegeben, weil einer der Gäste meinen Mitarbeiter als … Na ja, sehr hässlich beschimpft hat. Und dann wäre der andere fast auf den Gast losgegangen. Das geht natürlich gar nicht.«

»Sie haben ihnen gekündigt?«

»Ich musste es. Und die beiden haben es auch verstanden.«

»Sind Sie sicher, dass keiner der beiden der Anrufer war?«

»Sie meinen wegen des Notfalls? Nein. Auf keinen Fall. Die hätte ich erkannt.« Und doch sah die Wirtin nicht aus, als würde sie selbst ganz sicher an ihre Worte glauben.

*

Alexander Bergmann. Ja, den Namen hatte Larissa schon gelesen. Und sie wusste auch, wo. Auf dem Friedhof. Es fiel ihr wieder ein, als sie die Lebensdaten des Jungen auf dem Dossier sah: 12.12.1988 –27.02.1995.

Rauchhaus hatte ihr noch ein paar Zeitungsausschnitte dazugepackt, aus denen einiges an »gesundem Volksempfinden« sprach. Der Tankwart Kevin Kramp konnte von Glück sprechen, dass sie ihn tatsächlich aus Mangel an Beweisen hatten laufen lassen. Denn wenn die Volksseele erst einmal kochte, dann wollte sie auch einen Schuldigen sehen – und zwar verurteilt.

Horrorunfall auf der Landstraße

Sechsjähriger grausam zu Tode gefahren

Reichenberg. Am Abend des 27. Februar wurde auf der B 33 zwischen Blommersberg und Reichenberg ein sechsjähriger Junge offenbar von mehreren Autos erfasst und totgefahren. Die näheren Umstände liegen zurzeit noch im Dunkeln. Die Polizei ermittelt wegen fahrlässiger Tötung und unterlassener Hilfeleistung. »Ob der Bub sofort tot war oder zunächst noch gelebt hat, lässt sich gegenwärtig nicht mit Sicherheit sagen«, so ein Polizeisprecher am Dienstagabend. Experten, die die Badische Zeitung fragte, gehen allerdings davon aus, dass das Kind mit hoher Wahrscheinlichkeit erst einige Zeit nach dem ersten Zusammenstoß verstorben ist. Der Frage, was der Junge in der Dunkelheit alleine auf der Landstraße zu suchen hatte, wird ebenfalls nachgegangen …

In einem anderen Artikel hieß es:

Wie grausam können Menschen sein?

Bub schwerverletzt auf der Straße zurückgelassen

Hätte sein Tod verhindert werden können?

dpp. In der Nacht vom 27. auf den 28. Februar verstarb nach dem Zusammenstoß mit mehreren Fahrzeugen der kleine Alexander B. (6) einsam auf einer Landstraße im Kreis Blommersberg. Nachdem er nicht vom Sportplatz abgeholt worden war, musste sich der Junge alleine auf den Heimweg machen. Ein Umstand, der ihn das Leben gekostet hat. Zwischen 18.00 und 19.00 Uhr muss es nach ersten Ermittlungen zu mehreren Zusammenstößen mit Kraftfahrzeugen gekommen sein. Das Kind starb an seinen zahlreichen schweren Verletzungen. Als der Notarzt gegen 19.00 Uhr vor Ort eintraf, konnte er nur noch den Tod feststellen.

Besonders erschütternd ist, dass offenbar keiner der Unfallverursacher stehen blieb, um dem Jungen zu helfen. Es ist nicht auszuschließen, dass noch weitere Verkehrsteilnehmer den Jungen seinem Schicksal überlassen haben. Wer den Rettungsdienst gerufen hat, ist bisher unklar. Ebenfalls ungeklärt ist, warum die achtjährige Schwester von Alex B. wohlbehalten, aber allein zu Hause angekommen ist.

Die Eltern des Kindes stehen unter schwerem Schock. Die Polizei untersucht den Fall und hat eine Belohnung von 2.000 Mark für sachdienliche Hinweise ausgesetzt.

Wie es zur Anklage gegen Kevin Kramp gekommen war, ließ sich aus dem Dossier leider nicht ersehen. Aber das konnte Larissa ja erfragen. Die Adresse des Kindes … Ja, sie stand in den Unterlagen. Mit etwas Glück lebte die Familie noch dort.

*

Sie tat es nicht. Stattdessen stellte sich heraus, dass die Eltern beide vor Kurzem verstorben waren. Richtig, Larissa hatte es auf dem Stein des Familiengrabs gelesen. Das Wohnhaus der Bergmanns stand leer.

»Suchen Sie wen?«, wollte eine Nachbarin von Larissa wissen.

»Familie Bergmann.«

»Die wohnen nicht mehr hier. Beide tot. Kirsten ist erst letztes Jahr verstorben. Krebs. Gott, die Frau war abgemagert bis auf die Knochen.« Die Nachbarin trat zu Larissa und folgte ihrem Blick auf das Haus. »Wann da mal wieder jemand einzieht …«

»Gibt es nicht noch eine Tochter?«

Unvermittelt machte die Nachbarin ein Kreuzzeichen. »Wie schrecklich«, murmelte sie. »Die Lotte ist ja gleich ausgezogen, nachdem die Eltern tot waren. Aber dass jetzt auch noch sie …« Sie schüttelte den Kopf.

»Sie ist auch verstorben?«

»Bitte?« Die Nachbarin musterte die Kommissarin, als müsste sie sichergehen, dass kein Schwindel vorlag. »Das wissen Sie doch, dass die Lotte Bergmann tot ist.«

»Ehrlich gesagt …«

»Also: Jetzt heißt sie ja Gerstner. Charlotte Gerstner. *Hat* sie geheißen. Was für ein Unglück.«

*

Karl Kramp war ein aufgeschlossener junger Mann. Der Tod seines Vaters schien ihn nicht besonders mitzunehmen. »Wir haben uns nicht so gut verstanden«, erklärte er mit entspannter Miene.

Larissa und Anna hatten beschlossen, ihn gemeinsam zu befragen und in die Gaststätte einzubestellen. »Gab es dafür einen bestimmten Grund?«, fragte Larissa.

Karl Kramp zuckte die Achseln. »Einen? Keine Ahnung. Ich schätze, es waren eher viele Gründe.«

»Vielleicht können Sie uns ja ein paar Beispiele nennen«, schlug Anna vor.

Kramps Augenbrauen wanderten scheinbar belustigt in die Höhe. »Stehe ich unter Mordverdacht?«

»Sollten Sie?«, fragte Larissa zurück.

Das Lächeln verschwand. »Nein«, antwortete der junge Mann auf einmal ernst. »Ich konnte meinen Alten zwar nicht ausstehen, aber ich bring doch nicht meinen eigenen Vater um.«

Anna zog eine Fotografie aus der Mappe, die vor ihr auf dem Tisch lag, eine Aufnahme von Kevin Kramp am Tatort – oder vielmehr: dessen, was von ihm übrig geblieben war, und legte sie vor dessen Sohn.

Karl Kramp sog scharf die Luft ein. »Ich will das nicht sehen.«

Larissa nahm das Foto und drehte es um, sodass nur noch der Aktenvermerk und die Dokumentennummer auf der Rückseite zu sehen waren. »Wenn ein Verbrechen besonders brutal ist, liegt eine Beziehungstat nahe«, erklärte sie. »Fällt Ihnen jemand ein, der ein Problem mit Ihrem Vater hatte?«

Das Lächeln des jungen Mannes war jetzt nicht mehr lässig, sondern eher gequält. »Die Frage müssten Sie eher anders herum stellen.«

»Nämlich wie?«

»Ob mir jemand einfällt, der kein Problem mit ihm hatte.«

»So unbeliebt war er?«

»Er hat sich alle Mühe gegeben.« Karl Kramp blickte von der einen Polizistin zur anderen. »Er war im Ort ziemlich verhasst, wenn Sie mich fragen. Aber die Leute hier … Das sind doch keine Mörder. Denken Sie denn wirklich, er ist umgebracht worden? Das war doch … Ich meine … Das war doch ein Unfall!« Er fummelte eine Zigarettenschachtel aus seiner Jackentasche und betrachtete sie, als könnte er darin die Wahrheit finden.

»War es wegen der Sache mit dem Kind?«

»Wegen dem kleinen Bergmann, meinen Sie?« Kramp seufzte. »Sicher auch. Da hätten ihn bestimmt viele gerne hinter Gittern gesehen. Aber das ist so lange her … Und ehrlich gesagt, er wäre auch so unbeliebt gewesen. Mein Vater war einfach ein ziemliches Arschloch. Sorry.«

»Was denken Sie über die Rolle Ihres Vaters bei dem Unfall damals?«

Karl Kramp schwieg. Er steckte die Zigarettenschachtel wieder weg und studierte seine Hände, die die Hände eines Arbeiters waren: rau, trocken, mit dunklen Verfärbungen, wo Öl und Abrieb unter die zerrissene Haut gedrungen waren.

»Herr Kramp?«

Er holte tief Luft. »Ich weiß es nicht«, sagte er leise. »Das war vor meiner Geburt. Ich habe von der Geschichte erst in der Schule erfahren.«

In der Schule. Wie hart musste das für den Jungen gewesen sein, dachte Larissa. »Der Sohn eines Mörders?«, fragte sie mitfühlend. »War es das, was man in Ihnen gesehen hat?«

Kramp setzte unvermittelt wieder sein lässiges Gesicht auf. »Klar. War ich. Und bin ich immer noch.« Es war also seine Maske. Der Schutz einer verletzten und immer noch verletzlichen Seele vor den Anfeindungen der Mitmenschen.

»Das macht Sie aber schon verdächtig, finden Sie nicht?«, sagte Anna, wenig einfühlsam. Ja, dachte Larissa, sie macht ihren Job als Bad Cop wirklich gut. Sie war wirklich ein richtig böses Mädchen.

»Ist wahrscheinlich so«, stimmte der junge Mann zu. »Aber da ich mit dem Tod meines Vaters nichts zu tun habe und ein Alibi habe, können Sie mir nichts beweisen.«

*

Hegel und sein Kollege von der Abteilung Freiheitsdelikte hatten eine gemeinsame Arbeitsgruppe eingerichtet, um die Mordfälle einerseits und die Entführung des kleinen Benjamin Keller andererseits im Zusammenhang untersuchen zu können. Dass es sich um einen rein zufälligen zeitlichen Zusammenhang handelte, war ja schon deshalb ausgeschlossen, weil es die Geschichte von der Aufforderung zum Mord an Eric Hesse gab, in der der Junge die Hauptrolle spielte. Entweder war die Geschichte wahr, dann war Benjamins Entführer der Drahtzieher des Mordes. Oder sie war erlogen, dann musste das Ehepaar Keller die Entführung inszeniert haben, um den Mord an Hesse zu begründen. Aber wieso sollte dann das Kind nicht längst wieder aufgetaucht sein? Und wo war der Kleine?

Larissa war froh und verärgert zugleich, dass Hegel sie nicht der Arbeitsgruppe zugeteilt hatte. Einerseits bedeutete das, dass sie nicht noch mehr administrativen Kram am Hals hatte und sich besser auf ihre Ermittlungen konzentrieren konnte. Andererseits interessierte sie die Sache mit dem Jungen brennend – und sie glaubte nicht, dass die Eltern dahintersteckten. Dazu passte nicht, dass Martha Keller nach wie vor eisern schwieg. Nein, der Fall Benjamin Keller und die Mordserie hingen zusammen. Nur: wie?

»Ich finde es auffällig, dass wir zum zweiten Mal über einen kleinen Jungen gestolpert sind«, erklärte Anna, als sie zum wiederholten Mal vor den diversen neu hochgeladenen Videoaufzeichnungen saßen.

»Du meinst die Geschichte mit dem Kind, das Kevin Kramp überfahren hat?«

»Mutmaßlich überfahren hat. Ja.«

»Und jetzt ist auch noch seine Schwester tot.«

»Seine Schwester?«

»Charlotte Gerstner. Geborene Bergmann.«

»Hm. Gibt es auch einen Herrn Gerstner?«

»Gute Frage. Bis jetzt ist er noch nirgends aufgetaucht.« Larissa machte sich eine Notiz: *Scheidung wann? Ehemann wohnh. in Holzhausen?* »Die Eltern sind auch noch nicht sehr lange tot«, stellte sie fest. »Ich hab's auf dem Friedhof gesehen.«

»Wir sollten auf jeden Fall den Ex-Mann ausfindig machen.«

»Absolut. Und uns den Fall des kleinen Bruders noch einmal ansehen.« Larissa rieb sich die Augen. »Außerdem will ich wissen, wo Benjamin Keller gesucht wird und was die Entführungsabteilung unternimmt.«

Anna schüttelte lächelnd den Kopf. »Wenn es überhaupt eine Entführung ist«, sagte sie. »Es gibt keinen Hinweis auf einen Entführer …«

»Das Video?«

»Das nicht mehr existiert. Und vielleicht auch nie existiert hat«, gab Anna zu bedenken. »Kein Anruf. Keine Forderung, nichts. Der Junge könnte genauso gut weggelaufen sein oder …« Sie hielt inne.

»Oder ermordet. Wie all die anderen.«

Anna nickte. »Ja. Oder das.«

*

Liebes Tagebuch,

Mama geht jeden Tag an das Grab. Aber ich darf nicht mitgehen. Dabei will ich doch Alex auch besuchen. Er denkt sonst ich mag ihn nicht mehr. Gestern bin ich nach der Schule heimlich vorbeigegangen und hab ihm seinen Glücksbringer gebracht. Das war die Wäscheklamer mit dem Glückskleh. Ich hab sie hinter den Blumen versteckt. Wenn er den Glücksbringer dabeigehabt hätte, dann were er vielleicht nicht gestorben.

10

24. Juni 2022

Julia Röschitz hätte nicht gedacht, dass sie noch mal in dieses verfluchte Dorf kommen würde. Holzhausen hatte sich wie ein immerwährender Albtraum in ihr Gedächtnis gebrannt. Und doch stand sie nun hier in einem Saal des Bürgerhauses und wartete – wie mehrere Dutzend anderer Journalisten. Ein paar Kolleginnen kannte sie. Flüchtig. Aber niemanden, mit dem sie enger bekannt gewesen wäre. Zum Glück. Sie mochte es nicht, wenn sich jemand aus dem engeren Zirkel am gleichen Ort befand. Wenn Fragen gestellt wurden, hatte man nur die Wahl, ein Arschloch zu sein und nichts zu sagen oder ein Idiot, weil man sein Wissen teilte.

Die Pressekonferenz sollte um elf Uhr stattfinden. Inzwischen war es zwanzig nach elf, und es war kein Anzeichen zu erkennen, dass zumindest bald Einlass war. Man hatte sich ja offenbar entschieden, die Presse draußen warten zu lassen, als ginge es um die Papstwahl. Aber es war auch kein Wunder. In den letzten Tagen hatte dieses Kaff hier sein Fett weggekriegt wie wenige andere jemals. *Mordnest* hatte man es betitelt. *Mordhausen* sowieso. *Horrordorf* hatten sich die Kollegen von der Bild-Zeitung einfallen lassen, *Killerkaff* die vom Express. Was Julia unter den verschiedenen kursierenden Ausdrücken mit am originellsten fand.

Fairerweise musste man aber auch berücksichtigen, dass die Polizei längst Informationen an die Presse hätte geben müssen. Eine Mordserie solchen Ausmaßes hatte es in Deutschland noch kaum jemals gegeben. Und doch ließen sich die Damen und Herren Ermittler über eine Woche Zeit, um der Presse Rede und Antwort zu stehen. Das war für sich genommen schon ein Skandal. Und ob man wirklich Fragen zulassen würde, stand ebenfalls noch nicht fest.

»Schon was durchgesickert?«, wollte ein Kollege von der Westfälischen wissen.

Julia Röschitz schüttelte den Kopf. »Die schweigen eisern.«

»Und die Leute hier?«

»Sind auch nicht besonders aufgeschlossen«, sagte sie knapp. Sollte er doch selbst versuchen, was aus ihnen rauszukitzeln.

Sie würde ihm jedenfalls ganz sicher nicht erzählen, was sie aus Elke Oppelt rausgekitzelt hatte. Nun ja: Genau genommen, hatte sie ihr einen Hunderter zugesteckt, um der Kioskbesitzerin ein wenig die Zunge zu lösen. Schließlich kannte die jeden im Ort und traf vor allem auch alle regelmäßig.

Der Polizei hab ich's ja nicht gesagt, hatte sich die Frau um die sechzig wichtiggetan. *Aber zwischen Keller und Hesse hat es schon länger nicht gut gestanden. Wenn Sie mich fragen, hat der Keller doch bloß einen Anlass gesucht, ihn umzubringen.* Warum? *Das ist eine alte Sache. Die haben mal bei irgendeiner gerichtlichen Angelegenheit gegeneinander ausgesagt. Na ja, genau weiß ich es nicht, das war vor meiner Zeit hier.* Zehn Jahre gab es ihren Laden in Holzhausen. Irgendetwas, das nach so langer Zeit noch von mörderischer Konsequenz war? Das mochte Julia Röschitz nicht glauben. Aber sie war erfahren genug, um zu wissen, dass manchmal ein Fünkchen Wahrheit in den abstrusesten Geschichten steckte, aus dem sich am Ende die Flamme der Wahrheit entzünden konnte.

Sie hatte außerdem herausgefunden, dass der Ermordete Eric Hesse hochverschuldet gewesen war, nachdem er seinen Malerbetrieb aufgegeben hatte. Vielmehr war das der Grund, warum er seinen Malerbetrieb aufgegeben hatte. Vier Leute waren deswegen in die Arbeitslosigkeit entlassen worden, die allerdings alle nichts mit seinem Mörder Peter Keller zu tun hatten.

Der Junge, der nach wie vor verschwunden war, war öfter mal mit blauen Flecken im Kindergarten aufgetaucht, wie Julia Röschitz von der Mutter eines anderen Kindes in Reichenberg erfahren hatte. *Da fragt man sich schon, ob man den Kleinen nicht besser in eine Pflegefamilie gegeben hätte.* Ja, das fragte man sich in der Tat. Aber auch, warum die empörte Frau ihren Verdacht der Kindesmisshandlung nicht bei der Polizei angezeigt hatte.

Und dann der Stammtisch im Eberbräu! Jetzt natürlich dezimiert, weil zwei Mitglieder – Eric Hesse und Hannes Braun – tot waren. Die Journalistin hatte sich an den Nebentisch gesetzt und so getan, als würde sie die ganze Zeit auf ihrem Handy tippen. In Wirklichkeit hatte sie den größten Teil des Abends die Gespräche der Männer mitgeschnitten, um sich später zu Hause die interessantesten Passagen aufzuschreiben: die bemerkenswerte Riege von Liebhabern einer gewissen Gaby Deinhard; die Skandalbilanz der Ortsvorsteherin Jutta Heinrichs; die Info, dass der Arzt, in dessen Praxis der zweite Mord begangen worden war, offenbar nicht nur Frauen liebte und sich überhaupt sonderbar benahm; das Gerücht, dass der Chefermittler …

»Meine Damen und Herren, vielen Dank für Ihre Geduld, wir können jetzt anfangen«, sagte ein Mitarbeiter des Pressestabs der Polizei und öffnete die Tür zum Nebenraum. Sekunden später traten Polizeihauptkommissar Hegel und die Oberkommissare Flaucher, Rauchhaus und Radic ein und reihten sich hinter die zusammengeschobenen Tische auf dem provisorischen Podium wie Vögel auf einer Überlandleitung.

Der Chefermittler nickte in die Runde und fing ohne Begrüßung an: »Wir müssen heute leider eine Anzahl von gewaltsamen Todesfällen zur Kenntnis bringen und möchten Sie als Erstes bitten, gerade im Angesicht der außergewöhnlichen Häufung und Brutalität, sich an Ihren journalistischen Berufsethos zu erinnern. Da wir noch ganz am Anfang der Ermittlungen stehen, sehen wir der Spekulation Tür und Tor geöffnet. Aber wie alle wissen, kommen Spekulationen stets dem Täter zugute, weil sie den Blick auf die Fakten erschweren …«

Julia Röschitz verdrehte die Augen. Diesen Hegel hatte sie schon ein paarmal erlebt. Er versuchte offenbar seinem Namen alle Ehre zu machen und stets den Philosophen in Uniform zu geben. Dabei waren seine Wutausbrüche in Stuttgart unter den Kollegen zu Julias Volontariatszeiten legendär gewesen. Kein Kollege, den er nicht zusammengefaltet hätte. Drohungen waren nicht selten gewesen. Nein, Hegel war nicht der Schöngeist, als der er sich gab.

»… weshalb wir sowohl versuchen, die Themen im Zusammenhang als auch einzeln zu betrachten. Im Moment wäre jede unmittelbare Bezugnahme reine Spekulation. Außer der räumlichen und zeitlichen Koinzidenz gibt es keinerlei Anhaltspunkt eines Zusammenhangs«, salbaderte Hegel weiter.

Julia blickte sich im Saal um. Es war natürlich längst auch Fernsehen da. So ein Massenmord auf dem Land, das war was fürs gierige Publikum. Ärgerlich nur, dass es nichts zu sehen gab. Die paar Fotos, die sie selbst und auch einige andere Kollegen von den Opfern aufgetrieben hatten, waren reines Printmaterial. Die gaben fürs TV nicht viel her. Von dem Jungen hätte sie gerne ein Bild gehabt! Aber bisher war sie gegen eine Wand gelaufen. Dass über die Familie Keller nichts zu holen war, lag auf der Hand. Der Kindergarten hatte auch gemauert … Das war es! Kindergarten hieß doch immer auch Kindergeburtstage! Sie musste unbedingt noch einmal mit der

Mutter sprechen, die behauptet hatte, der Junge sei geschlagen worden.

»… falls Sie also noch Fragen haben …«, schloss Hegel seinen Vortrag und blickte in die Runde.

Julia Röschitz' Hand schoss in die Höhe.

»Ja?«

»Gehen Sie im Zusammenhang mit der Entführung des kleinen Benjamin Keller auch dem Verdacht fortgesetzter Kindesmisshandlung nach?«

Ein Raunen ging durch den Saal.

»Falls Sie in dem Zusammenhang Informationen haben, sind wir sehr interessiert, Näheres von Ihnen zu erfahren«, sagte Hegel.

»Sie meinen, auf freiwilliger Basis?«

»Ich verstehe nicht …«

»Nicht wie 2007, als Sie die Quelle aus meinem Kollegen herausprügeln wollten?«

Hegel schnappte nach Luft, die Menschen im Saal wurden lebhaft, Kameras richteten sich plötzlich auf die Journalistin der Badischen Zeitung.

Ein Pressesprecher der Polizei trat ans Mikrofon und erklärte: »Meine Herrschaften, das bringt uns gerade nicht weiter. Wenn die Kollegin Kritik an Personen oder Maßnahmen im Zusammenhang mit unseren Ermittlungen hat, stehen ihr die üblichen Möglichkeiten offen. Persönliche Angriffe unserer Kolleginnen und Kollegen, die ohnehin am Limit arbeiten, um diese schreckliche Situation aufzuklären, bitte ich zu unterlassen.« Der Mann schaffte es tatsächlich, mit seiner sehr besonnenen Stimme die Anwesenden zu beruhigen. »Vielleicht hat ja noch jemand Fragen zur Sache?«

Es gab Fragen zur Sache. Doch Hegel überließ die Antworten ausschließlich seinen Mitarbeitern. Von seinem Platz aus musterte er Julia Röschitz unverhohlen. Julia war darüber nicht überrascht. Schließlich war sie der Grund dafür gewesen, dass Hegel wie ein Hund von seiner alten Dienststelle in Stuttgart verjagt worden war.

*

»Hast du schon mal was von dieser Geschichte gehört?«, fragte Larissa, als sie wenig später hinter dem Holzhauser standen, weil Anna eine Zigarette rauchen wollte.

»Von dem Journalisten, meinst du? Dietek hat mal was erwähnt. Aber konkret …« Die Freundin zuckte die Achseln.

»Herausgeprügelt«, murmelte Larissa. »Das passt überhaupt nicht zu Hegel.«

»Na ja. Dietek hat was von einer Aggressionstherapie gesagt.«

»Du meinst, Hegel hat psychologische Hilfe in Anspruch genommen, um seine Aggressionen in den Griff zu kriegen?«

»Polizeipsychologische. In Frankfurt haben sie eine Abteilung, die sich da bewährt haben soll. Amtshilfe.«

»Erstaunlich. Ich habe ihn immer für einen Langweiler gehalten.«

»Das sind die Schlimmsten.«

Larissa lachte. »Nicht Hegel. Ich arbeite jetzt seit drei Jahren mit ihm zusammen. Glaub mir, der Mann ist ein Lamm.«

Anna blies den Rauch in kleinen Wölkchen in die Luft. »Vielleicht«, sagte sie. »Menschen können sich ändern.«

Radic trat zu ihnen. »Hast du noch eine?«, fragte er Anna.

Die hielt ihm das Päckchen und das Feuerzeug hin und musterte den Kollegen, der sich bei der Pressekonferenz eben überraschend gut geschlagen hatte.

Dennoch seufzte Radic. »Ich hasse das«, erklärte er. »Warum muss die Presse eigentlich immer unser Gegner sein? Reicht es nicht, dass wir gegen das Verbrechen kämpfen müssen?«

Larissa lachte. »Willst du eine Presse, die einfach nur alles aufschreibt und verbreitet? Ich finde, eine kritische Haltung ist absolut zu befürworten.«

»Schon klar«, sagte Radic und lächelte freudlos. »Die freie Presse. Die Unabhängigkeit der Berichterstattung, blabla ... Stimmt alles. Ist aber trotzdem zum Kotzen.«

Wo er recht hatte, hatte er recht.

*

Die beiden Polizistinnen standen auf dem Hof des Holzhauser. Julia Röschitz konnte sie von ihrem Wagen aus gut beobachten, während sie ihr Handy ans Ohr presste. Die Frauen waren altersmäßig nicht weit auseinander. Und wenn ihre Menschenkenntnis sie nicht völlig im Stich ließ, verband die beiden mehr als eine professionelle Beziehung. Es war die Art, wie sie vertraut beieinander standen. *Sehr* vertraut. Wie sich ihre Arme berührten, wie sie sich anblickten ... Vielleicht hatte es auch Klick gemacht, als ihr Kollege zu ihnen getreten war. Der Mann sah einfach verdammt gut aus – und er hatte seine Sache ausgezeichnet gemacht in der Pressekonferenz. Trotzdem schienen die Frauen keinen Blick für ihn übrig zu haben – dafür aber umso mehr füreinander.

Endlich ging die Kindergartenmama ans Telefon, bei der die Journalistin es inzwischen mindestens zehnmal probiert hatte.

»Ja, hallo, hier ist Julia Röschitz von der Badischen Zeitung. Sie erinnern sich?«

»Ja.« Die Kindergartenmama klang nicht wirklich erfreut.

»Ich hoffe, es geht Ihnen und Ihrer entzückenden Tochter gut? Emma, nicht wahr?«

»Doch. Schon. Es ist nur alles gerade ... Etwas viel?« Vielleicht taute sie ja doch auf.

»Das kann ich mir vorstellen. Aber es freut mich, dass sonst alles gut ist.«

»Hören Sie, ich habe gerade nicht so viel Zeit ... Und außerdem hab ich Ihnen eigentlich schon alles ...«

»Ja«, unterbrach die Journalistin ihre Gesprächspartnerin. Alte Journalistenweisheit: Lass den anderen nie sagen, dass er nicht mit dir sprechen will. Das erhöht die Chancen, dass er es doch tut. »Ich habe mich gefragt, ob ich vielleicht noch einmal kurz mit Ihnen sprechen dürfte.«

»Also, wie gesagt, alles, was ich über Benjamin weiß ...«

»Ehrlich gesagt, geht es gar nicht um Benjamin. Ich dachte, vielleicht dürfte ich ein Foto von Ihnen machen. Und von Emma. Sie beide in der Zeitung, das wäre doch hübsch ...«

»Ein Foto?« Es sollte skeptisch klingen. Aber der Unterton war geschmeichelt, das konnte Julia Röschitz genau heraushören. Ja, sie hatte die Frau richtig eingeschätzt. Sie war eine dieser SUV-fahrenden Helikopter-Moms, die zwar alles hatten – nur keinen Sinn in ihrem eigenen Leben. So jemanden tröstete das eigene Bild in der Presse ungemein! Im Grunde waren die ganzen People-Magazine voll davon.

»Wissen Sie, ein Artikel darüber, wie ganz normale Familien mit dieser schrecklichen Situation umgehen. Viele Menschen würden das gerne wissen. Man fühlt ja mit, verstehen Sie?«

Zwei Minuten später hatte sie ihre Einladung, doch noch einmal vorbeizukommen und ein Foto zu schießen.

*

Die Ergebnisse der Pathologie waren eindeutig: Dr. Georg Wacker war an einer Überdosis Amphetaminen gestorben. Interessanterweise den gleichen, die sich auch in seinem Schlafzimmer gefunden hatten. Offenbar hatte der Arzt sein Liebesleben durch den Einsatz nicht unwesentlichen Drogenkonsums befeuert – und offenbar war es ein ziemlich intensives Liebesleben gewesen. Denn die Nachbarn wussten von mehreren Menschen, die in den letzten Tagen im Hause Wacker ein und aus gegangen waren. Menschen beiderlei Geschlechts, die in der Gegend niemand kannte, die aber über Nacht geblieben waren.

Der Account auf einer Dating-App war schnell gefunden, das Profil eindeutig, die Suchkriterien erst recht. Vermutlich hätte eine Psychologin den Arzt als sexsüchtig bezeichnet, eine Kategorisierung, die Larissa nicht schätzte. Psychologische Diagnosen führten oft dazu, dass Menschen mit einem exzentrischen Lebenswandel pathologisiert wurden und dann aus dem Raster der Strafverfolgung fielen. Aber wer ein Verbrechen begangen hatte, der sollte gefälligst auch bestraft werden. Wobei im Fall von Dr. Georg Wacker bisher eine andere Rolle im Mittelpunkt stand: die des Opfers.

»Für eine Beziehungstat muss keine langfristige Beziehung zwischen Täter und Opfer vorgelegen haben«, sagte Anna Reichelt, womöglich mehr zu sich selbst.

»Es reicht, wenn Wacker beispielsweise jemanden vom Strich bei sich hatte«, stimmte Larissa zu.

»Hm. Es muss keine professionelle Affäre gewesen sein. Vielleicht hat sich ein Tinderkontakt als mörderisch erwiesen.«

»Wir müssen versuchen, herauszufinden, ob er sich da mit jemandem verabredet hat.«

»Ja, wäre schön, wenn sich das ermitteln ließe.«

Tatsächlich stießen die Beamten immer wieder auf schier unüberwindliche Widerstände, wenn es um Informationen aus der Social-Media-Welt ging. Da ging Geschäft immer vor Verbrechensaufklärung und User-Schutz immer vor Opferschutz. Weshalb es auch immer noch keine Hilfe gab in Bezug auf den Film, der den kleinen Benjamin Keller am Galgen zeigte – falls er denn überhaupt jemals existiert hatte.

»Warten wir ab, was die DNA-Analyse ergibt«, sagte Anna.

»Hm. Wenn wir nur die Zeit hätten, abzuwarten.«

Klar, sie mussten damit rechnen, dass auch dieser Mord nicht der letzte gewesen sein würde. Larissa wählte Kollege Oberraths Nummer. »Haben wir eigentlich schon die Unterlagen zu Wacker?«

»Polizeiakte, meinst du?«

»Klar.«

»Nee. Müsste aber jeden Moment kommen.«

»Schick's mir bitte gleich rüber.«

Zwei Minuten später hatten sie die Unterlagen von Dr. Georg Wacker. Etliche Einträge im Verkehrsregister, allerdings, soweit ersichtlich, keinen Führerscheinentzug. Einmal eine Anzeige wegen sexueller Nötigung, die zurückgezogen, und ein Verfahren wegen Beleidigung, das eingestellt worden war. Ohne Auflagen.

»Was sagt uns das alles?«, fragte Anna.

»Erst einmal sagt es uns, dass er kein Heiliger war.«

»Offensichtlich. Aber bei dem naheliegenden Drogenproblem war die These sowieso schon vom Tisch, oder?«

»Allerdings«, stimmte Larissa zu. »Ich wüsste zu gerne, was es mit der Beleidigungssache auf sich hatte.«

»Irgendein bestimmter Grund, weshalb du darauf guckst?«

»Mhm«, erklärte Larissa. »Bestimmte Delikte aus dem Sexualstrafrecht liefen früher unter Beleidigungsstraftaten. Wenn überhaupt.«

»Verstehe. Clever!«

»Kommt drauf an, was rauskommt.«

*

25. Juni 2022

Es war ein schöner, lauer Sommerabend in Holzhausen. Die Sonne war gerade hinter dem nahen Wald versunken, es würde noch mindestens zwei Stunden hell sein. Hätte Larissa nicht die Verbrechensserie der letzten Tage im Kopf gehabt, sie hätte das Nest für einen Ort halten können, in dem Rentner günstig Urlaub machten, um mit ihren Walkingstöcken über die Feldwege und durchs Gehölz zu wandern und abends im Holzhauser einen Schoppen Müller-Thurgau zu trinken.

Das einzig Auffällige war die Stille, die es vielleicht ja auch sonst im Ort gab, die aber vor dem Hintergrund der Geschehnisse drückend wirkte.

Larissa schritt die Hauptstraße ab, die Strecke nachverfolgend, die Martha Keller am Abend des Mordes an Charlotte Gerstner gegangen war. Vom Wohnhaus der Kellers etwa hundert Meter auf dem Gehweg Richtung Westen, dann schräg über die Straße. »Jetzt bist du ins Blickfeld der Kamera gekommen«, sinnierte Larissa vor sich hin und sah zum Eingang des Nebengebäudes des Bürgerhauses. »Hier musst du schon gewusst haben, dass in der Praxis noch Licht brennt.«

Sie blickte hinauf in den ersten Stock. Wenn Charlotte Gerstner in der besagten Nacht hinuntergeschaut hätte, hätte sie die späte Besucherin vermutlich trotzdem nicht gesehen, weil man durch ein Fenster von drinnen nichts erkennen konnte, wenn es draußen dunkel war und innen hell. Das Opfer hätte nur sein eigenes Spiegelbild gesehen. Erst wenn die Täterin in den Lichtschein der Lampe am Eingang getreten wäre, wäre sie sichtbar geworden – aber dafür wäre der Winkel zu steil gewesen, stellte Larissa fest, als sie an die Haustür gelangte. Nein, als Charlotte Gerstner die Klingel hörte, konnte sie nicht gewusst haben, wer unten war. Gab es eine Gegensprechanlage? Gab es. Aber solange Martha Keller zu allen Fragen eisern schwieg, würde Larissa nicht erfahren, ob sich Charlotte Gerstner von oben gemeldet hatte. Es war natürlich möglich, dass die Haustür gar nicht verschlossen gewesen war. Aber auch das ließ sich aus heutiger Sicht ohne Aussage nicht mehr verifizieren. Immerhin war es unwahrscheinlich.

Larissa wandte sich um und überblickte die gegenüberliegende Häuserzeile. Nichts daran war auffällig. Wie viele der Menschen, die hier wohnten, mochten Patienten von Dr. Wacker gewesen sein? Gab es überhaupt welche, die es nicht waren? Nach den Unterlagen war die Praxis die einzige im Ort. Es gab noch eine in Reichenberg. Aber fühlte man sich einem Arzt, der buchstäblich nebenan wohnt, nicht verpflichtet?

Überhaupt: Jeder kannte hier jeden. Jeder kaufte im selben Geschäft ein, jeder besuchte denselben Sportverein, saß mit denselben Leuten am selben Stammtisch ... Alles war hier eine Beziehungstat, wenn nicht ein Täter von außen kam. Aber: *ein* Täter? *Einer?* Der ganze Ort schien verstrickt in diese Mordserie – auf der einen Seite oder der anderen.

Unvermittelt war Larissa vor dem Kiosk angelangt. Elke hieß die Besitzerin, erinnerte sie sich aus den Unterlagen. Nur der Nachname fiel ihr nicht ein. Die Frau stand hinter ihrer Verkaufstheke und starrte hinaus. Womöglich hatte sie die Kommissarin schon länger beobachtet.

»Tag«, sagte Larissa und trat ein.

»Ja«, antwortete die Frau knapp.

Larissa überlegte kurz, ob sie sich umsehen und vorgeben sollte, sie wollte etwas kaufen. Doch dann entschied sie sich dagegen. »Kannten Sie Doktor Wacker gut?«, fragte sie.

»Gut genug«, erwiderte Elke zu Larissas Überraschung.

»Interessante Antwort. Gut genug wofür, wenn ich fragen darf.«

»Einfach gut genug.«

Oppelt. Das war's. Sie hieß Oppelt. »Verraten Sie mir, ob Sie Patientin bei ihm waren?«

»Das war ich ganz sicher nicht.«

Auch eine interessante Antwort. Offenbar hatte Elke Oppelt einiges gegen den Doktor gehabt. »Sie klingen nicht, als wären Sie sehr mitgenommen von seinem plötzlichen Tod.«

Die Kioskbesitzerin zuckte die Achseln. »Sagen wir so: Manche haben es mehr als andere verdient.«

»Und so jemand war Doktor Wacker?« Larissa betrachtete das Titelblatt der Zeitung, die neben der Kasse lag. *Neuer Mord im Killerkaff!* lautete die Schlagzeile. Tja, Spitzenzeiten für Sensationsjournalisten. »Warum denken Sie das?«

Elke Oppelt schwieg. Ihr Blick glitt an Larissa vorbei nach draußen, als würde sie in die Ferne sehen, weit weg von hier. In die Vergangenheit, das war für Larissa offensichtlich.

»Was werfen Sie ihm vor?«

»Wacker? Nichts. Er ist tot.«

»Was haben Sie ihm vorgeworfen, als er noch am Leben war?«

»Das geht Sie nichts an.« Der Gesichtsausdruck der Kioskbesitzerin war geradezu feindselig, auch wenn Larissa nicht den Eindruck hatte, dass sich dieser Hass auf sie bezog.

»Vielleicht nicht«, gab sie sich entgegenkommend. »Aber was, wenn es doch eine Rolle spielt?«

»Denken Sie, ich hätte ihn umgebracht?«

Dachte sie das? Für solche Annahmen war es viel zu früh. Wenn jeder aus Antipathie zum Mörder wurde, wäre die Menschheit längst ausgerottet – niedergemetzelt von »ganz normalen« Nachbarn. »Nein«, sagte Larissa. »Bis jetzt haben wir noch keinen Verdächtigen im Mordfall Wacker. Dafür ist es viel zu früh. Außerdem …« Auch wenn es dafür keinerlei Beleg gab, aber dieser Frau würde es das Weitersprechen womöglich erleichtern: »Meist ist es nicht die Person, die am Anfang verdächtig wirkt.«

»Ich scheide schon deshalb aus, weil ich sein Ding niemals angefasst hätte«, erklärte Elke Oppelt und machte ein Gesicht, als wollte sie jeden Moment auf den Boden spucken.

Larissa erschrak. Wer hatte verdammt noch mal diese Info an die Öffentlichkeit durchgestochen? Dass Wacker nicht nur ermordet, sondern auch kastriert worden war, hatten die Ermittler unbedingt geheim halten wollen. Hegel hatte alle, die am Tatort aufgetaucht waren, zum Stillschweigen verdonnert. Und jeder Einzelne wusste, dass es ernsthafte dienstrechtliche Konsequenzen haben würde, wenn herauskam, dass man Täterwissen offenbart hatte. »Steht das schon in der Zeitung?«

»Dass sie ihm den Schwanz abgeschnitten haben? Bitte. Hier!« Die Kioskbesitzerin hielt ihr die Zeitung hin, und Larissa las die Zeile unter der Überschrift: *Landarzt kastriert und ermordet.*

Ohne ein weiteres Wort verließ sie mit der Zeitung den Laden, auch ohne ans Bezahlen zu denken, um Hegel das Blatt zu präsentieren. Irgendwo in der Truppe war ein Maulwurf. Und der würde ihnen die Arbeit unmöglich machen, wenn sie ihn weiter plaudern ließen.

*

Larissa war noch nicht im Holzhauser angekommen, da war der Notruf eingegangen und an die Einsatzzentrale weitergegeben worden: tote Person in der Hauptstraße 8. Sie wollte eben die Tür aufziehen, da stürmten Hegel und einige weitere Kollegen aus der Wirtschaft.

»Ah, Flaucher!«, rief der Polizeihauptkommissar. »Gutes Timing. Wir sind auf dem Weg zum nächsten Mordfall.« Er machte eine auffordernde Kopfbewegung und blickte sich um. »Auto?«

»Wozu?«, erwiderte Rauchhaus. »Gegenüber ist Hausnummer 25.«

Hegel nickte. »Dann los!«

Larissa hastete hinter den Kollegen her. Es war der Weg, auf dem sie eben gekommen war! Hatte sie etwas gesehen, ohne es zu bemerken? War sie gerade in unmittelbarer Nähe einer Bluttat gewesen und hatte es nicht mitbekommen?

Sie ließen das Bürgerhaus links liegen und liefen hinüber auf die andere Straßenseite, am Versicherungsbüro vorbei. Vorbei auch am Haus, in dem Dr. Wackers Praxis war, dann die paar Meter, auf denen die Strecke eine leichte Steigung nahm, hinauf, während Hegel in einem fort Anweisungen bellte: »Die Spusi! Radic, Sie kümmern sich darum. Oberrath! Nehmen Sie gegenüber Aufstellung und lassen Sie niemanden durch. Rufen Sie sich Verstärkung. Flaucher! Sie sichern mich rückwärtig. Dienstwaffe dabei?«

»Dienstwaffe dabei!«, rief Larissa von hinten und keuchte. Nicht, weil sie außer Atem gewesen wäre. Sondern weil sie vor dem Tatort angekommen waren. Elkes Supermarkt.

*

Die Augen waren weit aufgerissen. Anders als bei Wacker war es nicht ein überraschter, neugieriger Blick, den das Opfer aufgesetzt zu haben schien, sondern ein entsetzter. Es war der Blick eines Menschen, der wusste, dass er gleich sterben würde und nichts dagegen tun konnte.

»Ich … Ich …«, stotterte Larissa fassungslos und starrte von der Tür aus ins Innere des Kiosks. »Ich …«

»Himmelherrgott!«, bellte Hegel, der schon im Laden stand. »Ich habe gesagt, Sie sollen mich rückwärtig sichern! Wenn Sie in der Tür stehen, sind Sie völlig nutzlos!«

»Ich war hier«, erklärte Larissa mit zitternder Stimme. »Gerade eben. Vor fünf Minuten!«

»Hier? Im Laden?«

»Ja. Und da war ... Da war alles noch in Ordnung!«

Hegels Hand schnellte nach vorne, griff nach dem Handgelenk des Opfers. Er legte den Daumen darauf, zögerte kurz, fasste dann auch noch an die Halsschlagader und schüttelte den Kopf. »Nein«, sagte er. »Tot. Auch wenn der Körper noch ganz warm ist. Das kann erst ein paar Minuten her sein.«

Es war ein seltsames Bild, das auf bizarre Weise an den toten Arzt erinnerte. Nur dass es in diesem Fall kein Geschlechtsorgan war, das aus dem Mund des Opfers ragte, sondern Geldscheine, zu einem dicken Bündel gerollt. So dick, dass es nur mit Gewalt zwischen die Lippen gepresst worden sein konnte. Zu dick jedenfalls, um noch ausgespuckt werden zu können. Ein grausamer, gewalttätiger, schmerzhafter Tod. Die Nase, das entdeckte Larissa jetzt erst, war mit kleinen Geldmünzen verstopft. Elke Oppelt musste Höllenqualen gelitten haben, ehe sie das Bewusstsein verlor.

*

Sie saß wie auf der Anklagebank. Oder nein: wie beim Verhör. Und im Grunde war es das auch. Ein Verhör. Hegel betrachtete Larissa mit einer kalten Neugier und einer kaum verhohlenen Verachtung, die ihr wehtat.

»Flaucher, Sie können nicht wie jeder beliebige Zeuge aussagen. Sie *müssen* mehr gesehen haben. Erinnern Sie sich!«

Es gab bessere Verhörmethoden, als den Befragten einfach nur wieder und wieder aufzufordern, sich zu erinnern. Aber das schien Hegel in ihrem Fall egal zu sein. Und er hatte ja auch recht: Sie musste imstande sein, zu erkennen, was als Beobachtung relevant sein konnte und was nicht. Nur dass es eben keinerlei Beobachtung ihrerseits gegeben hatte. Larissa seufzte: »Ich habe Elke Oppelt gefragt, ob sie Patientin bei Dr. Wacker gewesen sei.«

»Ob sie Patientin war?« Er schien zu überlegen, ob er diese Frage als unzulässig rügen sollte, verwarf den Gedanken dann aber offenbar und nickte nur ungnädig, damit sie fortfuhr.

»Es war ganz eindeutig, dass sie Wacker gehasst hat.«

»Gehasst?«

»Sie hat gesagt, als Täterin käme sie schon deshalb nicht in Betracht, weil sie *sein Ding* niemals angefasst hätte.«

»Sie hat *sein Ding* gesagt?«

»Ist mir jedenfalls aufgefallen.«

»Gut. Und dann?«

»Ich muss zugeben, mich hat es schockiert, dass sie davon wusste. Das ist immerhin Täterwissen! Und wir haben es nicht nach außen kommuniziert – jedenfalls nicht absichtlich.« Larissa blickte auf. Sie glaubte nicht, dass Hegel sie im Verdacht hatte, die undichte Stelle zu sein. Obwohl: Im Lichte der neuesten Ereignisse konnte sie sich da wohl nicht mehr sicher sein.

»Es ist niemand mit Ihnen im Laden gewesen?«, wiederholte Hegel seine Eingangsfrage zum sechsten oder siebten Mal.

»Nein. Im Verkaufsraum war außer mir niemand. Es gibt auch keine Stelle, wo sich jemand unbemerkt hätte aufhalten können, das ist ja nur dieser eine Raum und …«

»Ich weiß, wie der Supermarkt aussieht«, fiel ihr der Polizeihauptkommissar ins Wort. »Könnte jemand im hinteren Teil gewesen sein?«

»Ja. Ich nehme an, dass jemand sich dort aufgehalten hat. Der Zeitraum zwischen meinem Verlassen des Ladenlokals und dem Mord war so kurz, dass ich eine Person hätte sehen müssen, wenn sie nach mir in den Kiosk gekommen wäre.«

»Hm. Der Zeitraum zwischen Ihrem Verlassen des Raums und dem *Notruf*.«

So, wie Hegel das betonte, konnte das nur eines bedeuten: »Denken Sie etwa, jemand hat den Notruf schon abgesetzt und den Mord erst dann begangen?«, fragte Larissa.

»Wenn wir mal Sie als Täterin ausschließen …«, erklärte der Polizeihauptkommissar und musterte Larissa wie ein Insekt unter dem Mikroskop, »… dann könnte man auch die These vertreten, dass jemand den Zeitraum so kurz halten wollte wie nur möglich.«

»Aber wozu? Das erhöht die Gefahr, entdeckt zu werden, doch extrem!«

»Um Sie zur Hauptverdächtigen zu machen?«

Larissa schwieg. Wieder und wieder liefen die Bilder und Worte des Gesprächs mit Elke Oppelt in ihrem Kopf ab. Wieder und wieder suchte sie verzweifelt nach irgendeinem Anhaltspunkt, einem Detail, das sie nicht erkannt hatte. »Die Hauptverdächtige«, murmelte sie. »Bin ich das denn?«

Hegel lächelte kalt. »Gibt es noch eine andere Verdächtige?«

*

Die Presse warf sich mit allem, was sie hatte, auf den Fall. Denn einmal mehr drangen Informationen durch, die die Ermittler lieber für sich behalten hätten. Insbesondere der Umstand, dass im Mittelpunkt dieses neuen grausamen Mordes eine der Polizistinnen stand, die eigentlich mit der Aufklärung der Verbrechen beschäftigt gewesen war, erregte Aufsehen. *Ermittler als Täter?* titelte die Badische Zeitung, immerhin noch mit einem einigermaßen seriösen Artikel, in dem zwar die Skandalfragen gestellt, aber nicht schon durch absurde Spekulationen beantwortet wurden. *Killercop im Killerkaff?* lautete die reißerische Schlagzeile des Express. Und Larissa hätte sich durchaus über diese witzige Formulierung amüsiert, wäre sie nicht selbst der vermeintliche Killercop darin gewesen.

Der Notruf war, wie sich herausstellte, aus dem Hinterzimmer des Kiosks abgesetzt worden. Ob nun unmittelbar vor oder nach dem Mord – oder gar, während Elke Oppelt hinter ihrer Kasse gerade mit dem Tod rang –, würde niemand jemals herausfinden. Der Täter hatte sich offenbar Zugang über den rückwärtigen Teil des Gebäudes verschafft, was über das Treppenhaus möglich war, wo es einen Zugang gab, über den man auch den Lagerraum des Kiosks betreten konnte.

Beim letzten Mal war der Notruf von einer anonymen Nummer gekommen, wie die Rufnummernliste des Holzhauser gezeigt hatte – und er hatte sich an Larissa gerichtet. Diesmal war der Notruf vom Tatort aus erfolgt – und Larissa war nahezu zeitgleich vor Ort gewesen. So zeitnah, dass sie zwingend in die Position einer Verdächtigen rücken musste.

Zufall?

Nein, daran glaubte Larissa nicht. Es deckte sich vielmehr mit dem Gefühl, das sie seit zwei oder drei Tagen hatte, dass alles, was sie tat, immer einen Schritt zu spät kam. Dass sie im Dunkeln tappte – und dass es jemanden gab, der diese Schritte genau beobachtete. Es war, als würde sie auf einem unsichtbaren Netz spazieren, in dem sie sich immer mehr verfing, während sie gleichzeitig zunehmend die Orientierung verlor.

Dass Hegel sie ernsthaft verdächtigte, glaubte sie nicht. Aber dass er sie für die undichte Stelle im Ermittlerteam hielt, das konnte sie nicht ausschließen. Andererseits: Diesmal schadeten die Informationen, die an die Presse gegangen waren, unmittelbar ihr. Sie musste herausfinden, wo das Leck war! Das war die Lösung. Das würde sie einen entscheidenden Schritt voranbringen.

*

26. Juni 2022

Der Anruf kam kurz nach 17.00 Uhr. Offenbar wusste die Person, wann Redaktionsschluss für die Abendausgabe war.

»Guten Tag, Flaucher hier, Kripo.«

»Hallo«, entgegnete Julia Röschitz.

»Können wir uns treffen?«, wollte die Polizistin wissen.

»Worum geht es denn?«

»Das würde ich Ihnen gerne lieber persönlich sagen.«

»Und wann?«

»Jederzeit«, sagte die Polizistin. »Am liebsten gleich.«

»Gleich.« Die Journalistin überlegte. »Gut. In zwanzig Minuten. Ich erwarte Sie in der Redaktion.«

»Oh. Nein. Nicht in der Redaktion.«

»Sondern? Soll ich in Ihr Hauptquartier kommen?«

»Ins Holzhauser? Das ist auch keine gute Idee.«

Klar, wenn die Polizistin mit einer Pressevertreterin gesehen wurde, würden die anderen Ermittler sofort unterstellen, dass geheime Informationen ausgetauscht wurden.

»Kennen Sie die Sitzbank am Waldweg, wo Herr Tersic zu Tode gekommen ist?«, fragte Larissa Flaucher.

»Sicher. Also: in zwanzig Minuten dort.«

»Gut. Danke.«

*

Die Polizistin saß schon da, als Julia Röschitz am Waldweg ankam. »Hätte ich Personenschutz mitbringen sollen?«, fragte die Journalistin, als sie sich neben sie auf die Bank setzte.

»Weil Sie sich mit dem Killercop treffen?« Larissa war nicht zum Lachen zumute. Aber sie mochte es, dass die Reporterin mit einem Scherz aufmachte. Sie hatte lang genug Erfahrung mit Verhören, um zu wissen, welcher Eröffnungszug wie auf ein Gespräch wirkte. »Vielleicht lasse ich Sie ja noch mal davonkommen«, erwiderte sie mit schwachem Lächeln.

»Läuft nicht besonders gut, was?« Julia Röschitz packte ihr Smartphone aus und rief die Diktierfunktion auf. Doch auf

Larissas abwehrende Handbewegung hin steckte sie es wieder weg. »Gut. Keine Aufnahme.«

»Danke«, sagte Larissa. Sie seufzte. »Nein, es läuft nicht besonders gut. Sie wissen, dass Sie es uns mit Ihrer Berichterstattung auch nicht gerade leicht machen.«

»Sorry«, warf die Journalistin ein. »Aber in unserem Land herrscht Pressefreih...«

»Das weiß ich doch. Und es ist auch richtig und gut. Das sollte keine Kritik sein, Frau Röschitz. Nur eine Feststellung.«

»Gut. Ich bin froh, dass das klar ist. Also dann, worum geht es Ihnen?«

Larissa blickte zu der Stelle, an der Zoran Tersic seinen tödlichen Unfall hatte. »Er war das dritte Opfer.«

»Der Sportlehrer? Sie gehen auch hier von einem Mord aus?«

Eine kleine Weile ließ Larissa diese Frage im Raum stehen, ehe sie antwortete: »Das möchte ich Ihnen nicht beantworten.«

»Haben Sie es nicht gerade schon zum Ausdruck gebracht?«

»Tja. Wie verstehen Sie solche Äußerungen wie meine gerade?«

Julia Röschitz lächelte. »Sie wollen herausfinden, ob einer von Ihren Kollegen Andeutungen gemacht hat, die zu unserer Berichterstattung geführt haben.«

Larissa nickte. »Und wer«, ergänzte sie.

»Aber Sie wissen doch, dass eine gute Journalistin niemals ihre Quellen preisgibt. Sie darf es auch gar nicht.«

»Das weiß ich. Aber ich weiß auch, dass Sie kein Interesse daran haben können, sich zum Werkzeug eines Menschen zu machen, der aus reiner Geltungssucht die Ermittlungserfolge aufs Spiel setzt. Das können Sie nicht wollen.«

»Ich denke nicht, dass hier jemand aus Geltungssucht handelt«, erwiderte die Journalistin.

»Weil?«

»Weil ich nicht weiß, wer die Informationen durchgestochen hat.«

Larissa drehte sich zu ihr. »Sie wissen es nicht?«

»Offen gesagt«, erklärte Julia Röschitz, »hätte ich die Infos gar nicht veröffentlicht, wäre mein Chef nicht unbedingt der Meinung gewesen, man dürfe *der Öffentlichkeit diese wichtigen Informationen nicht verheimlichen*. Zu einem guten Job gehört, dass man Infos verifiziert. Aber das war hier nicht möglich.«

»Weil?«

»Weil Sie uns nichts bestätigt hätten. Richtig?«

Larissa zuckte die Achseln. »Davon gehe ich aus.«

»Aber Sie haben es bisher auch nicht dementiert. Also ist wohl richtig, was wir erfahren und veröffentlicht haben.«

»Wenn ich jetzt Ja sage, dann bin ich auch wieder eine Quelle, die Sie eigentlich nicht haben dürften. Und vor allem bin ich dann eine weitere undichte Stelle, die es nicht geben darf.«

Die Journalistin stand auf und stellte sich vor Larissa. »Hören Sie, Frau Flaucher. Ich kann Sie verstehen. Ich weiß, dass es besser für Ihre Arbeit ist, wenn Täterwissen geheim bleibt. Aber zu meiner Arbeit gehört, dass wir immer versuchen, mehr herauszufinden, als man uns freiwillig an Informationen gibt. Sonst wären wir am Ende nichts anderes als ein polizeiliches Verlautbarungsorgan.«

»Und trotzdem haben Sie mir sehr geholfen«, erklärte Larissa und stand ebenfalls auf. »Danke.«

»Danke?«

»Danke, dass Sie fair bleiben.«

*

Zwei Mannschaftswagen der Landespolizei waren inzwischen in Holzhausen in ständiger Präsenz.

»Als liefen die Mörder draußen rum und würden einfach irgendwelche Leute erschießen«, sagte Larissa, während sie aus dem Fenster ihres Pensionszimmers sah.

»Hm.« Annas Blick schien ihr zu folgen.

Doch Larissa hatte den Eindruck, er bliebe an ihr hängen, als wollte die Freundin sie mustern. Überhaupt hatte sich Anna seit vorgestern merkwürdig distanziert verhalten. Von der Vertrautheit schien nichts mehr übrig. Sogar der Sex letzte Nacht hatte nichts Intimes mehr gehabt, sondern gewirkt wie ... Ja wie? Wie ein Abenteuer mit einer Fremden auf der Toilette im Club? Larissa fehlte die Erfahrung für solche Vergleiche. Aber so ähnlich musste sich das anfühlen. »Bleibst du heute Nacht hier?«, fragte sie die Kollegin.

Anna schüttelte den Kopf. »Ich muss schlafen«, sagte sie. »Ich brauche ein paar Stunden für mich.«

Larissa nickte. »Alles klar.« Es wunderte sie nicht. Aber immerhin würde es ihr erlauben, noch tiefer in die Recherchen einzusteigen. Sollte Anna sich ausschlafen, sie selbst würde sich weiter durch die Unterlagen wühlen und versuchen, einen Reim auf die Geschehnisse zu finden.

»Wir müssen unbedingt mehr über die Kioskbesitzerin erfahren«, unterbrach Anna Larissas Gedanken. »Bisher haben wir nur Kunden befragt. Keiner hat was gesehen, keiner war näher mit ihr bekannt ...«

»Laut Unterlagen gibt es keine Familie.«

»Jeder hat Familie.«

Larissa rief die Akte auf und las vor: »Alleinstehend. Geschieden seit 2003. Mutter einer Tochter, gestorben 2002 ...«

»Die ist 2002 gestorben? Und dann ist die Ehe den Bach runtergegangen. Seither hat Elke Oppelt allein gelebt ...«

»Warte mal. Zur Tochter gibt es einen Aktenvermerk.« Larissa rief den Hyperlink ins interne Netz auf und las vor: »Cindy Oppelt, geboren am 02.04.1980. Gestorben am 11.11.2002 ...«

»Fieses Todesdatum«, stellte Anna fest. »Beginn der Fastnacht …«

»Selbstmord durch Erhängen.«

»Wow. Unnatürliche Todesursachen scheinen hier die natürliche Todesursache zu sein.«

»Gab mal ein Verfahren wegen sexueller Nötigung und Vergewaltigung. Wurde allerdings eingestellt. Das war 2001.«

»Wer war denn der Beschuldigte?«

»Hier fehlt der Querverweis.«

»Komm, das kann doch nicht sein!«, empörte sich Anna und beugte sich zu Larissa, um mit auf den Bildschirm zu schauen. Miss Dior. Der Duft ließ Larissas Herz ein wenig schneller schlagen. Als hätte sie es gemerkt, rückte Anna wieder von ihr ab und murmelte: »Vielleicht kann uns Rauchhaus die Unterlagen besorgen.«

»Wenn sie noch existieren.« Larissa stand auf und trat erneut ans Fenster, blickte hinaus und sah doch bloß ihr eigenes Spiegelbild, weil es mittlerweile schon zu dunkel geworden war. »Zweiundzwanzig.«

»Hm?«

»Zweiundzwanzig Jahre alt ist Cindy Oppelt geworden. Ich könnte schwören, es hat was mit dem Verfahren zu tun.«

»Dass sie sich umgebracht hat?«

»Klar. Und ich denke, die Akte wird uns nicht überraschen. Sie erklärt bloß nicht, wieso nun auch noch ihre Mutter sterben musste.«

*

Es war heiß. Und es war finster. Gegenüber dem Holzhauser war eine Straßenlaterne ausgefallen. Im Schutz der Dunkelheit, dachte Larissa. So nannte sich das immer, wenn man von Verbrechen sprach, die in der Nacht begangen wurden. Wie wenig das Licht vor dem Bösen schützte, ließ sich hier in diesem Kaff perfekt studieren. Die meisten Morde waren am Tag begangen worden, eigentlich alle, wenn man bedachte, dass der Tod des Metzgers in seiner Kühlkammer vermutlich auch am helllichten Tag eingetreten war. Gut, die Tat musste dennoch in der Nacht begangen worden sein, als er zu seiner Wohnung zurückkehrte, ohne sie noch einmal zu erreichen. Und die Arzthelferin, die war auch in der Nacht niedergemetzelt worden. Larissa hatte noch vor Augen, wie die Blutspur sich schwarz-glänzend über den Hof gezogen und im hohen Gras am Kanal verloren hatte.

Jeder einzelne Mord war auf ungeheuer grausame Art erfolgt, obwohl es mehrere Täter und völlig unterschiedliche Motive gegeben haben musste. Dabei waren alle Verbrechen Beziehungstaten. Mehr oder weniger zumindest. Larissas Blick wanderte hinüber zu der Seitenstraße, in der Hesses Haus lag. Es schauderte sie, wenn sie an das Blutbad dachte, das sie dort vorgefunden hatte. Hesses Blick war dem von Elke Oppelt nicht unähnlich gewesen. Was für eine sinnlose Aneinanderreihung von Grausamkeiten. Und alles war nur einen Steinwurf voneinander entfernt geschehen! Als säße hinter einem der Fenster ein Scharfschütze, der heimlich seinen nächsten Schuss plante, während draußen arglos seine Opfer vorbeigingen, ohne zu wissen, dass sie längst in seinem Visier waren.

Einige dieser Häuser hatte Larissa inzwischen besucht. Sie war in den Wohnungen von Günter Deinhard und Charlotte Gerstner gewesen, in der von Deinhards getrennt lebender Ehefrau Gabriele, bei Hesses und bei Kevin und Karl Kramp … Elke Oppelts Wohnung hätte sie interessiert, doch Hegel hatte darauf bestanden, dass sie Aktenarbeit betrieb, während er sich ein Bild vor Ort machte. Nun, sie würde sich die Aufnahmen morgen in den Unterlagen ansehen können. Falls Hegel sie dann nicht schon suspendiert hatte. Denn es war auffällig, wie distanziert sich der Kriminalhauptkommissar seit dem letzten Mord verhielt. Larissa war überzeugt, dass er sie nicht für ernsthaft tatverdächtig hielt. Aber dass ihre Rolle in diesem ganzen verfluchten Drama eine undurchsichtige, besondere geworden war, das hatte natürlich auch Hegel kapiert. Entsprechend nahm er sie als Risikofaktor zunehmend aus dem Spiel. Was sie kränkte, obwohl sie es professionell absolut nachvollziehen konnte.

Zwischen dem Hinterausgang des Gebäudes, in dem Dr. Wacker seine Praxis gehabt hatte, und dem rückwärtigen Teil des Kioskgebäudes lag nur eine geringe Distanz. Etwas zurückgesetzt standen noch drei Einfamilienhäuser, ehe die Felder begannen und der nahe Kanal sich am Ort vorbeischob. Instinktiv ging Larissa hinüber und betrachtete die Szenerie aus einem anderen Blickwinkel. Wenn mehrere Verbrechen an einem Ort geschahen, konnte es hilfreich sein, eine Methode anzuwenden, die manche Psychologen als »Familienaufstellung« bezeichneten: eine Anordnung vornehmen, die den realen Macht- und Beziehungsgefügen entsprach. Doch wie sorgfältig Larissa die Gebäude, Straßen und Wege auch studierte, ein Muster ließ sich daraus nicht ableiten. Eher wirkte alles nur noch verwirrender. Über dem Kiosk flackerte bläuliches Licht. Wer immer dort wohnte, guckte fern. Das Gebäude daneben war dunkel, aber es schien Larissa, als würde sie von dort aus beobachtet … Irgendwo schrie ein Kind. Sie blickte sich um. Wo verdammt noch mal war Benjamin Keller? Irgendwo musste das Kind doch geblieben sein! Hielt man ihn hier in einem der Gebäude gefangen? War er längst tot und nur noch nicht gefunden worden? Was steckte hinter dieser seltsamen Entführung? Hatte wirklich jemand den Vater zum Mörder gemacht? Aber wieso ließ er den Jungen dann nicht frei? War der Entführer derselbe, der auch als Mörder in Erscheinung getreten war? Oder waren die anderen Morde womöglich ganz ähnlich geschehen: Jemand hatte die Täter gezwungen, ihre Opfer zu töten?

Eine plötzliche Bewegung ließ Larissa herumfahren. Doch es war nur eine Katze, die auf einen Zaun gesprungen war und sie nun mit funkelnden Augen ansah. An der Haustür neben dem Zaun war ein Schild angebracht: *Bergmann.*

Klar. Charlotte Gerstner, geborene Bergmann. Hier musste Opfer Nummer zwei aufgewachsen sein. Larissa blickte auf die Uhr. Kurz nach halb elf. Ob noch jemand hier wohnte? Hinter den Fenstern war es dunkel, aber das hieß nichts um diese Uhrzeit. Der Briefkasten schien leer. Der Vorgarten war offensichtlich länger nicht mehr gemäht worden. Neben dem Haus lehnte ein Fahrrad an der Wand. Beide Reifen waren platt. Nein, hier wohnte wohl niemand mehr. Dennoch drückte Larissa auf den Klingelknopf und lauschte auf das schnarrende Geräusch der Glocke. Nichts. Die Stille schien eher noch anzuwachsen. Nicht einmal die Grillen und Frösche am nahen Kanal waren auf einmal noch zu hören. Die Haustür würde natürlich abgeschlossen sein.

War sie aber nicht.

*

Larissa hatte die Hand schon am Lichtschalter, da besann sie sich eines Besseren. Was sie hier tat, war außerhalb der gesetzlichen Befugnisse. Es war keine unmittelbare Gefahr im Verzug. Also war jedes unerlaubte Eindringen ganz eindeutig Hausfriedensbruch. Hegel würde sie wahrscheinlich hochkant aus dem Team werfen, wenn er davon erfuhr. Und damit er nicht davon erfuhr, würde es besser sein, kein Licht zu machen. Nur die Handylampe, vorsichtig mit der Hand beschirmt, die musste sein. Sonst wäre es ja völlig sinnlos, sich hier mal umzusehen.

Sie erinnerte sich vage, auf dem Friedhof gesehen zu haben, dass die Eltern von Charlotte Gerstner vor nicht allzu langer Zeit verstorben waren. Zumindest die Mutter hatte noch vor ein paar Monaten gelebt. Es überraschte sie deshalb nicht, dass das Haus wirkte, als wäre es noch bewohnt oder als wären die Bewohner nur für einige Zeit in den Urlaub gefahren. Im Flur standen Schuhe, in der Küche hing noch ein Geschirrtuch am Haken. Die Kräuterpflanze auf dem Fensterbrett indes war so vertrocknet, dass man sie nicht mehr identifizieren konnte. Jedenfalls Larissa konnte es nicht, Kochen war nicht ihr Ding. Irgendwo brummte ein Gerät, ein Kühlschrank? Echt jetzt? Hätte der Strom nicht längst abgestellt sein müssen? Aber vielleicht war die Tochter ja noch manchmal hier gewesen, schließlich hatte sie das Haus wohl geerbt. Wer wusste, was sie damit vorgehabt hatte – vermutlich wollte sie es verkaufen. Denn als alleinstehende Frau hatte sie sicher keinen Bedarf an einem Haus gehabt.

Ein leerer Vogelkäfig stand im Wohnzimmer. Das Türchen war offen, als hätte jemand den letzten Bewohner freigelassen. Auf dem Couchtisch lag eine Fernsehzeitschrift, aufgeschlagen irgendwo im Februar. Gruselig. Das bläuliche Licht des Handydisplays machte alles nur noch unwirklicher. Und die Bewegung, mit der das Licht über die Gegenstände streifte, belebte diese auf eine geisterhafte Weise. Larissa schauderte, drehte sich um – und zuckte zusammen, als sie jemanden im Flur stehen sah. Bis sie erkannte, dass es nur ein Mantel war, der an der Garderobe hing. Einen Moment brauchte sie, um sich wieder zu beruhigen. Dann beschloss sie, auch noch nach oben zu gehen, wo aller Wahrscheinlichkeit nach die Schlafzimmer waren.

Die Treppe knarzte wie in einem schlechten Film, aber das erinnerte Larissa an die Treppe in ihrem eigenen Elternhaus, das diesem Haus hier gar nicht so unähnlich war. Und das verstärkte die Beklommenheit nur noch. Hätte es nicht auch ihr Zuhause sein können, das von einer Serie von Schicksalsschlägen entvölkert worden war und nun einsam, verlassen, kalt und dunkel dalag? Nun, Larissas Vater war schon vor etlichen Jahren gestorben. Und dass ihre Mutter erste Anzeichen von Demenz zeigte, ließ eine solche Furcht nur realer erscheinen. Was wohl in diesen Räumen alles an traurigen Ereignissen stattgefunden haben mochte?

Das Erwachsenenschlafzimmer war so gewöhnlich, dass Larissa sich vorkam wie im Schlafzimmer ihrer eigenen Eltern. Dann aber entdeckte sie zu ihrer Überraschung ein Kinderzimmer, das aussah, als hätte darin bis vor Kurzem noch ein Schulkind gewohnt. An den Wänden hingen Poster von Mickey Mouse und Captain America. Auf der Kommode stand eine Sammlung von Plastikdinosauriern. Vorsichtig öffnete Larissa den Kleiderschrank und fand darin fein säuberlich gestapelte Hosen und Sweatshirts, Hemden und T-Shirts.

»Alexander«, murmelte sie, sich an die Schrift auf dem Grabstein erinnernd. Natürlich, das hier war das Zimmer des Jungen, den die Bergmanns so früh verloren hatten. Der Autounfall. Ja, die Geschichte mit der Anklage wegen fahrlässiger Tötung und unterlassener Hilfeleistung. Alles das war plötzlich ganz präsent in Larissas Kopf. Bisher war es nur eine Reihe von Informationen gewesen, vage zusammenhängend. Aber im Angesicht dieses Zimmers wurde daraus ein konkretes Schicksal. Nicht nur das Schicksal eines Jungen, der viel zu früh aus dem Leben gerissen worden war, sondern das einer ganzen Familie, die mit dieser Tragödie hatte leben müssen. Offenbar hatten sie das unter anderem so getan, dass sie nichts am Zimmer des Jungen nach seinem Tod mehr verändert hatten. Dies hier war das Museum eines kurzen Lebens, das Festhalten einer Gegenwart, die mit jedem Tag mehr zur Vergangenheit wurde und es doch nicht sollte. Sinnlos nun, nachdem auch die anderen Mitglieder der Familie tot waren. Es gab niemanden mehr, der dieses Zimmer betreten und des kleinen Alexander Bergmann gedacht hätte.

Irgendwo im Haus knackte es. Altes Gebälk. Obwohl das Gebäude aus den Siebzigern stammen musste, vielleicht auch aus den Achtzigern. Wer wusste schon, welche Parasiten sich in einem unbewohnten Haus einnisteten. Es brauchte nur irgendwo ein gekipptes Fenster zu geben oder eine ausgetrocknete Leitung, dann waren die Ratten schneller da, als man es sich vorstellen konnte. In den Wänden konnten ganze Ameisenstaaten hausen.

Larissa wandte sich ab und ging ins Nebenzimmer. An der Wand zwischen den Türen hing eine Uhr, die noch immer tickte, so laut, dass Larissa unvermittelt den Wunsch verspürte, sie anzuhalten. Was sie aber nicht tat. Je weniger sie hier anfasste, umso besser. Ihre Spuren brauchte es hier nicht. So leise wie möglich, den Lichtstrahl ihres Handys möglichst sorgfältig abschirmend, trat sie in den anschließenden Raum ein, der offensichtlich ebenfalls einmal ein Kinderzimmer gewesen war. Ein Einzelbett, zwei abgegriffene Kuscheltiere, eine kleine Fotogalerie auf dem Regal. Ansonsten Bücher und eine leere Vase. *Der Fänger im Roggen. Tuesdays with Morrie. Die Asche meiner Mutter.* Ernste Literatur … Interessanter waren die Bilder. Sie zeigten alle einen Jungen, und Larissa hätte schwören können, dass es Alexander war. Auf manchen Aufnahmen war außerdem noch ein Mädchen abgebildet. Charlotte Gerstner? Larissa war sicher, dass dies hier ihr Kinderzimmer gewesen war. Wie lange hatte sie wohl hier gewohnt? War sie früh ausgezogen? Oder war es noch gar nicht so lange her?

Auf dem Schreibtisch lagen ebenfalls einige Bücher. Außerdem eine Kladde. Mit spitzen Fingern hob Larissa den Deckel hoch und hielt den Atem an.

Tagebuch stand in schnörkeliger Kinderschrift darin. Als sie das Datum des ersten Eintrags las, schnappte sie nach Luft.

*

Liebes Tagebuch!
Jetzt habe ich Hausarrest. Wenn ich von der Schule komme, muss ich in mein Zimmer und drinbleiben bis zum Abendessen. Und danach muss ich auch wieder aufs Zimmer. Ich kann sie unten streiten hören. Und Papa haut Mama, bis sie nichts mehr sagt. Sie ist schon zweimal zu mir gekommen und hat sich in mein Bett gelegt. Aber ich mag das nicht, weil sie immer weint. Manchmal muss ich mitweinen.
Papa geht oft am Abend weg. Ich weis nicht, wann er dann wieder kommt. Da schlaf ich immer schon. Manchmal kann ich nicht schlafen. Aber ich höre ihn trozdem nicht kommen.
Ich möchte, dass Alex wieder da ist und alles ist wie früher.

11

26. Juni 2022

»Ich will Sie offiziell rausnehmen, Flaucher«, sagte Hegel, der sie zum Einzelgespräch ins Nebenzimmer gebeten hatte, wo sie neuerdings auch Befragungen vornahmen.

»Rausnehmen?«

»Aus den Ermittlungen.«

»Aber wieso? Es war reiner Zufall, dass ich kurz vor dem Mord am Tatort war. Das wissen Sie genau«, protestierte Larissa.

»Und Sie wissen, dass das nicht stimmt, Flaucher«, erwiderte der Kriminalhauptkommissar ruhig.

»Denken Sie, ich hätte Elke Oppelt umgebracht?«

Hegel hob amüsiert die Augenbrauen. »Halten Sie mich nicht für naiver, als ich bin, Flaucher«, sagte er und griff nach seiner Kaffeetasse. So gelassen und abgeklärt er sich gab, die Ereignisse und die kurzen Nächte hinterließen auch bei ihm Spuren.

»Dann stimmen Sie mir zu, dass es reiner Zufall war?«

»Keineswegs. Es hätte Zufall sein können, wäre es die einzige Auffälligkeit gewesen. Aber dass ein anonymer Notruf bei Ihnen eingeht, und zwar persönlich bei Ihnen, und dass ein Mord an einer Person verübt wird, die sie in derselben Minute noch lebend gesehen haben, das sind zwei Zufälle – und damit einer zu viel.«

Larissa warf die Hände in die Luft und stand auf. »Dafür kann ich doch nichts!«, empörte sie sich und begann, in dem kleinen Raum auf und ab zu wandern, während Hegel sie mit kleinen, müden, aber dennoch wachsamen Augen verfolgte.

»Vermutlich nicht«, sagte er. »Und dennoch wirft es ein ungutes Licht auf Ihre Rolle hier.«

»Meine Rolle …«

»Gerade auch angesichts dessen, dass wiederholt Informationen an die Presse durchgestochen worden sind«, erklärte der Polizeihauptkommissar mit Nachdruck.

»Damit habe ich nicht das Geringste zu tun«, erwiderte Larissa und blieb vor ihm stehen.

»Ist das so?« Hegel griff nach einem Stapel Papiere und blätterte ihn auf. »Und doch sind Sie ziemlich vertraut mit der Journaille.« Er schob ihr den Computerausdruck eines Fotos über den Tisch und beobachtete ihre Reaktion.

»Das … Das …« Es war eine schlechte Idee gewesen, Julia Röschitz zu treffen. Eine idiotische Idee. Aber es war nun einmal geschehen. Und jetzt konnte sie es nicht mehr rückgängig machen. Wer zum Teufel hatte sie beobachtet? Von wo war die Aufnahme gemacht worden? »Ich wollte herausfinden, wer die undichte Stelle ist«, erklärte Larissa mit Blick auf das Foto, das sie mit der Reporterin von der Badischen Zeitung auf der Bank am Waldrand zeigte.

»Ist das so?«, wiederholte Hegel und nahm das Bild wieder an sich. »Ja. Vielleicht. Vielleicht auch nicht. Wenn es so ist, dann wäre das keine gute Idee gewesen. Wenn nicht, haben wir ein größeres Problem. Sie werden verstehen, Flaucher, dass ich mir hier keine Blöße geben darf. Sie sind vorerst raus.«

Einen Moment hingen die Worte des Polizeihauptkommissars in der Luft, und Larissa hatte das Gefühl, als würde ihr der Boden unter den Füßen weggezogen. Als sie sich wieder gefangen hatte, erinnerte sie sich: »Sie haben gesagt, Sie nähmen mich *offiziell* raus.«

»Hm.«

»Was haben Sie damit gemeint?«

»Nun«, sagte Hegel und stand seinerseits auf. »Sie sind hier offizielle Ermittlerin im Auftrag des Landeskriminalamts. Das heißt: Sie waren es bis gerade eben. Was Sie inoffiziell machen, also als Privatperson, das geht mich nichts an. Zumindest nicht, solange Sie sich im Rahmen des gesetzlich Zulässigen bewegen. Als Privatperson. Wenn Sie verstehen, was ich meine.«

Larissa verstand. Und sie war ihm dankbar. Aber nicht so dankbar, dass sie ihre Mappe geöffnet und ihm überlassen hätte, was sie ihm zu geben beabsichtigt hatte: das Tagebuch von Lotte Bergmann.

*

Liebes Tagebuch,

heute war die Beerdigung. Alle waren da. Das ganze Dorf ist gekommen. Nur Alex war nicht da. Der war in der Kiste. Und alle haben zugeguckt, wie sie die Kiste mit Alex eingegraben haben. Ich verstehe nicht, warum er jetzt da unten liegen muss. Er könnte doch auch woanders aufgehoben werden. Ich mag es nicht, dass sie Alex eingegraben haben. Da unten ist es dunkel. Kalt ist es bestimmt auch. Er hat kein Kuscheltier und niemanden, der auf ihn aufpasst. Ich würde auf ihn aufpassen. Aber ich komm ja gar nicht da hin, wo er jetzt ist …

*

27. Februar 1995

Cindy Oppelt stolperte nach draußen. Ihr war schlecht. Vor der Tür stand Winfried Kachler, der anscheinend ebenfalls frische Luft gebraucht hatte. Aber Cindy bemerkte ihn gar nicht. Sie hielt sich am Türstock fest und versuchte, klar zu sehen. Ihre Beine zitterten, und ihr Bauch tat weh. Verdammt, was war nur mit ihr? Vorsichtig ließ sie den Türstock los und hielt sich mit beiden Händen den Kopf. Sie hätte sich übergeben können, so mies fühlte sie sich. Und dann tat sie genau das. Direkt vor Kachlers Füße. Der Sanitäter sprang instinktiv einen Schritt zurück und schien aus seiner Schockstarre zu erwachen.

»Alles in Ordnung?«, fragte er Cindy und griff nach ihrem Arm.

Ohne es zu wollen, schrie das Mädchen auf und entzog sich seinem Griff. »Lassen Sie mich in Ruhe!«, brüllte sie.

Erschrocken zuckte Kachler zurück. »Alles gut«, sagte er beruhigend. »Immer mit der Ruhe …«

Aber er musterte sie auf eine Weise, die ihr zeigte, dass nicht alles gut war. Und sie war ja auch alles andere als ruhig. Wollte sie gar nicht sein, sondern … Ja, was? Sie wollte am liebsten immer weiter kotzen und sich zugleich zusammenkauern und schlafen, einfach hier auf dem Boden in einer Ecke. Ja, das wollte sie. Und sterben. Sterben wollte sie auch. Außerdem hätte sie Kachler am liebsten eine reingehauen, hätte ihm die Haare vom Kopf gerissen, hätte … Sie keuchte.

»Mädchen«, hörte sie den Sanitäter sagen. »Du bist ja total high!«

Dann klappte sie zusammen.

Sie spürte nicht, wie Kachler und zwei Männer, die ihm spontan halfen, sie zum Rettungswagen trugen und dort auf die Liege legten. Sie hörte nicht, wie Kachler die Kliniken abtelefonierte und schließlich im Mariannenstift in Blommersberg einen Platz für sie fand. Sie registrierte nicht, wie er eine Kanüle legte und ihr etwas gab, das den Kreislauf stabilisierte, oder wie er langsam losfuhr, in leichten Schlingerbewegungen, weil er selbst noch so mitgenommen war von allem, was er in dieser Nacht hatte erleben müssen. Und weil er verdammt noch mal wieder vorbeimusste an der Stelle, an der all das Schreckliche geschehen war.

*

Die Fastnacht in Holzhausen blieb ohne größere Zwischenfälle. Georg Wacker konnte es sich sogar leisten, ein paar Bierchen an der Theke zu genießen – solange er nur alles und alle gut im Blick hatte. Vor allem die Truppe von Tersic. Da gab es durchaus auch noch ein paar andere leckere Früchtchen. Nur dass er sich da für den Rest der Veranstaltung lieber zurückhalten wollte. Man musste sein Glück nicht herausfordern. Und die kleine Nummer mit der süßen Cindy war schon echt geil gewesen. Allein wenn er daran dachte, spürte er, wie ihm das Blut schon wieder in die Lenden schoss. Nein, dieses Luder war schon genau das Richtige für ihn. Die würde er sich noch öfter nehmen, so viel stand fest. Und sie würde auch nichts dagegen tun können. Wacker grinste und ließ die Hand in die weite Tasche seiner Uniformjacke gleiten. Da war er, dieser köstliche Schatz, den er sich selbst erobert hatte, gespeichert auf seiner nagelneuen QuickTake-Digitalkamera. Jede Aufnahme ein Juwel. Wackers Grinsen wurde noch breiter. Die würde er sich alle noch ansehen, ehe er irgendwann in den Morgenstunden schlafen ging. Cindy von vorne, von hinten, von Nahem … Yeah … Am liebsten hätte er sich jetzt sofort einen drauf runtergeholt. Aber ging ja nicht, er war ja im Dienst.

Wo steckte sie überhaupt? Seit Kachler gekommen war, hatte er sie nicht mehr gesehen. Und dann die Geschichte mit dem Kind, das irgendwo auf der Landstraße überfahren worden war. Der Anruf fiel ihm wieder ein, dieser Notruf. Scheiße. Das war wahrscheinlich genau diese Geschichte gewesen. Aber hey, wer rief schon direkt vor der Fastnacht in Holzhausen den Notruf an? Dachten die echt, da würde irgendwer auf gut Glück ausrücken? Nein, die hätten das Kind eben selber im Auto mitnehmen und irgendwo hinbringen müssen, das wäre die richtige Einstellung gewesen. Nicht die Verantwortung beim Notruf abladen.

»Hi, Georg«, sprach ihn Martha Meister an, offenbar auch schon nicht mehr ganz nüchtern.

»Ja, hallo«, entgegnete er und nahm einen Schluck von seinem Bier. Gott, Martha war so ein plumpes Weib, die hätte er nicht mal genommen, wenn er zehn Bier intus gehabt hätte.

»Darfst du eigentlich auch tanzen?«

»Eher nicht«, sagte er und versuchte so etwas wie ein Lächeln.

»Schade.«

»Na ja. Ich bin im Dienst.«

»Tja, dann muss ich mir jemand anderen suchen, was?«

»Sieht so aus.«

Sie schob ab, nicht ohne ihm noch einmal zuzuzwinkern, und hing wenig später am Arm von Peter Keller, der sich inzwischen hoffnungslos vollgesoffen hatte. Wahrscheinlich war's ihm deshalb egal, dass sich die fette Schlampe an ihn ranschmiss. Aus irgendeinem Grund waren die heißen Bräute, mit denen Keller am frühen Abend aufgekreuzt war, verschwunden. Naja, Martha Meister als Trostpreis. Besser als nichts.

Wacker nahm sein Bier und schlenderte durch den Saal, vorbei an grölenden, tanzenden, lachenden Gästen, von denen die meisten längst ziemlich angeschickert waren. Irgendwann stellte er sein Glas auf einem der Tische ab, setzte sich hinter der Bühne auf einen Stahlträger und holte die Kamera hervor. Auf dem kleinen Display konnte er die Aufnahmen überprüfen. Und er überprüfte sie gerne. Wow, war Cindy ein rattenscharfes Luder. Er freute sich schon darauf, ihr die Bilder zu zeigen. Natürlich nur Kopien. Die Originale würde er schön für sich behalten. Sie waren seine Angel. Die Angel, an der er Cindy Oppelt zappeln lassen würde. Und er war der Köder, den sie schlucken musste. Ein ganz bestimmter Teil von ihm jedenfalls.

*

Dass er noch einmal zurückmusste nach Holzhausen, vorbei noch einmal an dieser Stelle auf der Landstraße, das machte Winfried Kachler fast noch mehr fertig als der Umstand, dass er inzwischen mehr als eine Doppelschicht auf dem Buckel hatte. Eigentlich hätten die Kollegen aus der Nachbargemeinde ihn und Wacker ablösen sollen. Aber durch diesen schrecklichen Unfall war das Team 1 anderweitig gefordert gewesen. Und so fuhr der Rettungswagen von Team 2 einmal mehr die nächtliche Strecke zwischen Blommersberg und Holzhausen, und Winfried Kachler fühlte sich so elend, dass er sich am liebsten selbst in die Klinik eingewiesen hätte, um sich mit all den Zaubermitteln, die sie da hatten, wieder aufpumpen zu lassen, mit ihren Steroiden, dem Adrenalin, dem Testosteron und was es alles in den Giftschränken der Stationen und im OP gab. Ja, das wäre ihm am liebsten gewesen. Aber so war Winfried Kachler nicht. Er war pflichtbewusst bis zur Selbstaufgabe.

Immerhin stellte er ein wenig überrascht und vor allem anerkennend fest, dass auch Georg Wacker seinem Namen alle Ehre gemacht und sich wacker gehalten hatte. Der jüngere Kollege harrte immer noch im Festsaal aus und plauderte gerade mit Elke Oppelt, auf die Kachler mal ein Auge geworfen hatte. Doch sie war ein paar Jahre älter als er und schien nicht wirklich interessiert. Egal, mittlerweile war sie längst verheiratet und auch wieder geschieden, hatte eine bildhübsche Tochter … Moment, war das nicht das Mädchen gewesen, das er gerade ins Krankenhaus gebracht hatte? Kachler schob sich zwischen einer Gruppe Feiernder durch, die dem Aufgang entgegenströmten. »Frau Oppelt? Elke?«

Sie blickte sich um. »Ah, Winfried, hallo. Hast du Cindy irgendwo gesehen?«

Verwirrt sah Kachler von ihr zu Wacker und wieder zurück. »Ich … Ich hab sie doch gerade in die Klinik gebracht.«

»In die Klinik? Ist was mit ihr?«, fragte die Frau erschrocken und wandte sich ihm ganz zu.

»Georg? Hast du nichts gesagt? Ich hab Cindy vor dem Haus gerade noch auffangen können, weil sie zu Boden gegangen ist.«

»O Gott!«

Georg Wacker kratzte sich am Kopf. »Also, das wusste ich nicht«, sagte er verlegen. »Und wegen der anderen Sache wollte ich Frau Oppelt nicht beunruhigen.«

»Was für eine andere Sache?« Jetzt klang die Mutter des Mädchens vollends alarmiert.

»Ach. Sie hatte vorhin eine kleine Kreislaufschwäche. Die Aufregung. Wahrscheinlich hatte sie den ganzen Tag nichts gegessen und …«

»Natürlich hat sie gegessen! Ich habe ihr selbst noch ein Müsli gemacht, bevor sie hierhergekommen ist. Das war ihr wichtig! Sie wollte nichts Schweres. Aber …«

»Elke«, unterbrach Kachler sie. »Ich bin sicher, es ist nichts Ernstes. Schau, an einem solchen Abend, da verausgaben sich manche mehr, als ihnen guttut. Dann die ganze Aufregung. Da kann es schon passieren, dass der Blutdruck verrücktspielt und der Kreislauf Kapriolen schlägt.«

»Cindy hat nie was«, erwiderte Elke Oppelt. »Die war in ihrem ganzen Leben noch nicht richtig krank.«

»Das ist sie wahrscheinlich jetzt auch nicht. Ich wollte nur sichergehen, dass sie gut versorgt wird.«

»Und da hast du sie nicht lieber nach Hause gebracht?«

Ja. Das hätte er vielleicht tun sollen. Wenn es wirklich nur etwas Harmloses war. Aber wenn nicht?

*

27. Juni 2022

Hegel fragte sich, welcher Teufel die Kollegen von der Freiheitsberaubung geritten hatte, eine weitere Pressekonferenz anzuberaumen. Es gab nichts, was sie der Journaille in diesem Stadium der Ermittlungen hätten mitteilen wollen oder können, außer vielleicht, dass alle ermittelnden Beamten vor Ort ab sofort unter der Bezeichnung *Soko Holzhausen* firmierten. Reine Kosmetik. Die Leute waren dieselben, die Aufgaben auch. Was es an neuen Erkenntnissen gab, unterlag der Geheimhaltung, es war sowieso schon viel zu viel nach draußen gedrungen. Und nun hatte sein Vorgesetzter ihn gedrängt, auch etwas zu sagen, »weil gute Polizeiarbeit nicht nur gute Ermittlungen, sondern auch gute Kommunikation bedeutet«. Also saß er jetzt hier und sah zu, wie sich die Sitze füllten. Was schneller ging, als man sich wünschen konnte. Gott, wie er das hasste!

Flaucher hatten sie absichtlich noch dabei, um heikle Fragen zu vermeiden. Bei allem, was in der letzten Zeit durchgedrungen war, konnte Hegel nicht ausschließen, dass auch die Beurlaubung der Kommissarin schon irgendwem gesteckt worden war. »Guten Tag, meine Damen und Herren«, begrüßte er die Anwesenden, als die Türen endlich geschlossen wurden. »Ich bin Polizeihauptkommissar Hegel und habe heute die Aufgabe, Sie über die jüngsten Entwicklungen in der Causa Holzhausen zu informieren. Bitte haben Sie Verständnis, dass Rückfragen nicht erlaubt sind.«

»Rückfragen?«, rief einer der Journalisten, die weiter hinten standen. »Und Fragen?«

»Auch Fragen sind nicht zugelassen«, erklärte Hegel und musterte den Mann, der ihm schon öfter unangenehm aufgefallen war, weil er sich gerne im Hintergrund hielt, aber dann doch immer wieder gehässige Kommentare machte. War er von der W.A.Z.? Hegel wusste es nicht. »Nun«, sagte er. »Ich hoffe, Sie werden sich auch so hinreichend unterrichtet fühlen.«

Larissa ließ ihren Blick durch den Raum schweifen. Natürlich: Julia Röschitz war auch da. Ebenso wie einige andere, die sie kannte. Der Typ, der sich eben zu Wort gemeldet hatte – hatte sie den nicht neulich sogar in der Nähe der Tankstelle gesehen, als der Mord an Kevin Kramp noch gar nicht offiziell kommuniziert worden war?

»... müssen wir leider davon ausgehen, dass alle Todesfälle, die in den letzten Tagen hier geschehen sind, in einem Zusammenhang stehen«, sagte Hegel und erntete Murren unter den Pressevertretern. Die liebten es bekanntlich nicht, wenn man sie mit Allgemeinplätzen abfertigte. Dass das hier alles nicht zufällig gleichzeitig und am selben Ort stattfand, das konnte sich jeder denken, auch wenn er kein langjähriger Ermittler war. »Wir gehen allerdings zurzeit nicht von einer einzelnen Täterschaft aus«, fuhr Hegel fort und gewann nun wieder die Aufmerksamkeit der Anwesenden. »Tatsächlich stellt sich die Frage, ob wir es hier mit einer organisierten Form der Täterschaft zu tun haben. Aber selbstverständlich ermitteln wir in alle Richtungen.«

»Was ist mit den Beziehungen zwischen den Opfern?«, rief jemand aus der Mitte des Saals.

Hegel blickte kurz auf, ignorierte aber die Frage und fuhr fort: »Bei einer Beteiligung mehrerer Täter käme sowohl Bandenkriminalität in Betracht als auch eine Form von Terrorismus. In jedem Fall hätten wir es mit einer kriminellen Vereinigung zu tun und mit gemeinschaftlich begangenem Mord, selbst wenn die einzelnen Taten möglicherweise von einzelnen Personen verübt wurden.«

In der ersten Reihe stand eine Reporterin auf und sagte: »Sehen Sie die Gefahr, dass es weitere Morde gibt? Und können Sie ausschließen, dass es sich hier um eine Nazi-Organisation handelt?«

Hegel zögerte kurz, bedachte die Frau mit einem bohrenden Blick, holte dann aber Luft und antwortete: »Auch wenn Fragen nicht zugelassen sind: Zum ersten Punkt wollte ich ohnehin gerade kommen. Wir können nicht ausschließen, dass es weitere Verbrechen gibt. Solange wir nichts über die Motive für die Taten wissen, lässt sich nicht sagen, ob es noch weitere Tötungsdelikte geben wird. Ob es eine Nazi-Organisation ist? Dafür gibt es im Moment keinerlei Anzeichen. Ich würde Sie deshalb bitten, sich mit derlei Spekulationen zurückzuhalten. Wir gehen allerdings davon aus, dass es sich bei dem beziehungsweise den Tätern um Menschen handelt, die sehr gute Ortskenntnisse haben und womöglich auch von hier stammen.«

»Sie denken, der Mörder lebt unter seinen Opfern?«

»Das habe ich nicht gesagt«, erwiderte Hegel und hob beide Hände, um die Unruhe zu zügeln, die sich im Saal breitmachte. »Ich sagte, die Täter stammen womöglich von hier. Das muss nicht heißen, dass sie noch hier leben. Aber die Art und Weise, wie die diversen Taten verübt wurden, spricht für Vertrautheit mit den Örtlichkeiten und wohl auch mit einigen der Opfer.«

Larissa fing einen Blick von Julia Röschitz auf. Ein leises, spöttisches Lächeln auf den Lippen der zierlichen Frau signalisierte ihr, dass sie ahnte, was im Ermittlerteam hinter den Kulissen stattfand.

Unvermittelt hob die Journalistin die Hand und fragte in den sich gerade wieder beruhigenden Saal: »Stimmt es, dass es in Ihrer Einheit undichte Stellen gibt?«

Womit sie nicht gerechnet zu haben schien, war Hegels blitzschnelle Antwort: »Sagen Sie's mir!«

Die Anwesenden hielten die Luft an.

»Tja«, erklärte Julia Röschitz seelenruhig. »Tut mir leid: Quellenschutz.«

Hegel nickte. »Schon klar. Gut, meine Herrschaften, das wäre es für den Augenblick. Sobald wir mehr und Konkretes zu vermelden haben, stehen wir Ihnen wieder zur Verfügung.«

Larissa stand gemeinsam mit den Kollegen auf und trat von dem kleinen Podium ab, um wieder hinauszugehen, als sich jemand vor ihr bückte und dann sagte: »Das haben Sie, glaube ich, verloren.« Es war die Reporterin von der Badischen Zeitung. Sie reichte ihr einen Zettel.

»Danke«, sagte Larissa und schob ihn, ohne darauf zu gucken, in die Hosentasche. Dann ging sie nach draußen und zu den Toiletten.

*

Sie wollte gerade den Zettel hervorholen, als Anna durch die Tür kam. »Hi«, grüßte die Freundin und blieb stehen.

»Hast du Angst vor mir?«, hörte Larissa sich bissig fragen. Dass die Frau, mit der sie noch vorletzte Nacht so eng gewesen war, sich plötzlich benahm, als sei auf Larissa kein Verlass, als wäre sie eine Art Aussätzige, kränkte sie.

»Tut mir leid«, sagte Anna und zuckte die Schultern. »Ist nicht persönlich.«

Larissa schnaubte. »Nicht persönlich. Na, dann ist es ja gut, was? Ich meine, hey, gibt es irgendeinen Anlass, dass du mich nicht mehr für zuverlässig hältst?«

Die Kollegin schwieg.

»Wer sagt mir denn, dass du es nicht bist, die die ganzen Infos durchgestochen hat?«

»Und ich habe dann auch die Kioskbesitzerin umgebracht?«

Nun war es Larissa, die schwieg.

»Sorry«, murmelte Anna. »Aber ich bin jedenfalls nicht mit deiner Journalistin im stillen Winkel gesehen worden.«

Larissa schloss die Augen. Das war also schon bekannt im Kollegenkreis. Na, dann konnte sie sich ja gleich ganz aus dem Spiel nehmen. Nun, im Grunde hatte sie das mit ihrem Treffen mit der Röschitz schon getan. Hegel hatte das letztlich nur vollzogen, indem er sie auf Eis gelegt hatte. »Hör mal«, sagte sie leise. »Das ist alles blöd gelaufen. Ich hoffe, du glaubst mir, dass ich weder Infos an die Presse gegeben habe noch irgendetwas mit dem Tod dieser Frau zu schaffen habe …«

»Also echt«, fiel Anna ihr ins Wort. »Ich denke doch nicht, dass du hier als Täterin …« Aber sie schwieg wieder, als ihre Kollegin die Hand hob.

»Irgendwas ist hier faul«, erklärte Larissa. »Das alles hat damit angefangen, dass der Notruf wegen Wacker an mich gerichtet war – anonym. Seit diesem Anruf bin ich irgendwie Teil dieser ganzen verdammten Geschichte. Und ich habe das Gefühl, ich bin auch Teil eines Plans.«

»Eines Plans?« Es schien, als müsse Anna überlegen, ob sie einen Schritt auf Larissa zu machen oder zurückweichen sollte. Klar, auch sie war unsicher. Wenn sie nicht ebenfalls Teil des Plans war – oder Schöpferin.

*

Es war eine schnell hingekritzelte Notiz. Bleistift auf einem dieser kleinen Blöcke. *Jemand beobachtet Sie.* Nicht mehr. Nicht weniger. Eine Botschaft, wie man sie seinem ärgsten Feind nicht wünscht. Jemand? Wer sollte das sein? Beobachten? Was hieß das denn: Wann? Wo? Wie? Und vor allem: wozu?

Larissa blieb eine Weile auf dem Toilettendeckel sitzen und versuchte, ihre Gedanken zu ordnen, was ihr aber nicht gelang. Sie wurde beobachtet? Das war in gewisser Weise Voraussetzung, wenn sie tatsächlich Teil dieser ganzen Vorgänge in Holzhausen geworden war. Denn offensichtlich ging es jemandem darum, die Fäden zu ziehen und Menschen ins Unglück zu stürzen beziehungsweise sie umzubringen. Was hatte der ominöse Unbekannte aber mit ihr vor? Sollte sie zum Werkzeug werden? Oder zum Opfer?

Larissa zerknüllte den Zettel und war schon im Begriff, ihn in die Toilette zu werfen, als sie sich eines Besseren besann und ihn einsteckte. Sie spülte, wartete einen Moment und verließ dann die Kabine. Außer ihr war niemand mehr im Raum. Auch Anna war weg. Sie würde den Zettel aufbewahren. Er war ein wichtiges Beweismittel. Hätte Hegel sie nicht kaltgestellt, dann wäre es das Erste und Wichtigste gewesen, ihn ihm zu zeigen. So aber beschloss Larissa, die Notiz an einem sicheren Ort aufzubewahren, um ihn beizeiten nutzen zu können.

Die Frage war, ob sie sich noch einmal mit Julia Röschitz in Verbindung setzen sollte. Einerseits war das letzte Treffen der Grund gewesen, dass sie jetzt bei den Ermittlungen außen vor war. Andererseits wollte sie wissen, was die Röschitz beobachtet hatte oder woher sie das wusste. Dann wiederum: Würde sie es ihr sagen? Das letzte Treffen war ja nicht zuletzt deshalb ins Leere gelaufen, weil sich die Journalistin auf »Quellenschutz« berufen hatte. Schön und gut. Nur dass das nichts brachte, wenn immer weiter Menschen ermordet wurden!

Aufgewühlt verließ Larissa die Waschräume und huschte durch den Hinterausgang hinaus und Richtung Holzhauser.

*

27. Februar 1995

Es läutete. Erst nach einiger Zeit hörte Lotte, wie ihre Mutter zur Tür ging. Eigentlich durfte Lotte ihr Zimmer nicht verlassen. Aber sie hoffte so sehr, dass Alex endlich nach Hause käme. Deshalb schlich sie sich leise zur Treppe und lauschte. Doch unten waren nur Stimmen zu hören, die sie nicht kannte, Männerstimmen. Und die Stimme von Mama. Erst konnte Lotte nicht verstehen, was die Männer sagten. Dann hörte sie, wie einer »Tut mir sehr leid« sagte. Dann sagte niemand mehr etwas – und dann schrie Mama wie verrückt, ehe sie irgendwann nur noch leise wimmerte.

Lotte hatte gleich gespürt, dass etwas schlecht war an diesem Besuch. Sie hatte gleich Bauchweh gehabt. Aber als Mama plötzlich losschrie, hätte sie sich am liebsten übergeben.

»Alex!«, kreischte Mama. »Sagen Sie, dass das nicht wahr ist! Alex! Wo ist er? Wo! Ist! Er! Wo ist mein Sohn?« Der Rest war völlig unverständlich.

Es dauerte lange, und Lotte merkte nicht einmal, dass sie Pipi gemacht hatte und längst in einer Pfütze saß, bis Mama endlich still war. Die Männer waren immer noch da. Denn jetzt sagte wieder einer etwas. »Ist Ihr Mann da, Frau Bergmann?«

Von ihrem Platz aus hörte Lotte keine Antwort. Vielleicht hatte Mama ja auch nur den Kopf geschüttelt.

»Wissen Sie, wo wir ihn finden?«

Ein Schniefen. »Na drüben! Drüben!«, krächzte ihre Mutter, deren Stimme vom vielen Schreien ganz heiser geworden war. »Bei den anderen Säufern …«

»Sie meinen bei der Fastnacht?«

»Sollen wir lieber Sie bitten, mitzukommen?«

»Warum soll ich denn mitkommen?« Mama schniefte wieder.

»Jemand muss den Leichnam identifizieren.«

Leichnam. Das klang seltsam. Gruselig klang das. Lotte spürte, wie sie eine Gänsehaut bekam. Leichnam, das klang ja wie … Wie Leiche. Und das Wort kannte sie. Es hieß, dass … Dass … Aber mit Alex konnte das ja nichts zu tun haben.

Das Nächste, was sie hörte, war, dass die Tür zugeschlagen wurde. Und dass ihre Mutter brüllte: »Geht doch rüber zu ihm! Soll er es ruhig machen! Soll er ihn identifizieren, seinen Sohn! Dieses Scheusal! Fragen Sie ihn! Und lassen Sie mich in Ruhe!«

Dann musste auch Lotte weinen. Denn so hässlich hatte Mama noch nie gebrüllt und geflucht. Am liebsten wäre Lotte gewesen, wenn sie gar nicht ihre Mama gewesen wäre.

*

27. Juni 2022

Immerhin hatte Hegel sie nicht aufgefordert, ihren Dienstcomputer abzugeben. Und er hatte auch nicht ihr Passwort sperren lassen, wie Larissa feststellte, als sie sich einloggte. Nein, außer dass sie aus dem Team geworfen worden war, hatte sich anscheinend nichts geändert.

Das Konvolut an Informationen, das die Kollegen aus der Recherche in die Gruppe gestellt hatten, war gewaltig angewachsen, das Bildmaterial nahezu unüberschaubar. Inzwischen gab es auch Kameraaufzeichnungen vom zeitlichen Umfeld des letzten Mordes – leider auch von ihr. Larissa konnte sich selbst beobachten, wie sie den Laden betrat und wie sie ihn wieder verließ. Der Film stammte von einer Kamera, die über der Tür des Kiosks angebracht und nach drinnen gerichtet war. Die Aufzeichnung dauerte genau bis zu dem Moment, in dem Larissa wieder ging, dann brach sie ab, ohne irgendwann wieder einzusetzen. Richtig, jetzt erinnerte sie sich: Im Laden war der Strom ausgefallen. Das hatte sie den Infos entnommen, die Rauchhaus in der letzten Teambesprechung in die Runde gegeben hatte, ehe sie kaltgestellt worden war.

Konnte es ein Zufall sein, dass der Strom ausgefallen war? Hatte nicht vielleicht jemand den Hauptschalter manipuliert? Sie betrachtete die Bilder noch einmal. Spulte weiter zurück. Und noch weiter. Wieder vor ... Und stutzte. Für einen kurzen Moment schien es, als läge ein Schatten über dem Teil des aufgenommenen Bereichs, in dem die Hintertür lag. »Als würde jemand hinter der Tür warten«, murmelte Larissa und zoomte heran, was aber nicht das Geringste brachte, weil es die ohnehin schemenhafte Aufzeichnung nur noch vager machte.

Der Schatten war verschwunden, als Larissa den Laden betrat. Und dann, als sie ihn wieder verließ ... Nein, es war nicht sicher festzustellen, ob er wieder da war. Aber was Larissa auffiel, war, dass sich die Kioskbesitzerin zur Seite wandte. Vielleicht ja ein Zufall. Vielleicht aber auch der Augenblick, in dem sie ihren Mörder entdeckt hatte.

*

Wie viele Tote erträgt ein Dorf? Wie viele verdient es? Wer hatte Angst, der oder die Nächste zu sein? Wer war um den Schlaf gebracht? Welche alten Wunden wurden hier aufgerissen, welches Gewissen erhob sich aus tiefem Schlaf? Holzhausen war ein Ort des Grauens geworden. Aber dunkler noch als die Taten, die in den letzten Tagen verübt worden waren, waren die

Abgründe, in die mancher Bewohner starrte, wenn er auf seine Seele blickte. Ja, du gutes Holzhausen, hab Angst, sieh dich vor und mach dein Testament. Jeder Einzelne von euch soll Angst haben, er könnte als Nächstes dran sein. Und jeder Einzelne hätte es verdient.

*

Die Akte über Benjamin Keller war inzwischen riesig. Die Kollegen vom Dezernat Freiheitsberaubung hatten die Kindergärtnerinnen vernommen, die Nachbarn, die Eltern von Freunden des Jungen ... Alle hatten sie nichts anderes als einen ganz normalen Tag im Leben eines Dreijährigen beschrieben: Benjamin war am Morgen in den Kindergarten nach Reichenberg gebracht worden, weil es in Holzhausen keinen Kindergarten gab. Am frühen Nachmittag hatte seine Mutter ihn abgeholt. War irgendjemandem irgendetwas auffällig vorgekommen? Nein. Benjamin hatte ein bisschen Husten gehabt, nichts Schlimmes. Ansonsten war der Junge aufgeweckt und fröhlich gewesen, wie immer. Hatte irgendwer jemanden gesehen, der sich auffällig benommen oder nicht in die Gegend gehört hätte? Nein, es waren nur die anderen Eltern da gewesen, bei Jonas die Oma, die ihn ausnahmsweise abgeholt hatte, die Erzieherinnen, Frau Selim, die geputzt hatte, der Hausmeister, Herr Rolfes ... Nichts Auffälliges. Mittags war Hannes Braun mit dem Kühlwagen vorgefahren, weil seine Metzgerei das Catering des Kindergartens machte. Serkan Selim und seine Frau waren vernommen worden. Ergebnislos. Die Frau schien den kleinen Benjamin von Herzen gern zu haben und war mehrmals während der Befragung in Tränen ausgebrochen.

Warum sie, fragte Larissa sich. Sie war nur die Putzfrau im Kindergarten. Und dann heult sie, weil eines der Kinder dort verschwindet, während die Erzieherinnen cool bleiben? Sie klickte auf die Audiodatei der Vernehmung:

»Frau Selim, Sie wissen, dass eines der Kinder hier verschwunden ist?«

»Ja. Habe ich gehört. Benjamin.« Sie sagte Benschamin.

»Kennen Sie den Jungen gut?«

»Ich kenne alle Kinder hier. Sind so liebe Kinder!«

»Auch Benjamin?«

»Der ist besonders lieb.«

»Wirklich? Warum?«

»Ist ein ganz guter Junge. Macht nie Ärger. Teilt alles mit die andere Kinder. Hat gutes Herz. Ich weiß ganz sicher!«

»Wann haben Sie Benjamin zum letzten Mal gesehen?«

»Hab ich gesehen, als er wurde abgeholt von seiner Mama.«

»Und danach nicht mehr?«

Nach einer kurzen Pause war das Schniefen einer Person zu hören.

»Geht Ihnen das Verschwinden von Benjamin nahe?«

»War so ein guter Junge!«

»Warum sagen Sie war?«

»Bitte?«

»Warum sagen Sie *war*? Gehen Sie davon aus, dass ihm etwas zugestoßen ist?«

»Ist er tot?«

»Das frage ich Sie, Frau Selim.«

»Ich weiß nicht! Ich hoffe, dass er ist nicht tot! Ist so ein guter Junge! Ich habe selbst gehabt Junge! Ist … Ist gestorben mit zwei Jahren.« Ein Schluchzen, ein Schniefen. Dann: »Blut… Krebs. Murat. Mein Junge.«

»Das tut mir leid, Frau Selim.« Die Beamte, die die Vernehmung vorgenommen hatte, schien zu zögern. »Danke für Ihre Auskünfte, Frau Selim. Ich möchte Sie bitten, sich zu unserer Verfügung zu halten, falls wir weitere Fragen haben.«

»Verfügung?«

»Wollen Sie demnächst verreisen?«

»Urlaub? Nein. Ich bin hier. Mein Mann auch.«

»Gut. Wenn Ihnen noch etwas einfällt. Wegen Benjamin, meine ich. Dann geben Sie mir bitte Bescheid, ja?«

Ein Schniefen.

»Auf Wiedersehen, Frau Selim.«

Ein Schniefen. Dann war die Aufnahme beendet.

Larissa lauschte in die folgende Stille. Kinder. Immer wieder war etwas mit Kindern. Dieses Verfahren, das Kevin Kramp am Hals gehabt hatte. Das Verschwinden von Benjamin. Der Krebstod von Frau Selims Sohn. Mit zwei. Gott, was musste die Frau gelitten haben. Offenbar litt sie noch immer.

Mit einigen Klicks rief Larissa ab, ob Einträge gegen Selims vorlagen. Taten sie aber nicht. Das türkische Ehepaar war zumindest bisher polizeilich nicht aufgefallen. Und doch hatte Larissa das Gefühl, dass die beiden nicht bloße Randfiguren in der ganzen Geschichte waren. Hatte nicht irgendwer vor ein paar Tagen gesagt: »Die putzen den halben Ort«? So oder so ähnlich hatte jemand sich geäußert, da hatte sie den Namen zum ersten Mal gehört.

*

Wenn die Daten stimmten, lagen Dr. Georg Wackers Scheidung und das Verfahren wegen sexueller Nötigung zeitlich relativ nahe zusammen. Man brauchte kein Genie zu sein, um sich auszumalen, dass das eine mit dem anderen zu tun haben konnte. Larissa konnte Wacker dazu nicht mehr befragen. Die Akte selbst war mittlerweile vernichtet. Dass es überhaupt noch einen Vermerk gegeben hatte, war schon ein Wunder. Nach etlichen Jahren, und nachdem das Verfahren eingestellt worden war. Aber wer die Frau war, mit der der Arzt verheiratet gewesen war, das ließ sich leicht herausfinden. Es dauerte nur ein paar Klicks und einen Anruf, da hatte Larissa Name und Adresse der geschiedenen Frau Dr. Wacker:

*Illiescu, Elena, * 9. August 1990 in Bukarest, wohnhaft in Freudenstadt, geschied. Wacker*

Freudenstadt. Das war keine zwanzig Minuten mit dem Auto von Holzhausen entfernt. Google gab außerdem an, dass sie als *unsere Expertin im Kundenservice im Team von Sports Exxperrrts* arbeitete, einem Fachgeschäft für Outdoor-Sportarten. Bis 18.00 Uhr geöffnet. Der Blick zur Uhr besagte, dass das zu schaffen war.

Minuten später saß Larissa im Auto und gab Gas, leider ohne an den Blitzerkasten am Ortsausgang zu denken. Hoffentlich wird nicht gleich in nächster Nähe wieder einer umgebracht, dachte sie, sonst gehöre ich schon wieder zu den Verdächtigen.

Zum Sound von Nirvana und Green Day jagte sie über die Landstraße und legte sich ihre Fragen zurecht. Wieso hatten sie eigentlich diese Elena Illiescu bisher nicht befragt? Geschiedene Ehefrauen gehörten doch eigentlich zu den naheliegendsten Täterinnen, oder? Allerdings lag die Scheidung auch schon fast zehn Jahre zurück. In der Zeit hätte sie Wacker längst umbringen können. Und normalerweise war die Wut, die Enttäuschung, der Zorn auch irgendwann nicht mehr groß genug für eine Impulstat. Nein, als Verdächtige würde Larissa sie nicht behandeln. Tja, und als Polizistin würde sie sie auch nicht offiziell vernehmen können, weil sie ja aktuell gar nicht mehr an dem Fall dran war.

Sports Exxperrrts lag in einem Industrieviertel am Rand von Freudenstadt. Ein paar getunte Wagen, die vor der Tür parkten, gaben einen Eindruck, wer hier einkaufte. Umso überraschter war Larissa, als sie drinnen eine riesige Sporthalle vorfand, die zur Hälfte mit Metallregalen verkleidet war, in denen die unterschiedlichsten Waren lagerten, vom Basketball über den

Trainingsanzug bis zu Hanteln und Box-Equipment, während die andere Hälfte offensichtlich dem Zweck diente, diverse Gegenstände aus dem Angebot vor Ort auszuprobieren. Larissa hätte gerne mal ein paar Körbe geworfen. Früher war sie gut gewesen in Basketball, auf der Polizeischule sogar Mannschaftskapitänin. Aber inzwischen hatte sie bestimmt seit drei oder vier Jahren keinen Ball mehr in der Hand gehabt.

»Hi!«, grüßte ein schlaksiger junger Typ, der aus dem Nichts neben ihr aufgetaucht war. »Wie kann ich dir helfen?«

»Oh, ich möchte zu Elena.« Wenn die hier schon die Kunden duzten, würden sie untereinander erst recht Vornamen benutzen.

»Elena! Klar. Die arbeitet in der Abteilung ...« Er schien zu überlegen.

»Kundenservice«, half Larissa.

»Klar. *Die* Elena.« Ob sie hier tatsächlich mehrere Mitarbeiterinnen mit diesem Namen hatten? Der Typ deutete zu einer Metalltüre etwas abseits. »Da drüben. Im ersten Stock.«

»Danke.« Larissa nickte ihm zu und ging hinüber, wobei sie beinahe von einem Frisbee geköpft worden wäre. Das Treppenhaus war düster und kalt trotz der schwülen Wärme, die draußen schon den ganzen Tag über herrschte.

Im ersten Stock stand eine Tür offen. Larissa klopfte an den Rahmen und streckte den Kopf hinein.

»Ja?«, hörte sie eine raue Stimme irgendwo im Hintergrund.

»Entschuldigung. Ich suche Elena.«

»Ja. Kommen Sie rein.«

Aha. Hier schien man wieder zu siezen. Nun ja, wenn Kundenbetreuung den Umgang mit Reklamationen bedeutete, war das vielleicht keine schlechte Idee. Larissa trat ein und sah sich um. Aus einem Nebenraum kam eine Gestalt, die unmöglich Elena Illiescu sein konnte – zumindest nicht *die* Elena Illiescu.

»Was kann ich für Sie tun?«, fragte die Person, und Larissa musste sich anstrengen, nicht zu betroffen zu schauen.

»Sind Sie … Ich suche Frau Illiescu. Geschiedene Wacker.« Nein, sie konnte es nicht sein. Larissa zog nun doch ihren Polizeiausweis hervor und legte ihn auf die Theke, die zwischen ihnen stand.

»Was hat er getan?«, fragte die Frau, deren Haar so weiß war wie ihre Zähne gelb, deren Augen tief in den Höhlen lagen und die kaum mehr als vierzig Kilogramm wiegen konnte. Tote sahen lebendiger aus als sie.

»Doktor Wacker?«, entgegnete Larissa. »Er ist tot.«

Ein Lächeln breitete sich über das ausgezehrte Gesicht der Frau, ein bitteres, trauriges Lächeln. »Tja«, sagte sie. »Wenigstens kommen Sie mit guten Nachrichten.«

*

Die Frau war ein Wrack. Wenn man sie näher betrachtete, erkannte man, dass sie kaum älter als Anfang dreißig sein konnte. Aber sie war körperlich am Ende. Ausgemergelt, zitternd, mit einem Blick, der so hoffnungslos war, dass es einem kalt den Rücken runterlief. »Frau Illiescu«, sagte Larissa, nachdem sie sich vorgestellt und um ein Gespräch gebeten hatte. »Ist das Ihr Geburtsname?«

»Ja. So habe ich vor meiner Ehe geheißen.«

»Und nach der Scheidung haben Sie sich entschlossen, wieder den alten Namen anzunehmen. Darf ich fragen, warum?«

»Ich wollte nichts mehr mit Georg zu tun haben.«

»Sie haben sich nicht im Guten getrennt.«

»Im Guten.« Die Frau schnaubte. »Nicht mal die Ehe war im Guten.«

Larissa überlegte, wie sie die Frau dorthin bringen wollte, wo sie sie haben wollte. Sie durfte nicht zu viel verraten. Aber sie musste Frau Illiescu andererseits auch aus der Reserve locken. »Ich nehme an, Sie wollen lieber nicht darüber sprechen.«

Elena Illiescu erwiderte nichts, sondern ließ ihren traurigen Blick über Larissas Gesicht wandern.

»Sie werden sich wundern, dass die Polizei bei Ihnen auftaucht …«

Die Frau zuckte die Achseln. »Wundert mich nicht.« Sie schüttelte den Kopf. »Überhaupt nicht.« Wieder dieses freudlose Lachen, kurz und rau. »Kein bisschen. Hätte mich eher gewundert, wenn es anders gewesen wäre.«

»Das erstaunt mich. Ihr Ex-Mann war doch eine angesehene Persönlichkeit.«

Erstauntes Heben der Augenbrauen.

»Eine Respektsperson. Ich meine: als Arzt mit der einzigen Praxis in Holzhausen. Als einer vom Ort …«

»Ich glaube nicht, dass viele gerne zu ihm gehen. Die wissen alle, was er getan hat.«

»Darf ich es auch wissen?«, wagte sich Larissa aus der Reserve.

»Kennen Sie seine Akte nicht?«

»Sie meinen die Vorwürfe der sexuellen Nötigung?«

»Er hat sie missbraucht wie ein Tier«, murmelte Elena Illiescu. Ganz leise fügte sie hinzu: »Und nicht nur sie.«

»Wen?«

Die Frau blickte auf. »Das Mädchen«, erklärte sie. »Das Mädchen, das sich umgebracht hat.« Mit ihren knochigen Händen fuhr sie sich übers Gesicht. »Sie war mutiger.«

»Mutiger als wer?«

Elena Illiescu sagte nichts. Stattdessen fuhr ein Zittern durch ihren Körper. Offenbar weinte sie. Eine Weile saßen die beiden Frauen still da. Larissa ließ ihr Zeit. Und tatsächlich fing die Frau wieder zu sprechen an: »Er hat ihr auch Drogen gegeben.«

»So wie Ihnen?«

Sie nickte. Ja, es war eindeutig. Ihr körperlicher Zustand rührte nicht von einer gewöhnlichen Krankheit her. Sie war fertig vom jahrelangen Drogenmissbrauch. »Und Sie sind noch immer nicht clean?«

Wieder schwieg die ehemalige Frau Wacker. Vielleicht wollte sie sich auch einfach nicht selbst belasten.

»Gab es noch mehr Frauen, die er unter Drogen gesetzt hat?«

»Frauen«, sagte sie leise. »Männer. Mädchen. Es ist sein Ding. Seine Methode. Seit ... Seit ... Ich habe es erst nicht kapiert. Dann habe ich es nicht wissen wollen. Ich wollte es nicht sehen.«

»Was wollten Sie nicht sehen, Frau Illiescu?«

»Dass er ihnen irgendwelches Zeug gegeben hat. Sie kamen immer wieder. Erst in seine Praxis. Später dann zu uns nach Hause. *Für eine kurze Behandlung.* Irgendwann haben diese kurzen Behandlungen die halbe Nacht gedauert. Und die ... Die Mädchen konnten nicht mehr alleine laufen. Er musste sie heimbringen. Irgendwann sollte ich sie heimbringen. Und dann ... Dann ... Hat er mich auch *behandelt*. Ich ... Ich dachte, es nimmt kein Ende. Es ... Es hat ihn aufgegeilt, dass seine Opfer wehrlos waren. Dass er mit ihnen machen konnte, was er will. Wie er will. So oft er will.« Ein Schluchzen. »Er war ihr Herr. Er war ihr Gott.«

»Und er war auch Ihr Herr?«

»Das dachte er«, flüsterte die Frau. »Weil er mich im Internet bestellt hat, dachte er, ich gehöre ihm.«

»Im Internet?«

»Aus dem Heiratskatalog«, erklärte die Frau, als wäre es das Normalste der Welt. »Aber ich habe ... Ich habe Cindy überredet, ihn anzuzeigen.«

»Und dann wurde er freigesprochen.«

»Ja«, sagte Elena Illiescu. »Dann wurde das Verfahren eingestellt. Weil sich der Verdacht ...«

»Weil sich der Verdacht nicht erhärtet hat«, half Larissa. »Und dann hat sie sich aufgehängt.«

*

Cindy Oppelt. Zuerst hatte Larissa es gar nicht realisiert. Aber dann traf sie die Erkenntnis umso härter: Das Mädchen, von dem Elena Illiescu gesprochen hatte, war die Tochter von Elke Oppelt gewesen, der Kioskbesitzerin. Sie hatte Wacker damals angezeigt, weil sie jahrelang von ihm missbraucht und drogenabhängig gemacht worden war. Und dann, als der Prozess im Sande verlaufen war, hatte sie sich umgebracht. Aufgehängt, hatte die Ex-Frau des Arztes gesagt. Im Wald. Angeblich gab es sogar eine Stelle, an der ein kleines Schildchen an Cindy erinnerte.

Aber jetzt, da Larissa den schmalen Pfad entlang stolperte, der vom Feldweg zwischen die Bäume führte, bezweifelte sie, dass sie die Stelle finden würde. *Nur ein paar Schritte, dann gabelt sich der Weg. Wenn Sie links gehen, kommen Sie wenige Meter weiter dahin.* So hatte es Elena Illiescu beschrieben, die Frau, die sich Doktor Wacker aus dem Katalog bestellt hatte, um sie zu seinem Werkzeug zu machen, um sie ebenfalls zu missbrauchen und um sie abhängig zu machen – von sich und von seinen Drogen, was immer es im Einzelnen gewesen sein mochte.

Fast hätte Larissa die Gabelung übersehen, weil der Farn so hoch wucherte. Aber dann folgte sie dem linken Weg und starrte angestrengt von Baum zu Baum, wo die Plakette oder was immer es war, angebracht sein mochte.

Und doch hätte sie es beinahe übersehen. Das kleine Schild war verwittert, die Aufschrift kaum noch leserlich: *Cindy Oppelt, † Weihnachten 2012.*

An Weihnachten hatte sie sich umgebracht. Vor zehn Jahren. Larissa spürte, wie ihr Herz eng wurde. Wie verzweifelt mochte die junge Frau gewesen sein? Was mochte sie alles durchgemacht haben? Zuerst der Missbrauch, dann die Abhängigkeit, dann die Niederlage mit ihrem versuchten Befreiungsschlag der Klage, wahrscheinlich auch noch der Hohn des Täters und die schiefen Blicke der anderen, die spätestens seit dem Verfahren doch alles wussten über die schreckliche Situation von Cindy Oppelt ... Manchmal war es zum Verzweifeln, wie wenig der Rechtsstaat auszurichten vermochte. Jeden Tag arbeiteten Hunderttausende von Polizistinnen, Richterinnen, Rechtspflegerinnen, Staatsanwältinnen und anderen Menschen, die das Justizsystem des Landes am Laufen hielten – und am Ende liefen die übelsten Schurken frei herum und trieben ihr Unwesen munter weiter. Oder sie wurden ermordet, und man stopfte ihnen den eigenen Schwanz ins Maul. Wie Wacker. Das Bild bekam Larissa nicht mehr aus dem Kopf. Inzwischen hatte sie an diesem verfluchten Ort so viel Schreckliches gesehen, dass sie zunehmend Angst bekam, überhaupt noch die Augen zu schließen, weil sie dann buchstäblich in Blut watete. Und seitdem die kleine Affäre mit Anna vorbei war, war es noch schlimmer. Die Geschichte hatte sie abgelenkt und für Entspannung gesorgt. Vorbei.

Larissa strich mit den Fingerspitzen über das matte Metall. »Du warst es jedenfalls nicht«, sagte sie leise. »Tote können keinen Mord begehen.« Wer Cindy wohl gefunden hatte? Ob sie schon lange tot gewesen war? Unwahrscheinlich, dass es noch Akten zu dem Fall gab. Und wenn, dann konnte Larissa sie nicht abrufen. Sie ließ ihren Blick nach oben wandern. In zehn Jahren veränderte sich ein Baum. Aber irgendwo an einem der größeren Äste hatte Cindy vermutlich gehangen.

Der Schock, der Larissa durchfuhr, hätte nicht größer sein können, als sie erkannte, dass über ihr im Geäst ein Seil hing, an das eine Schlaufe geknüpft worden war. Als hätte man den Strick, an dem sich Cindy Oppelt aufgehängt hatte, einfach hängen lassen. Ächzend stolperte Larissa einige Schritte zurück, den Blick gebannt nach oben gerichtet. »What the fuck?«, keuchte sie.

Neu. Das Seil war neu. Es konnte noch nicht lange da oben hängen. Es sah aus wie frisch aus dem Laden, das ließ sich auch vom Boden aus erkennen. Aber der Ort. Die Umstände. »Wow.« Larissa atmete durch. Natürlich war es ein Zeichen. Ein makabres Zeichen. Aber wofür? Und an wen richtete es sich?

Nein, die letzte Frage stellte sich nicht. Larissa wusste es auch so: Das Zeichen richtete sich an einen ganz bestimmten Menschen: an sie.

*

Liebes Tagebuch,

es ist schon so spät. Wenn ich aus dem Fenster gucke, schlafen alle. Aber ich kann nicht schlafen. Das ist, weil ich an Alex denken muss. Sein Zimmer nebenan ist jetzt leer. Und Alex wohnt auf dem Friedhof in diesem Grab, und ich bin schuld. Papa hat schon so oft gesagt ich hab es falsch gemacht. Ich hätte nicht weggehen dürfen. Mama hat es auch gesagt. Ich hab Alex allein gelassen und jetzt ist er tot. Mir wäre lieber, ich wäre tot und Alex wäre hier. Dann würden sie für mich weinen, und ich wäre an nichts schuld.

*

Mit pochendem Herzen hatte Larissa am Baum gestanden und versucht, ihre Gedanken zu sammeln. Still war es gewesen. So still, dass sie ihren eigenen schweren Atem gehört hatte. Ungut still. Sie sah sich um. Niemand. Wieso eigentlich war sie in diesen Wald gegangen? Irgendwo in der Gegend trieb ein Mörder sein Unwesen. Nein, nicht ein Mörder – mehrere Mörder. Und es war auch nicht irgendwo, sondern genau hier in Holzhausen. Der Tod war so gegenwärtig, dass es an Wahnsinn grenzte, sich allein in den Wald zu begeben. Andererseits passte Larissa nicht ins Beuteschema, oder? Ohne noch einmal hinaufzuschauen ins Geäst, wo der Strick hing, machte sie kehrt und stapfte zwischen den Farnen auf dem beinahe zugewachsenen Pfad wieder zurück Richtung Feldweg. Sie spürte, wie angegriffen sie inzwischen war. Nein, sie gehörte nicht ins Beuteschema. Einerseits. Andererseits gab es diese merkwürdigen Zufälle. Larissa hatte im Ohr, wie Hegel sagte: »Einmal kann Zufall sein, zweimal kann kein Zufall sein.« So oder so ähnlich hatte er es gesagt. Und jetzt der Strick.

Ein Vogel krächzte in nächster Nähe. Larissa zuckte zusammen und fuhr herum. Sie konnte das schwarze Gefieder zwischen den Tannen oder Fichten oder was immer es war, verschwinden sehen. Auch der Himmel über den Bäumen war dunkelgrau. Jeden Moment konnte es regnen. Stand dort hinten jemand? »Hallo?«, rief sie. Keine Antwort. Kurz blieb sie stehen und starrte Richtung Unterholz, wo sich ein Umriss abzuheben schien, der sie an den seltsamen Schatten auf dem Kiosk-Video erinnerte. Ihre Brustwarzen waren so hart, dass es wehtat. Angst ist ein wichtiges Gefühl, ein Schutzmechanismus. Wer Angst hat, ist wach und da und wehrhaft.

Der Schatten bewegte sich nicht. Weil er eben doch nur ein Schatten war. Larissa stolperte weiter. Ein Schatten ist der

Dunkelraum, den ein Körper im umgebenden Licht wirft. Wo ein Schatten ist, ist auch ein Körper. Sie blickte über ihre Schulter zurück. Nein, da war gar kein Schatten. Es war nicht mehr weit bis zum Waldrand, nur noch ein paar Meter. Wenn zuerst ein Schatten da war und dann keiner mehr da ist, muss sich der Körper bewegt haben. Wenn es denn ein Schatten war und nicht bloß ein … Ja, was?

Nervös fummelte Larissa ihr Handy aus der Tasche und wählte die 110, nur um festzustellen, dass sie hier keinen Empfang hatte. Ihre Dienstwaffe hatte sie auch nicht dabei. Wieso eigentlich nicht, verdammt noch mal? Weil sie in Mitteleuropa unterwegs war. In Deutschland, dem sichersten Staat von allen. Aber sie war eben auch in Holzhausen, dem *Killerkaff*. Langsam hatte sie das Gefühl, hier durchzudrehen. Es stimmte einfach zu vieles nicht. Nicht nur die Morde und die merkwürdigen »Zufälle«, in denen sie eine undurchsichtige Rolle spielte, die seltsamen Aussagen: Keiner hatte was gesehen, niemand was gehört – und am Schluss waren mehr als ein halbes Dutzend Menschen tot!

Beinahe wäre ihr das Smartphone aus der Hand gefallen, als plötzlich mit einem lauten »Pling« eine Nachricht einging. Nur ein Wort. Nein. Eine Zahl. *27021995.* Von: Anonym.

*

Liebes Tagebuch,

Papa hat gesagt, dass ich schuld bin, dass Alex jetzt tot ist. Er sagt, ich hab ihn allein gelassen und deswegen ist er überfahren worden und jetzt ist er tot und ich bin schuld. Ich hab gesagt, dass ich jemanden holen wollte. Aber da ist Papa nur wütend geworden und hat mich gehauen. Wenn ich dageblieben wäre, dann wäre Alex jetzt noch am Leben. Das hat Papa gesagt. Und Mama hat es nicht gesagt, aber sie meint es auch. Das kann ich spüren. Ich spüre es ganz genau.

12

27. Juni 2022

Das Tagebuch war so abgegriffen – und es war bis auf die letzte Seite vollgeschrieben. Es wirkte wie das Monument einer Kindheit – einer unglücklichen Kindheit. Wobei am Anfang durchaus fröhliche Einträge enthalten waren. Einmal »erzählte« die kleine Lotte ihrem Tagebuch davon, wie sie einen Igel im Garten gefunden hatte, der den Winter nicht überleben würde, wenn man ihm kein Zuhause gab. Dann berichtete sie, wie sie dem Tier ein Nest in einem Karton eingerichtet und ihn mit Regenwürmern gefüttert hatte. Danach war allerdings nichts mehr über den Igel zu lesen. Stattdessen beichtete das Kind, dass es ein paar Kekse aus der Küche gestohlen hatte und dass es in der Schule nur so tat, als würde es mitsingen. Sünden, die einem Kind bedeutsam erschienen und über die Erwachsene nur lächelten. Auch Larissa lächelte, wenn sie die Gedanken dieser Siebenjährigen las, wie sie über ihre Lehrerin schrieb, über ihre Freundin Lena, über den blöden Karl … Ob das der Sohn von Kramp gewesen war? Lotte schrieb, dass sie ihr Weihnachtsgeschenk hasste und dass sie den Käse vom Abendessen ins Klo gespült hatte. Sie beklagte ihre Nase, die offenbar ein bisschen schief war, und dass sie nie ein Kleid bekam, das ihr selbst gefiel, sondern immer nur solche, die ihre Mutter gut fand.

Und dann kam der Abend, an dem ihr Bruder gestorben war. Mit angehaltenem Atem las Larissa, wie sich alles umwandte:

Liebes Tagebuch,

Alex ist nicht heimgekommen. Mama hat mich soo geschimpft. Aber ich kan nichts dafür, Alex wollte ja nicht. Papa hat mich gehauen. Ich spür es jezt noch ganz heis im Gesicht. Und neben meinem Auge ist die Haut aufgeplazt. Das war sein Ring. Ich hoffe, Alex kommt bald heim. Sonst haut mich Papa wieder …

Mit einem Mal war alles, was in diesem Buch geschrieben stand, von einer düsteren Aura umgeben. Und jeder folgende Eintrag blickte in einen tieferen Abgrund. Mit Gänsehaut saß Larissa auf ihrem Bett und blätterte in diesem Archiv der Albträume. Durch welche dunklen Stunden hatte das Mädchen, von dem diese Zeilen stammten, gehen müssen?

Tag um Tag, Woche um Woche und Monat um Monat reihten sich die Einträge aneinander, manchmal kaum zu lesen, weil die Hand, die sie geschrieben hatte, nicht zu beherrschen gewesen oder weil das Papier von Tränen getränkt war. Dann wieder schien sich die junge Verfasserin in ihr unwiderrufliches Schicksal als Schuldige am Tod ihres Bruders gefügt zu haben und schrieb mit einer Präzision, als wäre sie zur Maschine geworden. Es war und blieb ein Wechselbad der Gefühle. Bis zum letzten Eintrag. Der war nach jahrelanger Pause erfolgt, genau genommen vor etwas mehr als einer Woche. Am Tag, an dem Charlotte Gerstner ums Leben gekommen war. Larissa schauderte. Ja, es war wirklich ihr Todestag gewesen, an dem sie den letzten Eintrag in diesem Tagebuch verfasst hatte. Nach so langer Zeit. Und er erschien im Lichte der Ereignisse geradezu prophetisch.

4. Juni 2022

Liebes Tagebuch,
sie hat sich lange gequält. Ich bin froh, dass es vorbei ist. Mutter war zäh. Vielleicht hat sie das Leiden so lange geübt, dass sie auch den Krebs länger ausgehalten hat als andere Menschen. Aber es geschieht ihr recht. Im Grunde ist es nichts als die gerechte Strafe, die sie bekommen hat.
Hätte sie damals richtig gehandelt, wäre alles nicht passiert. Aber sie ist zu Hause geblieben, hat sich um andere Dinge gekümmert und später die Schuld auf Vater geschoben. Und auf mich. Ja, auch wir hatten Schuld. Alle hatten Schuld! Ich bin froh, wenn es jetzt bald vorbei ist. Wir haben es alle verdient.
Alex wird davon nicht mehr lebendig. Aber wir anderen haben es nicht verdient zu leben, während er tot ist. Es war gut, dass Vater gestorben ist. Es ist gut, dass Mutter jetzt auch endlich tot ist. Ich bin gespannt, wie lange es für das letzte Stück in diesem Puzzle braucht.

Der 4. Juni 2022. Die Frau hatte ihre Mutter nur um ein paar Tage überlebt. Der Mord in der Arztpraxis hatte am 18. Juni stattgefunden, zwei Wochen nach dem Tod von Kirsten Bergmann. Larissa fragte sich, ob Charlotte Gerstner ins Grab von Eltern und Bruder kam. Wer entschied so etwas, wenn aus einer Familie niemand mehr da war, es zu entscheiden?

Alle hatten Schuld. Ein schrecklicher Satz. So hoffnungslos. So absolut. Ob ihre Mutter das auch so gesehen hatte? Oder hatte die wirklich die Schuld nur bei der Tochter gesucht und Charlotte Gerstners Leben damit jahrzehntelang belastet?

*

Serkan Selim war ein sehr bedachtsamer Mann, ein vorsichtiger Mann. Das Erste, was Larissa im Gespräch mit ihm auffiel, war, dass er vor jeder Antwort eine winzige Pause machte. Gerade lange genug, um seine Worte einer inneren Prüfung zu unterziehen. Es war, als horchte er in sich hinein, ehe er reagierte.

»Sie putzen auch in der Praxis von Doktor Wacker«, sagte Larissa. »Waren Sie auch an dem Tag da, an dem die Bluttat geschehen ist?«

Ein kurzes Zögern. »An dem Tag, als Frau Gerstner getötet wurde, ja. Da haben wir auch geputzt. Wir haben die Praxis jeden Tag geputzt. Täglich die Behandlungsräume, zweimal die Woche die ganze Praxis.«

»Verstehe. Sie putzen dann beide?«

»Nein. Wir machen das abwechselnd.«

»Einmal Ihre Frau, am nächsten Tag Sie?«

Kurzes Zögern. »Ja.«

»Und an dem besagten Tag?«

»Besagten?«

»An dem Tag, an dem Frau Gerstner ermordet wurde?«

»Sie ist ermordet worden?«

»Wir gehen davon aus.« Jeder ging davon aus.

»An dem Tag war ich dort.«

»Herr Selim, es ist wichtig, dass Sie sich an alles so genau zu erinnern versuchen, wie es geht. Ist Ihnen irgendetwas aufgefallen?«

Winzige Pause. »Es war alles wie immer.«

»Wann sind Sie gegangen?«

Kurze Pause. »Es war vielleicht acht Uhr oder Viertel nach acht.«

»Und die Praxis war dann leer?«

Kurzes Zögern. »Frau Gerstner war noch da. Sie hat Papiere gemacht.«

»Sonst niemand?«

»Nein.«

»Wissen Sie, ob der Doktor noch einmal zurückgekommen ist?«

Ein Moment der Zurückhaltung. »Ich habe ihn nicht mehr gesehen.«

»Haben Sie sonst jemanden gesehen in dieser Nacht?«

Der Mann schien sich alles noch einmal genau vor Augen zu führen. »Nur den Techniker.«

»Den Techniker?«

»Ja. Irgendwas im Haus war wohl kaputt.«

»Wissen Sie, ob Doktor Wacker ihn gerufen hat? Oder Frau Gerstner?«

Kurzes Zögern. »Nein. Ich habe nur sein Auto gesehen. Vor der Tür. Als ich gegangen bin.«

»Also haben Sie den Techniker selbst nicht gesehen?«

»Nein.«

»Frau Keller haben Sie auch nicht gesehen?«

Serkan Selim blickte in eine unbestimmte Ferne. »Kenne ich nicht, Frau Keller. Nur ihren Mann. Arbeitet für Neue Chemie. Als Lastwagenfahrer.«

»In Reichenberg.«

»Ja.«

Beide schwiegen sie eine Weile, und es war klar, dass sie sich vor Augen führten, auf welch bestialische Weise Peter Keller seinen Nachbarn Eric Hesse abgeschlachtet hatte.

»Herr Selim«, sagte Larissa. »Wir versuchen uns vorzustellen, was in dieser Nacht alles passiert ist, wissen Sie? Da ist jede Beobachtung wichtig. Vielleicht erscheint es Ihnen ganz unbedeutend. Aber wenn Sie irgendetwas irgendwo gesehen haben, was Ihnen seltsam vorgekommen ist, wenn Ihnen irgendetwas Besonderes aufgefallen ist, dann sagen Sie es mir bitte. Es könnte dazu beitragen, dass diese ganze Serie von schrecklichen Straftaten endlich ein Ende nimmt.«

Der Reinigungsmann sah sie mit seiner stillen, beherrschten Miene an und schien zu überlegen, was er ihr sagen konnte und was nicht. »Eine Sache ist mir aufgefallen«, erklärte er schließlich. »Die Tür unten war nicht abgeschlossen.«

*

27021995. Acht Ziffern. Eine Telefonnummer? Nicht auf dem Land. Da waren die Nummern kürzer und dafür die Vorwahlen länger – aber stets mit einer »0« am Anfang. Stuttgart hatte achtstellige Nummern. Larissa wählte die 0711 vorneweg und landete bei einem Nagelstudio, dessen Mitarbeiterin so bescheiden Deutsch sprach, dass eine Verständigung fast nicht möglich war. Nein, das konnte es nicht sein.

27–02–19–95

Ein Datum.

Natürlich war es ein Datum! Es war … Larissa blätterte das Tagebuch auf und stellte fest: Es war das Datum, an dem Lotte berichtet hatte, dass ihr Bruder überfahren worden war. Der 27. Februar 1995. 27021995.

Warum schickte jemand Larissa dieses Datum als Textnachricht? Und wer?

*

Hegel war hörbar aufgebracht. »Ein für alle Mal!«, polterte er ins Telefon. »Sie sind von dem Fall entbunden. Hab ich mich an irgendeinem Punkt nicht klar ausgedrückt?«

Hatte er absolut nicht. Und das wussten sie beide. Aber Larissa biss sich auf die Zunge und sagte nichts.

»Sie können nicht einfach hergehen und Zeugen vernehmen!«

»Ich habe keine Zeugen vernommen«, widersprach Larissa.

»Ach«, blaffte der Polizeihauptkommissar sie an. »Und was war mit dem Reinigungsmann?«

»Herrn Selim? Wir haben uns nur unterhalten.«

»Unterhalten? Übers Wetter? Oder wo's die besten Döner gibt? Sie haben ihn nach Strich und Faden ausgehorcht.«

»Es ist nicht verboten, neugierig zu sein«, wusste Larissa, wobei ihr klar war, dass Hegel ihr solche Spitzfindigkeiten verübelte. Ihr Vorgesetzter schnaubte. »Sie wissen genau, dass er Sie als Ermittlerin wahrgenommen hat.«

»Ich habe nicht gesagt, dass ich ihn als Polizeioberkommissarin sprechen möchte.«

»Frau Flaucher!«, zischte Hegel. »Ich weiß, was Sie spielen.« Und dann wurde er plötzlich leise. »Und ich habe nicht einmal etwas dagegen, wie Sie wissen. Wenn es uns der Lösung dieses verdammten Falls näherbringt, dürfen Sie privat so viel herumschnüffeln, wie Sie wollen. Aber erwecken Sie nicht den Eindruck, dienstlich tätig zu sein. Und machen Sie es uns nicht schwerer als nötig, unsere Arbeit zu tun. Wenn das Team ankommt und Sie waren schon da, dann sieht das nicht nur unprofessionell aus, es ist auch unprofessionell. Und es schadet uns unmittelbar.«

Larissa konnte ihn so gut verstehen. Sie wäre an seiner Stelle auch an die Decke gegangen. »Ich weiß«, sagte sie leise. »Tut mir leid, Chef.«

Hegel räusperte sich. »Sie verstehen, dass ich Ihren Zugangscode zu den Ermittlungsakten bis auf Weiteres sperren muss.« In der kurzen Pause, die entstand, schienen beide auf diese Worte zu lauschen. Hegel räusperte sich noch einmal. »Ab Mitternacht sind Sie gesperrt«, sagte er dann.

Ab Mitternacht. Danke, dachte Larissa. Dass er ihr diese Frist noch einräumte, bedeutete, dass sie bis dahin alle Daten, die in den Akten hinterlegt waren, auf einen Stick ziehen und weiterverwenden konnte. Er tat, was er tun musste. Aber er tat es so, dass sie weiter im Hintergrund an dem Fall mitarbeiten konnte. »Ich werde ab jetzt diskret bleiben.«

»Das ist gut.«

Sie wussten beide, wie es gemeint war.

*

From: pok-flaucher@lka-bw.de
To: julia.roeschitz@badische-zeitung.com
Betr.: Bitte

Können Sie mir die BZ vom 27.02.1995 besorgen? Danke. LF

*

From: julia.roeschitz@badische-zeitung.com
To: pok-flaucher@lka-bw.de
Betr.: Re: Bitte

Liegt nicht digitalisiert vor. Morgen Mittag im Briefkasten des Holzhauser. Gruß JR

*

Die Stunden bis Mitternacht verbrachte Larissa damit, alle Daten, die sie in der riesigen Ermittlungsakte irgendwie wichtig oder möglicherweise wichtig oder auch nur interessant fand, auf einen USB-Stick zu speichern. Die Informationen einfach auf dem Computer abzulegen, wagte sie nicht, weil die nächste

Sanktionsstufe gewesen wäre, dass man ihr den Dienstlaptop abnahm. Nein, das würde sie nicht riskieren. Zumal sie spürte, dass sie der Lösung dieser seltsamen Verkettung grauenhafter Taten nah war. Es war wie beim Scrabble: Sie hatte eine Reihe von Buchstaben vor sich und erkannte, dass sie einen perfekten Sinn ergaben, nur kam sie nicht drauf, welchen. Aber sie waren eben alle schon da, die Buchstaben, die es für diesen perfekten Sinn brauchte!

Interessant fand sie, was zwischenzeitlich an neuen Informationen über Dr. Wacker hinzugekommen war. Der Arzt hatte einen bemerkenswerten Cocktail an Barbituraten im Blut gehabt, als er starb. Der Tod war durch Herzversagen eingetreten. Diverse Blutergüsse und Schürfwunden, eine Hodentorsion und Risse in der Schleimhaut am Anus waren offenbar bereits vor den zum Tod führenden Ereignissen vorhanden gewesen, was für ein ebenso riskantes wie extremes Sexualleben des Mediziners sprach. Und zu der Geschichte passte, die seine Ex-Frau erzählt hatte: Der feine Herr Doktor neigte zu gewalttätigen Sexpraktiken. Dass die Missbrauchsvorwürfe, die Cindy Oppelt gegen ihn erhoben hatte, gerechtfertigt gewesen waren, daran zweifelte Larissa keine Sekunde. Er hatte Cindy unter Drogen gesetzt und sich an ihr vergangen, so wie er das mit seiner Frau getan hatte und mit wer weiß wie vielen anderen Frauen. Und Männern. Wenn das erst einmal an die Presse durchsickerte, dann war es nicht schwer, sich vorzustellen, mit welchen Schlagzeilen operiert werden würde: *Das Sexmonster aus dem Killerkaff* oder *Der Horrorarzt von Holzhausen*. Wäre es nicht so tragisch gewesen, Larissa hätte darüber lachen können. Vielleicht würde sogar jemandem etwas Seriöseres einfallen. *Mörderischer Missbrauch – Wie ein Landarzt zum Intensivtäter wurde.* So oder so: Es würde weitere Wunden schlagen und alte Wunden wieder aufreißen. Larissa erinnerte sich gut an ihr Gespräch mit Elke Oppelt, in dem die Kioskbesitzerin so abfällig über Dr. Wacker gesprochen hatte.

Und doch war gerade das etwas, was sie nicht verstehen konnte: Wenn der Mord an Wacker im Zusammenhang mit dem Missbrauch an Cindy stand, also eine Art Rache für seine ungesühnten Verbrechen war, wieso war dann auch die Mutter des Opfers getötet worden? Sie stand doch auf der Seite des Opfers. Oder hatte sie Wacker umgebracht und war dann ihrerseits in einer Art Blutfehde ermordet worden? Auge um Auge, Zahn um Zahn? Es ergab einfach keinen Sinn.

Sie brauchte die verdammte Akte aus diesem Missbrauchsprozess. Das Gericht aber hatte mitgeteilt, es sei alles gelöscht worden. Keine Einträge mehr vorhanden.

Das Gericht.

Und die Staatsanwaltschaft?

Larissa tat es nicht gerne. Aber sie griff zum Telefon und wählte eine Nummer, die sie längst aus dem Speicher gelöscht hatte, aus ihrem Gedächtnis aber nie würde löschen können.

»Echt jetzt?«, hörte sie am anderen Ende eine Stimme, die sie ebenfalls am liebsten gelöscht hätte.

»Ist nur was Dienstliches«, erklärte sie und verfluchte sich dafür, dass ihre Stimme so belegt klang.

»Klar«, sagte er. »Rein dienstlich. Wie damals.«

*

Als Larissa auflegte, war es 23.57 Uhr. In drei Minuten würde der Zugang zu den Daten der Ermittlungseinheit gesperrt sein. Und sie saß vor dem Computer und starrte auf den Bildschirm, ohne auch nur irgendetwas dort wahrzunehmen. Die Stimme. Die Art zu sprechen. Der leicht spöttische Unterton. Vor allem aber: die Erinnerungen. Alles in ihr war im Aufruhr. Niemals zuvor und niemals danach war sie so verletzt worden wie von

Michael. Michael Stratmann. Staatsanwalt. Genauer: Sprecher der Staatsanwaltschaft Stuttgart I. Doktor beider Rechte. Jaguarfahrer. Lehrbeauftragter an der Uni Freiburg. Feingeist, Feinschmecker, Turnierreiter. Und Larissas Ex. Dass er sie jahrelang mit diversen Frauen in ihrer eigenen Wohnung betrogen hatte, während sie Schichtdienst hatte, würde sie ihm nie verzeihen. Dass er es ihr eines Tages mit einer Selbstverständlichkeit erzählt hatte, als würde er sagen: Übrigens, heute gab's in der Kantine Scholle blau – das würde sie nie verwinden. Er schien nicht einmal ansatzweise so etwas wie ein Unrechtsbewusstsein zu haben. »Ich habe nichts Ungesetzliches getan«, hatte er erstaunt erklärt, als Larissa ihn angeschrien hatte.

»Dass es nicht strafbar ist, heißt nicht, dass es erlaubt ist!«

Das ganze Restaurant hatte zu ihnen hingesehen. *Le Clochard.* Sehr angesagt. Haufenweise Punkte oder Sterne oder Mützen im Gault & Millau. Michael hatte nur spöttisch lächelnd eine Augenbraue hochgezogen.

»In meiner Wohnung? In *meiner*?«

»Du weißt, wie unpraktisch meine gelegen ist.«

»Unpraktisch wofür?«

»Ach, komm. Das wird jetzt etwas lächerlich, findest du nicht?«

Hatte sie nicht gefunden. Die schallende Ohrfeige, die sie ihm gegeben hatte, wäre ein Straftat gewesen. Dass sie ihm ihr Weinglas ins Gesicht geschüttet hatte, auch. Von den Bezeichnungen, die sie ihm an den Kopf geworfen hatte, ganz abgesehen.

Aber heute noch wurde Larissa von überwältigender Scham geflutet, wenn sie daran dachte, wie er laut gelacht hatte, während sie unter den empörten oder amüsierten Blicken der anderen Gäste aus dem Restaurant gestürmt war. Und aus seinem Leben.

23.59 Uhr.

00.00 Uhr.

Larissa klickte auf Login, gab ihren Zugangscode ein und scheiterte. Hegel hatte Ernst gemacht. Sie war raus. Endgültig.

In dem Moment kam eine Mail von dr.michael.stratmann@freemail.com. Betr: Oppelt./.Wacker

Sorry, der Akt ist gelöscht. Konnte nur noch das Arbeitsprotokoll finden. Kennst ja Olga. Gruß, M.

Der Akt. Typisch Michael Stratmann. Jeder andere hätte *Die Akte* geschrieben. Aber er machte es immer gerne doppeldeutig. Olga war die Rechtspflegerin, die in seiner Abteilung gefühlt schon seit hundert Jahren tätig war und ohne die das Justizwesen von Baden-Württemberg vermutlich schon vor Jahrzehnten zusammengebrochen wäre. Ohne große Hoffnung klickte Larissa auf das Dokument – und staunte dann doch:

Fein säuberlich hatte die Mitarbeiterin der Staatsanwaltschaft jeden Arbeitsgang dokumentiert. Vom Eingang der Anzeige (04.04.2002) über die Einvernahme des Beschuldigten (12.05.2002; keine Einlassung zur Sache), über die Zeugenbefragungen (14.05.2002, Winfried Kachler, 17.05.2002, Zoran Tersic …), von der Anberaumung des Prozesstermins bis hin zur Schließung der Akte. Auch die Verfahrensbeteiligten waren vermerkt. Als Klägerin Cindy Oppelt, als Nebenklägerin ihre Mutter Elke Oppelt, als Beklagter Dr. Georg Wacker, vertreten durch RA Roland Weinberger, Reichenberg. Etliche Namen auf der Zeugenliste kannte Larissa bereits, weil sie – auf die ein oder andere Weise – im Zusammenhang mit der Verbrechensserie in Holzhausen aufgetaucht waren. Interessant auch, dass die Nebenklage am 30. September fallengelassen worden war – kurz vor dem mündlichen Termin.

Michael, schrieb Larissa. *Kannst du herausfinden, ob Olga ein solches Protokoll auch für einen anderen Fall angefertigt*

hat? Es geht um einen Jungen, der am 27. Februar 1995 bei Blommersberg ums Leben gekommen ist. Fahrlässige Tötung, unterlassene Hilfeleistung etc. Beklagter war Kramp, Kevin.

Michel Stratmann antwortete nicht.

*

Liebes Tagebuch,

Mama sagt nichts mehr. Sie hat den ganzen Tag nicht mit mir gesprochen. Zu Papa sagt sie auch nichts. Sie sagt gar nichts mehr. Das ist schrecklich. Vor allem ist schrecklich, dass sie weint. Jedes Mal wenn sie mich anguckt, weint sie. Dann dreht sie sich weg und guckt mich nicht mehr an. Papa sagt auch nicht viel. Er schimpft nur. Er knurrt Mama an und dann knurrt er mich an. Manchmal schreit er. Und manchmal haut er Mama oder mich. Am besten ist es, wenn er weg ist. Aber Mama weint dann trotzdem, wenn sie mich anguckt. Und sie sagt nichts. Ich habe Angst, dass sie nie wieder mit mir spricht.

13

28. Juni 2022

Larissa hatte bis vier Uhr morgens die Akten durchgearbeitet. Hatte ein neues Diagramm erstellt, in dem die Namen im Mittelpunkt standen, die sowohl bei den jüngsten Ereignissen auftauchten als auch in der alten Strafsache Oppelt vs. Wacker. Es war so faszinierend wie unübersichtlich geworden – und ergab einmal mehr nicht den geringsten Sinn. Als Larissa gegen neun wieder aufwachte, fühlte sich ihr Schädel an, als wäre er zehnmal schwerer als sonst. Sie quälte sich aus dem Bett, duschte, stellte fest, dass sie sich dadurch kein bisschen erquickter fühlte, zog sich an und ging hinunter ins Erdgeschoss, wobei ihr zuerst Rauchhaus begegnete, dann Anna, die aber beide nichts außer »Guten Morgen« über die Lippen brachten – und beide sahen verdammt noch mal so aus, als würden sie es ganz und gar nicht so meinen.

Auch Dietek von der Spusi lief ihr über den Weg, jovial wie immer, aber offenbar im Bilde über ihre Abberufung von dem Fall, denn er wunderte sich nicht, dass sie nicht auch in den Besprechungsraum kam.

Stattdessen ging sie in die Küche und ließ sich von der Wirtin eine Kanne Kaffee geben. »Bleiben Sie noch?«, fragte die sie unverblümt. Offenbar hatte sich herumgesprochen, dass Larissa nicht mehr zum Team gehörte.

»Erst mal schon«, erklärte Larissa. »Post schon da?«

»Müsste jeden Moment kommen.«

»Danke. Vielleicht gehe ich mit der ersten Tasse vor die Tür.«

Was sie dann auch tat. Vor dem Holzhauser stand eine Bank, auf die sie sich mit ihrem Kaffee setzte. Eine Zigarette wäre jetzt gut gewesen, nur dass sie keine hatte. Larissa betrachtete die wenigen Menschen, die vorüberkamen. Eine Mutter mit Kinderwagen auf der anderen Straßenseite, die im Bürgerhaus verschwand. Einen Lieferwagen, der Richtung Blommersberg und mit deutlich überhöhter Geschwindigkeit durch den Ort bretterte. Eine alte Frau, die ihre Einkaufstasche an ihr vorbeischleppte, offenbar von der Metzgerei kommend. Nicht weit entfernt arbeitete ein Mann an einem offenen Stromverteilerkasten. Larissa glaubte sich zu erinnern, dass er ihr schon untergekommen war. Einmal mehr staunte sie, wie harmlos dieses Örtchen wirkte und wie brutal die Wirklichkeit gegen diese Illusion eines Bilderbuchdorfes stand.

Der Postwagen stand nicht weit entfernt. Klar, über die Dörfer kam der Bote nicht mit dem Fahrrad. Wäre eigentlich nicht dumm gewesen, auch ihn mal sorgfältig zu befragen. Immerhin kam er buchstäblich jeden Tag an jedem Haus vorbei und kannte jeden Bewohner der Gegend. Larissa sah ihn aus dem Haus kommen, in dem Charlotte Gerstner ihre Wohnung gehabt hatte. Opfer Nummer zwei, ging es ihr durch den Kopf. Er stieg nicht in seinen Wagen, sondern ging zum Nebengebäude, wo Günter Deinhard gewohnt hatte. Opfer Nummer vier. Nein: fünf. Wahnsinn. Acht Tote, ein entführtes Kind. Bisher. Vielleicht neun Tote. Wer wusste schon, ob der Junge noch lebte.

Der Briefträger stieg ins Auto und fuhr bis vor die Wirtschaft, wo Larissa saß. »Morgen!«, rief er betont munter.

»Morgen«, erwiderte Larissa. »Auf Sie warte ich.«

»Das hört man gerne.« Der Mann mochte in ihrem Alter sein. Unter seinem völlig unmodischen Schnurrbart fehlte ein Zahn in einer schiefen Reihe von Zähnen, was ihn nicht davon abhielt, breit zu grinsen.

»Flaucher«, sagte sie. »Sie müssten etwas von der Badischen Zeitung für mich haben.«

»Moment ... Ja. Hier. Flaucher, Larissa. Schöner Name.«

»Danke.« Na ja. Ging so.

Der Mann verschwand nach drinnen, während Larissa den Umschlag aufriss und die alte Zeitung herauszog. Nein: zwei Zeitungen! Auf der oberen ein Post-it.

Wenn Sie an den Ereignissen des 27.02. interessiert sind, müssen Sie die Zeitung vom 29.02. lesen. JR.

Mit Zwinkersmiley. Klar, Julia Röschitz hatte recht. Und sie hatte ihr einfach beide Zeitungen eingepackt. Mitgedacht. Der 28. war ein Sonntag gewesen, also war die nächste Ausgabe die vom 29. Februar. Larissa war ihr dankbar.

29. Februar 1995. *Nazi-Partei verboten – Kanther macht kurzen Prozess mit FAP*, lautete die Hauptschlagzeile. *Älteste Frau der Welt ist 120,* wusste eine andere. *43 % mehr! Thüringer Abgeordnete bedienen sich bei Diätenerhöhung*. Schon erstaunlich, dachte sie. Das waren alles mal große Meldungen. Längst vergessen. Auf Seite drei ein langer Artikel über die größte Rückrufaktion für einen Pkw bei Opel: *Was, wenn der Tank explodiert?* Einen Opel hatte sie selbst mal gehabt. Lange her. Der Tank war nicht explodiert. *Stahlstreik der IG Metall. Boxer in London beim Kampf fast erschlagen.* Das war alles weit weg. Larissa blätterte vor zu den Regionalmeldungen und stieß auf der zweiten Seite auf einen Artikel über die Fastnacht in Holzhausen – Rekordandrang und Rekordergebnis.

Holzhausen. Wie jedes Jahr hat auch dieses Jahr die traditionelle Fastnacht im Bürgerhaus unter großem Andrang stattgefunden. Im ausverkauften Festsaal feierten an die 500 Gäste bis in die frühen Morgenstunden bei Wein und Bier und einem vielfältigen Programm die »fünfte Jahreszeit«. Nach einer lau-

nigen Eröffnungsrede durch die Ortsvorsteherin Jutta Heinrichs und einem Grußwort von Landrat Bauer, das der Schatzmeister der Gemeinde verlas, eröffnete die Blaskapelle Reichenberg den musikalischen Teil des Abends. Es folgten Auftritte der örtlichen Cheerleader-Gruppe um Leiter Zoran Tersic, eine Büttenrede von Komiteevorstand Roland Weinberger und ein Potpourri der in der Region weltberühmten Band Die Bietels ...

Es ging noch weiter. Illustriert war der Artikel mit einem mehr als fragwürdig gewagten Bild der Cheerleader-Gruppe, bei dem es offenbar darauf angekommen war, möglichst jedes Höschen sichtbar zu machen. Doch Larissas Aufmerksamkeit wurde abgelenkt durch eine andere Meldung, die in einer halben Spalte daneben abgedruckt war:

Unfall überschattet Fastnachtsfeier

Blommersberg. Bei einem Unfall auf der B 22 zwischen Holzhausen und Blommersberg wurde am Samstagabend ein Junge offenbar von mehreren Autos erfasst und tödlich verletzt. Der kleine Alexander B. (6) war bereits tot, als die örtlichen Rettungskräfte ihn nach einem Notruf vorfanden. Warum das Kind offenbar alleine auf dunkler Landstraße unterwegs war, und wie es zu dem Unfall gekommen war, ist noch nicht bekannt. Die Polizei bittet etwaige Zeugen, sich zu melden. Wegen der in der Nähe stattfindenden großen Fastnacht (s. Bericht) hofft sie, dass es Verkehrsteilnehmer gibt, die Beobachtungen gemacht haben.

Siehe Bericht. Ja. Den hatte Larissa gelesen. Und das Foto gesehen. Mit den Cheerleader-Höschen. Und der Bildunterschrift: *Ellen, Hanna, Paulina, Johanna, Cindy, Lea und Alina mit Trainer Tersic bei einer ihrer beliebtesten Übungen.*

Cindy!

*

Es war nicht schwierig, Paulina zu finden. Paulina Gerber war die Ehefrau eines der hiesigen Polizisten. Es gab nur eine Person am Ort mit diesem Vornamen. Und die Wirtin kannte sie und nannte Larissa die Adresse.

Paulina Gerber war kürzlich Mutter geworden, weshalb sie nicht an ihrem Arbeitsplatz als Verkäuferin bei Schuch in Reichenberg war, sondern zu Hause auf der Terrasse. Und sie war so freundlich wie hilfsbereit.

»Wenn Sie denken, dass ich Ihnen helfen kann ...«, sagte sie, während sie Larissa hereinbat.

»Vielleicht«, erwiderte Larissa. »Ich weiß es nicht. Aber ich muss Ihnen korrekterweise sagen, dass ich nicht hier bin, um eine polizeiliche Vernehmung vorzunehmen. Ich bin nur neugierig. Ganz privat, sozusagen.«

Paulina Gerber lächelte. »Ich weiß«, sagte sie. Hegel hatte diesmal offenbar ganze Arbeit geleistet. Zumindest die Ortspolizisten waren inzwischen ebenfalls informiert, dass Larissa raus war. Und Gerber hatte es vermutlich brühwarm seiner Frau erzählt.

»Es geht um Cindy Oppelt.«

Das allerdings überraschte die Frau, die Larissa ein Zeichen gab, sich zu ihr hinters Haus zu setzen, wo unter einem Sonnenschirm der Kinderwagen mit dem Nachwuchs stand.

»Es schläft«, stellte Larissa fest, als sie einen Blick hineinwarf.

»Sie ist erst drei Wochen alt.«

»Und wie heißt sie?«

»Rosa.« Mit entschuldigendem Blick fügte die Frau hinzu: »Nach ihrer Großmutter.«

Ja. So klang es auch.

»Wieso fragen Sie nach Cindy?«

»Ich will ganz ehrlich sein«, erklärte Larissa. »Ich glaube, dass die Ereignisse der letzten Zeit irgendwie mit Cindy Oppelt zusammenhängen. Nur dass ich keine Ahnung habe, wie.«

Paulina Gerber lachte. »Wenn ich das wüsste, wäre der Spuk längst vorbei, das dürfen Sie mir glauben.«

»Das glaube ich Ihnen aufs Wort. Aber so funktioniert Ermittlungsarbeit nicht.«

»Aha?«

»Die Frage ist, was Sie wissen – und welche Lücken das womöglich in dem füllt, was wir wissen.« Sie korrigierte sich: »Was ich weiß.«

»Tja. Was soll ich Ihnen sagen?«

»Kannten Sie sich gut?«

»Wir waren beste Freundinnen. Na ja. Bis …«

»Bis?«

»Im Grunde bis zu dem Abend. Der Fastnacht.«

»1995?«

Überrascht blickte die Frau des Dorfpolizisten auf. »Woher wissen Sie das?«

»Geraten. Na ja, sagen wir: Es gab Indizien. Was ich zu verstehen versuche, ist: Was war an diesem Abend los? Was ist passiert?«

»Also wir hatten unseren Auftritt. Cindy, ich und ein paar andere Mädchen, meine ich. Wir waren eine Cheerleader-Truppe.«

Larissa nickte. »Trainiert von Zoran Tersic.«

»Sie sind wirklich gut!«

»Das hätte jeder rausgefunden.«

»Also, was soll ich sagen? Cindy war eigentlich unser Star. Immer. Bis zu dem Abend.«

»Was war an dem Abend anders?«

»Sie hat uns versetzt. Sie ist nicht zum Auftritt gekommen.«

»Sie war gar nicht auf der Feier?«

»Doch! Aber sie war nicht da, als wir auf die Bühne mussten. Ist einfach nicht aufgetaucht. Und dann … Dann war sie sturzbetrunken.« Paulina Gerber blickte traurig und nachdenklich vor sich hin. »So war sie eigentlich gar nicht. Vorher meine ich. Später schon.«

»Sie meinen, dass sie getrunken hat?«

»Ich … Also … Man soll ja über Tote nichts Schlechtes sagen …«

»Aber?«

»Aber … Also, Cindy hatte ein Drogenproblem. Später, meine ich. Ob sie es da schon hatte …«

Die Erkenntnis traf Larissa so heftig, dass sie erschauderte. »Sagen Sie, Frau Gerber, können Sie sich erinnern, ob an dem Abend auch Doktor Wacker bei der Fastnacht war?«

»Georg?« Wie sie es sagte, machte mehr als deutlich, dass Frau Gerber nicht sonderlich viel von ihm hielt. Aber dann wurde sie ernst, weil ihr offenbar bewusst wurde, dass er ermordet worden war. »Gott, Georg. Ja. Der war auch da. Der war ja damals im Einsatz.«

»Im Einsatz? Als was?«

»Sanitätsdienst. Damals war er noch Rettungssanitäter.«

Rettungssanitäter. Mit Zugang zu Betäubungsmitteln. Und zum Sanitätsraum. Natürlich. 27021995. Plötzlich ergab alles ein Bild. Nur die Sache mit dem kleinen Jungen passte nicht dazu. Alex Bergmann. Oder doch?

*

Alle hatten Schuld! Ich bin froh, wenn es jetzt bald vorbei ist. Wir haben es alle verdient.

*

1. *Hesse, Eric: erstochen (Keller, Peter)*
2. *Gerstner, Charlotte: verblutet (vermutl. Keller, Martha)*
3. *Tersic, Zoran: tödlicher Unfall (Unfallflucht)*

4. *Braun, Hannes: erfroren (Kühlhaus)*
5. *Deinhard, Günter: Alkohol-Überdosis*
6. *Kramp, Kevin: überrollt in der Waschstraße*
7. *Wacker, Georg: Drogentod (postum kastriert)*
8. *Oppelt, Elke: erstickt (mit Geld geknebelt)*

Keller, Benjamin: entführt

Larissa starrte auf die Liste und versuchte, eine andere Ordnung in die Namen und Todesarten zu bringen als nur die chronologische Abfolge ihrer Ermordung. Der kleine Benjamin gehörte natürlich an den Anfang, denn mit seiner Entführung ging alles los. Sie war der Auslöser, dass Peter Keller nach nebenan ging und Eric Hesse abschlachtete – wenn die Geschichte von dem Video stimmte, das Kellers angeblich zugeschickt bekommen hatten.

Von den acht Mordopfern standen sechs auf der Liste der Personen, die im Zusammenhang mit den Ermittlungen wegen fahrlässiger Tötung und unterlassener Hilfeleistung an Alexander Bergmann vernommen worden waren. Vor allem Kevin Kramp war im Visier der Kollegen gewesen. Und alles war im Sande verlaufen. Natürlich. Nur Charlotte Gerstner stand nicht auf der Liste, aber sie war ja auch die Schwester des Jungen gewesen. Und Georg Wacker. Den hatten sie ebenfalls nicht vernommen. Weil er als Sanitäter Dienst gehabt hatte in Holzhausen an jenem Abend. Zur Fastnacht. Der ganze Ort hatte gefeiert, während draußen auf der Landstraße ein Kind um sein Leben rang und schließlich starb – nachdem es mehrmals von einem Fahrzeug überrollt worden war. Oder von mehreren. Wie hatte das alles geschehen können? Wie konnte es sein, dass niemand etwas gesehen, gehört oder mitbekommen hatte? Wie konnte es sein, dass niemand einen Notruf abgesetzt hatte? Oder hatte es einen Notruf gegeben und niemand hatte sich gekümmert? Niemand …

Damals war er noch Rettungssanitäter, hatte Paulina Gerber gesagt. Georg Wacker. Nach siebenundzwanzig Jahren war es sinnlos, einen Nachweis über einen bestimmten Notruf zu suchen. Falls es einen gegeben hatte. Nein, das würde für immer im Dunkeln bleiben. Und doch ... Wie sich das alles zu einem Bild fügte, das wirkte auf schreckliche Weise faszinierend auf Larissa.

Und dann kam die Nachricht, die mit einem Mal alles klarmachte. Larissa hatte ihr Smartphone auf stumm geschaltet, weil sie konzentriert arbeiten wollte. Doch natürlich sah sie es aufleuchten und konnte nicht vermeiden, einen Blick auf das Display zu werfen. Unbekannt hatte eine SMS geschickt. Nein, eine MMS. Einen Film.

Unbekannt.

Mit angehaltenem Atem tippte Larissa ihren Code ein und sah, wie die Nachricht angezeigt und der Film abgespielt wurde. Es war wie das Déjà-vu einer Aufzeichnung, die sie bisher nur vor ihrem geistigen Auge gesehen hatte. Und es verschwand so schnell, dass sie keine Chance hatte, wenigstens einen Screenshot davon zu machen. »What the fuck!«, keuchte sie und starrte auf das Display, auf dem als letzte eingegangene Nachricht nur noch die Zahl stand. Das Datum. Und auf dem im nächsten Moment eine weitere Nachricht eintraf. Von Unbekannt.

Sie haben 10 Minuten. Kommen Sie allein, sonst ist er tot.

*

Sie kannte den Ort. Sie hatte ihn schon gesehen. Und sie wusste auch, wo sie ihn gesehen hatte. Dass die letzte Nachricht nicht wieder verschwunden war, zeigte Larissa deutlich, dass der Absender wusste, sie würde kommen. Sie *musste* kommen! Sie konnte und würde nicht riskieren, dass noch ein Mensch starb.

Noch ein Kind. Benjamin Keller. Mit dem all das Grausame der letzten Tage begonnen hatte.

Zehn Minuten. Larissa blickte zur Uhr. Wenn sie sofort loslief, brauchte sie drei Minuten, vielleicht vier. Sie konnte also noch eine Nachricht hinterlassen. Und sie konnte ihre Dienstwaffe einstecken. Ob es etwas brachte, war eine andere Frage. So überlegt, so kontrolliert und so kalt wie die ganze Geschichte geplant worden war, würde sich der Täter nicht überraschen lassen. Schon gar nicht davon, dass eine Polizistin eine Waffe bei sich trug. Vermutlich rechnete er damit, ja ganz sicher sogar.

Und das war der Grund, der das letzte fehlende Puzzleteil endlich ins Bild fügte! Natürlich war es Absicht, dass Larissa bewaffnet kam. Das *musste* sie sogar. Nur so konnte der Plan aufgehen. Ein großer, schrecklicher und raffiniert ausgeklügelter Plan, in dem sie selbst schon länger eine Rolle spielte, als sie sich jemals ausgemalt hätte.

Jetzt, da sie das Spiel durchblickte und zugleich wusste, dass sie keine Chance hatte, sich ihm zu entziehen, fügte Polizeioberkommissarin Larissa Flaucher sich in ihr Schicksal und beschloss, sich zu Nemesis' Werkzeug machen zu lassen. Nicht, weil sie es wollte oder gutgeheißen hätte. Auch nicht, weil sie es verstand – obwohl sie das wirklich tat. Nein, allein deshalb, weil sie es musste. Sie hatte keine Wahl.

Also band sie sich das Holster um, steckte die Dienstwaffe ein, zog ihre Lederjacke über, schlüpfte in die Schuhe und nahm all ihren Mut zusammen, um zu tun, was getan werden musste. Sie verließ das Holzhauser, wissend, dass sie es vermutlich nie mehr lebend betreten würde und dass ihr die gefährlichsten und wahrscheinlich schrecklichsten Minuten ihres Lebens bevorstanden.

*

Das Haus war kalt und muffig. Nichts schien sich seit dem letzten Besuch hier verändert zu haben. Und doch war alles anders. Denn Larissa wusste, dass hier etwas geschehen war, was all den Geschehnissen der letzten Tage einen Sinn gab und zugleich so grausam wie sinnlos war.

Dass die Tür nicht abgesperrt gewesen war, hatte sie nicht gewundert. Dass es still war im Haus, so still, als befände sie sich in einer Gruft, das überraschte sie eher. Wie konnte es angesichts der Situation so still sein? Einen Moment lang fürchtete sie, ihr Gedächtnis hätte ihr einen Streich gespielt und sie wäre am falschen Ort. Doch dann sah sie alles wieder genau vor sich und war sich sicher: Hier musste es sein. Hier war der Ort, an dem sie das Kind gesehen hatte.

Sie hielt den Atem an und lauschte. Blickte auf ihre Uhr. Fünf Minuten seit dem Anruf. Doch sie war sicher beobachtet worden, so wie sie die ganze Zeit beobachtet worden war. Sonst wäre alles nicht so gekommen. Dass sie in diesem Augenblick an diesem Ort stand, war kein Zufall, und es war kein spontanes Ereignis – es war von langer Hand geplant worden! Doch warum sie? Und warum jetzt?

Irgendwo machte es »Klick«, dann begann ein Glockenspiel zu schlagen. So plötzlich, so unerwartet, dass Larissa zusammenzuckte. Sie wandte sich um und erinnerte sich an die Küche, das Wohnzimmer, den Blick nach draußen durch Fenster, die schon lange nicht mehr geputzt worden waren. An die Kellertür im Flur. Und an die Treppe nach oben. An die erinnerte sie sich auch. Oben waren die Schlafzimmer.

Sie tastete nach ihrer Pistole, ließ sie lautlos in ihre Hand gleiten, entsicherte sie mit einer routinierten Bewegung und trat dann ans untere Ende der Treppe. Immer noch herrschte völlige Stille im Haus.

Noch vier Minuten. Sie konnte jetzt nach oben rennen und versuchen, irgendwie lebend durchzukommen. Auf der Polizeischule hatten sie ihr freilich beigebracht, dass man niemals, unter keinen Umständen ungesichert in ein Risiko gehen durfte. Aber wie sollte sie allein ein ganzes Haus sichern? Und wo damit anfangen? Während gleichzeitig die Uhr tickte. Vier Minuten, vielleicht drei, verdammt. Wie gnadenlos dieser Plan verwirklicht wurde, das zeigten die Toten bisher. Und die Tatsache, dass der Täter einen Trumpf in der Hand hatte, der ihn beinahe unangreifbar machte.

»Pling!«

Bis zum Zerreißen angespannte Nerven und eine entsicherte Waffe in der Hand sind eine toxische Kombination. Aus Angst, versehentlich abzudrücken, ließ Larissa die Pistole fallen. Im Film hätte sich jetzt ein Schuss gelöst. Aber so waren moderne Waffen nicht. Ein Hahn, der nicht gespannt war, löste kein Feuer aus. Nur das dumpfe Poltern der Waffe war zu hören und das Keuchen Larissas, die trotzdem intuitiv einen Schritt zur Seite hüpfte.

Sie wissen, wo er ist.

Ja, verdammt, das wusste sie. Larissa fragte sich, ob sie hier auch von Kameras beobachtet wurde. Wie viel von ihrer Unsicherheit konnte die andere Seite sehen? Wie berechenbar war sie? Wie unberechenbar durfte sie sein?

Was sie ebenfalls gelernt hatte, allerdings nicht auf der Polizeischule, sondern im Leben, das war, dass man nie nur reagieren durfte. Wer nur reagierte, zog immer den Kürzeren. Man musste auch agieren. Und dabei spielte das Überraschungsmoment oft die entscheidende Rolle. Also tippte auch sie eine Nachricht.

*

Polizeihauptkommissar Hegel spielte mit dem Gedanken, die Textnachricht gar nicht erst zu öffnen, die auf seinem Handy eingegangen war. Aber dann siegte doch die Disziplin.

Bitte alle verfügbaren Kräfte sofort in Dr. Wackers Haus in Reichenberg. Gefahr. Größte Vorsicht! Bin vor Ort. Flaucher

Vielleicht hatte er sie doch zurecht nicht unterschätzt.

*

Noch zwei Minuten. Wobei es keinen Grund gab, weshalb die Zeit dann zwingend ablaufen musste. Hatte es nicht alles schon so lange gedauert? »Warum jetzt der Stress?«, murmelte Larissa und hob ihre Waffe wieder auf. Sie hatte ihr Handy auf lautlos gestellt, um nicht im entscheidenden Augenblick wieder erschreckt zu werden oder ihren Standort zu verraten, falls sie irgendwo in Deckung gehen musste.

Die Treppe knarzte. Natürlich knarzte sie. Jede verdammte Holztreppe auf diesem Planeten knarzte, wenn das ganze sie umgebende Haus in tiefer Stille lag. Aber spielte es eine Rolle? Es war ja sowieso klar, wo sie war. Die Frage war, ob sie mehr Zeit herausschinden konnte. Nein: Die Frage war, was von ihr eigentlich erwartet wurde!

Noch nie in ihrem Leben war ihr eine Treppe so unendlich lang vorgekommen wie diese. Sie schien kein Ende zu nehmen. Stufe um Stufe schlich sie hinauf, die Waffe in der feuchten Hand, im Bauch ein Aufruhr, wie sie ihn noch nie erlebt hatte. Irgendwo war ein schwer definierbares Geräusch zu hören, ein Stöhnen vielleicht? Ein Keuchen?

Nach einer gefühlten Ewigkeit stand sie auf dem oberen Treppenabsatz und blickte sich um. Das Zimmer, das sie suchte, lag links von ihr. Die zweite Tür. Sie war genauso verschlossen wie alle anderen Türen hier oben, was den Flur düster machte. Larissa merkte, dass sie den Atem angehalten hatte. Nicht gut. Gar nicht gut. Der Körper braucht Sauerstoff. Je größer der Stress und je größer die Gefahr, umso mehr Sauerstoff ist nötig. Sie hielt sich am Geländer fest und atmete ruhig durch.

Noch zwei Minuten, vielleicht auch nur noch eine. Aber würde es dann wirklich dazu kommen? Nein, das konnte sie nicht glauben. Das hieß: Sie *hätte* es nicht glauben können, wären nicht schon so viele Menschen für diesen wahnsinnigen Plan ermordet worden. Vor diesem Hintergrund wirkte die Gefahr nur noch monströser. Sie musste es wagen. Es gab keine Alternative.

In ihrer Jackentasche vibrierte es. Sie nahm das Handy hervor und las: *Wozu? Tun Sie einfach Ihre Arbeit.*

*

Das gesamte Ermittlungsteam sprang in die Wagen von Radic, Oberrath, Rauchhaus und Huisgen, alle, die da waren. Hegel selbst hatte kein Auto. Aber er hätte ohnehin nicht lenken können, weil er von dem Augenblick an, in dem die Nachricht gekommen war, im permanenten Austausch mit dem LKA und den Polizeistationen der nähergelegenen Ortschaften war. Vielleicht hatten sie mehr Zeit, aber es war zu befürchten, dass es um Minuten ging. Minuten, die über Leben und Tod entscheiden würden.

Von Freudenstadt aus starteten zwei Mannschaftswagen aus der Bereitschaft. Sie würden auch die nötige Bewaffnung mitführen. Denn mit der Ausgabe der Dienstwaffen hatte sich Hegel nicht mehr aufgehalten. Wenn Gefahr im Verzug war, war Zögern tödlich. Nein, das würde er nicht riskieren.

Und dennoch setzte sich der Konvoi mit gezügelter Geschwindigkeit in Bewegung. Denn auch das war – zumindest unter diesen Umständen – wichtig: so unauffällig wie möglich zu agieren, um so spät wie möglich wahrgenommen zu werden.

*

Das erste Zimmer war leer. Mit zitternden Fingern hatte Larissa die Klinke gedrückt, in der anderen Hand ihre Dienstwaffe, hatte sie dann schnell aufgedrückt und sich dabei geduckt. Es war düster gewesen im Zimmer, die Vorhänge waren zugezogen. Einen Moment hatte Larissa in das Zwielicht gestarrt, unsicher, ob sich nicht doch plötzlich aus einem Winkel ein Schatten lösen und ihr entgegentreten würde. Doch dann hatte sie erkannt, dass es nicht der Raum war, den sie im Sinn gehabt hatte. Sie musste es nebenan probieren. Und hatte doch durch ihr Eindringen hier ihren Gegner bereits wieder gewarnt.

So leise wie möglich verließ sie das Zimmer wieder und stellte sich vor die nächste Tür. Lauschte. Hielt den Atem an. Atmete dann tief durch. Sauerstoff. Sie brauchte Konzentration. Vielleicht mehr als jemals zuvor ihn ihrem Leben. Es konnte ein kurzes Leben werden, wenn sie jetzt einen Fehler machte. Nur dass sie nicht wusste, was zu tun war. Alles, was sie tat, konnte falsch und richtig sein – wirklich wissen würde sie es erst, wenn es vorbei war.

Der Einsatz.

Der Spuk.

Ihr Leben.

*

Zwei Wochen nachdem der erste Mord im Ort stattgefunden hatte, die schreckliche Bluttat an Eric Hesse, bereitete sich Holzhausen darauf vor, den Leichnam des Opfers zur letzten Ruhe zu geleiten. Die Gerichtsmedizin hatte den Körper vor drei Tagen freigegeben, der Bruder des Verstorbenen, der selbst schon seit Jahren nicht mehr in der kleinen Gemeinde bei Reichenberg lebte, sondern in die Stadt gezogen war, hatte sich um alles gekümmert. Nun wehte der düstere Klang der Totenglocke über den Ort.

Offensichtlich war es den Einwohnern des Dorfes ein Bedürfnis, Abschied zu nehmen von einem ihrer Mitbürger, der so grausam aus dem Leben gerissen worden war. Der Platz vor der kleinen Kapelle am Friedhof war schwarz von Menschen, darunter Hesses Witwe.

Während die Fahrzeuge des Ermittlungsteams in der einen Richtung über die Hauptstraße rollten, traf in entgegengesetzter Richtung der Leichenwagen mit den sterblichen Überresten von Eric Hesse ein. Unter allen anderen Umständen wäre mehr als ein Vertreter der Kriminalpolizei bei der Beerdigung dabei gewesen. Eine so große Anzahl von potenziellen Verdächtigen an einem Ort versammelt zu haben, ließ in jedem Fall Erkenntnisse erwarten. Doch die Umstände waren, wie sie waren: Der Einsatz war unaufschiebbar, die Gefahrenlage extrem hoch – und in Gefahr war immerhin eine Kollegin.

Der Leichenwagen hielt vor dem Friedhof, die Fahrer stiegen aus und zogen, nachdem die örtlichen Helfer einen niedrigen, mit schwarzem Tuch verhängten Rollwagen hinter das Fahrzeug geschoben hatten, den Sarg aus dem Laderaum und halfen dann, ihn darauf zu schieben und zu fixieren. Wenige Augenblicke später rumpelte der Sarg, von vier Begleitern eskortiert, hinüber zu der kleinen Kapelle, deren Flügeltüren offen standen.

Zum Grab wäre es nur ein sehr kurzes Stück, dort gedachte Jutta Heinrichs, die Ortsvorsteherin, noch einige Worte zu sprechen, während in der Kapelle das Privileg einer Ansprache dem Pfarrer vorbehalten blieb.

»Liebe Gemeinde, Freunde, Familie, Trauernde«, sagte er und blickte ernst in die neugierigen und betroffenen Gesichter der Anwesenden. »Wir sind heute hier versammelt, um unserem Bruder im Glauben, Eric Hesse, die letzte Ehre zu erweisen.«

Hesses Witwe schluchzte auf. Der alte Winfried Kachler griff sie am Arm und stützte sie.

»Wir alle sind fassungslos, auf welch tragische und unvorstellbare Weise Eric Hesse aus dem Leben gerissen wurde. Ich spreche sicher für uns alle, wenn ich sage: Dass so etwas in dieser Gemeinde passieren könnte, hätte niemand von uns für möglich gehalten …«

Etwas im Hintergrund stand Julia Röschitz. Sie zweifelte an den Worten des Pfarrers. Nach allem, was sie in den letzten Tagen über Holzhausen herausgefunden hatte, schien es ihr, als wäre genau das die Besonderheit dieses Örtchens: So harmlos es aussah, so teuflisch war es. Auf jedem Weg, hinter jedem Fenster, hinter jeder Tür konnte das Böse lauern.

*

Nichts. Es war still wie in einer Gruft. Doch Larissa wusste, dass genau diese Stille trügerisch war – oder ein Zeichen dafür, dass sie zu spät gekommen war. Sie blickte auf die Uhr ihres Handys. Sekunden. Es waren nur noch Sekunden übrig. Wenn sie jetzt nicht handelte, würde es zu spät sein. Falls sich der Täter überhaupt an seine eigenen Regeln hielt und nicht alles nur eine Falle war, um die Frau auszuschalten, die ihm nähergekommen war als alle anderen. Dass sie aus dem Team geworfen worden war? Das war Teil des Plans gewesen. Aber sie hatte es erst erkannt, als es zu spät war. Dass sie hier im Obergeschoss stand? Das war das Ziel gewesen.

Berechenbarkeit. Larissa stöhnte innerlich auf. Berechenbarkeit war die gefährlichste Waffe in den Händen des Gegners. Wer berechenbar war, war ein perfektes Ziel. Und doch: Sie konnte nicht anders. Wenn sie nicht riskieren wollte, dass ein weiteres Kind starb …

Dennoch beschloss sie, es anders zu machen. Denn jetzt wusste die gegnerische Seite, wie sie vorging. Oder glaubte es zumindest zu wissen. Ein letztes Mal holte Larissa Luft, biss die Zähne zusammen und zählte bis zehn. Dann trat sie mit aller Kraft gegen die Tür und warf sich im selben Moment hinter das auffliegende Türblatt, rollte über den Boden und riss ihre Pistole in die Luft.

»Hände hoch!«, brüllte sie, drehte sich um die eigene Achse und kam auf die Beine, als müsste sie noch einmal in der Polizeiprüfung zeigen, was sie alles gelernt hatte. Mit eisigem Blick hielt sie die Waffe vor sich gerichtet – und starrte doch ins Nichts. Oder vielmehr in ein leeres Zimmer, in dem ihr lediglich einige Bilder von den Wänden entgegenblickten: Micky Maus und Spiderman.

»What the fuck!«, keuchte sie und drehte sich um die eigene Achse, die Pistole zur Abwehr vor sich haltend. Nichts. Niemand. Wieder lauschte sie, wobei sie sich Mühe geben musste, das Rauschen in ihren Ohren zu ignorieren. Irgendwo klapperte etwas. Irgendwo hustete jemand. Nein. Nicht irgendwo. Es war in diesem Gebäude. In diesem Haus, in dem sie schon einmal ein Husten gehört hatte. Damals hatte sie geglaubt, es käme von draußen. Doch das tat es nicht. Es kam von unten.

*

Julia Röschitz betrachtete die Einwohner von Holzhausen, die sich vor der Kapelle drängten und scheinbar auf die Worte des Priesters lauschten. Doch natürlich wusste sie, dass kaum jemand seiner Rede Aufmerksamkeit schenkte. Alle waren viel zu sehr damit beschäftigt, einander zu belauern, zu verdächtigen und vielleicht auch zu fürchten. Dabei hatte der Täter ganze Arbeit geleistet. Wenn die Theorie der Journalistin stimmte, musste niemand mehr um sein Leben fürchten. Das Einzige, was nicht dazu passte, war die Entführung des kleinen Benjamin Keller. Was um alles in der Welt hatte dieser Junge damit zu tun? Warum musste er leiden? Aber vielleicht litt er ja schon längst nicht mehr, vielleicht war er schon lange tot.

Dass die gesamte Ermittlertruppe vor ein paar Minuten am Friedhof vorbeigefahren war, gab Julia Röschitz zu denken. War überhaupt irgendjemand von der Polizei hier? Vorhin hatte sie immerhin Ulrich Gerber gesehen. Doch der war auch verschwunden, nachdem er einen Anruf angenommen hatte. Alles erschien der Journalistin unwirklich hier. Bis hin zum trüben Licht, das der Himmel an diesem Tag für Holzhausen übrighatte. Wie ein alter Film, ging es ihr durch den Kopf, wie ein alter Film sah das hier aus: die Farben schon etwas verblichen, alle von der Bedeutung des Augenblicks gefesselt, jeder Einzelne geheimnisvoll und undurchsichtig.

*

Die Zeit ist um.

Ja, das war sie. Zehn Minuten hatte der Täter Larissa gegeben. Und zehn Minuten waren abgelaufen, genau genommen elf. Schockiert betrachtete sie die Nachricht auf dem Display ihres Handys.

War es das? Hatte sie es verbockt? Würde sie verantwortlich sein für den Tod eines weiteren Menschen? Eines Kindes? Aber was, wenn der Videoclip, den sie bekommen hatte, überhaupt keine aktuelle Aufnahme war? Was, wenn Benjamin Keller schon seit Tagen tot war? Wenn sein kleiner Körper irgendwo im Wald verweste?

Gedanken, die Larissa mit aller Macht verscheuchte. Sie hatte nichts zu verlieren, außer ihr eigenes Leben. Aber darauf konnte sie jetzt sowieso keine Rücksicht mehr nehmen. Ich weiß, wer du bist, dachte sie. Und ich werde dich finden.

Noch einmal blickte sie sich in dem Zimmer um: ein ganz normales Kinderzimmer. Hier war sie vor ein paar Tagen gewesen. Natürlich hatte der Junge nicht hier versteckt werden können. Die Gefahr, dass er sich bemerkbar gemacht hätte, wäre viel zu groß gewesen. Nein, wann immer die Aufnahmen entstanden waren, dieses Zimmer hatte leer sein müssen. Und Larissa hatte es nicht vorhergesehen. »Mist!«, fluchte sie leise.

Und dann rannte sie runter.

*

Liebes Tagebuch,

ich werde nicht mehr schreiben. Vielleicht muss ich dann nicht mehr so oft an Alex denken und daran, dass ich schuld bin das er gestorben ist. Alex hat mich so oft geergert. Aber jezt möchte ich gerne das er es tut. Er darf meine Sachen kaputmachen und er darf meine Spielsachen wegnemen. Er soll nur wieder kommen. Aber ich weis schon, das er nicht mehr kommt. Ich mus jezt allein bleiben mit Mama und Papa.

14

Als die Wagen der Ermittlertruppe eintrafen, war von den angeforderten Einsatzkräften noch nichts zu sehen. Aber das hatte Hegel auch nicht erwartet. Die Frage war, ob seine Mitarbeiter das Gebäude so sichern konnten, dass zumindest eine geringe Chance bestand, jemanden lebend herauszubekommen, ohne dass draußen jemand umkam.

Hinter jedem Fenster konnte jemand mit einer Waffe stehen, die Tür konnte mit einem Zünder verbunden sein, das Haus konnte eine einzige Falle sein, wer wusste das schon. Angesichts der wahnsinnigen Todesarten, die sie hier in den letzten Tagen erlebt hatten, hielt der Polizeihauptkommissar buchstäblich alles für denkbar. Ein Täterprofil war daraus praktisch nicht ableitbar – und damit auch keine Tatprognose. Was würde sich jemand, der auf so unterschiedliche Art und Weise gemordet hatte, wie hier geschehen, als Nächstes einfallen lassen? Tod durch Erhängen? Erschießen? Explosion? Erdrosseln? Schädelspaltung? Genickbruch? Mit bloßen Händen? Mit Feuer, Wasser, Luft …

Hegel dirigierte die Fahrzeuge in gleichmäßige Abstände und befahl seinen Mitarbeitern, sich zunächst auf der dem Haus abgewandten Seite dahinter zu sammeln. Dann huschte er von Wagen zu Wagen und erklärte jedem Einzelnen, was er von ihm erwartete. Als er über die Motorhaube von Oberraths Auto zum Haus blickte, sah er Anna Reichelt, die sich neben der Eingangstür postiert hatte.

*

Larissa bemühte sich nicht mehr, möglichst leise zu sein. Sie wusste, dass sie beobachtet wurde. Vermutlich gab es überall im Haus Kameras. Jeder ihrer Schritte wurde genau verfolgt. Auch, ob sie eine Waffe trug oder in Deckung ging, würde jederzeit sichtbar sein, solange es Tag war – und solange das Licht im Haus funktionierte. Denn jetzt musste sie in den Keller. Dass die Tür neben der Treppe, die vorhin noch geschlossen gewesen war, nun offen stand, besagte schon alles. Die andere Seite hatte nicht nur alles unter Kontrolle, sie spielte mit ihr.

Noch einmal atmete sie durch, dann stieg sie hinunter in den Keller. Es war eine lange, steile Treppe. Larissa war überrascht, wie tief der Keller unters Haus reichte. Die Treppe machte einen Knick, dann stand sie in einem engen, muffigen Raum, von dem aus drei weitere Türen abgingen. Sie drückte die Klinke der ersten und öffnete sie so gefasst wie möglich, mit der Rechten nach wie vor die Pistole fest umklammert und auf alles gefasst. Doch sie blickte nur in einen gewöhnlichen Vorratsraum, wo an den Wänden Regale standen, auf denen altes Zeug vor sich hin verstaubte: Schachteln, Dosen, Kisten, Gartengeräte … Das Einzige, was auffiel, war, dass Larissa kein Licht zu machen brauchte. Denn an der Decke brannte eine Funzel, die den Raum in trübes Licht tauchte.

Auch die nächste Tür war nicht abgesperrt. Der Keller dahinter lag in tiefem Dunkel. Als sie das Licht anknipste, fand Larissa auch hier nichts Auffälliges: Ein Stapel Autoreifen lag auf dem Boden, mehrere Schachteln mit alten Zeitungen und Zeitschriften standen in einer Ecke, ein Werkzeugkasten in einer anderen, daneben Besen, Rechen, eine Harke, an der eine der drei Zinken abgebrochen war, sodass der Schatten, den sie an die Wand warf, wirkte, als lauerte dahinter ein kleiner Teufel mit seinen zwei Hörnern … Auf einer Truhe lagen gefaltete Jutesäcke. Larissa holte scharf Luft. Die Truhe … Mit einem unguten Gefühl trat sie darauf zu und nahm die Säcke beiseite. Sie spürte, wie sie eine Gänsehaut bekam. Eine Truhe solcher Größe … Sie schluckte. Wie groß war ein Dreijähriger? Sie erinnerte sich an die Bilder eines Entführungsopfers, die sie in der Polizeiausbildung gesehen hatte: Ein Mädchen, das in einer Kiste im Wald vergraben worden und dort elend erstickt war. Die Kleine war sechs oder sieben Jahre alt gewesen. Benjamin war drei. Wer in einer solchen Kiste saß, würde an diesem Ort genügend Luft bekommen, um nicht zu ersticken.

Larissa ging in die Hocke und untersuchte die Truhe. Sie war nicht zufällig hier. Sie war hierhergelockt worden. An diesen Ort. In diesen Keller. Zu dieser Truhe. Was, wenn die Kiste präpariert war? Was, wenn sie in dem Moment, in dem sie sie öffnete, überhaupt erst einen tödlichen Mechanismus in Gang setzte? Wenn sie durch das Hochklappen des Deckels den Menschen erdrosselte, der dort drinnen auf Rettung wartete? Wenn sie einen Zünder betätigte? Wenn sie …

»Benjamin?«, flüsterte sie und lauschte. »Benjamin? Benny?« Nannten sie den Jungen so? »Ben?«

Es war so still in dem Keller, dass Larissa meinte, ihr eigenes Herz schlagen zu hören. Nichts regte sich – und niemand antwortete. Sie versuchte es noch einmal: »Benjamin? Hörst du mich?«, während ihre Hand am Rand des Deckels entlangfuhr und sie versuchte, irgendetwas zu erkennen, was aus der Truhe ein Mordinstrument machen konnte.

Und dann hörte sie ihn. Ganz leise. Er sagte nichts. Er hustete. »Benja…?« Sie stand auf, nahm all ihren Mut zusammen, hob vorsichtig den Deckel. Und starrte ins Leere.

*

Sie belauerten sich alle gegenseitig. Fasziniert betrachtete Julia Röschitz die Trauergemeinde. Doch als sie die Wagenkolonne der Ermittler vorüberfahren sah, erkannte sie, dass all die Menschen, die sich hier versammelt hatten, um Eric Hesse das letzte Geleit zu geben, weil sie neugierig waren, weil sie Angst voreinander hatten, weil sie Angst hatten, zu Hause zu bleiben oder weil sie womöglich sogar wirklich trauerten, dass alle diese Menschen nichts weiter waren als Statisten. Die Polizei musste etwas herausgefunden haben. Sie würden niemals alle gleichzeitig wegfahren, wenn sie nicht wüssten, dass auf dem Friedhof nichts zu befürchten war – und der Täter dort auch nicht zu finden sein würde. Sie mussten etwas herausgefunden haben. Etwas, das sie hoffen ließ, an einem anderen Ort mit ihren Ermittlungen weiterzukommen.

Unauffällig machte die Journalistin noch ein paar Fotos für ihren Artikel, dann ließ sie sich zurückfallen, als der Trauerzug sich in Bewegung setzte, und lief schließlich die wenigen Stufen zur Straße hinab und hinüber zu ihrem Auto, das sie vor dem Bürgerhaus geparkt hatte. Der Konvoi war natürlich längst außer Sicht. Aber die Wagen waren langsam gefahren, sie würde sie mit Glück einholen.

Hektisch setzte sie zurück, schlug das Lenkrad ein und gab dann Gas. Augenblicke später war sie schon wieder in Sichtweite der Wagen. Nur dass die alle stehen geblieben waren.

*

Larissas Körper fühlte sich an, als stünde er unter Strom. Es war gewiss nicht das erste Mal, dass sie so unter Adrenalin stand. Aber ganz allein in einer lebensgefährlichen Lage war sie bisher nicht gewesen. Und die Wirklichkeit ließ sich auch in der besten Polizeiausbildung nicht simulieren.

Während ihre Sinne bis zum Äußersten gespannt waren,

schlich Larissa wieder hinaus und blickte auf die drei Türen. Nummer eins war ein Fehlschlag gewesen, Nummer zwei auch. Aber der Junge war hier. Daran bestand kein Zweifel mehr. Sie hatte ihn gehört. Hatte sie ihn gehört? Oder hatten ihr ihre Sinne einen Streich gespielt?

Als wäre es ein Spiel, hörte sie die Stimme erneut. Ein Keuchen. Ein Schluchzen? Ein Kind. Eindeutig. Und es kam aus nächster Nähe. Aber es kam nicht aus dem Raum hinter Tür Nummer drei. Oder?

Larissa drückte die Klinke. Abgeschlossen. Sie beugte sich zum Schlüsselloch und stellte fest, dass es drinnen dunkel war. Licht gebrannt hatte nur in Raum Nummer eins, in dem sie zu Anfang gewesen war. Aber wie? Und warum? Hatte jemand vergessen, es auszuschalten? Oder hatte jemand es absichtlich angeschaltet, um ihr den Weg zu leuchten? Sie holte tief Luft und betrat den ersten Raum noch einmal. Regale an den Wänden. Deckenhoch. In den meisten lag altes Zeug. Eines war fast leer. Es war mit Schienen an der Decke befestigt, um nicht umzukippen. Oder hatten die Schienen einen anderen Zweck? Larissa trat darauf zu und betrachtete das Regal sorgfältig. Die Schienen könnten natürlich auch einen anderen Grund haben. Sie könnten eine Art Führung sein, in der das Regal entlang glitt, wenn man es von der Seite … Tatsächlich bewegte es sich und rollte nach links. Rechts gab es einen Teil des Raumes frei, der bisher nicht sichtbar gewesen war. Einen Ort, an dem alles, wirklich alles, was in den zurückliegenden Tagen geschehen war, auf einmal einen Sinn ergab. Einen grausamen, erschütternden Sinn – und doch verstand Larissa nicht, warum ihr dieser Einblick gewährt wurde.

»Da sind Sie ja endlich«, erklang eine Stimme aus dem Hintergrund.

»Ja«, entgegnete Larissa. »Endlich.«

»Gut für den Jungen. Und leider schlecht für Sie.«

*

Die Kollegen nahmen rund ums Haus Aufstellung, nachdem sie sich hinter den Wagen in kleinen Einheiten versammelt und beraten hatten. Anna war die Einzige, die ihre Waffe dabeihatte. Sie betrachtete, wie Huisgen sich in den Garten schlich. Oberrath und Radic sollten die östliche Seite sichern, Rauchhaus und Plötz die westliche. Es schien Zufall zu sein, dass der Ortspolizist bei der Truppe war. Vielleicht war wenigstens auch er bewaffnet. Von ihrem Platz an der Eingangstür aus konnte Anna das nicht gut erkennen.

Hegel kam auf sie zu. Er schlich nicht, huschte nicht, zog nicht den Kopf ein und schlug keine Haken, sondern ging gelassen und aufrecht auf das Haus zu, und Anna bewunderte den Chef für seine Coolness. Auch wenn sie sich gerne mal über Hegel lustig machte und auch gelegentlich mit ihm aneinandergeriet, bewunderte sie ihn in diesem Augenblick. Er musste damit rechnen, dass er aus dem Haus beobachtet wurde und man ihn womöglich sogar angriff. So, wie er von den Autos herüberkam, war er praktisch das perfekte Ziel. Selbst ein mäßiger Schütze würde ihn von einem der Fenster im Obergeschoss aus ohne Mühe treffen können. Tödlich treffen können.

Ohne sich irgendeine Art von Nervosität anmerken zu lassen, blickte Hegel zu ihr, gab ihr ein Zeichen mit dem Kopf, sich links zu halten, und nahm dann rechts den Platz neben der Tür ein. Wollte er tatsächlich hineingehen – ehe die Verstärkung eintraf? Hegel schien ihre Gedanken gelesen zu haben, denn er nickte leicht. Und Anna revidierte ihre Meinung. Sie bewunderte ihn nicht. Sie bewunderte keine Verrückten.

*

»Sie haben Ihre Dienstwaffe dabei. Das ist gut.«

»Warum haben Sie das gemacht?«, frage Larissa und trat einen Schritt näher. Als ihr Gegenüber den Kopf ein wenig hob, blieb sie stehen.

Eine unscheinbare Frau mittlerer Größe, das braune Haar von einer Mütze weitgehend verborgen.

»Das wissen Sie. Und jetzt ist es Zeit, es zu Ende zu bringen.«

»Was hat der Junge damit zu tun?«

»Der Junge? Nichts. Er ist nur ein Mittel zum Zweck. Und Sie dürfen mir glauben, ich habe ihn gut behandelt.«

»Nennen Sie das gut behandeln? Ein Kind entführen, es tagelang versteckt halten, weg von seinen Eltern? In Todesangst?«

»Ach, kommen Sie, wofür halten Sie mich? Ich hätte dem Kleinen nie etwas angetan. Es geht ihm gut, sehen Sie ihn sich doch an.«

Tatsächlich saß Benjamin Keller auf einem Teppich auf dem Boden und spielte mit ein paar Legosteinen, ohne groß von ihnen Notiz zu nehmen – oder von der Waffe, die auf seinen Kopf gerichtet war.

»Er hatte doch nichts damit zu tun!«, rief Larissa.

»Er nicht. Aber sein Vater.«

»Peter Keller …« Larissa erinnerte sich, den Namen nicht nur im Zusammenhang mit dem Mord an Eric Hesse gelesen zu haben.

»Peter Keller, ja. Er hätte die Möglichkeit gehabt, Alex zu helfen. Stattdessen hat er …« Die Unsicherheit, das Zögern in der Stimme, dieser kurze Moment, in dem die Vergangenheit mit überwältigender Macht zurückkam – Larissa hätte jetzt reagieren müssen. Sie hätte jetzt die Chance eines Überraschungsmomentums gehabt. Doch sie wagte es nicht, aus Angst, die Waffe am Kopf des Kindes könnte losgehen.

»Wollen Sie es nicht hinter sich bringen?«, fragte ihr Gegenüber.

»Hinter mich bringen?«

»Sie haben eine Pistole. Sie müssen nichts befürchten. Notwehr, Nothilfe, suchen Sie es sich aus. Niemand wird Sie anklagen.«

»Wenn ich was?«

»Wenn Sie mich erschießen. Die Alternative ist, dass ich ihn erschieße. Und glauben Sie mir, diesmal werde ich keine Nachfrist geben. Ich zähle bis zehn. Entweder erschießen Sie bis dahin mich – oder ich erschieße ihn.«

*

Im Augenblick, in dem Polizeihauptkommissar Hegel zu Annas Entsetzen die Hand hob, um an die Tür zu klopfen, rollte ein Mannschaftswagen der Bereitschaftspolizei vor und Sekunden später ein zweiter.

Hegel ließ die Hand sinken. Die Lage war eine andere, wenn Dutzende bewaffnete Einsatzkräfte vor Ort waren. Auch wenn er nach wie vor entschlossen sein mochte, es zunächst mit Verhandlungen zu probieren, musste er die Kollegen instruieren und mit deren Einsatzleiter eine Absprache treffen.

»Sie bleiben hier«, raunte er Anna zu und ging mit schnellen Schritten zurück hinter die Linie, die die Autos seiner Mitarbeiter bildeten, dorthin, wo die beiden Mannschaftswagen stehen geblieben waren.

Minuten später schwärmten die Bereitschaftspolizisten mit unterschiedlichster Bewaffnung aus und umstellten das Haus. Eine kleine Gruppe von ihnen sammelte sich in einem Winkel zum Nachbargebäude, der mutmaßlich von keinem Fenster des Hauses aus einsehbar war. Es war die Sturmtruppe, die unter Hegels Anweisung über die Kellertür im Garten in das Anwesen eindringen sollte, während er vom Vorderhaus her Verhandlungen mit dem Megafon zu führen gedachte. Eine dritte

Einheit von vier Frauen und Männern hatte sich unter den Fenstern vorne und hinten aufgestellt, um im entscheidenden Moment Rauchbomben durch die Fenster schleudern zu können. Ob es gelang … Sie mussten es zumindest versuchen, um die Kollegen, die das Haus stürmten, durch das Ablenkungsmanöver zumindest etwas zu schützen.

Und dann kam noch der Faktor Zeit hinzu.

»Fuck!«, flüsterte Anna. »Warum dauert das so lange?«

Erleichtert nahm sie wahr, dass Hegel und der Einsatzleiter der beiden Mannschaftswagen einander zunickten. Die Operation konnte beginnen.

*

»Meine Kollegen werden jeden Moment hier sein«, sagte Larissa und hoffte, dass ihre Stimme hielt. Nie zuvor hatte sie solche Panik verspürt. Es war weniger ihretwegen als wegen des Kinds.

»Oh ja! Richtig. Ich selbst habe sie alarmiert.«

»Aber …«

»Warum ich dann so gelassen bin? Nun, ich habe sie nach Reichenberg geschickt. Zu Doktor Georg Wackers Haus.« Die Frau nahm ihr Handy und las vor:

»Bitte alle verfügbaren Kräfte sofort in Dr. Wackers Haus in Reichenberg. Gefahr. Größte Vorsicht! Bin vor Ort. Flaucher. Ich bin sicher, Ihre Kollegen lassen Sie nicht im Stich.«

Larissa schloss für einen Moment die Augen. »Warum?«, flüsterte sie. »Warum so?«

Ihr Gegenüber legte das Handy wieder zur Seite. »Haben Sie mein Tagebuch nicht gelesen?«

»Das habe ich, Frau Gerstner. Und Sie dürfen mir glauben, dass ich Sie sehr bedauert habe.« Obwohl: »Nein, eigentlich habe ich das Mädchen bedauert, dass Sie einmal gewesen sind.«

»Ja, dieses Mädchen tut mir auch immer noch leid. Wissen Sie, was meine Mutter zu mir sagte, als sie starb?«

Larissa schüttelte den Kopf.

»Ich verzeihe dir. Das hat sie gesagt. Bis zu ihrem letzten Tag hat sie mir die Schuld am Tod meines Bruders gegeben.«

»Aber tun Sie das nicht auch?« Die Gedanken rasten in Larissas Kopf. Wie konnte sie verhindern, dass die Frau dem Jungen etwas antat? Wie konnte sie diese Situation entschärfen?

»Die *alleinige* Schuld, verstehen Sie denn nicht? Nachdem mein Vater tot war, hat sie in mir allein die Schuldige gesehen.« Charlotte Gerstner blickte auf den Jungen, der zu ihren Füßen spielte. »Dabei gab es so viele Schuldige. Der halbe Ort hat sich am Tod meines Bruders schuldig gemacht.«

»Das glaube ich nicht«, erwiderte Larissa und betrachtete diesen seltsamen Ort, an dem das Schicksal sie zusammengeführt hatte: die Frau, die als tot galt, den Jungen, der hier stellvertretend für andere im wahrsten Sinne des Wortes den Kopf hinhielt, ohne zu ahnen, was das bedeutete – und sie selbst, die so lange das Offensichtliche nicht gesehen hatte und nun beinahe zu spät gekommen wäre.

Hinter Charlotte Gerstner standen auf einem Schreibtisch zwei Bildschirme. Auf einem davon war ein Bild von Alex Bergmann aufgerufen, der andere war als Split-Screen aufgeteilt und zeigte die diversen Räume des Hauses: Räume, durch die Larissa vor wenigen Minuten noch geschlichen war.

»Sie haben ja keine Ahnung.«

»Okay. Nehmen wir Eric Hesse. Was hat er mit dem Tod Ihres Bruders zu tun?«

»Hesse hat … Hat meinen Bruder allein auf der Landstraße stehen gelassen. Es war dunkel, es war kalt, es hat sogar geschneit. Aber er …« Sie sagte es mit einer Stimme, als blickte sie in den tiefsten Abgrund, der sich je unter einem Menschen aufgetan hatte.

»Das tut mir leid«, flüsterte Larissa und bewegte sich unauffällig einige Zentimeter auf sie zu. »Sie selbst haben Ihren eigenen Tod als Nummer zwei vorgetäuscht. Das war ziemlich clever. Auf die Weise konnte niemand Sie verdächtigen, und Sie konnten Ihren Plan in aller Ruhe weiter durchziehen. Es durfte Sie nur niemand entdecken.«

Charlotte Gerstner lächelte wehmütig. »Ja. Es war nicht ganz einfach, aber ich hatte Jahre Zeit, mich vorzubereiten.«

»Sie haben diesen Plan jahrelang verfolgt?«

»Was, denken Sie, ist das hier?« Die Frau deutete auf den Computer, die Ordner in den Regalen, die Karte an der Wand, auf der rote Linien offenbar Routen und Pin-Nadeln Personen oder Ereignisse markierten.

Larissa nickte, während sie erneut eine Winzigkeit näher rückte. »Ich bin beeindruckt. Doktor Wacker hat mir gesagt, dass Sie ein Computergenie sind. Ich nehme an, das ist der Grund, weshalb Sie so genau über alle meine Schritte Bescheid wussten.«

»Wusste ich das? Eher nicht.« Charlotte Gerstner musterte Larissa mit kleinen Augen. »Sie sind clever. Aber Sie sollten sich nicht für schlauer halten, als Sie sind, Frau Flaucher«, sagte sie. »Ich hätte jeden genommen. Aber Sie waren nun einmal zuerst da – und Sie haben selbst ein Kind. Das hilft, wissen Sie …?«

»Was war mit Zoran Tersic?«, versuchte Larissa Zeit zu gewinnen.

»Er hat uns nicht mitgenommen, als das Turnen aus war. Er hat uns einfach auf dem Hof stehen lassen, sodass wir alleine nach Hause gehen mussten, weil mein Vater uns nicht abgeholt hat. Hätte er uns mitgenommen, wäre mein Bruder jetzt noch am Leben. Genauso wie Hannes Braun und Elke Oppelt.«

»Elke Oppelt. Die Mutter von Cindy.«

»Ja. Auch so ein Fall«, erklärte Charlotte Gerstner. »Schrecklich und traurig.«

»Sehen Sie, das ist auch etwas, was ich nicht verstehe«, erklärte Larissa. »Cindy Oppelt und Doktor Wacker haben doch gar nichts mit Ihrem Bruder zu tun gehabt. Im Gegenteil! Nach allem, was ich herausgefunden habe – wenn es denn stimmt –, ist Cindy selbst das Opfer eines ganz anderen Verbrechens geworden an dem Abend, an dem Ihr Bruder ums Leben gekommen ist.«

»Ums Leben gekommen …«, äffte Charlotte Gerstner sie nach. »Er ist *ermordet* worden!«

»Es war ein Unfall«, stellte Larissa richtig. »Fahrlässige Tötung. Unterlassene Hilfeleistung …«

»Ja, beten Sie es nur alles schön nach. Aber ich habe die Akten studiert. Es war kein Unfall. Beim ersten Mal vielleicht schon. Aber nicht beim zweiten Mal. Manches ist auch gar nicht in den Akten aufgetaucht. Zum Beispiel, dass Kramp in der Wirtschaft geprahlt hat, er hätte Alex wie eine Laus zerquetscht.«

»Zer…« Der Abstand war so gering, dass Larissa mit einem schnellen Schritt vielleicht die Faust zu fassen bekommen hätte, mit der Charlotte Gerstner ihre Waffe umkrallte. Aber diese Information brachte sie aus der Fassung. »Sie meinen, Kevin Kramp hat Ihren Bruder absichtlich überfahren?«

»Er wollte einfach einen Menschen sterben sehen.«

»Oh Gott. Das tut mir so leid.«

»Es geschieht ihm nur recht, dass er den gleichen Tod erfahren hat.«

Die Autowaschanlage, ja. Was für eine grausame Methode, für Gerechtigkeit zu sorgen. Larissa hatte das Gefühl, als müsste sich ihr der Magen umdrehen.

»Aber Cindy …«

»Cindy! Mein Gott, was Wacker diesem Mädchen angetan hat … Ich habe das selbst erst später herausgefunden.«

»War die Mutter denn nicht genug gestraft, nachdem sich ihre Tochter das Leben genommen hatte?«, fragte Larissa, während es fieberhaft hinter ihrer Stirn arbeitete, wie sie die Frau überwältigen konnte.

»Sie hat sie doch selbst auf dem Gewissen gehabt.«

»Frau Oppelt? Ihre Tochter?« Damit hatte Larissa nicht gerechnet.

Charlotte Gerstner blickte in eine unbestimmte Ferne, als würde sie das Mädchen sehen, und ihre Augen glitzerten. »Cindy war so stark, dass sie das Schwein verklagt hat. Und ihre Mutter ...«

»Sie war Nebenklägerin!«

Ein Lachen. Kalt und hoffnungslos. »Ja. Bis Wacker ihr Geld gegeben hat. Er hat sie gekauft. Damit sie ihre Klage zurückzieht. Das hat Cindy endgültig gebrochen.«

Larissa schüttelte ungläubig den Kopf. »Deshalb das Geld in ihrem Mund und in ihrer Nase.«

Charlotte Gerstner zuckte die Achseln. »Sie hat es verdient.«

»Und Günter Deinhard?«

»Der Busfahrer! Was denken Sie denn? Er hat Alex nicht mitfahren lassen. Weil der Junge kein Ticket hatte! Ein Sechsjähriger!« Sie deutete mit ihrer Pistole auf den Kopf des Kleinen, der zu ihren Füßen spielte, und Larissas Herz zog sich zusammen aus Angst, sie könnte etwas Unüberlegtes tun. »Lässt ihn stehen! Auf der dunklen Landstraße, verstehen Sie? Bei Schnee. Im Februar!« Ein Schluchzen entrang sich Charlotte Gerstners Brust.

»Okay«, sagte Larissa. »Kann ich verstehen. Was ich nicht verstehe, ist die Rolle, die seine Frau spielt. Sie haben sie benutzt, um Tersic zu töten. Wie haben Sie sie dazu gebracht?«

Charlotte Gerstner blickte sie überrascht an. »Die Deinhard? Sie ist nicht gefahren. Ich bin gefahren. Mit einer Maske, einem Foto von ihr, das ich mir übers Gesicht gezogen hatte.«

»Aber warum? Sie hat doch nichts mit der Gemeinheit ihres Mannes zu tun ...«

»Sie hat meinen Vater davon abgehalten, selber zu fahren, diese elende Schlampe! Ihretwegen ist er bei der blöden Feier geblieben!« Charlotte Gerstner schloss kurz die Augen.

Das war der Moment, in dem Larissa es wagte und vorschnellte.

*

Polizeihauptkommissar Hegel hatte das Megafon in der Hand und sich gegenüber dem Eingang aufgestellt. Alle verfügbaren Kräfte waren auf Position, die Waffen im Anschlag, bereit, jederzeit in das Gebäude zu gehen und sich vorzuarbeiten, wohin immer es nötig war. Über ein Headset waren er und der Einsatzleiter der beiden Mannschaftswagen in ständigem Kontakt. Doch genau das stellte sich jetzt als Problem heraus. Denn die Funkverbindung hielt nicht. Nachdem sie sie eingerichtet und einen kurzen Check gemacht hatten, hatten sie ihre jeweiligen Standorte eingenommen – und jetzt war die Leitung abgebrochen.

»Hören Sie mich?«, sagte Hegel leise, ohne eine Antwort zu bekommen. Er suchte Blickkontakt, konnte den Kollegen aber nicht entdecken, weil der auf der anderen Seite des Gebäudes Aufstellung genommen hatte. Also hob er die Hand und hielt drei Finger in die Höhe: drei Minuten noch. Dann gab er das Megafon einem der Männer, die neben ihm standen, und huschte in der Deckung der Wagenreihe zur Seite, um über den Garten zum Hinterhaus zu gelangen.

Kopfschüttelnd beobachtete Anna Reichelt die Szene und beschloss, nicht mehr zu warten. Offensichtlich war allen alles wichtiger als die Rettung von Larissa. Und egal, wie blöd Larissas Aktionen gewesen waren und ob sie ihnen allen letztlich geschadet hatten, egal, ob der Rauswurf aus dem Team gerechtfertigt war, Larissa war eine von ihnen – und sie war ihre

Freundin. Sie durften sie nicht im Stich lassen. *Sie* durfte sie nicht im Stich lassen!

Während Hegel um die Ecke verschwand, trat Anna einen Schritt nach vorne und drückte gegen die Tür. Sie war offen. Sekunden später war sie drin.

*

Die Reaktion war so schnell gekommen, dass Larissa unvermittelt aufgeschrien hatte. Charlotte Gerstner hatte ihre Pistole herumgerissen und ihr innerhalb von Sekundenbruchteilen in den Fuß geschossen. Es mochte ein Zufallstreffer gewesen sein, aber er wirkte: Larissa ging zu Boden und blieb stöhnend liegen. Es dauerte einige Augenblicke, bis sie den Schmerz fühlte. Aber noch ehe es wehtat, wusste sie, dass sie verloren hatte. Ihre Aktion war gescheitert. Und das konnte den kleinen Benjamin das Leben kosten. »Verdammt!«, schrie Charlotte Gerstner und richtete sich über Larissa auf, mit der Waffe jetzt direkt auf ihren Kopf zielend. »Was soll der Scheiß? Wollen Sie unbedingt sterben? Ist es das, was Sie wollen?«

»Sie sind wahnsinnig«, ächzte Larissa. »Warum tun Sie das?«

Der Junge neben ihr hatte zu schreien begonnen.

»Hey!«, fuhr ihn Charlotte Gerstner an. »Halt den Mund! Sei still!« Doch er ließ sich nicht beruhigen. So lange, bis die Frau nach einer Spritze auf ihrem Schreibtisch griff und ihn packte, um sie ihm zu verabreichen. Stöhnend richtete Larissa sich auf und versuchte, ihr in den Arm zu fallen. Doch Charlotte Gerstner war schneller. Sie trat nach Larissas verletztem Fuß und stieß ihr das Knie in den sich krümmenden Leib, sodass diese zur Seite kippte und nach Luft ringend liegen blieb, während Charlotte Gerstner dem Kind die Nadel in den Arm stieß und abdrückte. Sekunden später lag auch Benjamin auf dem Boden – besinnungslos.

»Was haben Sie …«

»Es ist nur ein Schlafmittel«, fiel Charlotte Gerstner Larissa ins Wort. »Und jetzt lassen Sie es endlich gut sein mit Ihren Heldentaten. Ich hatte nie vor, den Kleinen umzubringen. Oder Sie. Alles, was ich möchte, ist, dass Sie die Sache beenden.«

»Sie wollen im Ernst, dass ich Sie erschieße? Warum erschießen Sie sich nicht einfach selbst?« Sie deutete auf den Kopf der Frau. »Sie haben sich so viel Blut abgezapft …«

»Über Wochen«, bestätigte Charlotte Gerstner.

»Sie haben sich büschelweise Haare ausgerissen – mit Kopfhaut! Warum erschießen Sie sich nicht einfach selbst?«

Die Frau lächelte bitter. »Wenn ich es könnte«, sagte sie leise. »Sie haben keine Vorstellung davon, wie oft ich schon versucht habe, mir das Leben zu nehmen. Aber ich schaffe es nicht. Es ist, als … Als …«

Die Angst. Natürlich. Es war die Angst. Mit einem Leben voller Selbstvorwürfe, mit einem Dasein voll Schuld hatte Charlotte Gerstner zu leben gelernt. Aber das große Nichts, in das sie gehen musste, wenn sie sich das Leben nahm, das war übermächtig. Der Tod war das Letzte, was sie fürchtete. War es ein Wunder, wenn man bedachte, auf welch grausame Weise ihr kleiner Bruder gestorben war und dass sie sich seit fast dreißig Jahren selbst die Schuld daran gab – nicht die alleinige, aber eben doch die Mitschuld?

»Ich kann das nicht«, sagte Larissa mitfühlend.

»Sie müssen. Wenn Sie es nicht tun, werde ich ihn töten. Sie wissen, ich *kann* töten.«

»Ich weiß, Sie können Menschen töten, die schwere Schuld auf sich geladen haben. Aber ich glaube nicht, dass Sie ein unschuldiges Kind töten können. Seit so vielen Jahren geben Sie sich die Schuld am Tod Ihres Bruders. Wie viel schwerer würde es auf Ihrer Seele lasten, wenn Sie sich auch noch die Schuld am Tod dieses Jungen geben müssten?«

»Machen Sie sich Sorgen um Ihr eigenes Seelenheil«, sagte Charlotte Gerstner. »Für meines bin ich allein verantwortlich.« Sie hob die Waffe und hielt sie einmal mehr gegen den Kopf des Kindes. »Nehmen Sie Ihre Pistole vom Boden«, befahl sie.

Larissa tat, wie ihr geheißen. Der Griff war ganz nass, so stark hatte sie geschwitzt.

»Und jetzt zielen Sie auf mich.« Ein Flackern in ihrem Blick. Wie sehr musste diese Frau leiden. Trotz allem. »Bitte.«

Larissa schüttelte den Kopf. »Das werde ich nicht tun.«

»Zehn.«

»Frau Gerstner …«

»Neun.«

»Bitte! Sie …«

»Acht.«

»Wozu? Sie machen sich nur un…«

»Sieben.«

Larissa spürte, wie ihr das Herz bis zum Hals schlug.

»Sechs.« Die Hand, mit der sie ihre Waffe hielt, zitterte.

»Denken Sie auch an mich!«

»Fünf.«

»Ich habe eine kleine Tochter.«

Doch Charlotte Gerstner schüttelte nur müde den Kopf: »Vier.«

»Wenn Benjamin tot ist, dann …«

»Drei.«

»Sehen Sie ihn doch nur an, wie lieb er ist. So ein lieber Jun…«

»Zwei.« Die Frau holte Luft. Larissa sah, wie sich der Finger am Abzug krümmte. In einer spiegelbildlichen Bewegung krümmte sich auch ihr Finger, nur um Millimeterbruchteile. »Bitte!«

»Eins.«

In dem Moment fiel der Schuss.

*

Anna lauschte. Dadurch, dass die Einsatzkräfte draußen alle wie gebannt auf die nächsten Befehle warteten, war es vor dem Haus still wie in einer Gruft. Genau wie hier drinnen.

Sie versuchte sich zu orientieren, sondierte die nächste Umgebung, hielt inne, zog ihre Schuhe aus, um keinerlei verdächtiges Geräusch zu erzeugen, und wanderte vollkommen lautlos durch dieses stille Haus. Immer wieder blieb sie stehen und horchte. Dann schlich sie weiter, von Tür zu Tür, von Ecke zu Ecke und schließlich ins nächste Stockwerk, wo sie genauso leise weitermachte.

Doch wohin sie auch kam, wo immer sie sich umsah: Es war völlig ausgestorben in diesem Gebäude. Nichts regte sich, niemand war zu sehen oder zu hören. Wie ein Geisterhaus erstreckten sich diese Räume und Flure vor ihr.

Bis sie plötzlich doch etwas zu hören glaubte.

*

Anders als die Einsatzkräfte, die darauf warteten, in das Haus vorzudringen, hatten weder Flaucher noch Reichelt einen Atemschutz. Keine Gasmaske, keinen Rauchfilter, nicht einmal eine Brille, um die Augen vor dem Qualm zu schützen. Zwei Leute drinnen, von denen die Truppe nicht wusste, wo sie sich aufhielten! Unter diesen Umständen war ein Einsatz von Rauchbomben ausgeschlossen. Das bedeutete, dass Hegel das Konzept des Einsatzes ändern musste. »Achtung, Korrektur. Wir müssen noch einmal umplanen.«

»Wieso? Alles ist auf Position!«, protestierte der Kollege von der Bereitschaftspolizei.

»Eine von uns ist reingegangen.«

»Das war nicht abgesprochen!«

»Mit mir auch nicht, Kollege. Aber wir können jetzt nicht so tun, als würde das nichts ändern. Ich komme noch mal rüber.«

Aus seinem Headset hörte Hegel ein Schnauben, das er als Zustimmung deutete. Ohne den Blick von den Fenstern des Gebäudes zu lassen, machte er sich noch einmal auf den Weg nach hinten. Wenn sie wirklich beobachtet wurden, wovon leider auszugehen war, dann wurde es zunehmend einfacher, ihre Aufstellung zu durchblicken, je länger das alles hier dauerte. Und das machte Hegel Sorge.

Er war gerade auf halber Strecke, als ein Schuss krachte. Nicht laut, aber eindeutig: Das war kein geplatzter Autoreifen gewesen, keine Eisentür, die irgendwo scheppernd zuknallte, sondern ein Schuss aus einer Waffe. Instinktiv ging Hegel in Deckung, suchte Schutz hinter dem nächstgelegenen Fahrzeug und lauschte.

»War das einer von euch?«, fragte aus dem Headset vom Hinterhaus der Kollege von der Bereitschaftspolizei.

»Nein. Das ist aus dem Haus gekommen.«

»Scheiße«, stellte der Beamte fest. »Sollen wir reingehen?«

Wenn bisher Alarmstufe Rot geherrscht hatte, herrschte jetzt Alarmstufe Dunkelviolett.

»Nein«, sagte Hegel. »Wir warten.«

»Wir warten? Im Ernst? Sind nicht zwei Kolleginnen drinnen? Und bisher ist erst eine erschossen worden. Warten wir lieber, bis auch Nummer zwei tot ist?«

»Herr Kollege, Ihre Sorge in Ehren«, sagte Hegel in aller Ruhe. »Aber Sie werden unsachgemäß. Wir wissen nicht, was passiert ist. Und wir kennen die Lage vor Ort nicht.«

»Was sich nicht ändern wird, solange wir nicht reingehen.«

Da endlich kam eine Nachricht von Anna Reichelt.

»Doch«, sagte Hegel leise und atmete auf. »Das wird es.«

*

Zuerst dachte sie, irgendwo liefe ganz leise ein Radiogerät. Doch dann erkannte Anna, dass es ein Gespräch war. Die Stimmen zweier Frauen, die sich unterhielten. Sie versuchte, sich zu orientieren und stellte fest, dass das Gespräch nicht über ihr, sondern irgendwo hinter ihr stattfand. Als sie sich umwandte und noch einmal zurück in den Flur ging, wurden die Stimmen lauter. Jetzt konnte sie auch erkennen, dass eine davon Larissa gehörte. »Sie sind wahnsinnig!«, hörte sie sie sagen. »Warum tun Sie das?«

Es war, als galoppierte Annas Herz davon, so heftig war die Reaktion, die diese Worte in ihr auslösten. Unwillkürlich griff sie nach ihrer Waffe und entsicherte sie. Dann lauschte sie wieder angestrengt und erkannte, dass Larissa und die andere unten sein mussten: im Keller. Die Tür hinab stand offen und gähnte sie düster an.

»Na dann«, flüsterte sie und stieg nach unten, vorsichtig und vor allem lautlos, Stufe für Stufe nehmend. Immer wieder hielt sie inne und lauschte auf das Gespräch. Was sie hörte, war erschreckend und trieb ihren Puls nur noch heftiger an. »Sie wollen im Ernst, dass ich Sie erschieße?«, hörte sie Larissa sagen und konnte es kaum glauben.

Die Treppe machte einen Knick. Beinahe wäre Anna ins Straucheln gekommen. Ohne Schuhe war sie zwar lautlos, aber jede Unebenheit im Zwielicht war umso gefährlicher. Sie blieb stehen und konzentrierte sich. Die beiden waren nicht mehr weit entfernt. Unten drang Licht von einer Seite her. Sie ging weiter, vorsichtig Stufe um Stufe nehmend und blieb erst auf der letzten stehen, um sich in eine sichere Position zu bringen, wenn sie mit ihrer Waffe eingreifen musste. »Sieben«, hörte sie die andere Stimme und hielt die Luft an.

»Sechs.«

Ein Countdown! Anna tastete mit einem Fuß ans Ende der Treppe.

»Denken Sie auch an mich!«, flehte Larissa irgendwo rechts.

»Fünf.«

Anna bewegte den Kopf an die Kante, jederzeit bereit, zurückzuzucken, falls jemand sie entdeckte.

»Ich habe eine kleine Tochter.« Larissa? Nein, die hatte keine Kinder. Oder doch? Jedenfalls war der Schachzug geschickt.

»Vier.«

Offenbar nicht geschickt genug. Die Frau ließ sich nicht beirren. Anna spähte um die Ecke. Doch da war niemand. Stattdessen lag nur ein leerer Raum vor ihr. Überrascht ließ sie sich von der letzten Stufe gleiten und machte einen Schritt in den Raum hinein.

»Wenn Benjamin tot ist, dann …«

»Drei.«

Da war noch ein Teil, halb verborgen hinter einem Regal! Jetzt konnte Anna sogar Schatten sehen, die sich im Licht bewegten.

»Sehen Sie ihn doch nur an, wie lieb er ist. So ein lieber Jun…«

»Zwei.«

Wie viel war das? Drei Meter? Zwei? Zwei Meter, zwei Sekunden. Anna spürte, wie ihr der Schweiß über die Stirn lief. Zwei Meter. Und sie wusste nicht, was dort drüben auf sie wartete.

»Eins.«

Zu spät. Verdammt, zu spät! Doch in dem Moment erkannte Anna die Chance, die sie hatte. Die einzige Chance. Und sie tat das Einzige, was jetzt noch möglich war.

*

»Eins«, hörte Larissa Charlotte Gerstner sagen. Ihr Finger zitterte am Abzug der Pistole. Jemand musste sterben. Entweder eine Mörderin oder ein kleiner Junge. Wo war da die Überlegung? Sie musste es tun, sie *musste* einfach! Ihr Blick suchte den Blick der Frau, die mit der Pistole am Kopf des Kindes vor ihr saß und sie so entschlossen anstarrte, dass es keinen Zweifel mehr gab: Sie würde tun, was sie angedroht hatte. Sie würde das Kind erschießen. Larissa sah, wie der Mund der Frau sich zu dem kleinen, tödlichen Wörtchen verformte: »N…«

In dem Moment krachte ein Schuss durch den Keller, der Larissa zusammenzucken ließ. Aber nicht nur sie: Auch Charlotte Gerstner riss die Arme an sich und den Kopf hoch, glaubte sich getroffen und blickte mit erstaunten Augen zu Larissa hin, die das Momentum nutzte und sich auf sie warf, ohne lange zu überlegen.

Sekunden später war es vorbei. Larissa kniete auf dem Rücken der Frau, während Anna ihr die Waffe aus den Fingern wand und ihr Handschellen anlegte. »Danke«, keuchte Larissa. »Danke!« Sie konnte es nicht glauben. »Wieso bist du hier?«

»Dachtest du, wir holen dich nicht hier raus?«

»Aber … Aber sie hat gesagt, sie hätte euch … Hätte euch nach Reichenberg geschickt. Zu Wackers Haus.«

»Hat sie auch«, erklärte Anna lächelnd, während sie sich eine schweißnasse Haarsträhne aus der Stirn wischte. »Aber ich wusste ja, dass du hier bist.«

»Du wusstest …?«

»Hey! Ich habe dich seit Tagen beobachtet! Hast du das nicht gemerkt?«

Der Schatten im Wald. Der Verfolger in der Nacht … »Das bist du gewesen?«

»Na ja. Hegel dachte wohl, ich müsste dich überwachen«, erklärte Anna.

»Und du?«

Anna holte tief Luft. »Sagen wir: Ich dachte, ich müsste vielleicht über dich wachen?«

Und dann küsste sie sie.

*

15

Dass es nicht mehrere Täter gab, sondern nur eine einzige Täterin, war für viele Einwohner Holzhausens und Reichenbergs eine Beruhigung. Die Presse sah sich gleichwohl bemüßigt, aus der Frau, die »ein halbes Dorf ausgelöscht« hatte, ein noch größeres Monster zu machen. Die alte Geschichte vom Kind, das auf der Landstraße einen tragischen Tod erfahren hatte, kam nur noch am Rande vor.

»Kein Newswert«, erklärte Julia Röschitz, als sie Larissa zu dem verabredeten Interview traf. Hegel ließ noch auf sich warten. Er war nach Beendigung des Einsatzes im alten Wohnhaus der Familie Bergmann umgehend zu sich nach Hause gefahren und erst am übernächsten Tag wieder aufgetaucht. Die Dokumentation der Abläufe hatte er an Rauchhaus delegiert, die Presse an Radic verwiesen, der allerdings den klaren Befehl hatte, alle auf die Pressekonferenz zu vertrösten, die zwei Tage später im Holzhauser stattfand und zu der so viele Medienvertreter angereist waren, dass der Zutritt nach dem Losverfahren bestimmt werden musste.

»Kein Newswert«, wiederholte Larissa und schüttelte den Kopf. »Wenn man die alte Geschichte nicht kennt, kann man die neue nicht verstehen.«

»So ist das immer«, stimmte die Journalistin zu. »Wer die Vergangenheit nicht kennt, hat keine Ahnung, in welcher Gegenwart er lebt.«

Eine kleine Weile sahen sie den Pressevertretern zu, wie die ihre Plätze einnahmen. »Sie hatten großes Glück, dass Ihre Kollegin Sie beschattet hat«, sagte Julia Röschitz. »Sonst wäre die Truppe, die Sie retten sollte, nach Reichenberg gefahren.«

»Vor allem Kollegin Reichelt wäre nicht da gewesen, um mich zu retten«, verbesserte Larissa. Denn letztlich hatten die anderen nur noch das Protokoll aufgenommen und den Jungen endlich in Sicherheit gebracht.

»Was ich nicht verstehe: Wie sind Sie überhaupt draufgekommen, dass Charlotte Gerstner gar nicht tot ist?«

»Dokumente«, erklärte Larissa vage. Sie musste der Journalistin nicht auf die Nase binden, dass es ein Tagebuch gab, das – aufmerksam gelesen – einen wichtigen Stein in diesem großen Mosaik darstellte.

»Und was hat das alles mit der Cheerleaderin zu tun?«

»Das Datum«, sagte Larissa und stand auf. »Nur das Datum.«

Der 27. Februar 1995. Der Tag, an dem Cindy im Hinterzimmer vergewaltigt und der kleine Alex auf der Landstraße totgefahren worden war. Der Tag, an dem jeder im Dorf nur an sich selbst gedacht hatte. An dem niemand da war, um zwei Kinder nach Hause zu bringen. Niemand sich um einen Notruf gekümmert hatte. Georg Wacker sich lieber an einem jungen Mädchen verging, als einen kleinen Jungen zu retten. Der Tag, an dem Lotte Bergmanns Leben zum Albtraum wurde. Einem Albtraum, den Larissa nicht zu beenden über sich gebracht hatte. Manche Verbrechen wirken ewig nach.

»Was mich überrascht«, sagte Larissa, »das ist, wie genau Ihr Blick für diesen Ort ist. Als würden Sie alles schon kennen, überall ein wenig mehr sehen als die anderen Pressevertreter.«

Julia Röschitz zuckte die Achseln. »Bin eben schon lang dabei«, erklärte sie leichthin. »Die Erfahrung, wissen Sie?« Und leiser fügte sie hinzu: »Und vielleicht hat mir auch geholfen, dass mein erster Einsatz als Reporterin der Fall Alexander Bergmann war.«

»Meine Herrschaften«, tönte von vorne Hegels Stimme. »Wir können beginnen. Danke für Ihr zahlreiches Erscheinen. Ich freue mich, Ihnen heute berichten zu können, dass die Mordserie Holzhausen aufgeklärt ist und dass das Grauen ein Ende hat ...«

Hatte es das? Nein. Das Grauen würde ewig währen.

ENDE